新譯明詩三百首（下）

趙伯陶 注譯

三民書局 印行

國家圖書館出版品預行編目資料

新譯明詩三百首／趙伯陶注譯.－－初版二刷.－
－臺北市：三民，2019
冊；　公分.－－(古籍今注新譯叢書)

ISBN 978-957-14-5993-6　(一套：平裝)

831.6　　104000667

© 新譯明詩三百首(下)

注譯者	趙伯陶
發行人	劉振強
著作財產權人	三民書局股份有限公司
發行所	三民書局股份有限公司 地址　臺北市復興北路386號 電話　(02)25006600 郵撥帳號　0009998-5
門市部	(復北店)臺北市復興北路386號 (重南店)臺北市重慶南路一段61號
出版日期	初版一刷　2015年2月 初版二刷　2019年10月
編號	S 033370

上下冊不分售
行政院新聞局登記證局版臺業字第〇二〇〇號

ISBN　978-957-14-5993-6 (一套：平裝)

http://www.sanmin.com.tw　三民網路書店
※本書如有缺頁、破損或裝訂錯誤，請寄回本公司更換。

新譯明詩三百首 目次

下冊

和聶儀部明妃曲四首（選其三）

李攀龍

【題　解】這是一組七絕中的第三首，屬於唱和詩，作於嘉靖四十三年（西元一五六四年），時作者在故鄉濟南隱居。聶儀部，即聶靜（生卒年不詳），字子安，號白泉，永豐（今屬江西）人。嘉靖十四年（西元一五三五年）進士，歷官丹徒知縣、刑科給事中、國子監助教、禮部儀制郎中，忤旨，廷杖為民。明妃，即王嬙（生卒年不詳），字昭君，晉人避司馬昭諱，始稱明君，後人或稱其「明妃」。西漢南郡秭歸（今屬湖北）人。本為漢元帝宮人，自願請行，入匈奴和親，嫁呼韓邪單于，號寧胡閼氏。

天山❶雪後北風寒，抱得琵琶❷馬上彈。曲罷不知青海❸月，徘徊❹
猶作漢宮❺看。

【注　釋】❶天山　這裡謂祁連山，匈奴人稱「天」為祁連，為今甘肅西部與青海東北部山地的總稱。❷琵琶　彈撥樂器名，初名批把，原流行於波斯、阿拉伯等地，漢代傳入中國。後經改造，圓體修頸，有四弦、十二柱，俗稱「秦漢子」。南北朝又有曲項琵琶傳入中國，四弦，腹呈半梨形，頸上有四柱，橫抱懷中，用撥子彈奏。唐宋以來經不斷改進，柱位逐漸增多，改橫抱為豎抱，廢撥子，改用手指以義甲彈奏。現今民間的琵琶有四相十三品，革新的琵琶有六相二十四品；後者能彈奏所有半音，技法豐富，成為今天重要的民族獨奏樂器。據晉石崇〈王明君詞序〉：「昔公主嫁烏孫，令琵琶馬上作樂，以慰其道路之思。」漢武帝以公主（即江都王建女）嫁西域烏孫，始與琵琶發生關聯；後人將琵琶嫁接於昭君出塞，流傳至今。唐杜甫〈詠懷古跡五首〉其三：「千載琵琶作胡語，分明怨恨曲中論。」❸青海　即今青海境內之青海湖，古或稱西海、仙海、卑禾羌海，北魏後始名青海。❹徘徊　徐行的樣子。宋蘇軾〈前赤壁賦〉：「少焉，月出於東山之上，徘徊於斗牛之間。」❺漢宮　漢朝宮殿。

【語　譯】雪後的祁連山北風寒冷，在馬上昭君將琵琶奏響。一曲終了竟忘記這裡已是青海，只道明月仍徐行在漢宮天上。

【研　析】這組七絕共四首，其一云：「青海長雲萬里秋，琵琶一曲淚先流。六宮多少良家子，不到沙場不解愁。」其二云：「玉門關外起秋風，雙鬢蕭條傍轉蓬。怪得紅顏零落盡，春光只在合歡宮。」其四云：「燕支山下幾回春，坐使蛾眉誤此身。二八漢宮含笑入，一時紅粉更無人。」比較而言，四首中以所選之第三首最為傑出。清沈德潛《明詩別裁集》卷八選李攀龍詩三十五首，其中此組詩只選其三，並有評云：「不著議論，而一切著議論者皆在其下，此詩品也。」

古人吟詠歷史人物，除以他人酒杯澆自己心中塊壘外，就是貴在於翻案中求新、求異。古來詠昭君詩不計其數，本書入選江源〈王昭君〉一詩，其「研析」多有例證可參考，此不贅言。李攀龍此詩沒有求新、求異的企圖，而是專從揣摩人物情感入手，想像王昭君在青海曠野之中馬上彈起琵琶，由於沉浸在音樂之中，抬頭望見明月，竟然忘懷身處異鄉，彷彿自己仍是在漢家宮殿中的玉階之下彈奏琵琶。那種深沉的故國鄉土之思，雖無隻字刻畫形容，卻躍然紙上，令人回味無窮。唐詩大都以情韻勝，從這首七絕可以看出李攀龍論詩宗唐，絕非一般意義上的字襲句摹，而是有其風格、意境上的追求，與其擬古樂府的寫法不能同日而語。

大閱兵海上四首（選其一）

李攀龍

【題解】這組七律作於隆慶元年（西元一五六七年），時作者因工部尚書朱衡等推薦，起官浙江按察司副使，赴任後即閱兵浙東海上，意在巡視抗倭軍備，加強海上作戰能力，以禦敵於國門之外。

使者❶乘軺❷大閱兵，千艘並集甬句❸城。騰裝❹殺氣❺三江❻合，吹角❼長風萬里生。帳❽擁樓臺❾天上坐，陣回魚鳥鏡中行❿。不知誰校⓫昆池⓬戰，橫海⓭空傳漢將名。

【注釋】❶使者　奉命出使的人。這裡謂皇帝委派包括作者在內的登場閱兵的官員。❷軺　使節所用之車。《文選·丘遲·與陳伯之書》：「乘軺建節，奉疆場之任。」唐劉良注：「軺，使車也。」❸甬句　即甬句東，通作甬東，當謂今浙江舟山群島舟山市，明代屬寧波府。《左傳·哀公二十二年》：「越滅吳，請使吳王居甬東。」注：「甬東，越地，會稽句章縣東海中洲也。」❹騰裝　整理行裝。❺殺氣　殺伐的氣氛，這裡借指海上閱兵的氣氛。唐杜甫〈北風〉：「十年殺氣盛，六合人煙稀。」❻三江　甬江（一名鄞江）出四明山，至鄞縣合奉化、慈溪二江，東流至鎮海縣東入海，江口有蛟門島，東對舟山群島。❼角　古代西北遊牧民族樂器，鳴角以示晨昏，軍中多用作軍號。唐耿湋〈出塞〉：「列營依茂草，吹角向高風。」❽帳　軍帳。❾樓臺　謂主帥與隨從官員檢閱水軍的高大建築平臺。❿陣回魚鳥鏡中行　謂受檢閱的船艦如同魚鳥般在如鏡的海面上穿行。⓫校　這裡是考較武藝的意思。⓬昆池　即昆明池，漢武帝元狩三年（西元前一二〇年）於長安西南郊所鑿，以教習水戰。池周圍四十里，廣三百三十二頃。宋以後湮沒。事見《漢書》卷六〈武帝紀〉。⓭橫海　漢將軍名號，謂能橫行海上。《史記》卷一一一〈衛將軍驃騎列傳〉：「將軍韓說……元鼎六年，以待詔為橫海將軍。」

【語　譯】乘坐專車的使者來海上大閱兵，千艘船艦齊集於甬句城。整理行裝殺氣騰騰在三江入海口，角聲響徹萬里如乘長風。樓臺上設中軍帳如同在天，船艦若魚鳥在似鏡海面穿行。當年漢武昆明池水上練兵，不過妄傳漢將軍橫海的聲名。

【研　析】作為七律組詩〈大閱兵海上〉，這是其中第一首，寫得氣勢磅礴，威風凜凜。其餘三首也氣象雄渾，聲情並茂，如其二頷、頸二聯：「萬櫓軍聲開島嶼，千檣陣影壓波濤。赤城深泛旌旗動，射的遙銜竹箭高。」其三頷、頸二聯：「桔槔氣迸流烏火，組練光搖太白天。鵜鶘一呼風雨集，黿鼉雙駕斗牛懸。」其四頷、頸二聯：「海氣抱吳遙似馬，陣雲含越總如龍。中流鼓應潮聲疊，下瀨戈回日影重。」皆對仗工穩，意象萬千，顯現了作者駕馭語言的深厚功力。

關於這次海上大閱兵，作者另有〈報劉都督〉一文，是寫給當時協守浙江的副總兵劉顯（西元？—一五八一年）的，文中有云：「不佞既東，陌落恬然，秋毫不犯。登場大閱，復睹紀律森嚴，士氣距跌，技藝精真，可蹈水火。艨艟便捷，投枚記里，槳舵之利，折旋如活。炮石四興，波濤響應，削柹樹檄，示疑設伏。所徵敘、瀘弁旄之步，閩、粵善遊之徒，三河挽強之騎輩相扼捥，唯敵是求。乃日椎牛行犒，而帷幄自愛也。可暴豈其才，可挫豈其志乎？」行文雖稍嫌晦澀，但已將抗擊日本倭寇的名將劉顯的治軍嚴整和盤托出，並非充滿官話、套話的官樣文章。將李攀龍此詩與〈報劉都督〉有關文字對讀，可發現作者的情感真誠，並非一般應酬之作。

梅花

陸楫

【題解】這首五絕專詠梅花，即梅樹的花，早春先葉開放，花瓣五片，有粉紅、白、紅等顏色，屬於觀賞植物。

【作者】陸楫（西元一五一五—一五五二年），字思豫，上海人，陸深子，承父蔭入國子監讀書。著有《蒹葭堂稿》八卷。生平詳見林樹聲〈陸君墓誌銘〉。陳田《明詩紀事》己籤卷二〇選其詩一首。胡玉縉《四庫未收書目提要續編》卷四著錄陸楫「《蒹葭堂稿》十卷」，略謂：「是集為楫子臺所編，前有莫如忠序，本附於《儼山文集》後。為江南圖書館所藏嘉靖刊本。楫淵源家學，故集中詩文，雖未足名家，而亦頗有根柢，非摹仿剽竊者比。年只三十有八。使假以歲月，所詣當不止是也。析而出之，著之於錄，庶姓氏不致湮沒。」

疏影落寒枝，清香流夜月❶。欲獻調羹人❷，獨先百花發❸。

【注釋】❶疏影落寒枝二句　語本宋林逋〈山園小梅〉：「疏影橫斜水清淺，暗香浮動月黃昏。」❷調羹人以鹽、梅調和鼎鼐，比喻宰相等執政者。《尚書・說命下》：「若作和羹，爾惟鹽梅。」後因以「調羹」喻治理國家政事。唐羅隱〈梅〉：「天賜胭脂一抹腮，盤中磊落笛中哀。雖然未得和羹便，曾與將軍止渴來。」❸獨先百花發　唐齊己〈早梅〉：「前村深雪裡，昨夜一枝開。」宋陳亮〈梅花〉：「一朵忽先變，百花皆後香。」

【語譯】寒枝上映襯花影疏朗，夜月下清香浮動蕩漾。想獻與調和鼎鼐者，所以在百花之前開放。

【研析】「詩言志」，這首五絕顯然以梅花自喻，孤芳自賞中又不甘於寂寞，總想有所作為，所以先於百花開放，以便作進身之資。在古人筆下，梅花是高潔的象徵，其開放又往往預示春的消息到來人間。宋陸游〈浣花賞梅〉：「春回積雪層冰裡，香動荒山野水濱。」元謝宗可〈水中梅影〉：「春色一枝流不去，雪痕千點浸難消。」有時梅花就是作為春天的化身出現於詩人筆底的，南朝宋陸凱〈贈范蔚宗〉：「折梅逢驛使，寄與隴頭人。江南無所有，聊贈一枝春。」寫得飄逸瀟灑，很有情致。梅花作為春天的信使，在不畏寒冷風雪的狀況下，向人們昭示著希望與未來，英國詩人雪萊〈西風頌〉：「嚴冬若來時，哦，西風喲，陽春寧尚迢遙？」不也是在希望永存中給人鼓舞嗎！這首詩借梅花先於百花開放的特徵，轉移到捷足先登的意象，功利性的目的似乎強了一些，不過有此理想，總是儒家「如欲平治天下，當今之世，舍我其誰也」（《孟子・公孫丑下》）思想的反映，仍有其相當的積極意義在。

題竹

陸楫

【題解】這首七絕詠竹筍。竹，一種多年生的禾本科木質常綠植物，莖圓柱形，中空，直而有節，性堅韌，葉四季常青，經冬不凋。嫩芽即筍，可食

淇水❶蕭蕭❷碧玉❸寒，龍孫❹匝地❺長闌干❻。不知念舊❼情多少，

風露❽翻疑淚未乾。

【注釋】❶淇水　形容綠竹，語本《詩經・衛風・淇奧》：「瞻彼淇奧，綠竹猗猗。」淇水，即今淇河，源出今山西陵川，東南流至今河南汲縣東北淇門鎮南入黃河。淇奧，淇水彎曲處。❷蕭蕭　淒清。❸碧玉　比喻綠竹翠色欲滴。❹龍孫　竹筍的別稱，宋陸游〈癸亥正月十日夜夢三山竹林中筍出甚盛欣然有作〉：「一夜四山雷雨起，滿林無數長龍孫。」❺匝地　遍地。唐王勃〈還冀州別洛下知己序〉：「風煙匝地，車馬如龍。」❻闌干　交錯雜亂的樣子。❼念舊　不忘故舊。❽風露　風和露。

【語譯】淇水綠竹淒清如碧玉寒涼，竹筍遍地交錯琳琅。不知有多少懷念故舊的情懷，筍尖上露水彷彿有淚在流淌。

【研析】這首詩詩題為〈題竹〉，實則為詠竹筍。竹筍由竹的根狀莖即橫臥地下的竹鞭長成，遇

到適宜的自然條件時，生長極快，所謂「雨後春筍」常用來比喻事物的蓬勃發展，宋張耒〈食筍〉：「荒林春雨足，新筍迸龍雛。」竹筍破土而出以後還會懷念孕育其生長的母本竹嗎？詩人以「不知念舊情多少」設問，又以「風露翻疑淚未乾」為答，似乎心懷否定，折射出作者對於世道人心的疑慮，當是偶有所感而發，絕非無病呻吟之作。竹為歲寒三友之一，虛心勁節，一向受到文人墨客的盛情讚譽。南朝宋劉義慶《世說新語‧任誕》：「王子猷嘗暫寄人空宅住，便令種竹。或問：『暫住何煩爾？』王嘯詠良久，直指竹曰：『何可一日無此君？』」然而人情冷暖，世態炎涼，於是乎有美好聲譽的竹子也可成為詩人寄託憤懣的事物，這就是理解本詩取意的情感線索。此詩似乎在委婉勸喻讀者：人在任何情況下都不能忘本！

感舊

徐中行

【題　解】這首七絕題曰「感舊」，即懷念故舊的意思，所懷者為何人？雖已難於考見，但氣象蕭索，則可以想見。

【作　者】徐中行（西元一五一七—一五七八年），字子與，號龍灣，自稱天目山人，長興（今屬浙江湖州）人。嘉靖二十九年（西元一五五〇年）進士，授刑部主事，累官江西左布政使。卒官，年六十二歲。入李攀龍、王世貞詩社，明代「後七子」之一。有《青蘿館集》六卷、《天目山堂集》二十卷，《明史》卷二八七〈文苑三〉有傳，謂其：「中行性好客，無賢愚貴賤，應之不倦，故其死也，人多哀之。」清錢謙益《列朝詩集小傳》丁集〈徐布政中行〉有云：「子與好飲酒，賦性亢爽，不喜道人過。酒間塊壘，有觸而發，醒都忘之。」《四庫全書總目提要》卷一七八著錄徐中行《天目山堂集》二十卷附錄一卷，有云：「中行為後七子之一，王世貞《藝苑卮言》亟稱之，以為左準右繩，靡所不合。胡應麟《詩藪》則惜其少沉深之致；陳子龍《明詩選》復有摹古太似之譏。是非恩怨，輾轉相爭。要之，或褒或貶，各有所當，合而觀之，則中行之定評出矣。雜文亦有意矯揉，頗失渾雅。」陳田《明詩紀事》己籤卷二選徐中行詩八首，有按語云：「子與七律爽健。」

自別燕臺❶白日徂❷。華陽❸碣石❹總荒蕪。獨留一片西山❺月，猶照當年舊酒壚❻。

【注釋】❶燕臺　謂戰國燕昭王所築之黃金臺，故址在今河北易縣東南，相傳燕昭王築臺以招納天下賢士，故又稱賢士臺、招賢臺。事見南朝梁任昉《述異記》卷下。詩文中常用作君主或長官禮賢之典。❷徂　消逝。晉陶淵明〈祭從弟敬遠文〉：「日徂月流，寒暑代息。」❸華陽　即華陽臺，《燕丹子》卷下：「樊將軍得罪於秦，秦求之急，乃來歸太子，太子為置酒華陽之臺。」明蔣一葵《長安客話》卷五：「涿州多燕古跡，西南有華陽臺，舊傳燕丹與樊將軍置酒華陽館，出美人奇馬，即此處。」❹碣石　即碣石館，又名碣石宮，戰國時燕昭王為齊鄒衍所建的宮。因地近碣石，故名。《史記》卷七四〈孟子荀卿列傳〉：「是以騶子重於齊。適梁，惠王郊迎，執賓主之禮。適趙，平原君側行撇席。如燕，昭王擁彗先驅，請列弟子之座而受業，築碣石宮，身親往師之。」唐陳子昂〈薊丘覽古贈盧居士藏用〉其二：「南登碣石館。遙望黃金臺。」唐高適〈酬裴員外〉：

「題詩碣石館，縱酒燕王臺。」❺西山　京師（今北京市）西郊諸山的總稱，為太行山支脈。❻舊酒壚　即黃公酒壚，為悼念已逝故人之典。南朝宋劉義慶《世說新語·傷逝》：「王濬沖為尚書令，著公服，乘軺車，經黃公酒壚下過。顧謂後車客：『吾昔與嵇叔夜、阮嗣宗共酣飲於此壚。竹林之遊，亦預其末。自嵇生夭、阮公亡以來，便為時所羈紲。今日視此雖近，邈若山河。』」酒壚，賣酒處安置酒甕的砌臺。亦借指酒肆、酒店。

【語　譯】自從告別招賢臺白日即西沉，昔日的華陽臺、碣石宮都已荒蕪。西山獨獨留下一片月色，仍然籠罩昔日相聚的酒壚。

【研　析】感舊總是悲涼或感傷的，儘管過去與故友相聚的日子不算多，但朋輩凋零，昔日的光景不再，感喟之情自然湧上心頭。細味詩意，作者當是從南方北上京師，薄暮至夜經過河北易縣、涿州、西山一帶，有所感慨，故形諸筆墨。詩題所謂「感舊」亦兼有懷古的意蘊，戰國時代君主禮賢下士的風氣，至今早已蕩然無存，這是詩人感慨之一；昔日志同道合的故交友朋至今也星流雲散或人天永隔，這是詩人感慨之二。兩種感慨是否存在內在聯繫？即不尊重人才與故交早世有否因果關係，值得讀者深思，這也是詩的含蓄不盡之處，耐人尋味。南朝宋劉義慶《世說新語·任誕》：「張季鷹縱任不拘，時人號為『江東步兵』。或謂之曰：『卿乃可縱適一時，獨不為身後名邪？』答曰：『使我有身後名，不如即時一杯酒！』」唐李白〈將進酒〉：「古來聖賢皆寂寞，惟有飲者留其名。」〈感舊〉後二句是否也有這樣的意向呢？總之，這首七絕於撫今追昔中抒發心中憤懣，而欲言又止，恰到好處地宣洩出一己寥落之悲，感人至深。

燈下讀書

徐師曾

【題解】這首五律寫冬夜燈下讀書之真趣，發自肺腑，是有心得之言。

【作者】徐師曾（西元一五一七—一五八〇年），字伯魯，號魯庵，吳江（今屬江蘇）人。嘉靖三十二年（西元一五五三年）進士，選庶吉士，歷官吏科給事中，頻有建白。乞休歸，卒年六十四歲。平生兼通陰陽律曆、醫卜篆籀之說，著述宏富。著有《文體明辨》八十四卷、《湖上集》十四卷。生平詳見王世懋〈徐公墓表〉、王世貞〈徐魯庵先生湖上集序〉。清朱彝尊《靜志居詩話》卷一三〈徐師曾〉有云：「伯魯說經鏗鏗，又輯《文體明辨》，以迪後學。一官清要，五疏乞歸……詩亦清婉，蓋斤斤學唐者。」

寒夜親❶書卷，燈前揖古人。味長嫌漏❷短，道在識情真。魚豕❸批
訛字，丹鉛❹拂舊塵。徒然稱誦法❺，可復過先秦❻。

【注釋】❶親　接近，這裡是閱讀之意。❷漏　古代計時器，即漏壺。❸魚豕　即魯魚亥豕。「魯」和「魚」、「亥」和「豕」篆文形似，以致引起誤寫錯讀。晉葛洪《抱朴子・遐覽》：「諺曰：『書三寫，魚成魯，虛成虎。』」《呂氏春秋・察傳》：「有讀《史記》者曰：『晉師三豕涉河。』子夏曰：『非也，是己亥也。夫己與三相近，豕與亥相似。』」後以「魯魚亥豕」泛指書籍傳寫刊印中的文字錯誤。❹丹鉛　謂點勘書籍用的朱砂和

鉛粉，這裡謂校訂書籍。唐韓愈〈秋懷詩〉其七：「不如覷文字，丹鉛事點勘。」❺法 當謂先秦法家之有關言論。❻過先秦 作者自注：「過，責也。賈誼有〈過秦論〉。」賈誼（西元前二〇一—前一六九年），漢洛陽（今屬河南）人，年少即通諸家書，漢文帝召為博士，遷太中大夫，以言時弊為大臣所忌，出為長沙王太傅，抑鬱卒。世稱賈太傅、賈生，《史記》、《漢書》皆有傳。〈過秦論〉，賈誼所撰總結秦朝不二傳而亡的教訓的政論文，有對秦「仁義不施」的暴政的批判。

【語譯】寒夜裡閱讀書卷，彷彿在燈前揖拜古人。趣味橫生總嫌時間太快，道理透徹明瞭乃是作者情真。糾正刊印文字的錯訛，校訂書籍須拂去舊塵。徒然稱頌法家之治國，可曾知賈誼寫〈過秦〉。

【研析】詩人冬夜燈下讀書入迷，故有此作，可惜所讀何書未予透露，從尾聯判斷，可能是有關法家的著述。明何景明〈十四夜〉：「萬山秋葉下，獨坐一燈深。」在一種寂寥而又稍帶蕭疏氣氛的狀況下讀書吟詩，似乎更有意境，古人每喜以之入詩。唐盧照鄰〈長安古意〉：「寂寂寥寥揚子居，年年歲歲一床書。」即專從寂寥著眼渲染讀書之趣。唐司空曙〈喜外弟盧綸訪宿〉：「月中黃葉樹，燈下白頭人。」色彩運用相映成趣，而又帶有一種莫名的淒清之情。唐馬戴〈灞上秋居〉：「落葉他鄉樹，寒燈獨夜人。」所用意象更為冷清。古代物質條件所限，燈光遠不如今天明亮，但在背景普遍較為暗淡的夜中，卻能給人以鮮明的感受，從而形成一種獨特的意境。明謝榛對此心有靈犀一點通，有異常靈敏的感觸，所吟詩常用「燈」點綴其中。如「關河秋後雁，風雨夜深燈」，「亂雲關樹暝，寒雨驛燈孤」，「孤燈千里客，夜半兩年情」，「秋天落木愁多少，夜雨殘燈夢有無」，「驛燈孤照征人夢，邊月高懸落雁哀」等等。如果明瞭古人對「燈」的獨特感受，對於理解這首〈燈下讀書〉的妙處，就會別有會心了。

中秋聞笛

徐師曾

【題解】這首五絕寫於中秋之夜。中秋，民間傳統節日，又名仲秋節、團圓節、八月節，時在農曆八月十五日，與春節、端午節共同構成我國民間的三大傳統節日。中秋節源於周代秋分祭月的習俗，北宋時始定為八月十五日。

殘梅❶落江上，羌笛❷不勝愁。借問今宵月❸，何人獨倚樓❹？

【注釋】❶殘梅　謂笛曲〈梅花落〉，漢樂府橫吹曲名。宋郭茂倩《樂府詩集》卷二四〈橫吹曲辭四・梅花落〉題解：「〈梅花落〉，本笛中曲也。按唐大角曲亦有〈大單于〉、〈小單于〉、〈大梅花〉、〈小梅花〉等曲，今其聲猶有存者。」❷羌笛　古代的管樂器，因出於羌中，故名。唐王之渙〈涼州詞〉其一：「羌笛何須怨楊柳，春風不度玉門關。」宋沈括《夢溪筆談》卷五〈樂律〉：「笛有雅笛，有羌笛，其形制所始，舊說皆不同。」❸今宵月　唐熊孺登〈八月十五夜臥疾〉：「一年只有今宵月，盡上江樓獨病眠。」❹何人獨倚樓　語本唐趙嘏〈長安秋望〉：「殘星幾點雁橫塞，長笛一聲人倚樓。」

【語譯】〈梅花落〉一曲飄蕩江上，羌笛之聲十分哀愁。請問今宵月夜下，何人獨倚在江樓？

【研　析】這首五絕情緒哀怨，似有難以言傳的苦悶與憂愁。八月十五中秋節本是闔家團圓的佳節，詩末句一個「獨」字點出詩中主人公憂愁之源。唐白居易有〈中秋月〉一詩：「萬里清光不可思，添愁益恨繞天涯。誰人隴外久征戍，何處庭前新別離。失寵故姬歸院夜，沒蕃老將上樓時。照他幾許人腸斷，玉兔銀蟾遠不知。」恰可為此詩「不勝愁」與「獨倚樓」悲涼氣氛的注腳。唐張祜〈中秋月〉直逼人類情感之最脆弱處：「人間繫情事，何處不相思。」夜中笛聲在古人詩中也常帶有思念、孤苦或羈旅他鄉的意象，唐李白〈清溪半夜聞笛〉：「羌笛梅花引，吳溪隴水情。寒山秋浦月，腸斷玉關聲。」唐岑參〈秋夜聞笛〉：「天門街西聞搗帛，一夜愁殺湘南客。長安城中百萬家，不知何人吹夜笛。」唐李中〈旅夜聞笛〉：「長笛起誰家，秋涼夜漏賒。一聲來枕上，孤客在天涯。木末風微動，窗前月漸斜。暗牽詩思苦，不獨落梅花。」如果用所舉三詩與所選詩相比較，或許可見徐師曾學唐的用心。

讀莊子

徐　渭

【題　解】這首五言古詩屬於讀書詩。莊子，謂書名，今存三十三篇，包括內篇七篇、外篇十五篇、雜篇十一篇，據傳內篇為莊子撰，外篇等為其弟子及後來道家所作。晉郭象所注《莊子》為今傳較著名者。

【作　者】徐渭（西元一五二一—一五九三年），初字文清，更字文長，號天池山人、青藤道士，又署田水月，山陰（今浙江紹興）人。嘉靖十九年（西元一五四〇年）進學（俗稱秀才），鄉試屢不第，入胡宗憲幕，掌書記，知兵，好奇計。宗憲入獄，因受牽連，患狂疾，自殺不遂，又殺繼室，入獄七年。後以書畫為生，窮老以終。著有《徐文長集》三十卷，今人有整理本《徐渭集》。《明史》卷二八八〈文苑四〉有傳，內云：「渭天才超軼，詩文絕出倫輩。善草書，工寫花草竹石。嘗自言：『吾書第一，詩次之，文次之，畫又次之。』」清錢謙益《列朝詩集小傳》丁集〈徐記室渭〉有云：「中郎（袁宏道）則謂其胸中有一段不可磨滅之氣，英雄失路，托足無門之悲，故其詩如嗔，如笑，如水鳴峽，如鐘出土，如寡婦之夜哭，羈人之寒起。當其放意，平疇千里，偶爾幽峭，鬼語幽墳。微中郎，世豈復知有文長！」清朱彝尊《靜志居詩話》卷一四〈徐渭〉有云：「文長詩，原本長吉，間雜宋、元流派。」《四庫全書總目提要》卷一七八著錄徐渭《徐文長集》三十卷，內云：「其詩欲出入李白、李賀之間，而才高識僻，流為魔趣。選言失雅，纖佻居多，譬之急管么弦，淒清幽渺，足以感蕩心靈，而揆以中聲，終為別調。觀袁宏道之激賞，知其臭味所近矣。」陳田《明詩紀事》己籤卷一七選徐渭詩十三首，有按語云：「文長詩如秋高木落，山骨稜稜；又如潦盡潭清，荇藻畢露。惟詩才放逸，涉怪涉俳。」

莊周❶輕死生❷，曠達❸古無比。何為數論量❹，生死反大事。乃知無言❺者，莫得窺其際❻。身沒名不傳，此中有高士❼。

【注釋】❶莊周　即莊子（約西元前三六九—前二八六年），戰國宋蒙（今河南商丘）人，曾為漆園吏，相傳楚威王曾聘其為相，辭不就。著書十餘萬言，獨尊老子而屏斥儒墨，主張清靜無為，多出以寓言。《史記》卷六三有傳。❷輕死生　謂莊子相對主義哲學的生死觀。如《莊子‧齊物論》有云：「方生方死，方死方生；方可方不可，方不可方可。」同篇又云：「天下莫大於秋豪之末，而大山為小；莫壽乎殤子，而彭祖為夭。」又《莊子‧達生》有云：「生也死之徒，死也生之始，孰知其紀！人之生，氣之聚也；聚則為生，散則為死。若死生為徒，吾又何患！」❸曠達　形容人的心胸開朗、豁達。《晉書》卷三五〈裴頠傳〉：「處官不親所司，謂之雅遠；奉身散其廉操，謂之曠達。」❹論量　評論，計較。《莊子》一書涉及生死問題的文字約有數十處之多。❺無言　莊子相對主義哲學概念。《莊子‧寓言》：「不言則齊，齊與言不齊，言與齊不齊也，故曰無言。言無言，終身言，未嘗言；終身不言，未嘗不言。」❻際　謂事物的分界、區分。❼高士　謂志行高潔之士。

【語　譯】莊子不以生死為念，心胸豁達古來無人能比。為何屢次討論生與死，反而令生死成了大事。於是方知那無言者，難以窺測其是是非非。身後沒有任何名聲，這裡面有真正的高潔士。

【研　析】這首五言古詩是對莊子相對主義哲學生死觀的一種肯定，但又有所懷疑，作者的矛盾心理也反映出自身世界觀頗有可議之處。《莊子‧知北遊》：「人生天地之間，若白駒之過隙，忽然而已。注然勃然，莫不出焉；油然漻然，莫不入焉。已化而生，又化而死，生物哀之，人類悲之。」莊子認為人世間孰是孰非並沒有絕對的客觀標準，從而抹煞事物的一切差別，《莊子‧齊物論》云：「是亦彼也，彼亦是也。彼亦一是非，此亦一是非。」

徐渭仕途坎坷，並受老莊思想影響，其人生觀帶有相當多的消極因素就成為必然。抗倭名臣胡宗憲對他有知遇之恩，卻又因朝中權力鬥爭而下獄，徐渭則懼禍而發狂，曾自殺未遂。他寫有〈自為墓誌銘〉一文，內云：「余讀旁書，自謂別有得於《首楞嚴》、《莊周》、《列禦寇》若黃帝《素問》諸篇。」此文篇末綴以韻語云：「杼全嬰，疾完亮，可以無死，死傷諒；兢繫固，允收邕，可以無生，生何憑？」用諸多古人事詮釋生與死的問題，恰可作為這首詩的注腳。那麼徐渭心目中的「高士」，即「身沒名不傳」的「無言者」又是何等樣人呢？南朝宋劉義慶《世說新語・任誕》一則可為注腳：「張季鷹縱任不拘，時人號為『江東步兵』。或謂之曰：『卿乃可縱適一時，獨不為身後名邪？』答曰：『使我有身後名，不如即時一杯酒！』」作為造詣極高的藝術家與文學家的徐渭由於命途多舛，其人生態度彷彿如晉人張翰（字季鷹）一般玩世不恭，實則其用世之心頗切，難以如願，不妨以佯狂面世，這無疑是一個時代的悲劇。

楊妃春睡圖

徐　渭

【題　解】這首七言古詩為題畫詩。所詠「楊妃」，即唐代有名的楊貴妃（西元七一九—七五六年），小字玉環，蒲州永樂（今山西芮城西南）人，蜀州司戶參軍楊玄琰女，早孤，養於叔父家，資質豐豔，能歌善舞，聰明伶俐。始為唐玄宗之子壽王李瑁妃，開元二十八年（西元七四〇年）詔度為女道士，號太真，旋召入禁中，天寶四載（西元七四五年）冊封貴妃。推恩家族，母姊皆封國夫人，叔、從兄皆為卿，從祖兄楊釗（楊國忠）為相。安祿山反，楊妃隨玄宗逃蜀，至馬嵬坡（今陝西興平西），禁軍大將陳玄禮兵變，被縊殺。新、舊《唐書》皆有傳。

守宮❶夜落胭脂臂❷，玉階草色蜻蜓醉❸。花氣❹隨風出御牆❺，無人知道楊妃睡。皂紗❻帳底絳羅❼委，一團紅玉❽沉秋水❾。畫裏猶能動世人，何怪當年走天子❿。欲呼與語不得起，走向屏西打鸚鵡⓫。為問華清⓬日影斜，夢裏曾飛何處雨⓭。

【注釋】❶守宮　即壁虎。古代傳說將飼以朱砂的壁虎搗爛，點於女子肢體以防不貞，謂之「守宮」。晉張華《博物志》卷四：「蜥蜴或名蝘蜓。以器養之，食以朱砂，體盡赤，所食滿七斤，治搗萬杵，點女人支體，終身不滅。唯房室事則滅，故號守宮。」唐李商隱〈河陽詩〉：「巴西夜市紅守宮，後房點臂斑斑紅。」❷胭脂臂　謂楊妃被點上守宮的手臂。胭脂，一種用於化妝和國畫的紅色顏料，這裡代指鮮豔的紅色。❸玉階草色蜻蜓醉　語本唐崔護〈三月五日陪裴大夫泛長沙東湖〉：「湖光迷翡翠，草色醉蜻蜓。」玉階，玉石砌成或裝飾的臺階，這裡為唐宮中臺階的美稱。❹花氣　花的香氣。唐劉昚虛〈海上詩送薛文學歸海東〉：「春浮花氣遠，思逐海水流。」❺御牆　謂宮牆。唐張籍〈華清宮〉：「武帝時人今欲盡，青山空閉御牆中。」❻皂紗　黑色的紗。❼絳羅　紅色紗羅。❽紅玉　紅色寶玉，古人常用來比喻美人肌色。《西京雜記》卷一：「趙后體輕腰弱，善行步進退，女弟昭儀，不能及也。但昭儀弱骨豐肌，尤工笑語。二人並色如紅玉。」唐施肩吾〈夜宴曲〉：「被郎嗔罰琉璃盞，酒入四肢紅玉軟。」❾秋水　比喻清朗的氣質。唐杜甫〈徐卿二子歌〉：「大兒九齡色清徹，秋水為神玉為骨。」❿走天子　謂唐玄宗因寵幸楊妃而導致安史之亂，被迫逃蜀。⓫打鸚鵡　語本唐李廓〈長安少年行十首〉其十：「小婦教鸚鵡，頭邊喚醉醒。」⓬華清　即華清宮，唐宮殿名。在今陝西臨潼城南驪山麓，其地有溫泉。唐貞觀十八年（西元六四四年）建湯泉宮，咸亨二年（西元六七一年）改名溫泉宮，天寶六載（西元七四七年）再行擴建，改名華清宮，唐玄宗寵幸楊妃，每年皆到此過冬。天寶十五載宮殿毀於兵火。唐白居易〈長恨歌〉：「春寒賜浴華清池，溫泉水滑洗凝脂。」⑬夢裏曾飛何處雨　暗用「雲雨」典，謂男女歡會。戰國楚宋玉〈高唐賦序〉：「昔者楚襄王與宋玉遊於雲夢之臺，望高唐之觀，其上獨有雲氣……王問玉曰：『此何氣也？』玉對曰：『所謂朝雲者也。』王曰：『何謂朝雲？』玉曰：『昔者先王嘗遊高唐，怠而晝寢，夢見一婦人曰：妾巫山之女也，為高唐之客，聞君遊高唐，願薦枕席。王因幸之。去而辭曰：妾在巫山之陽，高丘之岨，旦為朝雲，暮為行雨。朝朝暮暮，陽臺之下。』」

【語譯】手臂胭脂紅經過初夜已脫落，玉石階下綠草正令蜻蜓痴迷如醉。花香隨風飄出宮牆之外，還無人知曉楊妃仍在沉睡。黑紗帳裡透露紅色紗羅委地，映襯紅玉般肌膚丰神似秋水。圖畫中身影尚能如此動人遐想，何須奇怪當年天子為之蒙塵受罪。想要喚起畫中人終難實現，且到屏風西側催促鸚鵡對語。要問華清宮日影已西斜，夢境裡又曾在何處為雲行雨。

【研析】古人吟詠楊妃與唐玄宗之情事，類似題材在唐代就已經很多。天寶三載（西元七四四年），唐玄宗與楊妃在興慶宮沉香亭賞牡丹花，李白醉中呈〈清平調三首〉云：「雲想衣裳花想容，春風拂檻露華濃。若非群玉山頭見，會向瑤臺月下逢。」「一枝穠豔露凝香，雲雨巫山枉斷腸。借問漢宮誰得似，可憐飛燕倚新妝。」「名花傾國兩相歡，長得君王帶笑看。解釋春風無限恨，沉香亭北倚闌干。」合牡丹與美人混同言之，人花不分，風流旖旎，絕世丰神，構思獨特。唐白居易〈長恨歌〉有云：「回眸一笑百媚生，六宮粉黛無顏色。春寒賜浴華清池，溫泉水滑洗凝脂。侍兒扶起嬌無力，始是新承恩澤時。雲鬢花顏金步搖，芙蓉帳暖度春宵。春宵苦短日高起，從此君王不早朝。」「楊妃春睡圖」原畫或許即據白居易詩意所繪。

清張謙宜《絸齋詩話》卷六評徐渭這首七古云：「〈楊妃春睡圖〉，如此熟題，看他設色遣調，蒼沉老辣，故是作家開生面處。」評價甚高。徐渭是畫家，因而對於色彩有天生的敏感，此詩中凸顯了四種色彩，即紅色、綠色、黑色三種主色調，與「秋水」色一種類似背景色的色調，後一種只能憑讀者想像方可呈現，增添了全詩夢幻迷離的情調，而這種意境的獲得正好與「春睡」的題旨相符，從而有了引人入勝的藝術魅力。

王元章倒枝梅畫

徐　渭

【題　解】這首七絕是一首題畫詩。王元章，即王冕（西元？—一三五九年），字元章，一字元肅，諸暨（今屬浙江）人。自幼家貧牧牛，好讀書以自成立，元末有人以館職薦，辭不就，歸隱會稽九里山，植梅千株，自號梅花屋主。朱元璋兵下紹興，曾授王冕諮議參軍，未幾卒。能詩，擅畫，精篆刻，尤喜畫梅。《明史》卷二八五有傳。倒枝梅，即枝條下垂之梅花，當是畫家棄凡俗畫法而有意為之。

皓態❶孤芳壓俗姿，不堪復寫拂雲枝❷。從來萬事嫌高格❸，莫怪梅花著地垂。

【注　釋】❶皓態　謂潔白的體態。❷拂雲枝　謂一般畫梅枝條曲折向上的形態。❸高格　高超的格調。王冕

〈墨梅〉：「我家洗硯池頭樹，個個花開淡墨痕。不要人誇好顏色，只留清氣滿乾坤。」

【語　譯】潔白體態孤芳自賞壓倒世俗之梅，不願再畫向上挺立的梅枝。從來世間萬事嫌棄高格調，就不要怪罪這梅枝向地低垂。

【研　析】王冕與徐渭皆是畫家，兩百餘年的歷史跨度，並沒有隔斷後者對於前者的充分理解與尊重。王冕家貧，曾有用所畫梅花換米之舉，徐渭〈王元章墓〉一詩云：「君畫梅花來換米，予今換米亦梅花。安能喚起王居士，一笑花家與米家。」又〈題畫梅二首〉其一云：「皂牛兩碟酒三卮，索寫梅花四句詩。想見元章愁米日，不知幾斗換冰枝。」雖為玩笑之語，但那種同情至今仍能體會。這首題畫詩有傷感王冕終生難遇的內涵，孤芳自賞中又有些借他人酒杯澆自己心中塊壘的用心，實則也寫出自家徒有一腔熱血，而無處拋灑的無可奈何心態。題畫詩能夠物我合一，會通古人，也算是該類題材中的翹楚之作了。

上谷歌九首（選其一）

徐　渭

【題　解】這組七絕詩共九首，此詩為第一首。據其自撰《畸譜》：「五十六歲，孟夏，赴宣撫吳幕招，是年為丙子。」則此組詩當作於萬曆四年（西元一五七六年）。上谷，地名，在居庸關以西，戰國燕置上谷郡，秦時治所在沮陽（今河北懷來東南）。明代這一帶為受北方蒙古殘餘勢力經常騷擾之地，正統十四年（西元一四四九年），明英宗親率五十萬大軍駐土木堡（今河北懷來東），為瓦剌軍也先所破，英宗成了俘虜。

少年曾負請纓❶雄，轉眼青袍❷萬事空。今日獨餘霜鬢❸在，一肩輿❹坐度居庸❺。

【注　釋】❶請纓　謂自告奮勇、立志報國的壯懷。《漢書》卷六四下〈終軍傳〉：「南越與漢和親，乃遣軍使南越，說其王，欲令入朝，比內諸侯。軍自請：『願受長纓，必羈南越王而致之闕下。』」❷青袍　謂無官職的平民寒士。唐李商隱〈淚〉：「朝來灞水橋邊問，未抵青袍送玉珂。」❸霜鬢　白色鬢髮，形容年老。❹肩輿　轎子。❺居庸　即居庸關，在今北京市昌平區，距市中心百里，為長城的一個重要關口，明代京師西北的屏障，兩旁高山屹立，中有長達近四十里的溪谷，俗稱關溝。

【語　譯】少年時立志報國雄心壯，轉眼間仍然一介平民萬事空。如今只剩雙鬢染秋霜，乘一小轎過居庸。

【研　析】清張謙宜《絸齋詩話》卷六評徐渭這組七絕詩云：「〈上谷歌〉，放手之作，須看他老氣處。」誠為知言。據徐渭自撰《畸譜》，作者四十六歲因精神失常殺繼室張氏，入獄六年後，以友人救援免死被釋，以後一直處於窮困潦倒的境地。赴宣撫吳幕，作者已經五十六歲，垂垂老矣，卻仍然不得不一試運氣，其悲涼心態可想而知。過居庸關是赴宣府吳幕的必經之路，首句用漢代終軍「請纓」之典，除言自己少年抱負外，還有比照終軍過關「棄繻」一事的隱含義，詳見本書所選謝榛〈榆河曉發〉注❻。出關為國家籌劃邊事，當是少壯者騎於馬上雄赳赳而行，然而年已衰老的作者卻只能乘坐「一肩輿」過居庸關，其間滋味可想而知。

本詩之第四句看似尋常，其實一腔淒涼之情皆蘊涵於其中，不可輕易放過。本組詩其四：「遙憶前朝己巳年，六龍北去未難旋。黑雲敢作軍中孽，莫怪區區一也先。」所詠即將近一百三十年前的土木之變中明英宗被俘一事，可見作者雖已年邁，但對國事仍然滿腔熱情，亟思有所作為。除此組詩，作者還寫有〈上谷邊詞〉八首，也是七絕，當寫於同一時期。然而天不從人願，徐渭這次北行並不如意，據《畸譜》，他第二年春天就從宣府歸寓北京，臥病一段時間後，於中秋時節返回故鄉越地。一代才人，遭逢不偶，可發千古一歎！

游爛柯山

田藝衡

【題　解】這是一首大有趣味的七律詩。爛柯山，又名石室山，在今浙江衢州南；又河南新安、山西沁縣、廣東高要都有爛柯山，皆相傳為樵夫遇仙處。這裡當指今浙江境內之爛柯山。

【作　者】田藝衡（西元一五二四－一五八三年?），字子藝，號品嵒子，又自號阿蒙，錢塘（今浙江杭州）人，著名學者田汝成子。以歲貢生為休寧縣學教諭，旋罷歸，優遊山水間，足跡半天下。博學善屬文，作詩有才調，為人所稱。嗜酒任俠，多聞好奇，世以比之楊慎，為人高曠磊落，至老愈豪。著有《香宇集》三十四卷拾遺一卷。《明史》卷二八七〈文苑三〉有傳，謂其「作詩有才調，為人所稱」。生平詳見田藝衡《品嵒子小傳》、歐大任《子藝小傳》。清錢謙益《列朝詩集小傳》丁集〈田廣文藝衡〉有云：「十歲從其父過采石，賦詩云：『白玉樓成招太白，青山相對憶青蓮。寥寥采石江頭月，曾照仙人宮錦船。』」《四庫全書總目提要》卷一七八著錄田藝衡《田子藝集》二十一卷，內云：「藝衡在嘉、隆間，猶為博洽，而詩格頗嫌冗漫。」陳田《明詩紀事》庚籤卷二八選其詩一首。

青霞❶縹緲隱崆峒❷，流水高山九曲❸通。仙磴❹入雲深步月❺，石梁橫漢❻遠垂虹。局殘莫問春如許，柯爛那知世不同❼。到此忽忘身作客，碧桃相對笑東風❽。

【注　釋】❶青霞　即青雲，青色的雲。❷崆峒　山勢高峻的樣子。❸九曲　迂迴曲折。❹仙磴　謂上山的石階。❺步月　通常謂月下散步，唐杜甫〈恨別〉：「思家步月清宵立，憶弟看雲白日眠。」這裡當謂石階遠上如入月宮。❻漢　謂霄漢，即天空。❼局殘莫問春如許二句　謂王質入山砍柴遇仙事。南朝梁任昉《述異記》卷上：「信安郡石室山，晉時王質伐木，至，見童子數人，棋而歌，質因聽之。童子以一物與質，如棗核，質含之，不覺飢。俄頃，童子謂曰：『何不去？』質起，視斧柯爛盡，既歸，無復時人。」❽碧桃相對笑東風　謂如入仙境。唐高蟾〈下第後上永崇高侍郎〉：「天上碧桃和露種，日邊紅杏倚雲栽。芙蓉生在秋江上，不向東風怨未開。」碧桃，桃樹的一種，一名千葉桃，為傳說中西王母曾經贈給漢武帝的仙桃。

【語　譯】縹緲青雲遮蔽高峻的山勢，流水高山別有曲徑相通。入雲的石階彷彿可踏入月宮，遠處石梁横亙如天際垂虹。昔時觀棋顧不上春色如許，斧柄腐朽不知幾度秋風。我來此間也忘記客遊身分，碧桃笑春風如在仙境中。

【研　析】「山中方七日，世上已千年」，類似的「仙話」在中國民間不乏市場。時間的流逝會引來古人的嗟歎：「惟草木之零落兮，恐美人之遲暮」（戰國楚屈原〈離騷〉），時不我待令亟欲有所作為的三閭大夫產生焦慮。「前不見古人，後不見來者。念天地之悠悠，獨愴然而涕下。」（〈登幽州臺歌〉）唐代陳子昂的感慨代表了人類在無限時空面前的渺茫感。「此一時也，彼一時也」（《孟子・公孫丑下》），古代的哲人以時間的推移為自己的言行辯護。《伊索寓言》中有「時間能解決困難的問題」的說教，古希臘的哲學家注意到了時間的另一功用。

能否擺脫時間的羈絆，曾召喚出古人瑰麗的幻想，《莊子・逍遙遊》中對鯤鵬超越時空的描述，就是這一幻想的具象化。晉王質觀弈爛柯的故事，當屬於古人時間幻想的故事化，田藝蘅這首七律本屬於遊覽題材，由於以「爛柯」事為中心，其實質卻類似於遊仙題材，充滿了對時空變幻的嚮往，而其主觀感覺則是有真實的心理依據的。人們常說「歡娛嫌夜短，寂寞恨更長」，是時間具有主觀性的證明，唐李益〈同崔邠登鸛雀樓〉：「事去千年猶恨速。愁來一日即為長。」可為旁證。田藝蘅之遊爛柯山，心情愉悅，所以「到此忽忘身作客」，也就是欣喜中已感覺不到時間的流逝，達到物我同一。對照徐渭〈題王質爛柯圖〉：「閒看數著爛樵柯，澗草山花一剎那。五百年來碁一局，仙家歲月也無多。」顯然徐渭的這種情感就有些悲觀了。

逢故相國侍兒感賦

田藝蘅

【題解】這首七律塗有一層淡淡的悲涼色彩。故相國，謂明廷主持內閣的已故首席大學士，或稱首輔，嘉靖至萬曆初權勢最重，獨專票擬。這裡的「故相國」或許謂在萬曆初擔任首輔的張居正，當政十年，權勢赫赫，萬曆十年（西元一五八二年）病卒後，明神宗以其生前恩威震主，其家慘遭抄籍。相國，古官名，漢以後為宰相的尊稱。明朱元璋廢相權，後稱首輔大學士為相國。侍兒，即侍妾。

幾年流落在錢唐❶，一曲琵琶淚兩行。妝閣❷不聞鸚鵡喚，舞裙猶帶鷓鴣香❸。翠屏❹珠戶❺俱成夢，柳葉❻桃根❼祗自傷。我亦近來飄泊甚，醉中為爾一沾裳。

【注釋】❶錢唐　即今浙江杭州。❷妝閣　謂婦女的居室。唐王維〈班婕妤〉其三：「怪來妝閣閉，朝下不相迎。」❸鷓鴣香　舊時產於海南的一種名貴香名，焚燒取其香氣。❹翠屏　綠色屏風。南朝梁江淹〈麗色賦〉：「紫帷鉛匝，翠屏環合。」❺珠戶　珠飾的門戶，多指閨房。南唐馮延巳〈應天長〉：「挑銀燈，扃珠戶，繡被微寒值秋雨。」❻柳葉　似當作「柳枝」，這裡因平仄關係，改稱柳葉。柳枝，唐韓愈侍姬名。宋陳師道《後山詩話》：「（韓愈）老有二妓，號絳桃、柳枝。」❼桃根　晉王獻之愛妾桃葉之妹。王獻之〈桃葉歌三首〉其二：「桃葉復桃葉，桃樹連桃根。相憐兩樂事，獨使我殷勤。」

【語　譯】你在錢塘一帶流落已有幾年，琵琶一曲後淚水兩行。居室鸚鵡聲喚早成追憶，舞裙仍帶有昔日鷓鴣香。翠屏珠戶的生涯全成夢寐，柳葉桃枝的命運獨自神傷。我近來也頗不得意，醉酒中為你淚下沾裳。

【研　析】失意者同病相憐，可以暫時弭平社會地位的高低尊卑，「同是天涯淪落人，相逢何必曾相識」，唐白居易在其歌行〈琵琶行〉中如是說。北宋覆亡後，流落北方已仕金的宇文虛中在一次宴飲中見宋某宗室女已成為侑酒歌妓，感慨萬千，賦〈念奴嬌〉一詞云：「疏眉秀目，看來依舊是，宣和妝束。飛步盈盈姿媚巧，舉世知非凡俗。宋室宗姬，秦王幼女，曾嫁欽慈族。干戈浩蕩，事隨天地翻覆。　一笑邂逅相逢，勸人滿飲，旋旋吹橫竹。流落天涯俱是客，何必平生相熟。舊日黃華，如今憔悴，付與杯中醁。興亡休問，為伊且盡船玉。」其中「流落天涯俱是客，何必平生相熟」二句，與白居易之名句可謂異曲同工；而全詞又融入「興亡」意識，與這首〈逢故相國侍兒感賦〉一詩的政壇變局的背景相似，也可兩相比較。從人類心理因素而言，情感的認同與社會身分的跌宕起伏大有關聯，田藝蘅詩中「故相國侍兒」從錦衣富貴中跌入街頭賣唱者的行列，從而引來命途坎坷文人的共鳴。唐杜甫有〈江南逢李龜年〉一首絕句，寫於安史之亂後：「岐王宅裡尋常見，崔九堂前幾度聞。正是江南好風景，落花時節又逢君。」將個人命運之轉換與國家巨變聯繫起來，顯然其境界就高出了許多。

山中夜坐

田藝蘅

獨居幽澗中，月照盤石❶上。清風觸瑤琴❷，泠泠❸自成響。

【題解】這首五絕描寫月下山中靜坐之情景，饒有禪意。

【注釋】❶盤石　即磐石，謂大石。❷瑤琴　用玉裝飾的琴。宋何薳《春渚紀聞》卷八〈古琴品飾〉：「秦漢之間所製琴品，多飾以犀玉金彩，故有瑤琴、綠綺之號。」❸泠泠　形容聲音清越、悠揚。唐常建〈江上琴興〉：「江上調玉琴，一弦清一心。泠泠七弦遍，萬木澄幽陰。」宋朱熹〈次秀野韻題臥龍庵〉：「更把枯桐寫奇趣，鵾弦寒夜獨泠泠。」

【語譯】獨自居住於幽深的山澗中，月光灑在大石之上。清風徐來拂過瑤琴，七弦悠揚自鳴音響。

【研析】作者此詩有意學習唐人王維詩風，任性自然，以禪悟詩，理趣悠然，超脫塵世。田藝蘅另有〈冬夜夢中即事〉一詩，內云：「可人惟有王摩詰，共泛孤舟下輞川。」可見他對王維的真心推崇。王維〈鹿柴〉：「空山不見人，但聞人語響。返景入深林，復照青苔上。」〈竹里館〉：「獨坐幽篁裡，彈琴復長嘯。深林人不知，明月來相照。」〈辛夷塢〉：「木末芙蓉花，山中發紅萼。澗戶寂無人，紛紛開且落。」〈鳥鳴澗〉：「人閒桂花落，夜靜春山空。月出驚山鳥，時鳴春澗中。」〈山中〉：「荊谿白石出，天寒紅葉稀。山路元無雨，空翠濕人衣。」從用語措辭到意境營造，田藝蘅效法王維的痕跡非常明顯，並且相似度很高，幾可亂真，並非一般照貓畫虎之作。

寄戚少保元敬二首（選其一）

汪道昆

【題　解】這首七律是寄人之作，當作於萬曆十二年（西元一五八四年）。戚少保，即明代抗倭名將戚繼光（西元一五二八－一五八八年），字元敬，號南塘，晚號孟諸，蓬萊（今屬山東）人。嘉靖二十三年（西元一五四四年）嗣世職為登州衛指揮僉事。十一年後調任浙江都司僉事，在抗倭戰爭中屢立戰功，建戚家軍，升福建總兵官。曾赴粵助俞大猷抗倭，後調任北方鎮守薊州，屢敗蒙古諸部，進左都督，加太子太保，錄功加少保。張居正卒後，戚繼光受排擠被調往廣東，一年即請病歸里，卒於家。著有《紀效新書》、《止止堂集》等。《明史》卷二一二有傳。少保，明代中葉以後屬於加官或贈官之一，從一品。汪道昆與戚繼光有很深的友情。

【作　者】汪道昆（西元一五二五－一五九三年），字伯玉，號南明，歙縣（今屬安徽黃山市）人。嘉靖二十六年（西元一五四七年）進士，授義烏知縣，教民講武，人人能投石超距，世稱義烏兵。後備兵閩海，與戚繼光募義烏兵破倭寇，擢司馬郎，累升兵部侍郎，乞養歸，卒年六十九歲。嘗與李攀龍、王世貞輩切劘為古文辭，世貞稱其文簡而有法，由是名大起。世貞亦嘗貳兵部，天下稱兩司馬。著有《太函集》一百二十卷。生平詳見喻均〈汪南明先生墓誌銘〉，《明史》卷二八七〈文苑三〉有傳。清錢謙益《列朝詩集小傳》丁集〈汪侍郎道昆〉有云：「伯玉為古文，初剿襲空同、槐野二家，稍加琢磨，名成之後，肆意縱筆，沓拖潦倒，而循聲者猶目之曰大家。於詩本無所解，沿襲七子末流，妄為大言欺世。」清朱彝尊《靜志居詩話》卷一三〈汪道昆〉有云：「聞伯玉晚年林居，乞詩文者填戶，編號給牌，以次給發，享名之盛，幾過於元美。蓋元美所推獎二人，于鱗道峻，仕又不達，伯玉道廣，位歷崇階，人情望炎而趨，不慮其相埒也。錢氏詆諆伯玉，未免太甚。」陳田《明詩紀事》己籤卷三選汪道昆詩一首，有按語云：「伯玉在閩，頗立功名，史僅及其文章，亦憾事。元美稱『伯玉文，猶可說也』，胡元瑞《詩藪》稱『伯玉詩格調精嚴，句律整峭，斲削鍛鍊之工，幾於毫髮無憾』。評詩如此，何以信後。」

三朝❶宿將❷萬夫雄❸，更出樓船❹百粵❺東。豈謂飛霜移白簡❻，翻從橫海掛彤弓❼。玉關一入寬相憶❽，銅柱孤懸迥自蒙❾。此去望諸經食邑❿，不知冀北幾群空⓫。

【注釋】❶三朝　謂嘉靖、隆慶、萬曆三朝。❷宿將　久經戰陣的將領。❸萬夫雄　謂有萬夫不當之勇。❹樓船　古代用作戰船的有樓大船，亦代指水軍。❺百粵　同「百越」。我國古代南方越人的總稱。分布在今浙、閩、粵、桂等地，因部落眾多，故總稱百越。這裡指浙江、福建沿海一帶，為當時倭寇橫行之地，陸續為戚繼光所平定。❻豈謂飛霜移白簡　謂戚繼光在張居正死後遭受彈劾貶謫復罷官事。《明史》卷二一二本傳：「居正歿半歲，給事中張鼎思言繼光不宜於北，當國者遽改之廣東。繼光悒悒不得志，強一赴，逾年即謝病。給事中張希皋等復劾之，竟罷歸。」飛霜，這裡謂戚繼光受彈劾被冤屈事。《文選・江淹・詣建平王上書》：「昔者賤臣叩心，飛霜擊於燕地。」李善注：「《淮南子》曰：鄒衍盡忠於燕惠王，惠王信譖而繫之，鄒子仰天而哭，正夏而天為之降霜。」白簡，古時彈劾官員的奏章。❼翻從橫海掛彤弓　謂戚繼光從廣東卸任回歸鄉里。彤弓，即朱漆弓，古代天子用以賜有功的諸侯或大臣使專征伐。❽玉關一入寬相憶　謂戚繼光能從為國戍邊的艱苦境遇中保全性命歸來。語本《後漢書》卷四七〈班超傳〉：「超自以久在絕域，年老思土。十二年，上疏曰：『……臣不敢望到酒泉郡，但願生入玉門關。』」唐胡曾《詠史詩．玉門關》：「西戎不敢過天山，定遠功成白馬閒。半夜帳中停燭坐，唯思生入玉門關。」❾銅柱孤懸迥自蒙　謂海防與北方邊境形勢朝廷自以為無憂，實則自我蒙蔽。銅柱，銅製的作為邊界標誌的界樁。《後漢書》卷二四〈馬援傳〉「嶠南悉平」李賢注引晉顧微《廣州記》：「援到交址，立銅柱，為漢之極界也。」迥，副詞，表示程度深，為甚或全之義。蒙，欺瞞；蒙蔽。❿此去望諸經食邑　謂戚繼光返鄉當路經望諸一帶與戰國名將樂毅的封邑觀津。望諸，古澤名，春秋屬宋，戰國時為齊地，後歸趙，故地在今河南睢縣與山東菏澤之間。據《史記》卷八〇〈樂毅列傳〉，為燕國立有赫赫戰功的樂毅受到猜忌：「畏誅，遂西降趙。趙封樂毅於觀津，號曰望諸君。」食邑，謂古代君主賜予臣下作為世祿的封地。這裡即指望諸君樂毅的封地觀津（今河北武邑）。⓫不知冀北幾群空　謂戚繼光有伯樂相馬般舉薦賢才的能力。語本唐韓愈〈送溫處士赴河陽軍序〉：「伯樂一過冀北之野而馬群遂空。」

【語　譯】久戰歷三朝有萬夫不當的勇氣，曾統領樓船捍衛東南的疆場。誰料竟遭彈劾受冤屈，從嶺南之地回歸故里。生入玉門總令友人心寬，邊疆形勢全然是自我蒙蔽。這一去路經古望諸與樂毅的封地，定如伯樂相馬有舉薦賢才的能力。

【研　析】詩人對於一代名將戚繼光受到朝廷中人的排擠、無可奈何請病歸里充滿同情，卻又無能為力，作為昔日官場同仁與友人，汪道昆只能用詩歌含蓄表達體恤慰問之情。首聯將戚繼光英勇善戰與捍衛海疆的韜略寫出，是讚揚也是安慰。頷聯點明戚繼光解甲歸田的原因與無奈，充滿對昔日同袍的友情。頸聯先以友人角度從勸慰入筆，再從國家角度因朝廷無端棄用帥才而心生隱憂。尾聯特意從戚繼光的返鄉路途著眼，巧妙含蓄地用望諸君樂毅的故事，再一次將心中不平隱約表達出來，並勉勵友人不要就此沉埋，還要為國家薦舉人才。

作者此題共有兩首詩，其二云：「閩南薊北幾專征，百戰軍聲萬里城。炎海還須開瘴癘，清朝庶以答昇平。旄頭夜墮滄溟靜，篋底春迴日月明。歸到蓬萊天路近，漢家未許赤松迎。」其尾聯巧借戚繼光家鄉之名與傳說中「仙境」名同的便利，並不贊同戚繼光就此歸隱，如神仙般徜徉山水，期望他總有一天東山再起，「漢家未許赤松迎」七字之奧妙在此！然而在封建極權社會中，政治鬥爭異常殘酷，官場爾虞我詐，勾心鬥角。戚繼光以一代抗倭名將竟遭此厄運，實在是時代的一個悲劇。據《明史》本傳，戚繼光罷歸後「居三年，御史傅光宅疏薦，反奪俸，繼光亦遂卒」，汪道昆的願望最終沒有成為現實。

石嶺梨花

汪道昆

【題　解】這首七絕讚美梨花，典雅有味。梨花，即梨樹的花，一般為純白色。唐李白〈送別〉：「梨花千樹雪，楊葉萬條煙。」石嶺，一處地名，具體不詳。

縞衣❶素佩❷儼分行❸，朝露盈盈競洗裝。賦客高唐❹爭得似，游仙❺宛在白雲鄉❻。

【注　釋】❶縞衣　白絹衣裳。❷佩　即佩巾，古代女子外出時繫於腰左的拭巾。❸儼分行　謂梨樹分行栽種。語本唐杜甫〈數陪李梓州泛江有女樂在諸舫戲為豔曲二首贈李〉其二：「翠眉縈度曲，雲鬢儼分行。」❹高唐　戰國時楚國臺觀名。戰國楚宋玉〈高唐賦〉序：「昔者，楚襄王與宋玉游於雲夢之臺，望高唐之觀。其上獨有雲氣，崒兮直上。」這裡即以雲氣比擬石嶺梨花一片純白，如雲飄忽。❺游仙　古人謂遊心仙境，脫離塵俗。南朝梁何遜《七召・神仙》：「洗精服食，慕道遊仙。」❻白雲鄉　即仙鄉。《莊子・天地》：「乘彼白雲，至於帝鄉。」後因以「白雲鄉」為仙鄉。舊題漢伶玄《飛燕外傳》：「吾老是鄉矣，不能效武皇帝求白雲鄉也。」

【語　譯】白衣素佩儼然分行立，用早晨盈盈露水競洗妝束。如同置身宋玉賦中高唐觀上，彷彿是白雲鄉中遊仙客。

【研　析】歷代專詠梨花的詩，如唐王維〈左掖梨花〉：「閒灑階邊草，輕隨箔外風。黃鶯弄不足，銜入未央宮。」詩題「梨花」或作「海棠」，箇中原因就在於詩中梨花的特徵不夠鮮明。唐皇甫冉〈和王給事維禁省梨花詠〉一首，為唱和之作：「巧解逢人笑，還能亂蝶飛。春時風入戶，幾片落朝衣。」梨花的形象屬於負面的小人。唐錢起〈梨花〉：「豔靜如籠月，香寒未逐風。桃花徒照地，終被笑妖紅。」梨花與桃花對照而寫，形象高潔。唐杜甫〈闕題〉：「三月雪連夜，未應傷物華。只緣春欲盡，留著伴梨花。」以白雪逗出梨花，凸顯梨花之潔白，但非專詠。唐韓愈〈聞梨花發贈劉師命〉：「桃溪惆悵不能過，紅豔紛紛落地多。聞道郭西千樹雪，欲將君去醉如何。」仍將桃花與梨花對照，「千樹雪」抓住了梨花聯成一片的特徵。唐白居易〈酬和元九東川路詩十二首・江岸梨花〉：「梨花有思緣和葉，一樹江頭惱殺君。最似孀閨少年婦，白妝素袖碧紗裙。」將帶葉梨花人格化，比喻為青年孀婦，想像奇特。汪道昆這首七絕寫眾多成行的梨樹，將聯成一片的樹樹梨花比喻為〈高唐賦〉中的雲氣繚繞，進而聯想到白雲仙鄉，想像尤為動人。有時，奇特的想像就是詩的生命。

山居春雪五首（選其一）

張四維

【題　解】這首五絕屬於本題組詩中之第一首，詠春雪兼詠梅花。山居與鄉居類似，未入或暫離官場，總會得到片時心靈寧靜的時刻。這裡的山居，據組詩第五首，當為華山一帶。

【作　者】張四維（西元一五二六―一五八五年），字子維，號鳳盤，蒲州（今山西永濟）人。嘉靖三十二年（西元一五五三年）進士，改庶吉士，授編修，進右中允，直經筵，尋遷左諭德。萬曆間以張居正薦，得為禮部尚書、東閣大學士，入贊機務，謹事居正，不敢相可否。居正卒，四維當國，力反前事，時望頗屬。卒年六十歲，贈太師，諡文毅。著有《條麓堂集》三十四卷。《明史》卷二一九有傳。陳田《明詩紀事》己籤卷一一選張四維詩二首，有按語云：「文毅，王鑑川甥。鑑川款議俺答封貢，朝右持不決。文毅與鑑川書封貢事者二十三札，今具在集中。為交關於新鄭，款議遂成。萬曆一朝宰輔，攘外安內，首推江陵；如文毅通知邊務，亦豈易得。」

飛雪點窗紗，銅爐夜煮茶❶。幽香何處是，牆外有梅花❷。

【注釋】❶煮茶　中國飲茶最早從鮮葉生吃咀嚼開始，後漸變為用生葉煮飲，屬於比較原始的煮茶法。唐代煮茶開始由粗放走向精工，陸羽為傑出代表。水須三沸，先加一些鹽，再投入茶餅，程序複雜，與今天用開水泡茶完全不同。明代時煮茶當已有所簡化，逐漸實行泡茶而飲。❷幽香何處是二句　語本宋王安石〈梅花〉：「牆角數枝梅，凌寒獨自開。遙知不是雪，為有暗香來。」

【語譯】春雪飄灑在窗紗，夜間用銅爐煮茶。一股幽香從何處飄來，是牆外數枝梅花。

【研析】這組五絕其二：「風雪迅相催，輕寒入榻來。袁安朝臥穩，荊戶不曾開。」其三：「鐵硯冰花碎，羌衾燈影孤。坐深天地寂，寒鳥一相呼。」其四：「綠樹深宮裡，黃雲瀚海頭。平陽春賜錦，驃騎夜眠裘。」其五：「華嶽雲中色，黃河冰裡聲。夕陽天地豁，兀坐小齋清。」五首詩中除第四首屬於回憶之作外，餘四首皆寫春雪中山居之實況，時間跨度從早晨、黃昏到深夜，心態平和，意境深遠，趣味良深。具體到這首小詩，二十字玲瓏剔透，飛雪與煮茶、梅花合寫，充滿文人士大夫的閒情逸致與飄然雅趣。

折楊柳歌八首（選其七）

王世貞

【題解】這是一組擬古樂府詩。宋郭茂倩《樂府詩集》卷二二〈橫吹曲辭二〉引《唐書・樂志》：

「梁樂府有胡吹歌云：『上馬不捉鞭，反拗楊柳枝。下馬吹橫笛，愁殺行客兒。』此歌辭元出北國，即鼓角橫吹曲〈折楊柳枝〉是也。」又引《宋書·五行志》：「晉太康末，京洛為折楊柳之歌，其曲有兵革苦辛之辭。」又云：「按古樂府又有〈小折楊柳〉，相和大曲有〈折楊柳行〉，清商四曲有〈月節折楊柳歌〉十三曲，與此不同。」

【作　者】王世貞（西元一五二六—一五九〇年），字元美，號鳳洲，又號弇州山人，太倉（今屬江蘇）人。嘉靖二十六年（西元一五四七年）進士，授刑部主事，歷官青州兵備副使、大名兵備副使、南京刑部尚書。明代「後七子」領袖人物，著有《弇州山人四部稿》一百七十四卷。《明史》卷二八七〈文苑三〉有傳，內云：「世貞始與李攀龍狎主文盟，攀龍歿，獨操柄二十年。才最高，地望最顯，聲華意氣籠蓋海內。一時士大夫及山人、詞客、衲子、羽流，莫不奔走門下。片言褒賞，聲價驟起。其持論，文必西漢，詩必盛唐，大曆以後書勿讀，而藻飾太甚。晚年，攻者漸起，世貞顧漸造平淡。病亟時，劉鳳往視，見其手蘇子瞻集，諷玩不置也。」清錢謙益《列朝詩集小傳》丁集〈王尚書世貞〉有云：「元美之才，實高於于鱗，其神明意氣，皆足以絕世。」清朱彝尊《靜志居詩話》卷一三〈王世貞〉有云：「七律高華，七絕典麗，亦未遽出于鱗下。當日名雖七子，實則一雄。」《四庫全書總目提要》卷一七二著錄王世貞《弇州山人四部稿》一百七十四卷，內云：「考自古文集之富，未有過於世貞者。其摹秦仿漢，與七子門徑相同。而博綜典籍，諳習掌故，則後七子不及，前七子亦不及，無論廣續諸子也。」陳田《明詩紀事》己籤卷一選王世貞詩十四首，有按語云：「弇州天才雄放，雖宗何、李成派，自是軼足迅發，不受羈勒之氣。古樂府變尤得變〈風〉、變〈雅〉遺意。」

桃花二三月，故愛東風❶吹。阿母不嫁女，忘取❷少年時。

【注釋】❶東風　春風。❷取　助詞，表動態，猶「著」。唐李白〈短歌行〉：「歌聲苦，詞亦苦，四座少年君聽取。」

【語譯】二三月桃花怒放，最喜愛春風吹透。阿母不將女兒嫁，難道忘掉自己少年時候。

【研析】這一組擬古樂府共八首，描摹小兒女聲口，惟妙惟肖，令阿母以己度人，也頗見女子智慧，狡黠中略帶埋怨口吻。宋郭茂倩《樂府詩集》卷二五所錄〈折楊柳枝歌〉：「門前一株棗，歲歲不知老。阿婆不嫁女，那得孫兒抱。」此與王世貞所擬者皆以眼前事物起興，透露出「有女懷春」的隱衷，不過前者直截了當，口無遮攔，後者婉轉陳言，更饒趣味。我們如果再看一下其餘七首，對於所選一首的體會當更加深刻。這些擬作皆以小兒女口吻道出內心情感，可見作者即使摹仿古人作品，也用心良苦。其一：「懊惱楊柳枝，穿地黃金絲。門前不種爾，那得管別離。」其二：「妾腸如車輪，日日千萬轉。聞郎發咸陽，妾已在沙苑。」其三：「可憐孟諸岸，春草綠芊芊。羌兒騎漢馬，牽著上床眠。」其四：「莫作中女郎，懊憹不可言。大姊得蚤嫁，小妹得娘憐。」其五：「下馬繡盤龍，上馬金裲襠。男兒好光彩，只是耀他鄉。」其六：「牝馬接神龍，生兒尚為駒。嬌女嫁僕夫，生兒喚作奴。」其八：「桃花八九月，樹頭無一枝。女兒作阿母，不作阿母癡。」平白易懂，意味綿長。

欽䲹行

王世貞

【題　解】這是一首帶有寓言性質的雜言歌行體詩，當作於嘉靖四十一年（西元一五六二年）嚴嵩被罷官以後。欽䲹，傳說中的凶鳥名。《山海經・西山經》：「又西北四百二十里，曰鍾山，其子曰鼓，其狀如人面而龍身，是與欽䲹殺葆江於昆侖之陽，帝乃戮之鍾山之東曰嶢崖。欽䲹化為大鶚，其狀如雕而黑文白首，赤喙而虎爪，其音如晨鵠，見則有大兵。」晉陶淵明〈讀山海經十三首〉其十一：「臣危肆威暴，欽駓違帝旨。」此詩即以欽䲹暗喻嚴嵩。

飛來五色鳥❶，自名為鳳凰❷。千秋不一見，見者國祚❸昌，響以鐘鼓坐明堂❹。明堂饒梧竹❺，三日不鳴意何長。晨不見鳳凰，鳳凰乃在東門之陰啄腐鼠❻，啾啾唧唧❼不得哺❽。夕不見鳳凰，鳳凰乃在西門之陰媚蒼鷹❾，願爾肉攫❿分遺腥。梧桐長苦寒，竹實長空饑。眾鳥驚相顧，不知鳳凰是欽䲹。

【注　釋】❶五色鳥　當謂五色雀。宋蘇軾〈五色雀〉詩序：「海南有五色雀，常以兩絳者為長，進止必隨焉，俗謂之鳳皇云。」❷鳳凰　古代傳說中的百鳥之王。雄的叫鳳，雌的叫凰。通稱為鳳或鳳凰。羽毛五色，聲如簫樂。常用來象徵瑞應。《詩經・大雅・卷阿》：「鳳皇鳴矣，于彼高岡。」唐韓愈〈與崔群書〉：「鳳皇、芝草，賢愚皆以為美瑞；青天、白日，奴隸亦知其清明。」❸國祚　國運。❹明堂　古代帝王宣明政教的場所。❺梧竹　梧桐與竹實（竹米）。《莊子・秋水》：「夫鵷雛，發於南海而飛於北海，非梧桐不止，非練實不食，非醴泉不飲。」鵷雛，傳說中與鸞鳳同類的鳥。練實，即竹實，以色白，故名。❻啄腐鼠　語本《莊子・秋水》：「鴟得腐鼠，鵷雛過之，仰而視之曰『嚇！』」腐鼠，腐爛的死鼠，為賤物。❼啾啾唧唧　繁雜細碎聲，這裡形容怨聲。❽哺　嚼食。❾蒼鷹　鳥名，即鷹。❿攫　鳥獸以爪抓取。

【語　譯】飛來一隻五色的鳥，大言自稱是鳳凰。據說千年難以見一次，一出現國運必隆昌，鐘鼓齊鳴迎牠到殿堂上。殿堂上有梧桐與竹實，三日不鳴意味太深長。早晨不見了鳳凰影，牠就在東門陰暗處啄腐鼠，啾啾唧唧不飽多怨聲。晚上不見了鳳凰跡，牠又在西門陰暗處諂媚鷹，盼望分些抓取的剩肉殘腥。有梧桐不棲抱怨天寒，有竹實不吃腹中常飢。眾鳥驚奇相環顧，原來這鳳凰是欽䲹。

【研　析】清沈德潛《明詩別裁集》卷八選王世貞詩四十首，於此詩後評云：「應指分宜言。鈐山讀書時，天下以『姚宋』目之，故有『千秋不一見，見者國祚昌』之語。」嚴嵩（西元一四八〇—一五六五年），字惟中，號介谿，分宜（今屬江西）人。弘治十八年（西元一五〇五年）進士，授編修，稱病歸，讀書鈐山十年，為詩古文辭，有清譽。還朝進侍講，在嘉靖朝歷官南京禮部尚書，進武英殿大學士，預機務，任首輔，與子嚴世蕃狼狽為奸，作惡朝中，貪賄賂，除異己，諂媚明世宗。嘉靖四十一年（西元一五六二年），在徐階等朝臣支持下，為御史鄒應龍所劾，解其職，下嚴世蕃獄，籍其家，寄食墓舍以死。事見《明史》卷三〇八〈奸臣傳〉，內有云：「嵩竊政二十年，溺信惡子，流毒天下，人咸指目為奸臣。」

王世貞的父親王忬任薊遼總督，嘉靖三十八年（西元一五五九年），蒙古韃靼部大掠遵化、遷安、薊州、玉田等地五日，京師震動，王忬以失策被劾，次年被殺。《明史》卷二〇四本傳云：「嵩雅不悅忬。而忬子世貞復用口語積失歡於嵩子世蕃。嚴氏客又數以世貞家瑣事構於嵩父子。楊繼盛之死，世貞又經紀其喪，嵩父子大恨。灤河變聞，遂得行其計。」王忬被殺，為其失職所致，但也有嚴嵩假公濟私、挾嫌報復的因素在內。另據《明史》卷二八七〈文苑三〉：「（王世貞）父忬以灤河失事，嵩構之，論死繫獄。世貞解官奔赴，與弟世懋日蒲伏嵩門，涕泣求貸。嵩陰持忬獄，而時為謾語以寬之。兩人又日囚服跽道旁，遮諸貴人輿，搏顙乞救。諸貴人畏嵩不敢言，忬竟死西市。兄弟哀號欲絕，持喪歸，蔬食三年，不入內寢。既除服，猶卻冠帶，苴履葛巾，不赴宴會。」所謂殺父之仇，不共戴天，作者痛恨嚴嵩當甚於其他朝臣。

這首詩用文學形象諷刺嚴嵩，運用口語勾畫出這位權奸的醜惡嘴臉，嬉笑怒罵皆成文章，但投鼠忌器，又不能不顧及高高在上的帝王尊嚴。讀此詩也應當通曉其時代背景，才能理解作者寫此詩時的一番苦衷。

酹孫太初墓

王世貞

【題解】這首七言古詩屬祭奠之作，當寫於隆慶四年（西元一五七〇年）。酹，以酒澆地，表示祭奠。孫太初，即孫一元（西元一四八四—一五二〇年），字太初，自稱秦人，或謂安化王宗人，王作不軌誅，故變姓名以避難，曾辭家入太白山，自號太白山人。喜遊歷，足跡半天下，後隱居湖州，正德中與劉麟等結社，稱「苕溪五隱」。能詩，才華橫溢，豪宕曠遠。卒年三十七歲，有《太白山人漫稿》八卷。事見《明史》卷二九八〈隱逸傳〉。

死不必孫與子❶，生不必父與祖❷。突作憑陵❸千古人，依然寂寞一抔土❹。道場山❺陰❻五十秋，那能華表鶴❼來游。君看太華蓮花掌❽，應有笙歌❾在上頭。

【注釋】❶死不必孫與子　據《明史》本傳，孫一元只有一女。❷生不必父與祖　清錢謙益《列朝詩集小傳》丙集〈太白山人孫一元〉有云：「一元，字太初，不知何許人。人問其邑里，曰：『我秦人也。』」❸憑陵　超越。王世貞《藝苑卮言》卷七：「吾弟世懋，自家難服除後，一操觚，遂爾靈異，神造之句，憑陵作者。」❹抔土　一捧之土，借指墳墓。❺道場山　在今浙江湖州西南，舊名雲峰，以建僧舍改名。清錢謙益《列朝詩集小傳》丙集〈太白山人孫一元〉：「疾革，告麟曰：『銘吾墓。』告琉及昆曰：『葬我道場山之麓。』」❻陰　山之北面稱陰。❼華表鶴　舊題晉陶潛《搜神後記》卷一：「丁令威，本遼東人，學道于靈虛山。後化鶴歸遼，集城門華表柱。時有少年，舉弓欲射之。鶴乃飛，徘徊空中而言曰：『有鳥有鳥丁令威，去家千年今始歸。城郭如故人民非，何不學仙冢纍纍。』遂高上沖天。」華表，古代設在橋梁、宮殿、城垣或陵墓等前兼作裝飾用的巨大柱子。《列朝詩集小傳》丙集：「太初自負有羽化術，已而多病，早死。詩名噪天下。」❽太華蓮花掌謂華山蓮花峰，又稱西峰，壁立千仞，峰頂有大石，狀如蓮花。太華，即西嶽華山，在今陝西華陰南，以其西臨少華山，故稱太華。《列朝詩集小傳》丙集：「一元，字太初……風儀秀朗，蹤跡奇譎，玄巾白袷，以鐵笛鶴瓢自隨。善飲酒，好談論，所至傾動其士大夫。嘗西入華，南入衡，又東登岱，又南入吳會，遂棲遲不去。」❾笙歌　合笙之歌，這裡即謂吹笙唱歌。

【語　譯】死後不必有子孫，在世時不必知曉父與祖。突然化為超越千古的人，至今依然是寂寞一捧土。埋葬在道場山北已有五十年，華表歸鶴哪能重見。你看華山蓮花峰上，當有太初吹笙唱歌的印象。

【研　析】在明中葉，孫一元的確是一位奇人，清錢謙益《列朝詩集小傳》丙集評：「或譏其《太白漫稿》蘊藉未逮古人。棠陵方豪曰：『山人宏才廣識，議論鑿鑿，副名實，知兵，曉吏事，使之用世，當為王景略，又能得海內豪傑之心，使之忘形刎頸，雖謂之用世之才，可也。』由此言之，太初以布衣旅人，傾動海內，其挾持殆必有大過人者。」今舉其七絕〈桃源圖〉：「溪上春風笑語溫，溪頭春水漲新痕。中原逐鹿人誰是，桃葉桃花自一村。」又〈席上偶成〉：「楊花燕子弄春柔，醉倚箜篌笑未休。依舊清風明月好，買船吹笛過滄洲。」從二詩可約略見其風調。王世貞這首詩神完氣足，淋漓酣暢，寫於孫一元去世五十年後，本是為紀念「古人」而作，但從一氣呵成的詩句中，我們卻感覺作者彷彿是在為生前極其熟識的好友寫心，瀟灑奔放的語句正是孫一元性格的寫照！清沈德潛《明詩別裁集》卷八評此詩云：「離奇突兀，弔太白山人，自應爾爾。」畫龍點睛，堪稱的論！

登太白樓

王世貞

【題解】這首五律為遊覽懷古之作。太白樓，即太白酒樓，在今山東濟寧南舊城牆之上，相傳為唐代大詩人李白客遊任城（今濟寧）時的飲酒處，後人建樓紀念。故址在任城故城內，元代重修，明洪武二十四年（西元一三九一年）移於今址。二十世紀中毀於戰火，現經重修，為兩層歇山建築，已闢為李太白紀念館。

昔聞李供奉❶，長嘯獨登樓。此地一垂顧，高名百代留。白雲海色❷曙，明月天門❸秋。欲覓重來者，潺湲❹濟水❺流。

【注釋】❶李供奉　謂唐代詩人李白（西元七〇一－七六二年），字太白，號青蓮居士，隴西成紀（今甘肅秦安西北）人，其出生地頗多異說，此不贅言。《新唐書》卷二〇二〈文苑中〉：「天寶初，南入會稽，與吳筠善，筠被召，故（李）白亦至長安。往見賀知章，知章見其文，歎曰：『子，謫仙人也！』言於玄宗，召見金鑾殿，論當世事，奏頌一篇。帝賜食，親為調羹，有詔供奉翰林。」李供奉之名即由此而來。❷海色　將曉時的天色。唐李白〈古風〉其一八：「雞鳴海色動，謁帝羅公侯。」王琦注引楊濟賢曰：「海色，曉色也。雞鳴之時，天色昧明，如海氣曚曨然。」李白〈遊泰山六首〉其四：「海色動遠山，天雞已先鳴。」❸天門　謂泰山南天門、中天門、一天門（紅門）。李白〈遊泰山六首〉其一：「天門一長嘯，萬里清風來。」其六：「朝飲王母池，暝投天門關。」❹潺湲　流水聲。唐岑參〈過緱山王處士黑石谷隱居〉：「獨有南澗水，潺湲如昔聞。」❺濟水　又名泲水、兗水，古「四瀆」之一，包括黃河南、北兩部分，河北部分今仍名濟水，源出今河南濟源王屋山，下游入黃河處屢有變遷。

【語　譯】聽說唐代的李太白，一聲長嘯獨自登此樓。這裡一經詩仙的垂顧，名聲高遠百世傳留。曙光中白雲見證了拂曉，秋夜的明月照映著天門。要想尋覓如李白一般的高士，惟聽濤聲中濟水東流。

【研　析】清沈德潛《明詩別裁集》卷八選此詩有評云：「天空海闊，有此眼界、筆力，纔許作登太白樓詩。」王世貞此詩有意學習李白縱逸酣暢、大氣磅礴的詩風，頸聯有意嵌入李白有關詩句的意象或其遊蹤，與首聯、頷聯、尾聯的風格似乎不統一，實則頰上三毫，益見神采。王世貞《藝苑卮言》卷四一則曾比較唐代最有影響的兩大詩人李白與杜甫說：「李杜光焰千古，人人知之。滄浪並極推尊，而不能致辨。元微之獨重子美，宋人以為談柄。近時楊用修為李左袒，輕俊之士，往往傳耳。要其所得，俱影響之間。五言古、選體及七言歌行，太白以氣為主，以自然為宗，以俊逸高暢為貴；子美以意為主，以獨造為宗，以奇拔沉雄為貴。其歌行之妙，詠之使人飄揚欲仙者，太白也；使人慷慨激烈，歔欷欲絕者，子美也。」這種比較是詩界大家一致贊同的，絕非隔靴搔癢之論。從中可知，王世貞的論詩主張在指導其創作方面發揮了一定的積極作用，可見將明代前、後「七子」一概而論地貶斥為復古主義，視為「假古董」的製造者，是片面和不負責任的。

憶昔三首（選其三）

王世貞

【題解】這組七律以第一首首聯出句「憶昔文皇三出邊」首二字「憶昔」為題，實則屬於「無題」，借古喻今，當有所忌諱使然。此詩於懷古中暗諷幾十年前在位的帝王明武宗，運用典故信手拈來，顯示了作者高超的的詩歌藝術技巧。

更憶南巡漢武皇，樓船車馬日相望❶。輕裘鄠杜張公子❷，挾瑟邯鄲呂氏倡❸。秋盡旌旗營細柳❹，夜深烽火獵長楊❺。孤臣❻亦有遺弓❼淚，不見當時折檻郎❽。

【注釋】❶更憶南巡漢武皇二句　以漢武帝南巡事影射明武宗巡遊南方。《史記》卷一二〈孝武本紀〉：「其明年冬，上巡南郡，至江陵而東。登禮灊之天柱山，號曰南嶽。浮江，自尋陽出樅陽，過彭蠡，祀其名山川。」❷輕裘鄠杜張公子　以漢成帝時富平侯張放陪伴皇帝微行出遊近幸趙飛燕，影射明武宗之荒唐。《漢書》卷二七中之上〈五行志〉：「成帝時童謠曰：『燕燕尾涎涎，張公子，時相見。木門倉琅根，燕飛來，啄皇孫，皇孫死，燕啄矢。』其後帝為微行出遊，常與富平侯張放俱稱富平侯家人，過陽阿主作樂，見舞者趙飛燕而幸之，故曰『燕燕尾涎涎』，美好貌也。張公子，謂富平侯也。『木門倉琅根』，謂宮門銅鍰，言將尊貴也。後遂立為皇后。弟昭儀賊害後宮皇子，卒皆伏辜，所謂『燕飛來，啄皇孫，皇孫死，燕啄矢』者也。」輕裘，輕暖的皮衣。《論語・雍也》：「赤之適齊也，乘肥馬，衣輕裘。」鄠杜，鄠縣與杜陵。杜陵，漢宣帝陵墓，靠近長安，為勝地。富平侯張放為張湯（杜陵人）玄孫、漢成帝寵臣。❸挾瑟邯鄲呂氏倡　以戰國商人呂不韋向秦子楚（秦始皇嬴政之父）進獻趙國倡女一事影射明武宗荒淫無道。《史記》卷八五〈呂不韋列傳〉：「呂不韋取邯鄲諸姬絕好善舞者與居，知有身。子楚從不韋飲，見而說之，因起為壽，請之。呂不韋怒，念業已破家為子楚，欲以釣奇，乃遂獻其姬。姬自匿有身，至大期時，生子政。子楚遂立姬為夫人。」挾瑟，謂通音樂善舞。邯鄲，趙國都城。倡，通「娼」。清沈德潛《明詩別裁集》卷八評此詩云：「張公子指錢寧一流，呂氏倡謂劉孃。」錢寧，原為太監錢能之家奴，因曲事劉瑾，得近明武宗，為嬖臣，掌錦衣衛，誘帝微行，建豹房，明世宗即位，被誅。事見《明史》卷三〇七〈佞幸傳〉。劉孃，晉王府樂工劉良女、楊騰妻，為明武宗西幸太原時所寵幸。事見明沈德符《萬曆野獲編》卷二一〈主上外嬖〉，另參見本書所選楊慎〈宮詞〉「研析」。❹秋盡旌旗營細柳　以西漢周亞夫屯軍細柳營以備匈奴事，影射明武宗以武事為兒戲自稱「威武大將軍總兵官太師鎮國公朱壽」的荒唐舉措。細柳，即細柳營，在今陝西咸陽西南。漢文帝時，周亞夫為將軍，屯軍細柳，紀律嚴明。❺夜深烽火獵長楊　以秦漢遊獵之所影射明武宗放縱歡宴不分晝夜。長楊，即長楊宮，故址在今陝西周至（盩厔）東南。《三輔黃圖・秦宮》：「長楊宮在今盩厔縣東南三十里，本秦舊宮，至漢修飾之以備行幸。宮中有垂楊數畝，因為宮名；門曰射熊館。秦漢遊獵之所。」《漢書》卷九〈元帝紀〉：「上幸長楊射熊館，布車騎，大獵。」❻孤臣　孤立無助或不受重用的遠臣。❼遺弓　帝王死亡的委婉語。《史記》卷二八〈封禪書〉：「黃帝采首山銅，鑄鼎於荊山下。鼎既成，有龍垂胡髯下迎黃帝。黃帝上騎，群臣後宮從上者七十餘人，龍乃上去。餘小臣不得上，乃悉持龍髯，龍髯拔，墮，墮黃帝之弓。百姓仰望黃帝既上天，乃抱其弓與胡髯號，故後世因名其處曰鼎湖，其弓曰烏號。」❽折檻郎　謂西漢敢於直諫皇帝的朱雲。據《漢書》卷六七〈朱雲傳〉，漢成帝時，槐里令朱雲請斬帝師安昌侯張禹，成帝大怒，欲斬朱雲：「御史將雲下，雲攀殿檻，檻折。雲呼曰：『臣得下從龍逢、比干遊於地下，足矣！未知聖朝何如耳？』」唐杜甫〈折檻行〉：「千載少似朱雲人，至今折檻空嶙峋。」

【語　譯】想當年漢武帝南巡有威風，樓船車馬日日相望於道路。穿皮衣的杜陵張放專導帝微行，善舞的邯鄲娼女本是呂不韋的寵婦。秋末時節細柳營中旌旗翻舞，夜深時刻長楊宮中遊獵有烽火。帝王逝去孤臣也有淚水滂沱，卻恨當時沒有臣子直言進諫。

【研　析】在封建社會中，專制帝王也並非事事皆可為所欲為，至高無上的皇權也會受到一定程度的限制。明太祖朱元璋取消宰相制，其目的就在於最大限度地衝破這種限制，為極權統治暢行無阻鋪平道路。中央集權在有明一代加強的同時，促令皇權逐漸難以制約，也促令封建官場不斷走向腐敗，最終令全社會道德淪喪、是非顛倒。明武宗荒淫無道，堪與歷史上的隋煬帝、金海陵王相提並論，但其朝中仍不乏直言敢諫的正直之士，代表了中國儒家士大夫「文死諫」傳統在有明一代的一息尚存。據《明史》卷一六〈武宗本紀〉：「（正德）十四年春正月丙申朔，帝在太原……三月癸丑，以諫巡幸，下兵部郎中黃鞏六人於錦衣衛獄，跪修撰舒芬百有七人於午門五日。金吾衛都指揮僉事張英自刃以諫，衛士奪刃，得不死，鞫治，杖殺之。乙卯，下寺正周敘、行人司副余廷瓚、主事林大輅三十三人於錦衣衛獄。戊午，杖舒芬等百有七人於闕下。」可見面對喪心病狂的青年帝王明武宗，面折廷爭、不惜以死相爭的正直人臣在當時可謂層出不窮，其壯烈場面與朱雲攀折殿檻相比，有過之而無不及！王世貞此詩用影射之筆法批判前朝帝王之荒淫無道，當是有所忌諱使然，不過這卻令文學創作獲取了藝術上的成功，巧妙地串聯眾多典故並非易事，非腹笥充盈者不辨。但尾聯對句似乎與事實大不相符，是否詩人巧用障眼法，還是別有用心？就不得而知了。

登岱六首（選其四）

王世貞

【題解】這組七律屬於登臨之作。岱，即東嶽泰山，為中國五嶽之一，在今山東中部。主峰在今泰安北，海拔一千五百四十餘公尺，五嶽中次於華山、恆山，位居第三。

尚憶秦松❶帝蹕❷留，至今風雨未全收。天門❸倒瀉銀河❹水，日觀❺翻懸碧海流。欲轉千盤❻迷積氣❼，誰從九點辨齊州❽。人間處處襄城轍❾，矯首❿蒼茫⓫迥⓬自愁。

【注釋】❶秦松　即五大夫松，為秦始皇所封者，在泰山雲步橋北，原樹被山洪沖走，今存者為清雍正八年（西元一七三〇年）補植。《史記》卷六〈秦始皇本紀〉：「二十八年，始皇東行郡縣……乃遂上泰山，立石，封，祠祀。下，風雨暴至，休於樹下，因封其樹為五大夫。」❷蹕　指帝王的車駕或行幸之處。❸天門　泰山從高處向下有南天門、中天門、一天門（紅門），這裡當謂南天門，又稱三天門，為登泰山盤道盡處，距極頂僅一公里。❹銀河　古亦稱雲漢，又名天河、天漢、星河、銀漢。晴天夜晚，天空呈現大量由恆星構成的銀白色光帶。唐李白〈望廬山瀑布〉：「飛流直下三千尺，疑是銀河落九天。」❺日觀　即日觀峰，在泰山玉皇頂東南，為岱頂觀日出處。❻千盤　謂泰山之盤山石階路，其中以「十八盤」最為險要。❼積氣　聚積之氣，謂天。北齊顏之推《顏氏家訓・歸心》：「夫遙大之物，寧可度量？今人所知，莫若天地。天為積氣，地為積塊。」❽誰從九點辨齊州　語本唐李賀〈夢天〉：「遙望齊州九點煙，一泓海水杯中瀉。」齊州，李賀詩謂中州，這裡雙關泰山所在之齊地。❾人間處處襄城轍　謂治理天下當以道家「無為」、「不生事」為原則。語本《莊子・徐无鬼》：「黃帝將見大隗乎具茨之山，方明為御，昌寓驂乘，張若、謵朋前馬，昆閽、滑稽後車；至於襄城之野，七聖皆迷，無所問塗。適遇牧馬童子，問塗焉，曰：『若知具茨之山乎？』曰：『然。』『若知大隗之所存乎？』曰：『然。』黃帝曰：『異哉小童！非徒知具茨之山，又知大隗之所存。請問為天下。』小童曰：『夫為天下者，亦若此而已矣，又奚事焉！予少而自遊於六合之內，予適有瞀病，有長者教予曰：若乘日之車而遊於襄城之野。今予病少痊，予又且復遊於六合之外。夫為天下亦若此而已。予又奚事焉！』黃帝曰：『夫為天下者，則誠非吾子之事。雖然，請問為天下。』小童辭。黃帝又問。小童曰：『夫為天下者，亦奚以異乎牧馬者哉！亦去其害馬者而已矣！』黃帝再拜稽首，稱天師而退。」襄城，戰國楚地，今屬河南，這裡用為典故。❿矯首　抬頭。唐杜甫〈又上後園山腳〉：「窮秋立日觀，矯首望八荒。」⓫蒼茫　廣闊無邊的樣子。唐楊炯〈登秘書省閣詩〉序：「林野蒼茫，青天高而九州島迴。」⓬迴　副詞，表示程度深。

【語　譯】還能憶起秦始皇曾避雨在那棵松下，至今歷史的風雨也未消停。銀河彷彿倒瀉在南天門，日觀峰下雲浪如碧海翻騰。千迴百轉的盤山石階直通天際，齊魯雲煙彌漫誰都難以分清。無為不生事就是人世的途轍，抬頭仰望蒼茫深愁頓從心生。

【研　析】此組詩其一：「縹緲琳宮接上玄，岧嶢飛磴界蒼煙。峰迴洞壑紛俱拱，石圻松蘿裊自懸。過雨雙龍爭玉峽，壁雲孤鷲拄青天。莫言仲寶無他技，能誦相如最後篇。」其二：「翹首精神欲奮揚，幾從開闔見陰陽。千崖忽敞中原日，六月長飛使者霜。在昔鈞天青帝坐，即今封地白雲鄉。還應五嶽都游遍，乞取安期火棗嘗。」其三：「軒轅皇帝有高臺，鞭石千秋輦道開。匹練天縈吳觀出，金泥日射漢封回。西盤瓠子河如帶，東掛扶桑海一杯。誰為登壇論王氣，祇應塵世有仙才。」其五：「幞衣吾欲臥天門，中夜憑欄起自論。半割乾坤懸對抱，低垂星斗亂堪捫。狂呼六博仙人箸，渴問三漿玉女盆。未必騶生真海外，唯應漢史有崑崙。」其六：「壁立芙蓉萬古看，削成松檜隱高盤。中峰翠壓徂徠色，絕頂青收碣石寒。梁甫吟成還自和，茂陵書就欲誰干。依微白馬吳閶在，欲向秋風問羽翰。」六首詩對照誦讀，氣勢的確非同一般，顯示了作者駕馭七律的純熟技巧。詩人在攀登泰山的過程中，感歎路徑曲折高聳、崎嶇難行，從而悟出「歧路亡羊」或「無事生非」的困惑在於庸人自擾般的作繭自縛，嚮往道家「無為而無不為」的瀟灑生活態度，似乎有出世之想，然而反觀自身仍難以跳出三界外，「迴自愁」者「曲終奏雅」，隱約點出內心的幾許無奈感。全詩頷聯、頸聯最為精彩，對仗工穩，氣勢磅礴，屬於用心之作。

戚將軍贈寶劍歌十首（選其四）

王世貞

【題　解】此組七絕共有十首，前有序云：「戚將軍逐賊至閩海中，夜半見赤光起波際，使善沒者探之，乃一古鐵錨也，重可二百斤，純綠透瑩。將軍素有中散之技，因合閩中鐵絲髾煉之，凡百餘火，以其半為刀八，又重煉其半，百餘火為劍三，俱作青色，爛爛射眼。一以自佩，一贈汪中丞，一以遺余。許為十絕句以謝，揮筆便就，文不加點，酒間歌之，此劍當鏗然和我矣。」戚將軍，即戚繼光（西元一五二八—一五八八年），字元敬，號南塘，晚號孟諸，蓬萊（今屬山東）人。參見本書所選汪道昆〈寄戚少保元敬〉「題解」。

毋嫌聲價抵千金❶，一寸純鉤❷一寸心。欲識命輕恩重處❸，灞陵風雨夜來深❹。

【注　釋】❶抵千金　東漢王充《論衡》卷二〈率性篇〉：「世稱利劍有千金之價。棠溪、魚腸之屬，龍泉、太阿之輩，其本鋌，山中之恒鐵也。冶工鍛鍊，成為銛利，豈利劍之鍛與鍊，乃異質哉？工良師巧，鍊一數至也。」《西京雜記》卷二：「昭帝時茂陵家人獻寶劍，上銘曰『直千金，壽萬歲』。」三國魏曹植〈名都篇〉：「寶劍直千金，被服麗且鮮。」❷純鉤　又作「純鈞」，古寶劍名。漢袁康《越絕書・越絕外傳》：「歐冶乃因天之精神，悉其伎巧，造為大刑三、小刑二：一曰湛盧、二曰純鈞、三曰勝邪、四曰魚腸、五曰巨闕。」❸欲識命輕恩重處　語本唐李白〈結襪子〉：「感君恩重許君命，太山一擲輕鴻毛。」❹灞陵風雨夜來深　以西漢飛將軍李廣遭逢不偶事，暗喻君恩無常。《史記》卷一〇九〈李將軍列傳〉：「廣家與故穎陰侯孫屏野居藍田南山中射獵。嘗夜從一騎出，從人田間飲。還至霸陵亭，霸陵尉醉，呵止廣。廣騎曰：『故李將軍。』尉曰：『今將軍尚不得夜行，何乃故也！』止廣宿亭下。居無何，匈奴入殺遼西太守，敗韓將軍，後韓將軍徙右北平。於是天子乃召拜廣為右北平太守。廣即請霸陵尉與俱，至軍而斬之。」

【語　譯】不必在意所贈價值千金，這寶劍寸寸凝結將軍一片真摯。想要知道受君王賞識的感覺，想一下灞陵醉尉藐視李廣的遭際。

【研析】據詩前小序，這一組七絕的撰寫，作者酒席間文不加點，一揮而就，可見王世貞才情極高，能主盟詩壇，良有以也。作者父親王忬提督浙江軍務時，戚繼光為其參將，兩家交誼可知，因而詩中顧忌較少，可以肝膽相照。王忬因備邊失機而被殺，作者為此對朝廷耿耿於懷，參見本書所選王世貞〈欽䲹行〉「研析」。本詩之第三四兩句就是一種極其含蓄的情感宣洩，似有對戚繼光的警示企圖。從全組詩來看，作者情緒並不高昂，用典措語也大有言外之意，可與此詩相參看。此組詩其一：「暫脫將軍鐵裲襠，轆轤垂首匣無光。十年俠血沾猶暖，不試燕然頂上霜。」其二：「鑄成胡治笑相看，朵朵蓮花映日寒。自是君家第三劍，當年不遣贈來丹。」其三：「永夜清鉛淚自流，不從飛將取封侯。由來龍蹻山人曉，踏上瑤京十二樓。」其五：「曾向滄流剸怒鯨，酒闌分手贈書生。芙蓉澀盡魚鱗老，總為人間事漸平。」其六：「霜華出匣影迷離，懶傍商山刈紫芝。腰下長鎌來便妬，不須風雨論雄雌。」其七：「都督吳鉤月並懸，中丞長鋏字龍泉。相逢莫道延津事，且誦莊生第幾篇。」其八：「虎丘山頭夜泊舟，青鋒相為割離愁。吳王墓裡三千劍，白虎于今不敢游。」其九：「螭頭銜玉虎絲絛，白晝凌霜夜吼濤。東海王生身漸老，可能酬得呂虔刀。」其十：「季狂耽酒勝馮讙，醉裏侯門策懶干。應為閩中魚價賤，未曾留借蒯緱彈。」

酒間偶題二首（選其一）

王世貞

【題解】這組七絕詩共二首，飲酒中略抒感慨，故曰「偶題」。

人言酒是銷愁物❶，不到醉時愁不休。今日較來❷無一事，偶因杯酒卻生愁❸。

【注　釋】❶銷愁物　唐李白〈將進酒〉：「五花馬，千金裘，呼兒將出換美酒，與爾同銷萬古愁。」唐白居易〈對酒〉：「無如飲此銷愁物，一餉愁消直萬金。」宋蘇軾〈洞庭春色〉：「要當立名字，未用問升斗。應呼釣詩鉤，亦號掃愁帚。」❷較來　謂與平時比較。❸卻生愁　唐雍陶〈宿嘉陵驛〉：「離思茫茫正值秋，每因風景卻生愁。」

【語　譯】人們說酒是消愁物，不到飲醉時憂愁難休。與常時比較今日無事，偶然一杯酒下肚卻起憂愁。

【研　析】這組詩其二：「解道死生俱是夢，縱饒勘破亦奚為。何如總付不思議，權向糟丘住幾時。」情緒也很消極，總是世事不盡如人意，所以以酒澆愁，反而令愁上添愁，甚至引來人生如夢、無妨一醉了之的感慨。《易林》有云：「酒為歡伯，除憂來樂。」東漢末曹操〈短歌行〉云：「何以解憂，惟有杜康。」晉陶淵明〈飲酒〉：「泛此忘憂物，遠我遺世情。」唐白居易〈勸酒寄元九〉：「俗號消愁藥，神速無以加。」以飲酒享名後世的唐代大詩人李白在〈宣州謝朓樓餞別校書叔雲〉一詩中卻說：「抽刀斷水水更流，舉杯銷愁愁更愁。」此層涵義當為王世貞「偶因杯酒卻生愁」一句所本。在古代，酒作為一種飲料，明代以前並非蒸餾而成，多為釀造，酒精含量不高，類似於今天的酒釀。據《史記》卷一二六〈滑稽列傳〉記述，淳于髡在「合尊促坐，男女同席，履舃交錯，杯盤狼藉，堂上燭滅」的狀況下，能飲一石酒不醉。唐杜甫〈飲中八仙歌〉：「李白一斗詩百篇，長安市上酒家眠。」如此之大酒量，所飲者當然不是今天的烈性白酒，否則早就酒精中毒，一命嗚呼了。

贈柴國醫

余有丁

【題　解】這首五律贈送一位姓柴的醫生。國醫，這裡謂國內最傑出的醫生，顯然帶有稱讚頌揚意。

【作　者】余有丁（西元一五二七—一五八四年），字丙仲，號同麓，鄞縣（今浙江寧波）人。嘉靖四十一年（西元一五六二年）一甲第三名進士，授編修，歷官國子司業、右諭德、左庶子、南國子祭酒，進太常卿，擢禮部侍郎，累官至禮部尚書兼建極殿大學士，萬曆十二年（西元一五八四年）致仕卒，年五十八歲。贈太保，諡文敏。著有《余文敏公文集》十二卷。生平詳見許國〈余文敏公墓誌銘〉、顧紹芳〈余文敏公神道碑〉。清朱彝尊《靜志居詩話》卷一三〈余有丁〉舉其〈送張崌崍肖甫〉一律，謂「絕類劉文房」。陳田《明詩紀事》己籤卷一四上選余有丁詩一首。

懸壺❶精妙術，小隱❷市曹❸深。為讀〈倉公傳〉❹，因多濟世❺心。

膏肓逃二豎❻，肘後著千金❼。隱德❽君家事，春來杏滿林❾。

【注　釋】❶懸壺　謂行醫賣藥。《後漢書》卷八二下〈方術列傳〉：「費長房者，汝南人也。曾為市掾。市中有老翁賣藥，懸一壺於肆頭，及市罷，輒跳入壺中。市人莫之見，唯長房於樓上睹之，異焉，因往再拜奉酒脯……遂能醫療眾病。」❷小隱　謂隱居山林。晉王康琚〈反招隱〉：「小隱隱陵藪，大隱隱朝市。」這裡當謂「大隱」，有正話反說的意味。❸市曹　市內商業集中之處。❹倉公傳　謂《史記》卷一〇五〈扁鵲倉公列傳〉，內云：「太倉公者，齊太倉長，臨菑人也，姓淳于氏，名意。少而喜醫方術。高后八年，更受師同郡元里公乘陽慶。慶年七十餘，無子，使意盡去其故方，更悉以禁方予之，傳黃帝、扁鵲之脈書，五色診病，知人死生，決嫌疑，定可治，及藥論，甚精。受之三年，為人治病，決死生多驗。」❺濟世　濟助世人。❻膏肓逃二豎　謂醫術高明，能斷生死。《左傳．成公十年》：「(晉)公疾病，求醫於秦。秦伯使醫緩為之。未至，公夢疾為二豎子，曰：『彼，良醫也。懼傷我，焉逃之？』其一曰：『居肓之上，膏之下，若我何？』醫至，曰：『疾不可為也。在肓之上，膏之下，攻之不可，達之不及，藥不至焉，不可為也。』公曰：『良醫也。』厚為之禮而歸之。」膏肓，古代醫學以心尖脂肪為膏，心臟與膈膜之間為肓。二豎，古人謂病魔。❼附後著千金　謂藥方靈驗。附後，晉葛洪曾撰醫書《附後備急方》，簡稱《附後方》，意謂卷帙不多，可以懸於附後。後因藉以泛指隨身攜帶的丹方。千金，唐孫思邈所撰醫書《千金方》的省稱，他認為人命貴於千金，治人一命，等於施捨千金，故稱。❽隱德　施德於人而不為人所知。❾春來杏滿林　據傳三國吳董奉隱居廬山，為人治病不取錢，但使重病癒者植杏五株，輕者一株，積年蔚然成林。後因以「杏林」代指良醫，並以「杏林春滿」等稱頌醫術高明。

【語　譯】行醫技術精妙絕倫，國醫是隱於市曹的高人。因為閱讀〈倉公傳〉，所以多有濟助世人的善心。病入膏肓逃不過國醫的診斷，隨身攜帶《千金方》。隱德屬於國醫家中的傳統，聲譽早就春滿杏林。

【研　析】這首五律頌揚一位柴姓醫生的醫術與醫德，頷聯屬於流水對，即對偶句上下兩句意思相貫串，自然流暢。全詩多用醫林典故，柴國醫形象呼之欲出。《左傳·定公十三年》有所謂「三折肱知為良醫」之說，《禮記·曲禮下》甚至有「醫不三世，不服其藥」的訓誡，可見挫折與經驗在醫生的成長道路中皆不可或缺。辨正施治、對症下藥，就是中醫治病救人的途轍，在古代，人們又常以治病與治國相提並論。宋蘇軾〈蓋公堂記〉一文以鄉間一「病寒且咳」者「三易醫而疾愈甚」的求醫問藥經過，聯繫到治理國家尤須遵循「治道貴清靜而民自定」之理，顯然受老莊「無為而無不為」思想的影響。明代李東陽有〈醫戒〉一文，也以自家受挫於庸醫的經過現身說法，認為醫生療疾正如同人臣濟世，不可不慎，發出所謂「世之徇名遺實，以軀命托之庸人之手者，亦豈少哉」的無限感慨。所選此詩僅頌揚柴國醫之醫道高明，並沒有借題發揮，引至「治大國如烹小鮮」的推理邏輯中，不過其中所透露出的古人對於醫生的重視心理，仍然值得今人深思。

獨　坐

李　贄

【題　解】這首五律詩當寫於作者客居湖北麻城龍潭湖芝佛院期間，時在萬曆十九年(西元一五九一年)以後。以「獨坐」為題，屢見於古代詩人筆下。獨坐可於孤寂中浮想聯翩，是詩的醞釀過程，也是一次特定心理活動的展示。唐高適〈九日酬顏少府〉：「縱使登高只斷腸，不如獨坐空搔首。」

【作　者】李贄（西元一五二七－一六〇二年），原名載贄，號卓吾，又號宏甫，別號溫陵居士，又號龍湖叟，泉州晉江（今屬福建）回族人。嘉靖三十一年（西元一五五二年）舉人，歷官共城（今河南輝縣）教諭、禮部司務、南京刑部主事、雲南姚安知府，後棄官，寄寓黃麻城龍湖芝佛院，出家為僧，不廢講學著述。萬曆二十九年（西元一六〇一年），受致仕御史馬經綸邀請至京師通州，翌年即以「敢倡亂道，惑世誣民」之罪下獄，自刎身死。著有《焚書》六卷、《續焚書》五卷以及《藏書》、《續藏書》等，另有今人整理本《李贄文集》。《明史》卷二二一〈耿定向傳〉載李贄事不甚詳。清錢謙益《列朝詩集小傳》閏集〈卓吾先生李贄〉有云：「卓吾所著書，於上下數千年之間，別出手眼，而其掊擊道學，抉摘情偽，與耿天臺往復書，累累萬言，胥天下之為偽學者，莫不膽張心動，惡其害己，於是咸以為妖為幻，噪而逐之。」《四庫全書總目提要》卷一七八著錄李贄《李溫陵集》二十卷，有云：「贄非聖無法，敢為異論，雖以妖言逮治，懼而自剄。而焦竑等盛相推重，頗熒眾聽，遂使鄉塾陋儒，翕然尊信，至今為人心風俗之害。故其人可誅，其書可毀，而仍存其目，以明正其為名教之罪人，誣民之邪說，庶無識之士，不至怵於虛名，而受其簧鼓，是亦彰癉之義也。」可見其「異端」思想為專制統治所難容。

有客開青眼❶，無人問落花❷。暖風熏❸細草，涼月照晴沙❹。客久
翻疑夢❺，朋來不憶家。琴書❻猶未整，獨坐送殘霞。

【注　釋】❶有客開青眼　謂若有客來訪將表示歡迎。青眼，謂對人喜愛或器重，與「白眼」相對。《晉書》

卷四九〈阮籍傳〉：「(阮)籍又能為青白眼，見禮俗之士，以白眼對之。及嵇喜來弔，籍作白眼，喜不懌而退。喜弟康聞之，乃賫酒挾琴造焉，籍大悅，乃見青眼。」❷落花　作者自喻，唐司空圖《詩品·典雅》：「落花無言，人淡如菊。」❸熏　溫暖；和煦。❹晴沙　原指陽光照耀下的沙灘，這裡謂月下沙灘。唐杜甫〈曲江陪鄭南史飲〉：「雀啄江頭黃花柳，鵁鶄鸂鶒滿晴沙。」❺客久翻疑夢　唐張九齡〈初入湘中有喜〉：「卻記從來意，翻疑夢裡遊。」❻琴書　琴和書籍，在古代為文人雅士清高生涯常伴之物。晉陶淵明〈歸去來辭〉：「悅親戚之情話，樂琴書以消憂。」

【語　譯】有客人來深表歡迎，卻無人顧及我心境似落花。暖風和煦拂過細草，清涼月色籠罩晴沙。久客他鄉反而懷疑是夢的持續，有朋友看望就忘記戀家。琴與書籍尚未整理，獨坐目送天邊的晚霞。

【研　析】李贄深受禪宗思想影響，對佛學有相當研究，其〈解經文〉有云：「夫諸相總是吾真心中一點物，即浮漚總是大海中一點泡耳。」這首五絕在「獨坐」冥想中，詩人悠然神會，任心隨意，擁抱自然，物我交融，逐漸達到與天地合一的忘我境界。尾聯兩句，尤其是對句饒有禪意，餘味無窮。古人於獨坐中，心境各異。唐孟郊〈出門行二首〉其二：「海風蕭蕭天雨霜，窮愁獨坐夜何長。」唐盧照鄰〈赤谷安禪師塔〉：「獨坐岩之曲，悠然無俗紛。」唐宋之問〈冬宵引贈司馬承禎〉：「獨坐山中兮對松月，懷美人兮屢盈缺。」唐駱賓王〈西京守歲〉：「閒居寡言宴，獨坐慘風塵。」唐劉希夷〈秋日題汝陽潭壁〉：「獨坐秋陰生，悲來從所適。」唐王維〈秋夜獨坐〉：「獨坐悲雙鬢，空堂欲二更。」唐李白〈獨坐敬亭山〉一詩享譽後世：「眾鳥高飛盡，孤雲獨去閑。相看兩不厭，只有敬亭山。」唐杜甫〈獨坐二首〉其一也是一首五律：「竟日雨冥冥，雙崖洗更青。水花寒落岸，山鳥暮過庭。暖老須燕玉，充飢憶楚萍。胡笳在樓上，哀怨不堪聽。」

以上所舉各例，皆可與所選詩對讀，惟李白一首，其心態與李贄此詩略同，堪稱千古有知音了。

牡丹時二首（選其一）

李贄

【題解】這組七絕為借詠牡丹而感慨人事之作。牡丹時，即牡丹開花的時節，在初夏農曆四月間。牡丹為落葉小灌木，著名的觀賞植物。古無牡丹之名，統稱芍藥，後以木芍藥稱牡丹。明李時珍《本草綱目》卷一四〈牡丹〉云：「群花品中以牡丹第一，芍藥第二，故世謂牡丹為花王，芍藥為花相。歐陽修《花譜》所載凡三十餘種。」

牡丹才記欲開時❶，芍藥❷於今久離披❸。可是山中無人到❹，花開花謝❺總不知。

【注釋】❶欲開時　謂含苞欲放。唐鄭谷〈海棠〉：「穠麗最宜新著雨，嬌嬈全在欲開時。」❷芍藥　多年生草本植物，初夏開花，與牡丹花時略同。其花大而美麗，有紫紅、粉紅、白等多種顏色，可供觀賞。❸離披　茂盛繁多的樣子。唐郭震〈惜花〉：「春風滿目還惆悵，半欲離披半未開。」❹無人到　唐李涉〈竹里〉：「閑眠盡日無人到，自有春風為掃門。」❺花開花謝　唐羅隱〈春日獨遊禪智寺〉：「花開花謝長如此，人去人來自不同。」

【語 譯】剛剛想到是正值牡丹欲開的時節，芍藥在此際已然茂盛重疊。難道是因山中不通人事，花開與花謝總無人知覺。

【研 析】這組詩共有兩首，其二云：「憶昔長安看花時，牡丹獨有醉西施。省中一樹花無數，共計二百單八枝。」在中國傳統文化中，牡丹屬於富貴之花，是烈火烹油般熱鬧人生的象徵，因而常常與人生利祿糾結在一起。唐李益〈牡丹〉云：「紫蕊叢開未到家，卻教遊客賞繁華。始知年少求名處，滿眼空中別有花。」宋尤袤《全唐詩話》卷六〈僧文益〉：「〈看牡丹〉云：『擁毳對芳叢，由來趣不同。髮從今日白，花是去年紅。豔色隨朝露，馨香逐晚風。何須待零落，然後始知空。』」據宋阮閱《詩話總龜》前集卷一引《冷齋夜話》，此詩乃僧人勸說南唐後主李煜放棄對宋太祖趙匡胤南下的抵抗的偈語，以詠牡丹闡發世間萬事皆空的道理。

李贄性好高潔，他有〈高潔說〉一文云：「余性好高，好高則居傲而不能下……余性好潔，好潔則狷隘而不能容……殊不知我終日閉門，終日有欲見勝己之心也。終年獨坐，終年有不見知己之恨也。」從作者這一夫子自道中可知，他有孤寂之禪心，卻又難以忘懷世事，始終有對於真善美的人生追求。這一人生矛盾反映於這首七絕中，透露出的就是幾許人生無奈。如果再聯繫組詩其二，那回憶京師中牡丹花開時節熱鬧景象的詩句，不也是作者避世與入世間矛盾心理的自然呈現嗎？此詩可與上選一首對照參看，更可見作者心態。

詠史三首（選其一）

李贄

【題解】這是一首詠懷史事的七絕。據《史記》卷八六〈刺客列傳〉，荊軻為燕太子丹西入秦刺殺秦王嬴政，在易水與眾人餞別：「太子及賓客知其事者，皆白衣冠以送之。至易水之上，既祖，取道，高漸離擊筑，荊軻和而歌，為變徵之聲，士皆垂淚涕泣。又前而為歌曰：『風蕭蕭兮易水寒，壯士一去兮不復還！』復為羽聲慷慨，士皆瞋目，髮盡上指冠。於是荊軻就車而去，終已不顧。」這首〈詠史〉即以此段史實為素材，歌頌了荊軻等人的豪俠氣概。

荊卿❶原不識燕丹❷，祇為田光❸一死難。慷慨悲歌惟擊筑❹，蕭蕭易水至今寒❺。

【注釋】❶荊卿　即荊軻（西元前？—前二二七年），戰國間著名刺客。《史記》卷八六〈刺客列傳〉：「荊軻者，衛人也。其先乃齊人，徙於衛，衛人謂之慶卿。而之燕，燕人謂之荊卿……荊軻雖游於酒人乎，然其為人沉深好書；其所游諸侯，盡與其賢豪長者相結。其之燕，燕之處士田光先生亦善待之，知其非庸人也。」後為燕太子丹客，因行刺秦王政未獲成功，被殺。❷燕丹　即燕太子丹（西元前？—前二二六年），戰國時燕王喜太子，曾為質於趙，與生於趙的嬴政熟識。嬴政為秦王，燕太子丹又為質於秦，嬴政未能善遇之，逃歸。後因謀刺秦王不遂，秦國擊燕，燕王喜斬丹以獻。五年後，秦虜燕王喜，滅燕。事見《戰國策・燕策三》、《史記・刺客列傳》。❸田光　戰國時燕人（西元前？—前二二七年），燕太子丹謀刺秦王政，因太傅鞠武之薦認識田光，田光以老辭，轉薦荊軻，並在荊軻應允後，立即自刎而死以激勵荊軻並消除太子丹的疑慮。事見《史記・刺客列傳》。❹筑　古絃樂器名，有五絃、十三絃、二十一絃三種說法。其形似箏，頸細而肩圓，絃下設柱。演奏時，左手按絃的一端，右手執竹尺擊絃發音。荊軻友人高漸離善擊筑。《史記》卷八六〈刺客列傳〉：「荊軻既至燕，愛燕之狗屠及善擊筑者高漸離。荊軻嗜酒，日與狗屠及高漸離飲於燕市，酒酣以往，高漸離擊筑，荊軻和而歌於市中，相樂也，已而相泣，旁若無人者。」❺蕭蕭易水至今寒　語本唐駱賓王〈於易水送人〉：「此地別燕丹，壯士髮衝冠。昔時人已沒，今日水猶寒。」蕭蕭，象聲詞，這裡形容風聲。易水，水名，發源於今河北易縣，有中易（今已乾涸）、北易（即今之易水）、南易三脈。戰國時地處燕國南，為入秦必經之道。《戰國策・燕策一》：「燕東有朝鮮、遼東，北有林胡、樓煩，西有雲中、九原，南有呼沱、易水。」

【語譯】荊軻與燕丹起先並不相識，只因田光舉薦並以死相激。友人擊筑烘托送別的慷慨悲歌，風蕭蕭似仍吹寒當年的易水。

【研析】這組〈詠史〉詩共有三首，其二云：「夷門畫策卻秦兵，公子奪符出魏城。上客功成心遂死，千秋萬歲有侯嬴。」其三云：「晉鄙合符果自疑，揮鎚運臂有屠兒。情知不是信陵客，刎頸迎風一送之。」所詠者為戰國時魏國公子信陵君竊符救趙事，表彰了魏國大梁夷門監守侯嬴捨生忘死報答知己的俠肝義膽。這首詩則專詠荊軻為報燕太子丹知遇之恩，慷慨悲歌，西入強秦、視死如歸的豪邁氣魄，其間對老英雄田光也深懷敬仰之心。

三首詩聯繫起來看，作者所崇尚的是一種獨往獨來、天馬行空而又能意氣風發、義薄雲天的生存狀態。這種精神追求在前代詩人中屢有吟歌，如唐虞羽客〈結客少年場行〉：「幽并俠少年，金絡控連錢。竊符方救趙，擊筑正懷燕。」又如唐王維〈少年行四首〉其一：「新豐美酒斗十千，咸陽游俠多少年。相逢意氣為君飲，繫馬高樓垂柳邊。」正是現實的不自由才導致詩人在精神層面上的縱橫馳騁，並希圖以此來彌補現實生活的不足。李贄此詩頌揚荊軻、田光等人，對其人生境界的追慕大於對其行動本身的肯定，因而今天鑑賞這首〈詠史〉，也當從精神層面理解作者的有關價值取向。李贄曾有自嘲式的〈自贊〉一文有云：「其性褊急，其色矜高，其詞鄙俗，其心狂痴，其行率易，其交寡而面見親熱。」對於理解詩人心態，或有所助益。

元旦憶兄二首（選其一）

陳有年

【題　解】這是一首憶人的七絕。元旦，即新年的第一天，舊時謂農曆正月初一日，即今之春節。宋吳自牧《夢粱錄・正月》：「正月朔日，謂之元旦，俗呼為新年。一年節序，此為之首。」

【作　者】陳有年（西元一五三二－一五九八年），字登之，號心穀，餘姚（今屬浙江）人。陳克宅子。嘉靖四十一年（西元一五六二年）進士，授刑部主事。改吏部，歷驗封郎中。因忤張居正，謝病歸。萬曆中起稽勳，歷考功、文選，謝絕請寄，除目下，中外皆服。累遷吏部尚書。乞休歸，卒贈太子太保，謚恭介。著有《陳恭介公文集》十二卷。生平詳見張師澤〈陳恭介公傳〉，《明史》卷二二四有傳。詩不多作，可略見風致而已。

憶昨歸來兩閱❶春，尊前兄弟歲華❷新。如何蒲柳先衰❸者，忽作屠蘇後飲人❹。

【注釋】❶閱　經歷。❷歲華　猶「歲時」，即每年一定的季節或時間，此謂元旦。❸蒲柳先衰　比喻未老先衰，或體質衰弱，作者自謂。語本南朝宋劉義慶《世說新語・言語》：「蒲柳之姿，望秋而落；松柏之質，經霜彌茂。」蒲柳，即水楊，一種入秋就凋零的樹木。❹屠蘇後飲人　謂年少。唐顧況〈歲日作〉：「不覺老將春共至，更悲攜手幾人全。還丹寂寞羞明鏡，手把屠蘇讓少年。」古人在元旦飲用屠蘇草浸泡的酒，傳說可以辟邪，與換桃符、放爆竹同為古代過元旦之習俗。元旦飲屠蘇酒，古人須從年齡最小者開始，原因是小者得歲，故先酒賀之；老者失歲，故後與酒。南朝梁宗懍《荊楚歲時記》：「(正月一日)長幼悉正衣冠，以次拜賀，進椒柏酒，飲桃湯，進屠蘇酒……次第從小起。」

【語譯】回憶上次歸家已然歷經兩年，那時兄弟尊前笑樂共賀元旦。我今天未老已先衰，飲屠蘇酒不似當年排在前。

【研析】組詩第二首有云：「荊樹凋殘孤抱影，椒花淒絕對沾巾。流年冉冉看如此，又逐東風寄此身。」從首句推斷，所憶其兄，斯時當已故去，這無疑更增加了「每逢佳節倍思親」的懷念之情。所選七絕從追憶兩年前的元旦寫起，那時兄弟笑樂宴飲，一家團圓。第三句拉回到現實處境，也就是寫詩時的元旦。所謂「蒲柳先衰」是自嘲，也暗寓人世無常，透露出對歲月不居的幾許無奈。所沉痛者在於第四句的含蓄表達，兩年以前的元旦，因有兄長存在，故有先於長兄飲屠蘇酒的權利，而今物是人非，兄長已逝，故在兄弟中排到最後飲屠蘇酒了。

元旦以年齒飲屠蘇酒的風俗，唐宋以來一向如此，唐裴夷直〈戲唐仁烈〉：「自知年幾偏應少，先把屠蘇不讓春。倘更數年逢此日，還應惆悵羨他人。」唐方干〈元日〉：「才酌屠蘇定年齒，坐中惟笑鬢毛斑。」宋楊萬里〈己丑改元開禧元日〉：「老子年齒君莫問，屠蘇飲了更無兄。」宋蘇軾〈除夜野宿常州城外〉：「但把窮愁博長健，不辭最後飲屠蘇。」可惜元旦飲屠蘇酒的習俗至今已經消失殆盡，蘊藏其中的豐富文化內涵也鮮為人知了。

山陰道中

沈一貫

【題　解】這首七律以〈山陰道中〉為詩題，是紀實，也屬用典。南朝宋劉義慶《世說新語・言語》：「王子敬云：『從山陰道上行，山川自相映發，使人應接不暇。若秋冬之際，尤難為懷。』」山陰，即今浙江紹興，有東湖、鑑湖、柯岩等名勝，風景優美，古今馳名海內。

【作　者】沈一貫（西元一五三一—一六一五年），字肩吾，號蛟門，又號龍江，鄞縣（今浙江寧波）人。隆慶二年（西元一五六八年）進士，選庶吉士，授檢討，充日講官，以忤張居正，不得遷。居正死，始遷左中允。歷官吏部左侍郎兼侍讀學士，加太子賓客。萬曆二十二年（西元一五九四年）以南京禮部尚書入閣，預機務，後遂為首輔，尋進太子太保、戶部尚書、武英殿大學士，累加少傅兼太子太傅、吏部尚書、建極殿大學士。家居十年卒。贈太傅，諡文恭。著有《喙鳴文集》二十卷、《喙鳴詩集》十八卷、《敬事草》十九卷。《明史》卷二一八有傳。清錢謙益《列朝詩集小傳》丁集〈沈少師一貫〉有云：「少師為嘉則之從子，其於詩學有所指授，風華詞藻，與嘉則略相似。」嘉則，謂沈明臣。陳田《明詩紀事》庚籤卷九選其詩八首，有按語云：「鄞縣相業不足言。少師事沈明臣，稱為句章公。又與黎惟敬、歐楨伯輩往還，故詩筆頗擅麗藻。」

最是山陰道可憐❶，青蒲❷白鳥❸浴晴川❹。一奩❺水鏡疑無地❻，九疊山屏❼直上天。向浦❽歌聲春社❾鼓，隔江燈影夜漁船。誰能乞得君王賜❿，不戴黃冠⓫已是僊。

【注釋】❶可憐　可喜。唐白居易〈曲江早春〉：「可憐春淺遊人少，好傍池邊下馬行。」❷青蒲　即蒲草，水生植物，嫩者可食，莖葉可供編織蒲席等物。❸白鳥　白羽的鳥，這裡當謂鷺一類的水鳥。唐朱慶餘〈與龐復言攜酒望洞庭〉：「青蒲映水疏還密，白鳥翻空去復回。」❹晴川　晴天下的水面。❺奩　古代盛梳妝用品的鏡匣。這裡當謂紹興東湖。❻無地　猶言看不見地面，這裡形容位置高渺。《楚辭・遠遊》：「下崢嶸而無地兮，上寥廓而無天。」唐許棠〈過洞庭湖〉：「四顧疑無地，中流忽有山。」❼九疊山屏　當謂今紹興市東約十里處的東湖景區的岩石奇景。這裡原有一座青石山，漢代開始採石，日久鑿成湖泊，周圍峭壁奇岩，崢嶸嶙峋，突兀高聳，逶迤如屏。❽浦　水邊。❾春社　古代在春耕前（多在立春後的第五個戊日）祭祀土神，以祈豐收，謂之春社。❿誰能乞得君王賜　謂唐代賀知章於唐玄宗天寶間被賜與鑑湖事。《新唐書》卷一九六〈賀知章傳〉：「天寶初，病，夢游帝居，數日寤，乃請為道士，還鄉里，詔許之，以宅為千秋觀而居。又求周宮湖數頃為放生池，有詔賜鏡湖剡川一曲。既行，帝賜詩，皇太子百官餞送。」鑑湖又名長湖、鏡湖、慶湖，在今紹興市南三里處，原為東漢太守馬臻所開，範圍廣大，唐宋以後逐漸淤積。⓫黃冠　道士之冠，這裡即指道士。

【語　譯】在山陰道上行最是可喜，青蒲白鷺在晴空下的水面洗浴。如鏡匣般的水面彷彿懸空，上接天際是重疊如屏的峭壁。春社的鼓聲伴隨歌聲飄蕩在水面，漁船燈影隔江閃爍時已入夜。誰能如賀知章得到君王鑑湖的賞賜，即使不戴道冠也有神仙的根基。

【研　析】南朝宋劉義慶《世說新語．言語》：「顧長康從會稽還，人問山川之美，顧云：『千巖競秀，萬壑爭流，草木蒙籠其上，若雲興霞蔚。』」會稽即山陰，為今浙江紹興的古稱。唐李白〈送王屋山人魏萬還王屋〉有云：「遙聞會稽美，且度耶溪水。萬壑與千岩，崢嶸鏡湖裡。秀色不可名，清輝滿江城。人游月邊去，舟在空中行。」唐元稹〈寄樂天〉有云：「莫嗟虛老海壖西，天下風光數會稽。靈氾橋前百里鏡，石帆山崦五雲溪。冰銷田地蘆錐短，春入枝條柳眼低。安得故人生羽翼，飛來相伴醉如泥。」白居易〈沃洲山禪院記〉一文則有「東南山水，越為首，剡為面，沃洲、天姥為眉目。夫有非常之境，然後有非常之人棲焉。」可見這一帶山水從晉代到唐代都非常有名，絕非虛譽。

明初劉基〈遊雲門記〉一文云：「語東南山水之美者，莫不曰會稽，豈其他無山水哉？多於山則深沉杳絕，使人憯凄而寂寥；多於水則曠漾浩汗，使人望洋而靡漫。獨會稽為得其中，雖有層巒複岡，而無梯磴攀陟之勞；大湖長溪，而無激沖漂覆之虞。於是適意游賞者莫不樂往而忘疲焉。」山陰以山水風光著稱，令歷代文人騷客吟詠不絕如縷，晚生於沈一貫三十七年的性靈派詩人袁宏道也有〈山陰道〉一首：「錢塘艷若花，山陰芊如草。六朝以上人，不聞西湖好。平生王獻之，酷愛山陰道。彼此俱清奇，輸他得名早。」這首七律首聯對句色彩鮮明，引人遐思。頷聯、頸聯寫景，從容自如，暗寓客子留連於山陰道上的時間進程，由晴日高照到夜色迷茫，有視覺，有聽覺，有感覺，意境深遠。尾聯議論，用唐代賀知章典，極寫無限嚮往之情，有總括全詩之效。

愁

沈一貫

【題　解】這首五絕以「愁」為題，巧用比喻，賦予抽象事物以質感，形象生動。

愁霧深如海❶，茫茫❷不可行。忽如天際月❸，減盡卻還生。

【注　釋】❶深如海　宋秦觀〈千秋歲〉：「春去也，飛紅萬點愁如海。」宋朱弁〈春陰〉：「詩窮莫寫愁如海，酒薄難將夢到家。」❷茫茫　宋柳永〈雙聲子〉：「斜陽暮草茫茫，盡成萬古遺愁。」❸忽如天際月　唐皮日休〈病後春思〉：「牢愁有度應如月，春夢無心只似雲。」

【語　譯】愁霧瀰漫如大海般深，茫茫之中難以穿行。愁就像那天邊的月亮圓缺，減盡到極點又開始增生。

【研　析】憂愁本是一種心理活動，反映於人的表情或行動上，則千變萬化，文學家筆下對於愁的描寫也形形色色，不但有綿綿無盡的時間感，還有一定的質感。唐李白〈宣州謝朓樓餞別校書叔雲〉：「抽刀斷水水更流，舉杯銷愁愁更愁。」描寫愁緒無窮無盡，形象生動。宋石孝友〈木蘭花〉（尋春誤入桃源洞）：「春愁離恨重如山，不信馬兒馱得動。」宋李清照〈武陵春〉：「聞說雙溪春尚好，也擬泛輕舟。只恐雙溪舴艋舟，載不動、許多愁。」這是賦予抽象的愁以重量感，誇張言之，窮形盡相。唐柳宗元〈登柳州城樓寄漳汀封連四州〉：「城上高樓接大荒，海天愁思正茫茫。」南唐後主李煜〈虞美人〉：「問君能有幾多愁，恰似一江春水向東流。」宋秦觀〈江城子〉：「便做春江都是淚，流不盡，許多愁。」皆賦予愁思以遼闊無邊的空間感，與所選這首〈愁〉詩可謂異曲同工。

宋代有「賀梅子」之譽的賀鑄也是寫愁的名家，他在〈青玉案〉詞中「試問閒愁都幾許，一川煙草，滿城風絮，梅子黃時雨」的描寫，連用三個比喻，將滿腔閒愁刻畫得淋漓盡致，可與此詩「茫茫不可行」參照解讀。愁，無論憂愁、閒愁、哀愁、思愁，皆難以消失，在時間上似乎無窮無盡。所選詩以圓缺反覆的月喻愁，所謂「減盡卻還生」，正可與宋李清照〈一剪梅〉詞中「此情無計可消除，才下眉頭，又上心頭」媲美，非親身所歷，實難道出。

夜坐

焦竑

【題解】這首五絕寫春夜山間獨坐的感受，饒有禪意，大有唐代王維詩的意境。

【作者】焦竑（西元一五四〇—一六一九年），字弱侯，又字從吾、叔度，號漪園，又號澹園，另署漪南生、太史氏、秘史渠舊史、龍洞山農等，江寧（今江蘇南京）人。萬曆十七年（西元一五八九年）一甲第一名進士，授修撰，遭忌被劾，貶福建福寧州同知，棄官歸。南明福王時追諡文端。博極群書，著述宏富。講學宗羅汝芳，與耿定向、李贄善。著有《焦氏澹園集》四十九卷、《焦氏澹園續集》二十七卷，今人有整理本《澹園集》。生平詳見黃汝亨〈祭焦弱侯先生文〉，《明史》卷二八八〈文苑四〉有傳，內云：「竑博極群書，自經史至稗官、雜說，無不淹貫。善為古文，典正馴雅，卓然名家。集名《澹園》，竑所自號也。」清錢謙益《列朝詩集小傳》丁集〈焦修撰竑〉謂其「所著書二十餘種，皆行於世」。清朱彝尊《靜志居詩話》卷一六〈焦竑〉：「詩特寄興，若儲書之富，幾勝中簿，多手自鈔撮，惜近年俱散佚矣。絕句云：『花明月淡海天秋，三十六重煙雨樓。數載欲歸歸未得，看君先上木蘭舟。』」陳田《明詩紀事》庚籤卷一六選焦竑詩三首，有按語云：「弱侯著述甚富，小詩亦有清放之致。」

客喧隨夜寂，無人覺往還。愁心淹❶獨坐，桂子落空山❷。

【注釋】❶淹　長久。❷桂子落空山　語本唐王維〈鳥鳴澗〉：「人閒桂花落，夜靜春山空。」桂子，即桂花，又稱木犀，常綠灌木或小喬木，花簇生，黃色或黃白色，有極濃郁的香味。可製作香料，通稱桂花。有金桂、銀桂、四季桂等，原產中國，為珍貴的觀賞芳香植物。

【語譯】來客喧譁隨夜深而沉寂，已聽不到來往人聲。心有憂愁長久獨坐，彷彿聽到桂花墜落山中。

【研析】萬籟俱靜之時，山間獨坐自有萬千思慮。憂從中來是塵世間的煩惱，但夜色朦朧，久久沐浴其中，也會逐漸心神俱化，在擁抱自然中感到蒼穹的渺遠，彷彿突然悟到人生的真諦。所謂「桂子落空山」並非作者的聽覺敏銳，而只是心靈的感覺，富於禪思，妙在心生愉悅而達到一切又在不必言之的境界。明胡應麟《詩藪》內編卷六有云：「太白五言絕自是天仙口語，右丞卻入禪宗。如：『人閑桂花落，夜靜深山空。月出驚山鳥，時鳴春澗中。』『木末芙蓉花，山中發紅萼。澗戶寂無人，紛紛開且落。』讀之身世兩忘，萬念皆寂，不謂聲律之中有此妙詮。」用胡氏此評衡量焦竑此作，亦若合符契，可見焦竑這首五絕有意效法王維，不僅在字句間的摹仿，更在於意境的逼肖神似。

宮詞

焦　竑

【題解】在古代，宮詞乃以宮廷生活瑣事為題材的一種詩體，體裁以七言絕句為多，唐代詩歌中多見之，如王建〈宮詞〉。後世效法者頗多。這首七絕用漢元帝宮中王昭君事，慨歎君主在選拔、識別人才問題上的暗昧，別有寓意。

幾樹桃花露井紅❶，夜闌❷無語立東風❸。君王漫自❹思傾國❺，卻
把題評屬畫工❻。

【注　釋】❶幾樹桃花露井紅　語本宋郭茂倩《樂府詩集》卷二八〈相和曲下・雞鳴〉：「桃生露井上，李樹生桃傍。」露井，沒有覆蓋的井。❷夜闌　夜殘；夜將盡時。唐杜甫〈羌村〉其一：「夜闌更秉燭，相對如夢寐。」❸立東風　語本宋蘇軾〈續麗人行〉：「畫工欲畫無窮意，背立東風初破睡。」❹漫自　謂自家隨便。❺傾國　美女。唐李白〈清平調詞〉其三：「名花傾國兩相歡，長得君王帶笑看。」❻卻把題評屬畫工　謂漢元帝令畫工圖形後宮女以挑選美人事。舊題晉葛洪《西京雜記》卷二：「元帝後宮既多，不得常見，乃使畫工圖形，案圖召幸之。諸宮人皆賂畫工，多者十萬，少者亦不減五萬。獨王嬙不肯，遂不得見。」

【語　譯】露井上桃花幾樹紅透，殘夜裡迎東風無語俏立。君王自家隨意思慕美女，卻將品評之權交到畫工手裡。

【研　析】比興是中國古代詩歌藝術的傳統技法，以美女比喻賢臣良相或優秀人才，也每為作家所喜用。這首〈宮詞〉藉詠帝王宮中情事發抒對於朝廷識別人才問題的看法，言簡意賅，寓意深刻。在封建專制社會中，人主好惡決定著人臣的命運，而人才的脫穎而出也往往需要有伯樂一樣善於相馬的人，唐韓愈〈雜說四〉「世有伯樂，然後有千里馬；千里馬常有，而伯樂不常有」，所慨歎者是社會中懷才不遇者的普遍心聲。君王是伯樂，固然是最為理想的社會；君王無伯樂之眼力，就要依靠那些有伯樂眼力者的舉薦，才能發現與使用人才。但這樣的伯樂也需要君王的識別，如果偏聽偏信，佞幸奸臣充當了「伯樂」，是非顛倒的情況就會不斷發生，這正是焦竑所憂心忡忡的事情。詩中以幾樹桃花比喻盼望君王寵幸的美女，又用王昭君因未賂畫工而落選的故事比喻君主的昏庸，其實就是發抒自家因遭小人忌恨而被貶邊遠際遇的不平之音，批判所向，不言而喻。

葵花

焦竑

【題解】這首七絕是一首詠物之作，含蓄傳達出作者空懷報國之心的無奈。葵花，這裡謂戎葵，即蜀葵，可供觀賞的兩年生草本植物，花瓣五枚，有紅、紫、黃、白等顏色，其花有向陽的習性。

絕壑❶青溪一徑深，戎葵豔豔❷夕陽沉。雲低霧濕無人見，寂寞空
銜捧日❸心。

【注釋】❶絕壑　深谷。❷豔豔　明媚豔麗的樣子。南朝梁武帝〈歡聞歌〉其一：「豔豔金樓女，心如玉池蓮。」❸捧日　比喻忠心輔佐帝王。語本《三國志》卷一四〈魏書・程昱傳〉「表昱為東平相，屯范」裴松之注引晉王沈《魏書》：「昱少時常夢上泰山，兩手捧日，昱私異之，以語荀彧。及兗州反，賴昱得完三城。於是彧以昱夢白太祖。太祖曰：『卿當終為吾腹心。』」

【語譯】深谷中青溪有路相通，豔麗的戎葵朝向欲墜的夕陽。隱身於雲霧低濕瀰漫中，捧日雄心在寂寞裡悲傷。

【研析】詩言志，這首〈葵花〉無異於夫子自道。焦竑殿試為一甲第一名進士，徑入翰林院為修撰，本欲大展鴻圖，但天意難測，命運不偶，竟因性格因素中斷仕途。據《明史》卷二八八本傳：

「竑既負重名，性復疏直，時事有不可，輒形之言論，政府亦惡之，張位尤甚。二十五年主順天鄉試，舉子曹蕃等九人文多險誕語，竑被劾，謫福寧州同知。歲餘大計，復鐫秩，竑遂不出。」這首詩即以戎葵自喻，雖身處僻壤，沒有顯赫的地位，已不為世人所知，但輔佐君王治國平天下的雄心猶在，仍然躍躍欲試。儘管孤獨寂寞，儘管無人理解，但如葵花一樣的「捧日心」仍在。全詩二十八字，字字擲地可作金石聲，顯示了一位儒家傳統思想濃厚的正直文人士大夫忠君愛國的操守，所謂「報國之心，死而後已」（宋蘇軾〈杭州召還乞郡狀〉），千古正直文人的理想，可謂一脈相承！

蘇小小墓

屠　隆

【題　解】這首七律為詠蘇小小之作。蘇小小，南朝齊錢塘名歌妓。宋郭茂倩《樂府詩集》卷八五〈雜歌謠辭．蘇小小歌〉有序云：「一曰〈錢塘蘇小小歌〉。《樂府廣題》曰：『蘇小小，錢塘名倡也，蓋南齊時人。西陵在錢塘江之西，歌云西陵松柏下是也。』」其墓所在何地，約有三說，一說在嘉興，唐徐凝〈嘉興寒食〉：「嘉興郭裡逢寒食，落日家家拜掃回。唯有縣前蘇小小，無人送與紙錢來。」宋祝穆《方輿勝覽》卷三：「蘇小小墓，在嘉興縣西南六十步，乃晉之歌姬。今有片石在，曰蘇小小墓，豈非家在錢塘而墓在嘉興乎？」一說在杭州西湖西泠橋畔，宋吳自牧《夢梁錄》卷一五：「蘇小小墓，在西湖上，有詩題云『湖堤步遊客』之句，此即題蘇氏之墓也。」或云在杭州錢塘江以西的西陵，明田汝成《西湖遊覽志餘》卷一六〈香奩豔語〉：「蘇小小者，錢唐名娼也，蓋南齊時人。其墓或云湖曲，或云江干。古詞云：『妾乘油壁車，郎跨青驄馬。何處結同心，西陵松柏下。』今西陵乃在錢唐江之西，則云江干者近是也。」又一說在蘇州，唐李商隱〈汴上送李郢之蘇州〉：「蘇小小墳今在否，紫蘭香徑與招魂。」又見明周嬰《卮林補遺》。本詩所詠者當在杭州。

【作　者】屠隆（西元一五四三—一六〇五年），原名儱，後改名龍，又易名為隆。字緯真，一字長卿，鄞縣（今浙江寧波）人。有異才，落筆千言立就。舉萬曆五年（西元一五七七年）進士，除潁上知縣，調青浦，遷禮部主事，歷官儀制郎中。罷歸，家貧，賣文為生以終。著有《由拳集》二十三卷、《白榆集》二十卷、《棲真館集》三十卷、《鴻苞》四十八卷等。生平詳見虞淳熙〈祭屠緯真先生文〉、張應文〈鴻苞居士傳〉、《明史》卷二八八〈文苑四〉有傳，謂其：「詩文率不經意，一揮數紙。嘗戲命兩人對案拈二題，各賦百韻，咄嗟之間二章並就。又與人對弈，口誦詩文，命人書之，書不逮誦也。」清錢謙益《列朝詩集小傳》丁集〈屠儀部隆〉：「今所傳《由拳》、《白榆》、《采真》、《南游》諸集，皆未曾起草之筆也。長卿雖為吏，家無餘貲，好交遊，蓄聲伎，不耐岑寂，不能不出遊人間。自謂采真者十之三，乞食者十之七，蓋實錄也。衰晚之年，精華垂盡，率筆應酬，取悅耳目，淵明〈乞食〉之詩，固曰『叩門拙言詞』，今乃以文詞為乞食之具，志安得不日降，而文安得不日卑！長卿晚作冗長不足觀，其病坐此。」朱彝尊《靜志居詩話》卷一四〈屠隆〉：「長卿才非不高，而縱情奔放，記云『不知所以裁之』者也。」陳田《明詩紀事》己籤卷六選屠隆詩十五首，有按語云：「長卿才氣縱橫，長篇尤極恣肆，惟任情傾瀉，不自檢束，未免瑜為瑕掩；錄詩者但取寥寥短篇，安足見所長。」

日落西陵❶冷暮潮❷，美人南國恨蕭條❸。江邊草綠青驄❹去，墓上花開紅粉銷❺。明月可能留寶靨❻，垂楊猶自學纖腰❼。白門亦有啼烏在❽，多少香魂不可招❾。

【注　釋】❶西陵　在今杭州錢塘江之西。❷暮潮　傍晚的江潮。❸蕭條　寂寞冷落。❹青驄　毛色青白相雜的駿馬。語本〈蘇小小歌〉：「妾乘油壁車，郎跨青驄馬。」❺墓上花開紅粉銷　語本唐權德輿〈蘇小小墓〉：「寂寥紅粉盡，冥寞黃泉深。」紅粉，婦女化妝用的胭脂和鉛粉，借代蘇小小。〈古詩十九首・青青河畔草〉：「娥娥紅粉妝，纖纖出素手。」❻明月可能留寶靨　語本唐杜甫〈琴臺〉：「野花留寶靨，蔓草見羅裙。」寶靨，花鈿，古代婦女首飾。❼垂楊猶自學纖腰　語本唐白居易〈楊柳枝〉：「葉含濃露如啼眼，枝嫋輕風似舞腰。」唐李益〈上洛橋〉：「金谷園中柳，春來似舞腰。」纖腰，謂女子纖柔的腰身。❽白門亦有啼烏在　語本宋郭茂倩《樂府詩集》卷四九〈清商曲辭六〉：「暫出白門前，楊柳可藏烏。」白門，南朝宋都城建康（今江蘇南京）宣陽門的俗稱，代指南京。❾多少香魂不可招　唐李商隱〈和人題真娘墓〉：「一自香魂招不得，只應江上獨嬋娟。」香魂，謂美人之魂。

【語　譯】江潮流經夕陽下的西陵已帶寒意，南國美人的歸宿冷落孤寂。江邊草綠，郎騎青驄已去，墓上花開，油壁車早已消失。明月可曾見證蘇小小的花鈿，垂楊彷彿當時美人的腰肢。白門楊柳也有藏烏，多少佳人已招魂無地。

【研　析】作為南齊一代名妓，蘇小小引來後世文人極大的關注熱情，似乎具有了古羅馬愛神維納斯的丰神。有關傳說始於古樂府〈蘇小小歌〉，其墓地也引來詩人的無限遐想。唐李賀善寫「鬼詩」，其〈蘇小小墓〉有云：「幽蘭露，如啼眼。無物結同心，煙花不堪翦。草如茵，松如蓋。風為裳，水為佩。油壁車，久相待。冷翠燭，勞光彩。西陵下，風吹雨。」淒清孤寂，悲涼冷豔，的確有幾分鬼氣。唐張祜〈蘇小小墓〉：「漠漠窮塵地，蕭蕭古樹林。臉濃花自發，眉恨柳長深。夜月人何待，春風鳥為吟。不知誰共穴，徒願結同心。」幾多感慨書寫著千古的悵惘。唐羅隱〈蘇小小墓〉：「魂兮檇李城，猶未有人耕。好月當年事，殘花觸處情。向誰曾豔冶，隨分得聲名。應侍吳王宴，蘭橈暗送迎。」豐富想像裡記述了後人的評說。屠隆這首七律〈蘇小小墓〉，繼承前人同題材作品的思路，雖未脫窠臼，卻也不無新意，尾聯兩句為千古香魂無依的美人抱屈，似乎在慨歎紅顏薄命，從而令全詩具有了思想解放的輝光，顯然這與晚明的浪漫思潮息息相關。

秋夜客懷二首（選其一）

屠隆

【題解】這組七絕共兩首，抒寫秋夜裡客子思念家鄉妻子情懷，以懸想對方思念自己的推測，令全詩具有了感人至深的魅力。

高城霜落大江空，蕭蕭❶馬上生寒風。安知今夜秋閨❷夢，不在蘆花明月❸中。

【注釋】❶蕭蕭　象聲詞，這裡形容風聲。❷秋閨　秋日的閨房，指易引秋思之所。南朝梁江洪〈秋風曲〉其二：「孀婦悲四時，況在秋閨內。」❸蘆花明月　唐貫休〈秋末寄武昌一公〉：「知師詩癖難醫也，霜灑蘆花明月中。」

【語　譯】高城下大江濃霧彌漫，寒風蕭蕭客子騎馬前行。安知這秋夜閨中人的夢境，沒有明月下蘆花中的行蹤。

【研　析】本組詩其二：「別後都忘歲月闌，偶於紅葉見秋殘。西風吹入流黃簟，應念征人關塞寒。」對照兩詩，同一思致，即融無限思念於時空交錯中，明明是自己思念故鄉人，偏偏卻寫故鄉人亦當同樣在思念自己，兩相交互，更見情深。唐杜甫〈月夜〉一詩，堪稱如此寫法的典範之作：「今夜鄜州月，閨中只獨看。遙憐小兒女，未解憶長安。香霧雲鬟濕，清輝玉臂寒。何時倚虛幌，雙照淚痕乾。」這種藝術手法，唐代詩人運用純熟，如白居易〈邯鄲冬至夜思家〉：「邯鄲驛裡逢冬至，抱膝燈前影伴身。想得家中夜深坐，還應說著遠行人。」王建〈行見月〉：「篋中有帛倉有粟，豈向天涯走碌碌。家人見月望我歸，正是道上思家時。」情感深沉，正在於心心相印的感召，巧妙入詩，搖人心旌。

上巳

敖文禎

【題　解】這首五律檃括晉王羲之〈蘭亭集序〉一文，敘寫上巳風俗以抒自家懷抱，極見巧思。上巳，舊時節日名，漢以前以農曆三月上旬巳日為「上巳」，魏晉以後，定為三月三日，不必取巳日。此日為祓禊之日，漢代即已盛行，人們在這一天到水邊沐浴以祓除不祥、消災祛病。上巳風習至明清已漸衰微。

【作　者】敖文禎（西元一五四五—一六〇二年），字嘉猷，號龍華，高安（今屬江西）人。萬曆五年（西元一五七七年）進士，選庶吉士，授檢討，歷少詹事兼侍讀學士，累官禮部侍郎，立朝居鄉，以直道自任。後病發右膝，遂不起，卒官，年五十八歲，贈禮部尚書。著有《薜荔山房藏稿》十卷。生平詳見郭正域〈敖公墓誌銘〉、張應泰〈敖公傳〉，乾隆《江西通志》卷七一有傳。牛應元〈敖先生集序〉有云：「宗伯龍華敖先生遺集得若干卷，文若干卷，郭明龍宗伯次而序之，不佞應元校焉，且任梨棗之役。評先生集者，曰詩似杜也，文似史遷、班孟堅也。」

蘭亭❶今日會，觴詠競風流❷。曲徑環池小❸，疏林蔭竹幽❹。晤言
唯一室❺，心賞契千秋❻。放浪形骸久❼，乾坤泛水鷗❽。

【注　釋】❶蘭亭　亭名，在今浙江紹興西南之蘭渚山上。東晉永和九年（西元三五三年）王羲之與謝安等同遊於此，飲酒賦詩，王羲之曾作〈蘭亭集序〉，傳誦千古。❷觴詠競風流　語本晉王羲之〈蘭亭集序〉：「雖無絲竹管弦之盛，一觴一詠，亦足以暢敘幽情。」觴詠，即飲酒賦詩。❸曲徑環池小　即「流觴曲水」。〈蘭亭集序〉：「又有清流激湍，映帶左右。引以為流觴曲水，列坐其次。」漢以後，人們於農曆三月三日在水邊祓除不祥，常於環曲的水流旁宴集，在水的上流放置酒杯，任其順流而下，杯停在誰的面前，誰就取飲，即稱「流

觴曲水」。南朝梁宗懍《荊楚歲時記》：「三月三日，士民並出江渚池沼間，為流杯曲水之飲。」❹疏林蔭竹幽　語本〈蘭亭集序〉：「此地有崇山峻嶺，茂林修竹。」❺晤言唯一室　語本〈蘭亭集序〉：「夫人之相與，俯仰一世，或取諸懷抱，晤言一室之內。」❻心賞契千秋　語本〈蘭亭集序〉：「當其欣於所遇，暫得於己，快然自足，曾不知老之將至。」又：「每覽昔人興感之由，若合一契。」心賞，心情歡暢。唐楊炯〈李舍人山亭詩序〉：「唯談笑可以遣平生，唯文詞可以陳心賞。」契，憑證。❼放浪形骸久　語本〈蘭亭集序〉：「或因寄所托，放浪形骸之外。」放浪形骸，謂言行放縱，不拘形跡。❽乾坤泛水鷗　語本唐杜甫〈旅夜書懷〉：「飄飄何所似，天地一沙鷗。」乾坤，謂天地。《易．說卦》：「乾為天……坤為地。」

【語　譯】蘭亭這日的雅集，飲酒賦詩競賞文采風流。流觴曲水興致濃厚，在林竹深幽處唱酬。如同一室之內的談話，心情歡暢見證歲月悠悠。不拘形跡是千古的瀟灑，人生就如同天地間的沙鷗。

【研　析】上巳習俗，遠在周朝即已濫觴，人們於春月間相約至水邊祭祀，用浸泡香草之水沐浴以祓除不祥並消災祛病。《周禮．春官》：「女巫掌歲時祓除、釁浴。」鄭玄注：「歲時祓除如今三月上巳如水上之類。釁浴，謂以香熏草藥沐浴。」春秋時代，孔子贊同其學生曾點的人生志向，將暮春水邊沐浴之舉視為人生最為快意之事，《論語．先進》：「暮春者，春服既成，冠者五六人，童子六七人，浴乎沂，風乎舞雩，詠而歸。」這種水邊的祓禊活動與上巳的形成有直接關係。如果再向遠古追溯，上巳節的各種活動當與古代男女擇偶習俗相關，這一習俗雖在中原一帶早已消失，但在西南少數民族之中仍有遺響，如壯族三月三的歌墟節。唐張九齡〈三月三日登龍山〉詩：「伊川與灞津，今日祓除人。豈似龍山上，還同湘水濱。衰顏憂更老，淑景望非春。禊飲豈吾事，聊將偶俗塵。」唐杜甫〈麗人行〉：「三月三日天氣新，長安水邊多麗人。」可見這一習俗在唐代的熱鬧景象。

這一習俗至明代早成強弩之末，因而這首〈上巳〉五律只能於想像晉人風俗中完成對這一節日的書寫，而其中所寄寓的人生況味與〈蘭亭集序〉略同，尾聯兩句為全詩點睛之筆，道出詩人對人生天地間的無限感慨，令人回味無窮。有關〈蘭亭序〉的版本，約有〈臨河敘〉、〈蘭亭詩序〉與〈蘭亭序〉三種，分別見於《世說新語・企羨》劉孝標注引、《藝文類聚》卷四〈三月三日〉條下引、《晉書》卷八〇〈王羲之傳〉，以《晉書》所錄為最完整，南朝梁蕭統《文選》則未收此文。這引起後世對於〈蘭亭序〉真偽問題的爭辯，並涉及到書法名帖〈蘭亭帖〉的真偽問題，至今未能定於一尊。有興趣的讀者可參見有關資料，這裡恕不作辨正。

問花

敖文禎

【題解】這首七絕以「問花」為題，並非人與植物的對話，而是一種懷抱或情感的抒發。唐孟郊〈看花〉：「問花不解語，勸得酒無多。」

花枝無意領❶春風，獨見櫻桃❷一樹紅。酹酒問花花不語，前山雨色尚溟濛❸。

【注釋】❶領　統領。唐翁承贊〈柳〉：「長條細葉無窮盡，管領春風不計年。」❷櫻桃　落葉喬木，中國各地皆有生長，花白色而略帶紅暈，春日先葉開放，核果多為紅色，味甜或帶酸。這裡當指櫻桃的紅色果實。❸溟濛　小雨。元張昱〈船過臨平湖〉：「只因一霎溟濛雨，不得分明看好山。」

【語　譯】花枝無意在春風裡抖擻精神，只有一樹櫻桃飄紅。斟酒問花得不到回答，唯見前山在小雨中迷濛。

【研　析】唐宋人在詩詞中常以「問花」為詞，表現孤獨或無奈又難以言表的情感。唐嚴惲〈看花〉：「春光冉冉歸何處，更向花前把一杯。盡日問花花不語，為誰零落為誰開。」這是惜春情感的流露。唐司空圖〈故鄉杏花〉：「寄花寄酒喜新開，左把花枝右把杯。欲問花枝與杯酒，故人何得不同來。」這是思念友人的表達。唐韋莊〈歸國謠〉：「南望去程何許，問花花不語。」這是對前途叵測的擔憂。宋歐陽修〈蝶戀花〉：「淚眼問花花不語。亂紅飛過秋千去。」宋晁補之〈歸田樂〉：「為何事、年年春恨，問花應會得。」這又是傷春的主調。這首七絕〈問花〉也表現傷春的意緒，但另有一種百無聊賴、無所事事的情感蘊於其中，那溟濛的「前山雨色」，將詩人的消極心情充分表現了出來，並與眼前「一樹紅」的櫻桃構成色調對比，暗示仍有一絲希望的存在。

月　夕

鄭汝璧

【題　解】這首五律寫月夜下所見所想。月夕，這裡謂農曆八月十五日中秋夜。宋吳自牧《夢粱錄》

卷四〈中秋〉：「八月十五日中秋節，此日三秋恰半，故謂之『中秋』。此夜月色倍明於常時，又謂之『月夕』。」明田汝成《西湖遊覽志餘》卷二〇〈熙朝樂事〉：「二月十五日為花朝節。蓋『花朝月夕』，世俗恆言二、八兩月為春、秋之中，故以二月半為『花朝』，八月半為『月夕』也。」

【作　者】鄭汝璧（西元一五四六－一六〇七年），字邦章，一字良玉，號昆巖，又號崙陽，縉雲（今屬浙江麗水市）人。隆慶二年（西元一五六八年）進士，授刑部主事，累官僉都御史，巡撫山東，進兵部侍郎，總督宣大。卒年六十二歲。著有《由庚堂集》三十八卷。生平詳見孫鑛〈鄭公墓誌銘〉，乾隆《浙江通志》卷一七四有傳。陳田《明詩紀事》庚籤卷九選其詩二首。李維楨〈由庚堂集序〉有云：「詩若文諸體具備，其詩於兩京、六代、三唐矩矱無所不合，而無模擬刻畫之跡。其文論理精微舒暢。」

當暑❶晚涼生，娟娟❷月近城❸。微雲絕點綴❹，過雨益分明。鳥弄深棲影❺，鐘回出定❻聲。居心元自淨，即境有餘清❼。

【注　釋】❶當暑　當謂立秋以後仍有暑熱，俗所謂「秋老虎」。❷娟娟　形容月色明媚。宋司馬光〈和楊卿中秋月〉：「嘉賓勿輕去，桂影正娟娟。」❸月近城　語本唐常建〈泊舟盱眙〉：「夜久潮侵岸，天寒月近城。」❹點綴　加以襯托或裝飾，使原有事物更加美好。❺鳥弄深棲影　唐陸龜蒙〈寒夜同襲美訪北禪院寂上人〉：「鳥在寒枝棲影動，人依古堞坐禪深。」❻出定　佛家以靜心打坐為入定，打坐完畢為出定。❼餘清　餘留的清涼之氣。《文選・謝靈運・遊南亭詩》：「密林含餘清，遠峰隱半規。」唐呂良注：「含餘清，謂雨後氣尚清涼也。」

【語　譯】秋熱裡晚上忽然轉涼，月色明媚從城頭升起。微雲是絕妙的襯托，雨後月光更有魅力。深樹藏鳥月影下飛躍，僧家出定在寺鐘聲裡。居心本崇尚清靜無為，如此情境更覺安逸。

【研　析】唐李商隱〈月夕〉：「草下陰蟲葉上霜，朱欄迢遞壓湖光。兔寒蟾冷桂花白，此夜姮娥應斷腸。」唐崔道融〈月夕〉：「月上隨人意，人閑月更清。朱樓高百尺，不見到天明。」唐貫休〈月夕〉：「霜月夜裴回，樓中羌笛催。曉風吹不盡，江上落殘梅。」我們從與所選詩同題的唐詩中，似乎看不到作者有意學習唐風的痕跡。唐劉禹錫〈八月十五日夜玩月〉：「天將今夜月，一遍洗寰瀛。暑退九霄淨，秋澄萬景清。星辰讓光彩，風露發晶英。能變人間世，翛然是玉京。」兩相比較，從構思到意境，鄭汝璧顯然有向劉禹錫此詩學習的用心。兩詩皆書寫在秋高氣爽、皓月當空下的所見所聞，月色一洗乾坤天地，萬物澄淨，也令作者心曠神怡，胸襟也為之一爽。清沈德潛在〈明詩別裁集序〉中所謂「宋詩近腐，元詩近纖，明詩其復古也」的判斷，對於明詩並非貶義。後人學唐，如果不是字襲句摹、邯鄲學步，而從意境、氣脈入手，還是值得肯定的，這首五律即可算是一例。

喜　酒

鄭汝璧

【題　解】這首七絕以晉代詩人陶淵明九月九日重陽節的趣聞為本事，不無幽默地將這位「不為五斗米折腰」的隱者風範刻畫而出，所謂「喜酒」，正是抓住了陶淵明的性格特點。陶淵明，即陶潛，字元亮，據《晉書》卷九四〈陶潛傳〉：「潛少懷高尚，博學善屬文，穎脫不羈，任真自得，為鄉鄰之所貴。」

歸來三徑足生涯❶，門巷蕭蕭五柳斜❷。聞道故人將酒至，開籬急為報黃花❸。

【注釋】❶歸來三徑足生涯　語本晉陶淵明〈歸去來兮辭〉：「三徑就荒，松菊猶存。攜幼入室，有酒盈樽。」三徑，謂歸隱者的家園。晉趙岐《三輔決錄・逃名》：「蔣詡歸鄉里，荊棘塞門，舍中有三徑，不出，唯求仲、羊仲從之遊。」❷門巷蕭蕭五柳斜　語本陶淵明〈五柳先生傳〉：「先生不知何許人也。亦不詳其姓字。宅邊有五柳樹，因以為號焉。」蕭蕭，寂靜；淒清。❸聞道故人將酒至二句　謂陶淵明所經歷的白衣送酒一事。南朝宋檀道鸞《續晉陽秋・恭帝》：「王宏為江州刺史，陶潛九月九日無酒，於宅邊東籬下菊叢中摘盈把，坐其側。未幾，望見一白衣人至，乃刺史王宏送酒也。即便就酌而後歸。」後人常用以為重陽故事。故人，謂江州刺史王宏。黃花，即菊花。

【語譯】辭官歸隱有三徑足了此生，淒清的門巷有五柳青青。聽說友人重陽送來好酒，急忙打開東籬手持一把菊花相迎。

【研析】重陽節白衣送酒的故事，屬於陶淵明一生中較為浪漫的軼事，常為後人所津津樂道，並以之作為典故用於詩或詞中。如唐杜審言〈重九日宴江陰〉：「降霜青女月，送酒白衣人。」唐李白〈九日登山〉寫得更為詳盡：「淵明歸去來，不與世相逐。為無杯中物，遂偶本州牧。因招白衣人，笑酌黃花菊。我來不得意，虛過重陽時。」唐劉方平〈寄隴右嚴判官〉：「一叢黃菊地，九日白衣人。」宋劉辰翁〈金縷曲．九日即事〉：「何許白衣人邂逅，小立東籬共語。」

這首七絕〈喜酒〉抓住陶淵明一生中三個鮮明的特點，即歸隱、別號五柳先生與好酒，儘管只是平鋪直敘，卻神采飛揚，生動傳神。陶淵明平生好飲酒，其〈五柳先生傳〉曾自謂云：「性嗜酒，家貧不能恆得，親舊知其如此，或置酒而招之。造飲輒盡，期在必醉；既醉而退，曾不吝情去留。」《晉書》卷九四〈陶潛傳〉謂陶淵明曾一度辭官，但為了解決日後歸隱的生計問題：「復為鎮軍、建威參軍，謂親朋曰：『聊欲弦歌，以為三徑之資可乎？』執事者聞之，以為彭澤令。在縣，公田悉令種秫穀，曰：『令吾常醉於酒足矣。』妻子固請種粳。乃使一頃五十畝種秫，五十畝種粳。」時時處處忘不了酒中天地，這位大詩人的天真直率性格可見一斑。中國有句俗語「學書先學顏，讀詩當讀陶」，也可見世人對於陶淵明的尊崇。讀此詩亦當作如是觀。

過三峽

釋德清

【題　解】這首五律是一首秋日旅途之作。三峽為長江上游瞿塘峽、巫峽與西陵峽的合稱，流經今重慶市、湖北，江流湍急，形勢險要。今因三峽大壩的修建與水庫蓄水，水文、地質形貌已非復舊觀。

【作者】釋德清（西元一五四六—一六二三年），俗姓蔡，字澄印，號憨山，全椒（今屬安徽）人。十二歲出家。萬曆中，曾在五臺山為李太后主持祈儲道場，李太后為造寺於嶗山。後坐「私造寺院」遣戍雷陽，遇赦歸，人稱憨山大師。闡釋佛理，多援道入釋。工詩書，擅行草，著有《憨山老人夢游集》四十卷。生平詳見《自敘年譜》。錢謙益《列朝詩集小傳》閏集〈憨山大師清公〉有云：「師少與雪浪留心詞翰，晚而伸紙信筆，都無思議，一一從光明藏中流出。」

萬壑❶奔流下，千山紫翠❷連。帆飛三峽雨❸，人入九秋天❹。客路浮雲外❺，歸心落日前❻。吾生猶未已❼，江漢是餘年❽。

【注釋】❶壑　山谷。❷紫翠　謂山間煙雲色。唐陳子昂〈江上暫別蕭四劉三旋欣接遇〉：「山水丹青雜，煙雲紫翠浮。」唐杜牧〈早春閣下寓直蕭九舍人亦直內署因寄書懷四韻〉：「千峰橫紫翠，雙闕憑闌干。」❸三峽雨　唐白居易〈送客歸京〉：「舟辭三峽雨，馬入九衢塵。」❹九秋天　謂農曆九月深秋。唐白居易〈長齋月滿寄思黯〉：「似隔山河千里地，仍當風雨九秋天。」❺客路浮雲外　語本唐皇甫冉〈招隱寺送閻判官還江州〉：「共知客路浮雲外，暫愛僧房墜葉時。」唐李白〈送友人〉：「浮雲遊子意，落日故人情。」❻落日前　唐高適〈自淇涉黃河途中作十三首〉其六：「惆悵落日前，飄颻遠帆處。」❼猶未已　唐李嘉祐〈至七里灘作〉：「行舟猶未已，惆悵暮潮歸。」❽江漢是餘年　語本唐戴叔倫〈送李長史縱之任常州〉：「不與名利隔，且為江漢遊。」江漢，長江與漢水，這裡有比喻江湖飄零的含義。

【語譯】江水從萬道山谷奔騰而下，紫翠雲氣瀰漫千山間。三峽細雨濕船帆，人在九月深秋天。

客子行進在浮雲外，行宿要趕在落日前。我的生命還將延續，漂泊江湖記錄我的餘年。

【研 析】詩題〈過三峽〉，抒寫旅途中所見所感，對於一位長年漂泊江湖的僧人，雖屬「司空見慣渾閒事」，但山河壯麗、風光無限仍能喚起詩人久藏心底的激情，這決定了本詩曠達酣暢的基調。在古代，物質條件簡陋，三峽行舟須借風力或人力，又須繞諸多險灘，有一定的刺激性。唐李白那首著名的七絕〈早發白帝城〉：「朝辭白帝彩雲間，千里江陵一日還。兩岸猿聲啼不住，輕舟已過萬重山。」那順流而下的迅捷，帶有人生「好風憑藉力」的快意，淋漓酣暢，豪邁激蕩。唐盧象〈峽中作〉寫詩人在三峽中的感受：「高唐幾百里，樹色接陽臺。晚見江山霽，宵聞風雨來。雲從三峽起，天向數峰開。靈境信難見，輕舟那可回。」山遙水闊，風聲雨聲，可謂氣象萬千。至於出峽，也令人心情為之一爽，唐胡皓〈出峽〉：「巴東三峽盡，曠望九江開。楚塞雲中出，荊門水上來。魚龍潛嘯雨，鳧雁動成雷。南國秋風晚，客思幾悠哉。」釋德清雖為出家之人，但於詩文，亦頗用心，這首五律句句皆有唐人詩句的影子，可見其執意學唐的功底。首聯、頷聯寫景，頸聯、尾聯抒情，層次井然，措語樂觀，自當屬於僧家的人生意境。

舟泊珠江

釋德清

【題 解】這是一首行旅題材的五絕詩。據《自敘年譜》，德清於萬曆三十三年（西元一六〇五年）春三月遊嶺南，訪蘇軾謫居遺址，時年六十歲，這首詩當作於這一年。珠江，中國南方大河，為西江、北江、東江之總稱，西江為幹流。今廣州市內段之江中舊有一沙洲名「海珠」，故名珠江。西江源出今雲南馬雄山，流經今貴州、廣西，至今廣東磨刀門入南海。珠江流量僅次於長江。

月色澹如水，潮平❶寒似空。孤舟橫野渡，人在有無中❷。

【注釋】❶潮平　謂潮水漲至最高水位，又稱滿潮。唐白居易〈松江亭攜樂觀漁宴宿〉：「雁斷知風急，潮平見月多。」❷孤舟橫野渡二句　語本唐韋應物〈滁州西澗〉：「春潮帶雨晚來急，野渡無人舟自橫。」有無中，唐王維〈漢江臨泛〉：「江流天地外，山色有無中。」

【語譯】月色皎潔澹澹如水，滿潮帶來空曠似添寒意。一葉孤舟斜靠在野外的渡口，朦朧月色下難以尋覓人的蹤跡。

【研析】全詩二十字，化用唐詩意境，駕輕就熟。唐韋應物〈滁州西澗〉寫雨後荒郊景象，乃日間所見，如畫的描寫中呈現一片郊野孤寂氣氛；這首五絕則寫月下珠江景色，結句「人在有無中」將月下朦朧景象淡筆勾勒而出，審美空白的運用給讀者留下充分想像的餘地，耐人尋味。唐孟浩然〈宿建德江〉：「移舟泊煙渚，日暮客愁新。野曠天低樹，江清月近人。」與所選一詩同是書寫羈旅江上感受，月色與天地蒼茫皆為詩中基調，兩相對照，更可見釋德清宗尚唐風的詩學追求。

題韓文公圖(時年十歲)

林　章

【題　解】這首五絕屬於題畫詩，為作者十歲所作，堪稱出手不凡。韓文公，即韓愈(西元七六八—八二四年)，字退之，郡望昌黎，河南河陽(今河南孟縣)人。唐德宗貞元八年(西元七九二年)登進士第，歷官節度推官、監察御史、陽山令、國子博士、刑部侍郎、潮州刺史、國子祭酒、禮部侍郎、京兆尹。卒謚文，故稱韓文公。著有《昌黎先生集》，為唐宋八大家之一。兩《唐書》有傳。

【作　者】林章(西元一五五〇?—一五九九年)，原名春元，字寅伯，後改名章，字初文，福清(今屬福建福州)人。萬曆元年(西元一五七三年)舉人，累會試不第，曾走塞上，從戚繼光遊。後僑寓南京，性好為人排難解紛，因而入獄三年。後放浪山水間，以萬曆二十六七年間(西元一五九八—一五九九年)礦稅四出，屢激民變，上疏進諫，輔臣沈一貫逢迎中官，捕之下獄，暴卒。著有《林初文詩文全集》不分卷。生平事跡見徐𤊹〈林初文傳〉。清錢謙益《列朝詩集小傳》丁集〈林舉人章〉有云：「初文才情跌宕，於唐人格律，時欲跳而去之。要能不為閩派所羈紲，可謂傑出者也。」陳田《明詩紀事》庚籤卷一〇選其詩七首，有按語云：「初文詩才情俊爽，聲調淒涼，有賈生年少之風，授正平傷生之累，可惜也。」

獨立藍關雪，回看秦嶺雲❶。非干馬不進，步步戀明君❷。

【注　釋】❶獨立藍關雪二句　語本唐韓愈〈左遷至藍關示姪孫湘〉：「雲橫秦嶺家何在，雪擁藍關馬不前。」藍關，即藍田關，又名嶢關，在今陝西藍田南。秦嶺，橫貫中國中部，東西走向，為渭河、淮河與漢江、嘉陵江水系的分水嶺。這裡謂狹義的秦嶺，即在今陝西省境內的一段，主峰太白山，山勢雄偉，山間多橫谷，為南北交通孔道。❷明君　謂唐憲宗李純（西元七七八—八二〇年），唐順宗長子，西元八〇五—八二〇年在位，打擊藩鎮割據勢力，恢復經濟，但迷信方士，佞佛，終為宦官陳弘志等殺死，葬景陵（今陝西蒲城西北），謚章武皇帝。

【語　譯】在藍田關大雪中駐馬，回首仰望秦嶺濃雲。不是因為馬不前行，是步步懷念聖明之君。

【研　析】唐憲宗崇奉佛教，元和十四年（西元八一九年）正月，迎鳳翔法門寺佛骨入宮，供奉三日。於是舉國上下陷入一股宗教的狂熱之中。作為儒家傳人的韓愈上〈論佛骨表〉，極言佞佛之非，觸怒憲宗，險些丟掉性命，最終由刑部侍郎貶官潮州刺史。被貶出長安途中，風雪漫天，前途莫測，其姪孫韓湘出城到藍關送行，韓愈即寫下七律〈左遷至藍關示姪孫湘〉一詩，以明心跡：「一封朝奏九重天，夕貶潮州路八千。欲為聖朝除弊事，肯將衰朽惜殘年。雲橫秦嶺家何在，雪擁藍關馬不前。知汝遠來應有意，好收吾骨瘴江邊。」林章即據韓愈有關繪畫與韓愈此詩寫下這首五絕，出自十歲童稚之口，的確非同凡響！古人忠君思想牢固，與從小的教育密不可分，忠君甚至不問是非曲直，就成為現代人所鄙夷的「愚忠」。韓愈本人也是這種愚忠的典型代表，其〈琴曲歌辭·拘幽操〉有云：「臣罪當誅兮，天王聖明。」充分顯示了這種愚忠思想的不可救藥。兒童口無遮攔，卻能於二十字的詩中起承轉合，以「步步戀明君」為結，曲終奏雅，斬釘截鐵，符合韓愈一貫思想，可謂為神童之筆！

金陵懷古

林　章

【題　解】這首七律是一首作於秋日的懷古詩，金陵，本古邑名，後常用作今江蘇南京的別稱。因此地曾是六朝古都，因而常常引起文人士大夫的幾多感慨。

長江一洗六朝❶兵，江北江南無限情❷。剩山殘水❸吳故壘❹，閑花野草❺晉空城❻。石頭❼古樹逢秋落，浦口❽寒潮入暮生。最是天涯留滯客❾，不堪商女踏歌聲❿。

【注　釋】❶六朝　三國吳、東晉與南朝的宋、齊、梁、陳，相繼建都建康（吳稱建業，即今南京），史稱六朝。❷無限情　唐韋莊〈題盤豆驛水館後軒〉：「憑軒盡日不回首，楚水吳山無限情。」❸剩山殘水　一般作「殘山剩水」，即殘破的山河，謂亡國或經過喪亂後的土地、景物。宋范成大〈與胡經仲陳朋元遊照山堂〉：「晴日暖風千里目，殘山剩水一人心。」明王璲〈題趙仲穆畫〉：「南朝無限傷心事，都在殘山剩水中。」❹吳故壘　謂三國時期吳國的舊堡壘。❺閑花野草　一般作「野草閑花」，謂野生的花草。❻晉空城　謂東晉時期舊城遺跡。❼石頭　即石頭城，古城名，又名石首城，省作石頭、石城，故址在今江蘇南京清涼山。本楚金陵城，漢建安十七年（西元二一二年）孫權重築改名。城負山面江，南臨秦淮河口，為交通要衝，六朝時為建康軍事重鎮。唐以後城廢。《文選・謝靈運・初發石首城》，唐李善注引伏韜《北征記》：「石頭城，建康西界臨江城也，是曰京師。」❽浦口　小河入江之處。這裡謂秦淮河入長江處。❾留滯客　停留或羈留之客，這裡為作者自謂。❿不堪商女踏歌聲　隱括唐杜牧〈泊秦淮〉：「煙籠寒水月籠沙，夜泊秦淮近酒家。商女不知亡國恨，隔江猶唱後庭花。」踏歌，一作「蹋歌」，即拉手而歌，以腳踏地為節拍。唐儲光羲〈薔薇篇〉：「連袂蹋歌從此去，風吹香去逐人歸。」

【語譯】長江沖洗了六朝爭戰遺跡，大江南北蘊涵無限情事。吳國故壘只留下殘破的記憶，野生的花草點綴著東晉遺址。石頭城的古樹迎秋落葉，傍晚浦口湧潮已帶寒意。最是我這羈旅天涯的客子，聽不慣歌女踏歌聲聲豔曲。

【研析】唐代詩人以金陵為懷古題材的詩不下十首，如李白〈月夜金陵懷古〉：「蒼蒼金陵月，空懸帝王州。天文列宿在，霸業大江流。綠水絕馳道，青松摧古丘。臺傾鳷鵲觀，宮沒鳳凰樓。別殿悲清暑，芳園罷樂游。一聞歌玉樹，蕭瑟後庭秋。」司空曙〈金陵懷古〉：「輦路江楓暗，宮庭野草春。傷心庾開府，老作北朝臣。」劉禹錫〈金陵懷古〉：「潮滿冶城渚，日斜征虜亭。蔡洲新草綠，幕府舊煙青。興廢由人事，山川空地形。後庭花一曲，幽怨不堪聽。」許渾〈金陵懷古〉：「玉樹歌殘王氣終，景陽兵合戍樓空。松楸遠近千官冢，禾黍高低六代宮。石燕拂雲晴亦雨，江豚吹浪夜還風。英雄一去豪華盡，唯有青山似洛中。」唐彥謙〈金陵懷古〉：「碧樹涼生宿雨收，荷花荷葉滿汀洲。登高有酒渾忘醉，慨古無言獨倚樓。宮殿六朝遺古跡，衣冠千古漫荒丘。太平時節殊風景，山自青青水自流。」比較而言，自以劉禹錫、許渾兩人詩最為精彩。這首七律承續唐人詩風，懷古中也以情景交融、情景雙繪為主要藝術手法，將千古興亡之感寄寓於作者的所見所聞中，不加議論而情懷自見。尾聯兩句為全詩點睛之筆，化用杜牧〈泊秦淮〉詩意，將中國古代文人士大夫的千古憂患意識和盤托出，提高了全詩的品位。

渡江詞

林　章

【題　解】這首七絕詩題〈渡江詞〉，所渡之江即為長江。作者似乎沒有趕路的急迫，只是在從容不迫中留連風景。

不待東風❶不待潮，渡江十里九停橈❷。不知今夜秦淮水❸，送到揚州❹第幾橋？

【注　釋】❶東風　這裡謂順風。❷橈　船槳。唐陳子昂〈白帝城懷古〉：「日落滄江晚，停橈問土風。」❸秦淮水　秦淮河，流經今南京，是今古名勝之一。相傳秦始皇南巡至龍藏浦，發現有王氣，於是鑿方山，斷長壟為瀆入於江，以泄王氣，故名秦淮。❹揚州　在今江蘇中部，南京的東北方，長江北岸。

【語　譯】不必等待順風與潮漲潮落，渡江十里有九處停船。不知沿秦淮水的清流，今夜能到揚州哪座橋邊。

【研　析】這首七絕輕鬆自然，不乏幽默的語調。揚州河流縱橫，境內有大運河、槐泗河、沙河、七里河、高潮河以及瘦西湖水系等，因而河橋眾多。據說在唐代已有二十四座橋，唐杜牧〈寄揚州韓綽判官〉：「青山隱隱水迢迢，秋盡江南草木凋。二十四橋明月夜，玉人何處教吹簫。」唐韋莊〈過揚州〉：「二十四橋空寂寂，綠楊摧折舊官河。」宋沈括《夢溪筆談・補筆談》卷三曾記錄揚州二十四橋中二十一橋的名稱：茶園橋、大明橋、九曲橋、下馬橋、作坊橋、洗馬橋、南橋、阿師橋、周家橋、小市橋、廣濟橋、新橋、開明橋、顧家橋、通泗橋、太平橋、利園橋、萬歲橋、青園橋、參佐橋、山光橋。又云：「自衙門下馬橋直南有北三橋、中三橋、南三橋，號九橋，不通船，不在二十四橋之數。」但也有二十四橋乃一橋之專名的說法，宋姜夔〈揚州慢〉：「二十四橋仍在，波心蕩、冷月無聲。念橋邊紅藥，年年知為誰生。」細味詞義，二十四橋當為一橋。清李斗《揚州畫舫錄》卷一五：「廿四橋既吳家磚橋，一名紅藥橋，在熙春臺後。」林章此詩末句「第幾橋」之問，略帶調侃的筆墨中，顯然化用杜牧等人的詩意，將二十四橋視為二十四座橋，不無諧謔之趣。

楊柳枝

林　章

【題　解】〈楊柳枝〉，樂府近代曲名。本為漢樂府橫吹曲辭〈折楊柳〉，至唐易名〈楊柳枝〉，開元時已入教坊曲。至白居易依舊曲作辭，翻為新聲，〈楊柳枝詞〉其一云：「古歌舊曲君休聽，聽取新翻〈楊柳枝〉。」當時詩人相繼唱和，均用此曲詠柳抒懷。七言四句，與〈竹枝詞〉相類，多表現惜別懷遠之情。

楊柳青青灞水濱，春來日日送行人❶。東風❷不與長為主，送盡行人卻送春❸。

【注　釋】❶楊柳青青灞水濱二句　用漢人灞橋折柳贈別的掌故。語本《三輔黃圖》卷六：「霸橋在長安東，跨水作橋。漢人送客至此橋，折柳贈別。」折柳，後世多用為贈別或送別之詞。❷東風　春風。❸送春　語本唐劉禹錫〈送春詞〉：「蘭蕊殘妝含露泣，柳條長袖向風揮。」

【語　譯】灞橋水邊楊柳青青，春來日日折斷送人去。楊柳得不到春風的長久護衛，送盡行人也將春天拋棄。

【研　析】唐宋璟〈送蘇尚書赴益州〉：「園亭若有送，楊柳最依依。」唐劉長卿〈夏口送徐郎中歸朝〉：「離心與楊柳，臨水更依依。」唐孟浩然〈江上寄山陰崔少府國輔〉：「春堤楊柳發，憶與故人期。草木本無意，榮枯自有時。」唐李白〈折楊柳〉：「美人結長想，對此心淒然。攀條折春色，遠寄龍庭前。」在唐代詩人筆下，楊柳與送別、相思結成意象，幾乎牢不可破、密不可分，至宋代依然如此。宋柳永那首著名的〈雨霖鈴〉：「今宵酒醒何處，楊柳岸、曉風殘月。」楊柳的離別、相思意象被詞人推到極致。

至於楊柳與春天的關係，也是唐人樂於吟詠的。賀知章有一首著名的〈詠柳〉：「碧玉妝成一樹高，萬條垂下綠絲絛。不知細葉誰裁出，二月春風似剪刀。」無獨有偶，宋代曾鞏也有一首〈詠柳〉：「亂條猶未變初黃，倚得東風勢便狂。解把飛花蒙日月，不知天地有清霜。」同為詠柳，好惡卻大相徑庭，前者是春的頌歌，後者則對得志便猖狂的小人深惡痛絕。這裡，詩人的主觀因素固然有決定作用，但也多少能夠反映出唐、宋人對詩歌藝術追求的不同價值取向。本書所選這首〈楊柳枝〉，承繼唐人風調，深得箇中三昧，清人沈德潛所謂「明詩其復古也」的評價是有道理的。另可參見本書所選王維楨〈春意〉「研析」。

聞都城渴雨時苦攤稅

湯顯祖

【題　解】這首七絕當作於萬曆二十六年（西元一五九八年）夏，據《明史》卷二一〈神宗本紀〉：「（萬曆）二十六年……夏四月……壬申，京師旱，敕修省。」都城，謂京師（今北京市）。渴雨，無雨。《詩經・大雅・雲漢》「倬彼雲漢，昭回于天」，漢鄭玄箋：「時旱渴雨，故宣王夜仰視天河，望其候焉。」攤稅，分派賦稅。

【作　者】湯顯祖（西元一五五〇—一六一六年），字義仍，號海若、若士，晚號革翁、清遠道人。臨川（今江西撫州）人。萬曆十一年（西元一五八三年）進士，歷官南京太常博士、禮部主事，以彈劾大學士申時行貶廣東徐聞典史，遷浙江遂昌知縣，萬曆二十六年（西元一五九八年）免官歸。家居近二十年卒。所撰傳奇「臨川四夢」（《紫釵記》、《牡丹亭》、《南柯記》、《邯鄲記》），膾炙人口，享譽後世。著有《玉茗堂全集》四十六卷，今人有整理本《湯顯祖集》（包括詩文、戲曲），另有《湯顯祖詩文集》。《明史》卷二三〇有傳，內云：「顯祖意氣慷慨，善李化龍、李三才、梅國楨。後皆通顯有建豎，而顯祖蹭蹬窮老。」清錢謙益《列朝詩集小傳》丁集〈湯遂昌顯祖〉有云：「義仍少熟《文選》，中攻聲律，四十以後，詩變而之香山、眉山，文變而之南豐、臨川。」清朱彝尊《靜志居詩話》卷一五〈湯顯祖〉有云：「義仍填詞，妙絕一時，語雖斬新，源實出關、馬、鄭、白，其《牡丹亭》曲本，尤極情摯……詩終牽率，非其所長。」《四庫全書總目提要》卷一七九著錄湯顯祖《玉茗堂集》二十九卷，內云：「顯祖於王世貞為後進，世貞與李攀龍持上追秦、漢之說，奔走天下，歸有光獨詆為庸妄。顯祖亦毅然不附，至塗乙其《四部稿》，使世貞見之。然有光才不逮世貞，而學問深密過之；顯祖則才與學皆不逮，而議論識見，則較世貞為篤實。故排王、李者，亦稱焉。」陳田《明詩紀事》庚籤卷二選湯顯祖詩二十首，有按語云：「義仍才氣兀傲，不可一世。集中五古清勁沈鬱，天然孤秀，而時傷蹇澀，則矯枉之過也。」

五風十雨亦為褒❶，薄夜焚香沾御袍❷。當知雨亦愁抽稅，笑語江南申漸高❸。

【注釋】❶五風十雨亦為褒 謂五天刮一次風，十天下一場雨是對天下太平的頌揚語，五風十雨，形容風調雨順。語本東漢王充《論衡》卷一七〈是應篇〉：「儒者論太平瑞應，皆言氣物卓異……關梁不閉，道無虜掠，風不鳴條，雨不破塊，五日一風，十日一雨。」又云：「言其五日一風、十日一雨，褒之也。風雨雖適，不能五日十日正如其數。」❷薄夜焚香沾御袍 據《明神宗實錄》卷三二一：「萬曆二十六年四月……壬申，詔百官各修省祈雨……時上憂旱甚，每夜分宮中秉誠露禱，復遣正一嗣教大真人張國祥赴（黑龍）潭祈禱。」薄夜，初夜。御袍，帝王所用衣服。❸當知雨亦愁抽稅二句 宋陸游《南唐書》卷一七：「申漸高，優人，昇元中為教坊部長。時關徵苛急，屬畿內旱，一日宴北苑，烈祖顧侍臣曰：『近郊頗得雨，獨都城未雨，何也？得非刑獄有冤乎？』漸高遽進曰：『大家何怪，此乃雨畏抽稅，故不敢入京爾。』烈祖大笑。明日下詔弛稅額，信宿大雨霑洽。」江南，這裡謂南唐，五代時十國之一，昇元元年（西元九三七年）齊王徐知誥（即李昪，廟號烈祖）代吳稱帝，都金陵（今江蘇南京），據有今江蘇、安徽、淮河以南以及福建、江西、湖南、湖北東部等地，共三十五州。申漸高，五代時伶人，後因代南唐烈祖李昪飲毒酒而死。事見宋陸游《南唐書》卷一七。

【語　譯】五風十雨本是對天下太平的頌揚，帝王祈雨入夜即焚香沾染御衣。須知這雨水也怕稅賦橫行，令人想起當年南唐申漸高的笑語。

【研　析】自西漢儒臣董仲舒向漢武帝闡述「天人感應」之說後，後世君主多將旱澇、地震等天災視為人禍所致，因而一遇較大的天災如久旱不雨等，就萬分緊張，甚至有下詔「罪己」的舉措，這與古代生產力低下以及靠天吃飯等無奈因素有關，因為一旦災害擴大，延及全國，就有危及政權穩定的可能。明神宗萬曆帝朱翊鈞即位之初，因有首輔張居正大刀闊斧的改革舉措，如整飭吏治，摧抑豪強，清丈土地以及推行「一條鞭法」等，短時間內，朝政為之一新。然而隨著萬曆十年（西元一五八二年）張居正的過早去世，其本人及其家屬遭到清算，改革措施也受到一定程度的干擾。

明神宗親政以後即露出其貪婪的本性，大興土木，不問政務，從萬曆二十四年開始，即派遣窮凶極惡的太監充當礦監稅使，四下橫徵暴斂，與民爭利，一時間全國怨聲載道，到處激起民變，王朝風雨飄搖，朝不慮夕。《明史》卷二〇《神宗本紀》：「（萬曆）二十四年……冬十月……乙酉，始命中官榷稅通州。是後，各省皆設稅使。群臣屢諫不聽。」可見這一敲骨吸髓剝削百姓的斂財方法多麼不得人心。《明史》又有「故論者謂明之亡，實亡於神宗」的判斷，信非虛語！這首七絕對於萬曆帝的驕奢淫逸以及名目繁多的苛捐雜稅的批評，不從正面抨擊，而是機鋒側出，巧用典故，用帶有調侃的口吻揶揄諷刺，引人深思，耐人尋味。萬曆二十五年三月間，作者曾有〈感事〉諷刺礦稅云：「中涓鑿空山河盡，聖主求金日夜勞。賴是年來稀駿骨，黃金應與築臺高。」諷刺意味更濃厚，可與此詩對照來讀。

黃金臺

湯顯祖

【題　解】這首七絕為懷古之作。黃金臺，相傳為戰國燕昭王所築，故址在今河北易縣東南，相傳燕昭王築臺以招納天下賢士，故又稱燕臺、賢士臺、招賢臺。事見南朝梁任昉《述異記》卷下。另參見本書所選李東陽〈京都十景·薊門煙樹〉一詩「研析」。

昭王❶靈氣❷久疏蕪❸，今日登臺弔望諸❹。一自蒯生流涕後，幾人
曾讀報燕書❺。

【注　釋】❶昭王　即燕昭王（西元前？—前二七九年），名平，燕王噲之子。燕國為齊所破，噲死，燕人立之為王，發憤圖強，改革政治，招徠人才，築黃金臺，師事郭隗，樂毅、鄒衍、劇辛等賢能之士爭相前往燕國，

國勢日強。燕昭王二十八年（西元前二八四年），以樂毅為上將軍，與秦、楚、趙、韓、魏等國合力攻齊，下齊七十餘城，入其都臨淄，齊地只剩莒與即墨，是為燕國最強盛時期。事見《史記》卷三四〈燕召公世家〉。❷靈氣　謂王氣。❸疏蕪　蕭索荒蕪。❹望諸　即樂毅，魏樂羊之後，好兵書。由魏入燕，被任命為上將軍，伐齊攻占七十餘城，以功封昌國君。燕昭王死，惠王即位，齊行反間計，燕惠王令騎劫代樂毅，樂毅懼被誅，奔趙。齊人乘機興兵，大破燕軍，盡復失地。樂毅在趙國，被封於觀津（今河南睢縣與山東菏澤之間），號望諸君。事見《史記》卷八〇〈樂毅列傳〉。❺一自蒯生流涕後二句　據《史記》卷八〇〈樂毅列傳〉，樂毅降趙後，燕惠王後悔錯待樂毅，又恐樂毅助趙伐燕，故致書樂毅，以「何以報先王之所以遇將軍之意」相責。於是樂毅回報燕王書，自明心跡，內有云：「臣聞賢聖之君，功立而不廢，故著於《春秋》。」又說：「善作者不必善成，善始者不必善終。」最後用數語表示諒解燕王並和好：「臣聞古之君子，交絕不出惡聲；忠臣去國，不絜其名。臣雖不佞，數奉教於君子矣。恐侍御者之親左右之說，不察疏遠之行，故敢獻書以聞，唯君王之留意焉。」燕王接書後，「復以樂毅子樂間為昌國君；而樂毅往來復通燕，燕、趙以為客卿。樂毅卒於趙」。司馬遷於〈樂毅列傳〉後有「太史公曰」：「始齊之蒯通及主父偃讀樂毅之報燕王書，未嘗不廢書而泣也。」蒯生，即蒯徹，後以避漢武帝劉徹諱，《史記》、《漢書》皆作「蒯通」，漢范陽（今河北定興西南）人。能言善辯，有權謀，楚漢間武臣（武信君）用其策，降燕趙三十餘城，漢將韓信用其計，定齊地，後極力勸韓信叛漢，信不用，遂佯狂遁去。天下既定，韓信以罪廢為淮陰侯，終以謀反被誅，臨死曾歎息說：「悔不用蒯通之言，死於女子之手！」故爾漢高祖劉邦欲烹蒯通，以辯得免。著〈雋永〉八十一首，通論戰國時說士權變，今佚。《漢書》卷四五有傳。

【語　譯】燕昭王當年王氣久已一片荒蕪，今日登臨黃金臺憑弔望諸君。自從蒯通感歎樂毅事而泣下後，還有幾人能理解那報燕書的無奈悲情。

【研　析】在專制社會中，權力必集中於一人，方能獲得暫時的安定，否則政出多門，就國無寧日了，於是君臣遇合也作為一個重要話題而為世人所津津樂道。三國魏曹植〈怨歌行〉：「為君既不易，為臣良獨難。忠信事不顯，乃有見疑患。周公佐成王，金縢功不刊。推心輔王室，二叔反流言。待罪居東國，泣涕當留連。」道出了古人的幾多無奈。《韓非子．內儲說下》有警語云：「狡兔盡則良犬烹，敵國滅則謀臣亡。」《史記》卷四一〈越王句踐世家〉記述越王句踐滅吳後，范蠡跑至齊國，寫信給昔日同僚大夫種說：「蜚鳥盡，良弓藏；狡兔死，走狗烹。越王為人長頸鳥喙，可與共患難，不可與共樂。子何不去？」大夫種沒有立即逃亡，最終被越王句踐所害。所選詩中所言蒯通，也是一位有先見之明的智謀之士，據《漢書》卷四五〈蒯通傳〉，蒯通洞見人心，認為「患生於多欲而人心難測」，從而力勸韓信說：「勇略震主者身危，功蓋天下者不賞。足下涉西河，虜魏王，禽夏說，下井陘，誅成安君之罪，以令於趙，脅燕定齊，南摧楚人之兵數十萬眾，遂斬龍且，西鄉以報，此所謂功無二於天下，略不世出者也。今足下挾不賞之功，戴震主之威，歸楚，楚人不信；歸漢，漢人震恐。足下欲持是安歸乎？夫勢在人臣之位，而有高天下之名，竊為足下危之。」可惜韓信未能悟出其間道理，劉邦定天下後，終於殺害了這位功臣。接下又欲烹蒯通，蒯通巧言云：「狗各吠非其主。當彼時，臣獨知齊王韓信，非知陛下也。且秦失其鹿，天下共逐之，高材者先得。天下匈匈，爭欲為陛下所為，顧力不能，可殫誅邪！」經一番辯解，終於被赦免。

封建王朝父傳子，家天下，君主無不將國家視為自己的私產，生怕被人奪取，立國之初，往往大殺功臣，以便為自己的兒子繼位掃清道路。漢高祖劉邦如是，明太祖朱元璋更有過之而無不及。這首〈黃金臺〉或有感於本朝國初太祖對功臣大開殺戒事而發，含蓄中暗藏鋒芒。結句「幾人曾讀報燕書」，正是對無辜被害的眾多開國功臣的哀悼，所謂「弔望諸」，毋寧說是弔朱元璋屠刀下的眾多冤魂。

七夕醉答君東二首（選其二）

湯顯祖

【題解】這首七絕為有關《牡丹亭》排演之作。七夕，中國民間傳統節日，時在農曆七月初七日，一名乞巧節或女兒節。梁宗懍《荊楚歲時記》有云：「七月七日為牽牛織女聚會之夜。是夕，人家婦女結彩縷，穿七孔針，或以金、銀、鍮石為針，陳几筵、酒、脯、瓜果、菜於庭中以乞巧。有喜子網於瓜上，則以為符應。」君東，即劉淛（西元一五四四－一六一四年），字君東，號匡南，一號約我，晚號約堂，泰和（今屬江西）人。隆慶元年（西元一五六七年）舉人，慕陶淵明之為人，投牒不仕，交遊四方文士，究心王陽明心學，讀書自娛。

玉茗堂❶開春翠屏❷，新詞傳唱《牡丹亭》❸。傷心拍遍無人會❹，

自掐檀痕❺教小伶❻。

【注釋】❶玉茗堂　謂湯顯祖在故鄉臨川城內沙井巷的住所。❷春翠屏　謂綠色屏風。❸牡丹亭　《玉茗堂四夢》之一，又名《還魂記》、《牡丹亭還魂記》，為湯顯祖傳奇創作的代表作。劇寫南安太守杜寶之女杜麗娘夢

中遇書生柳夢梅，相思無限，感傷而死，三年後柳夢梅至南安，杜麗娘復生，經過一番曲折，兩人終成眷屬。❹傷心拍遍無人會　語本宋辛棄疾〈水龍吟・登建康賞心亭〉：「把吳鉤看了，欄干拍遍，無人會、登臨意。」拍遍，這裡有全劇的曲牌節奏、演唱技巧等含義。會，謂心領神會。❺掐檀痕　謂唱腔的節奏控制。檀痕，這裡謂檀板，又稱拍板、綽板，用檀木一類的堅木數片，以繩串聯，用以擊節。❻小伶　年幼的優伶。

【語　譯】玉茗堂中擺放下春翠屏，排演新寫就的《牡丹亭》。無人領會唱腔妙處令我心傷，自家親擊檀板指教小伶。

【研　析】這組七絕的第一首：「秋風河漢鵲成梁，矯首牽夫悅暮妝。為問遠遊樓下女，幾年一度見劉郎。」有論者認為這兩首詩作於萬曆二十六年戊戌（西元一五九八年）七夕，似不確。據明刊《牡丹亭還魂記》題詞署「萬曆戊戌秋清遠道人題」，則是年之秋，《牡丹亭》劇本剛殺青，不當立即進入排演階段。湯顯祖的《牡丹亭》，文學劇本曲詞優美，語言上講求「機神情趣」，主張「意趣說」，反對以沈璟為首的吳江派作家「按字模聲」的格律追求，因而被稱為「文采派」。

明王驥德《曲律》卷四有評云：「臨川之於吳江，故自冰炭。吳江守法，斤斤三尺，不欲令一字乖律，而毫鋒殊拙；臨川尚趣，直是橫行，組織之工，幾與天孫爭巧，而屈曲聱牙，多令歌者齚舌。吳江嘗謂：『寧協律而不工。讀之不成句，而謳之始協，是為中之之巧。』曾為臨川改易〈還魂〉字句之不協者，呂吏部玉繩（郁藍生尊人）以致臨川，臨川不懌，復書吏部曰：『彼惡知曲意哉！余意所至，不妨拗折天下人嗓子。』其志趣不同如此。」正是因為湯顯祖的文學文本與演唱實踐存在有一定的距離，所以需要作者與演唱者兩者之間不斷交流、揣摩、磨合，仔細修正唱腔，才能使文辭與唱腔妙合無垠，臻於化境。本詩之第三四兩句，所描述者即此種磨合過程。湯顯祖〈與宜伶羅章二〉云：「《牡丹亭記》要依我原本，其呂家（謂呂玉繩）改的，切不可從。雖是增減一二字，以便俗唱，卻與我原作的意趣大不同了。」也可為證。沈際飛評所選詩云：「有大不平。」大約也是文辭與唱腔的矛盾的顯現。有論者認為此詩所反映者，乃是《牡丹亭》一劇的「以情反理」思想或反對封建主義的浪漫情懷不為世俗所理解，故無奈中「自掐檀痕教小伶」，似乎郢書燕說了。

題衰柳

臧懋循

【題　解】這首七律屬於詠物之作，又有送別的蘊涵。古人多把晚秋即將落葉之柳稱為「衰柳」，其落寞衰敗之意象，不言而喻。

【作　者】臧懋循（西元一五五〇—一六二〇年），字晉叔，號顧渚山人，長興（今屬浙江湖州）人。明萬曆八年（西元一五八〇年）進士，歷官荊州府學教授、夷陵知縣、南京國子監博士，萬曆十三年被劾罷官。著有《負苞堂詩選》五卷、《負苞堂文選》四卷，今人有斷句本《負苞堂集》。生平詳見《臧氏族譜》載章嘉禎〈南京國子監博士臧顧渚公暨配吳孺人合葬墓誌銘〉、徐朔方《臧懋循年譜》。清錢謙益《列朝詩集小傳》丁集〈臧博士懋循〉謂其：「風流任誕，官南國子博士，每出必以棋局、蹴球系於車後。又與所歡小史衣紅衣，並馬出鳳臺門，中白簡罷官。」清朱彝尊《靜志居詩話》卷一五〈臧懋循〉：「何元朗、臧懋循皆精曲律……詩亦不墮七子之習，故雖從元美燕遊，不入『四十子』之目，亦磊落之士也。」《四庫全書總目提要》卷一七九著錄臧懋循《負苞堂稿》九卷，內云：「詩多綺羅脂粉語，未免近靡靡之響。懋循善顧曲，元明雜劇皆所梓行，故詞曲序引，屢見集中，亦其結習之所在也。」陳田《明詩紀事》庚籤卷一三選臧懋循詩一首，按語云：「晉叔官南都時，入曹石倉詩社，詩雖綺靡，亦有清致。」

千尺垂楊百尺枝❶，半臨官道❷半臨池❸。可憐攀折無窮日❹，非復嬋媛❺似昔時。風嫋❻殘絲縈去馬❼，露將寒葉對顰眉❽。別離最是愁人思，莫向關山笛裡吹❾。

【注釋】❶千尺垂楊百尺枝　唐盧照鄰〈行路難〉：「千尺長條百尺枝，月桂星榆相蔽虧。」❷官道　古代稱官府修築的道路。唐白居易〈西行〉：「官道柳陰陰，行宮花漠漠。」唐李商隱〈柳〉：「清明帶雨臨官道，晚日含風拂野橋。」❸臨池　謂水邊。唐李世民〈賦得臨池柳〉：「岸曲絲陰聚，波移帶影疏。還將眉裡翠，來就鏡中舒。」❹可憐攀折無窮日　唐王之渙〈送別〉：「楊柳東風樹，青青夾御河。近來攀折苦，應為別離多。」唐白居易〈楊柳枝〉：「小樹不禁攀折苦，乞君留取兩三條。」❺嬋媛　交錯相連。《文選・張衡〈南都賦〉》：「結根竦木，垂條嬋媛。」唐李善注：「嬋媛，枝相連引也。」❻嫋　微風吹拂的樣子。❼縈去馬　謂柳對曾繫之馬不能忘情。唐王維〈少年行四首〉其一：「相逢意氣為君飲，繫馬高樓垂柳邊。」❽顰眉　皺眉，形容柳葉。唐白居易〈楊柳枝〉：「人言柳葉似愁眉，更有愁腸似柳絲。」❾莫向關山笛裡吹　唐盧照鄰〈和吳侍御被使燕然〉：「關山有新曲，應向笛中吹。」關山，關隘山嶺。

【語　譯】垂楊柳的枝條千百尺，一半臨官道一半在水邊。無窮盡的攀折令人憐憫，已不像往日交錯相連。風拂殘條彷彿仍牽掛離去的馬，沾露水的柳葉似人的愁顏。愁思莫過於別離的滋味，聽不得笛聲裡的千里關山。

【研　析】因漢人有灞橋折柳送別的習俗，在古人詩詞中，柳的意象就與送別結為伴侶，難捨難分，更何況秋後敗柳已無復春柳的欣欣向榮。唐王維《輞川集．孟城坳》：「新家孟城口，古木餘衰柳。來者復為誰，空悲昔人有。」唐朱放〈亂後經淮陰岸〉：「荒村古岸誰家在，野水浮雲處處愁。唯有河邊衰柳樹，蟬聲相送到揚州。」唐白居易《雨中題衰柳》：「濕屈青條折，寒飄黃葉多。不知秋雨意，更遣欲如何。」唐吳仁璧〈衰柳〉：「金風漸利露珠團，廣陌長堤黛色殘。水殿狂遊隋煬帝，一千餘里可堪看。」在唐人筆下，衰柳意象多與悲涼、亂離、秋懷、弔古的意緒相聯繫，令人傷懷。這首七律運用古人詩歌中習用的衰柳多重意象，加以組織串聯，若即若連，自有特色。明代顧曲家多喜化用前人詩句為我所用，從這首詩中就可以明顯感覺到這一技法的實用效果。

華亭早發

臧懋循

【題　解】這首七絕屬於行旅詩。華亭，地名，在今上海市松江西。

風雨連江❶偃❷荻蘆❸，眠鳧❹宿雁夜相呼❺。平明❻霽色❼澄如練❽，一片高帆出泖湖❾。

【注釋】❶風雨連江　宋陸游〈鵲橋仙〉：「蓬窗燈暗，春晚連江風雨。」連江，滿江。❷偃　倒伏。❸荻蘆　謂水草蘆與荻。唐杜荀鶴〈溪岸秋思〉：「秋風忽起溪灘白，零落岸邊蘆荻花。」❹鳧　野鴨。❺夜相呼　唐李中〈泊秋浦〉：「葦岸風高宿雁驚，維舟特地起鄉情。」❻平明　天剛亮的時候。❼霽色　晴朗的天色。❽澄如練　謂江水如同白絹。語本南朝齊謝朓〈晚登三山還望京邑〉：「餘霞散成綺，澄江靜如練。」❾泖湖　古湖名。即三泖（上泖、中泖、下泖）。在今上海市青浦西南、松江西和金山西北，現已多淤積。清顧祖禹《讀史方輿紀要・江南六・蘇州府》：「（華亭縣）泖湖。」自注引《吳地志》：「泖有上、中、下三名。圖經：西北抵山涇，水形圓者曰圓泖，亦曰上泖。南近泖橋，水勢闊者曰大泖，亦曰下泖。自泖橋而上，縈繞百餘里曰長泖，一名穀泖，亦曰中泖。」

【語譯】滿江風雨將蘆荻吹倒伏，驚醒的野鴨大雁在夜間相呼。黎明放晴後澄江如練，片帆高掛航行出泖湖。

【研析】唐代詩人寫有「早發」一類的行旅詩者眾多，最為著名者當屬李白〈早發白帝城〉：「朝辭白帝彩雲間，千里江陵一日還。兩岸猿聲啼不住，輕舟已過萬重山。」白居易〈早發赴洞庭舟中作〉：「閶門曙色欲蒼蒼，星月高低宿水光。棹舉影搖燈燭動，舟移聲拽管弦長。漸看海樹紅生日，遙見包山白帶霜。出郭已行十五里，唯消一曲慢〈霓裳〉。」也很有特色。古人因物質條件簡陋，乘舟坐車皆行駛緩慢，所以水陸行旅，皆須早早出發。趙嘏〈曉發〉：「旅行宜早發，況復是南歸。」溫庭筠〈商山早行〉：「晨起動征鐸，客行悲故鄉。雞聲茅店月，人跡板橋霜。」這首〈華亭早發〉走的是水路，一夜風雨過後，迎來黎明的天色晴好，詩人心情也為之一振，結句「一片高帆出泖湖」道出無限欣喜之情，如一曲短歌，奏響了這首七絕的最高音符。

書思

江盈科

【題解】 這首七律當作於萬曆三十年（西元一六〇二年）春間，時作者任大理寺正，出使雲南、貴州審讞刑獄已經一年有餘，思鄉之情油然而生，故「書思」以紀之。

【作者】 江盈科（西元一五五三—一六〇五年），字進之，號淥蘿，湖廣桃源（今屬湖南）人。萬曆二十年（西元一五九二年）進士，歷官長洲令、大理寺正、戶部員外郎、四川提學副使，卒於蜀。著有《雪濤閣集》十四卷，今人有整理本《江盈科集》。清朱彝尊《靜志居詩話》卷一六〈江盈科〉有云：「進之與袁中郎同官吳下，其詩頗近公安派，持論亦以七子為非，特變而不成方者。中郎謂其矯枉之過，所謂笑他人之未工，忘己事之已拙，文人通病，大抵然矣。」陳田《明詩紀事》庚籤卷一七選江盈科詩四首，有按語云：「進之才不及中郎，而近俚、近俳，正復相似。」

萬里滇雲❶寄❷一官，天涯歸路正漫漫❸。荒煙遠浦❹迷春色，細雨孤城❺釀暮寒❻。鄉思隔年頻入夢，客愁向晚只憑欄❼。可憐寂寞誰相對❽，細把梅花獨自看❾。

【注釋】❶滇雲　雲南的別稱。元代以後，「滇」在廣義上即指雲南，狹義上僅指滇池一帶；「雲」在廣義上也可謂雲南，在狹義上僅指洱海一帶。滇雲即以滇池、洱海代表雲南全境。❷寄　委託。江盈科以中央官員大理寺正出使雲南，故稱。❸漫漫　廣遠無際的樣子。唐岑參〈逢入京使〉：「故園東望路漫漫，雙袖龍鍾淚不乾。」❹浦　水邊；河岸。❺孤城　謂明雲南府治所昆明。❻暮寒　傍晚的寒意。唐杜甫〈暮寒〉：「沉沉春色靜，慘慘暮寒多。」❼憑欄　身倚欄杆。唐崔塗〈上巳日永崇里言懷〉：「遊人過盡衡門掩，獨自憑欄到日斜。」❽誰相對　唐趙嘏〈下第後歸永樂里自題二首〉其一：「無地無媒只一身，歸來空拂滿床塵。尊前盡日誰相對，唯有南山似故人。」❾細把梅花獨自看　謂因見梅花而思念故鄉。南朝宋陸凱〈贈范曄〉：「折花逢驛使，寄與隴頭人。江南無所有，聊贈一枝春。」唐董思恭〈昭君怨二首〉其二：「舉眼無相識，路逢皆異人。唯有梅將李，猶帶故鄉春。」

【語譯】出使萬里之遙的雲南為官，在天涯回望歸路渺茫無際。荒煙籠罩遠水迷失春色，傍晚細雨下的孤城漸生寒意。一年多鄉思頻繁進入夢鄉，日暮中客愁更在憑欄時。可憐這寂寞待與何人相訴，獨自端詳帶有故鄉春的梅花身姿。

【研析】江盈科考中進士後即赴任長洲（今江蘇蘇州）為縣令，六年以後遷官吏部主事，旋改大理寺正。萬曆二十八年（西元一六〇〇年）冬，江盈科又以「恤刑滇黔」出使雲南、貴州，萬曆三十年秋始還朝，在雲貴一帶寄官兩年。明代雲貴地區尚未得到開發，屬於邊遠瘴煙地區，身處天涯，思鄉之情自然會隨時隨處萌生，何況寫詩的這一年，作者已然五十歲，對於古人而言，「知天命」之年當屬於晚年，羈旅客愁當濃於年歲較輕者。

首聯點明身處何地與自家身分，頷聯書寫西南邊疆早春景象，頸聯抒情，以「入夢」、「憑欄」寫盡萬里為官的淒涼與孤獨。尾聯巧用有關梅花的典故，將思鄉與懷念友朋家人之情含蓄委婉地寫出，餘思無盡，興味無窮。唐人以萬里思鄉為題材之作眾多，如劉長卿〈送梁侍御巡永州〉：「蕭蕭江雨暮，客散野亭空。憂國天涯去，思鄉歲暮同。到時猿未斷，回處水應窮。莫望零陵路，千峰萬木中。」李德裕有一首〈謫嶺南道中作〉：「嶺水爭分路轉迷，桄榔椰葉暗蠻溪。愁衝毒霧逢蛇草，畏落沙蟲避燕泥。五月畬田收火米，三更津吏報潮雞。不堪腸斷思鄉處，紅槿花中越鳥啼。」皆可與所選詩參看。

讀張魏公傳有感曲端

江盈科

【題解】這首七絕是一首讀史詩，為南宋抗金名將曲端被冤殺事抱不平。張魏公傳，謂《宋史》卷三六一〈張浚傳〉。張浚（西元一〇九七—一一六四年），字德遠，漢州綿竹（今屬四川）人。政和進士，歷官知樞密院事、川陝宣撫處置使、尚書右僕射、同中書門下平章事兼知樞密院事、樞密使，宋孝宗即位，進封魏國公。張浚為南宋主戰派，力主抗金，曾受秦檜排斥在外近二十年。著有《中興備覽》等。曲端（西元一〇九一—一一三一年），字正甫，鎮戎軍（治今甘肅固原）人。以父蔭授三班借職，與西夏戰有功累擢知鎮戎軍。善於治軍，曾率軍抗拒金人犯涇原有功，歷官延安知府、涇原路經略安撫使、川陝宣撫處置使司都統制。因與川陝宣撫處置使張浚不睦，坐不出兵策應罪，降海州團練副使、萬州安置。紹興元年（西元一一三一年）為怨家所誣其詩「指斥乘輿」，終為張浚所殺。《宋史》卷三六九有傳，稱曲端被逮後云：「既至，隨令獄吏縶維之，糊其口，熁之以火。端乾渴求飲，予之酒，九竅流血而死，年四十一。陝西士大夫莫不惜之，軍民亦皆悵悵，有叛去者。浚尋得罪，追復端宣州觀察使，諡壯愍。端有將略，使展盡其才，要未可量。然剛愎，恃才凌物，此其所以取禍云。」

子聖焉能蓋父凶❶，曲端冤與岳飛❷同。何人為立將軍廟，也把烏金鑄魏公❸。

【注釋】❶子聖焉能蓋父凶　謂張浚之子張栻雖為南宋理學大師，卻不能掩蓋其父的兇殘。張栻（一一三三—一一八〇年），字敬夫，一字欽夫，號南軒，張浚子，以蔭補官，歷吏部侍郎、知江陵府兼湖北路安撫使，受學於胡宏，與朱熹齊名友好，卒諡宣。著有《論語解》、《孟子說》、《諸葛武侯傳》、《南軒集》等。《宋史》卷四二九有傳。❷岳飛　字鵬舉（西元一一〇三—一一四二年），相州湯陰（今屬河南）人。出身農家，四次從軍，為河北招討使張所破格提拔為統制，旋歸宗澤，屢敗金兵，擢都統制，授承宣使，所部紀律嚴明，人稱「岳家軍」。宋高宗紹興十年（西元一一四〇年），岳飛率軍北伐，勢如破竹，大破金兵，因宋高宗、秦檜主和，以十二道金牌下令退兵。翌年受召赴臨安，解除兵權，改任樞密副使，旋被誣陷下獄，以「莫須有」罪名被殺害。宋孝宗時追諡武穆，宋寧宗時追封鄂王。著有《岳忠武王文集》。《宋史》卷三六五有傳。❸何人為立將軍廟二句　謂仿效西湖棲霞嶺下岳王廟中岳墳前所鑄秦檜夫婦等鐵人，長跪於墓前，也以黑鐵鑄造張浚像，為「將軍廟」中的曲端謝罪。烏金，鐵的別稱。

【語　譯】兒子為聖賢不能掩蓋父親的兇惡，曲端被冤殺與岳飛同悲。何人能為曲端造一座將軍廟，也用黑鐵鑄造張浚為將軍長跪。

【研　析】黃仁生輯校《江盈科集・雪濤閣集》卷五錄〈張浚〉詩二首，題下注云：「符離軍敗，浚夜睡，鼻息如雷。」其一云：「武穆忠言等棄灰，誤將李邵當臬材。符離軍潰江南震，鼻息緣何轉似雷？」其二云：「禹聖難將蓋鯀凶，曲端冤與岳飛同。誰人為建將軍廟，更把頑金鑄魏公。」第二首與所選者略同，但有異文，可參考。江盈科友人袁宏道寫有〈宿朱仙鎮〉四首七絕，其四云：「祠前簫鼓賽如雲，茹泣爭劖弔古文。一等英雄含恨死，幾時論定曲將軍？」與此詩取意略同。清朱彝尊《靜志居詩話》卷一六有評云：「宋之南渡，將帥有人，可以戰，可以守。自寄閫外之權與浚，喪師動數十萬，元氣重傷，譬諸孱夫，不能復起矣。浚於李剛、趙鼎輩，則劾之；於汪伯彥、秦檜等，則薦之。尚得云好惡之公乎？至曲端之誅，與檜之殺岳飛何以異？而讀史者，務曲筆以文致端有可死之罪。不過因浚有子講學，浚死，徽國公為之作狀，天下後世，遂信而不疑爾。中郎朱仙鎮詩，已極悲惋，不若進之〈讀張魏公傳有感曲端壯愍事〉云……露膽張目，洵詩家之南、董也已。」所持意見與所選詩全同。

古人作詩喜翻歷史舊案，以從中凸顯自家之史識。張浚在南宋屬於主戰派，雖一度官居通顯，卻也不斷受到朝廷的排斥，與秦檜自不能同日而語；他與同是主戰派的曲端的矛盾，兩人之性格衝突占有很大的比重。張浚之子張栻與朱熹齊名，張浚死後之行狀，又為此後配享孔子的徽國公朱熹所撰。這無疑令後世人覺得生前身後均處於強勢地位的張浚掌握了歷史發言權，所以為曲端鳴冤叫屈，這也顯示人們同情弱者的思維慣性。其實，曲端死後被賜諡「壯愍」，已然論定是非，正不必如江盈科所論，所謂「也把烏金鑄魏公」，非要將魏國公張浚也用鐵鑄成跪像置於曲端塑像之下，如同秦檜永跪於岳飛像前一樣。翻案文章也不能隨心所欲，實事求是才有望於公正。江盈科與袁宏道同為公安派詩人，屬於性靈中人，隨心而發之論，自不能視為史家之筆。

湖上夜歸

朱長春

【題　解】這是一首五律，《朱太復文集》卷一四列於五律「甲午年」之下，當作於萬曆二十二年（西元一五九四年），時作者家居，故詩有田園風光。

【作　者】朱長春（西元一五五三－一六一〇年以後），字太復，一作大復，號海瀛，烏程（今浙江湖州）人。萬曆十一年（西元一五八三年）進士，除尉城知縣，改常熟、陽信，入為刑部主事，因事削籍為民。著有《朱太復文集》五十二卷、《朱太復乙集》三十八卷。清錢謙益《列朝詩集小傳》丁集有云：「大復與虞長孺、屠長卿皆有文名，好仙學佛。」清朱彝尊《靜志居詩話》卷一五〈朱長春〉有云：「太復頗類孫太初，其宰陽信，狀海濱風土，如『海暗雲連舍，春寒雨近城』，『沙田惟種黍，鹵井不通泉』……頗盡其致。」陳田《明詩紀事》庚籤卷一四上選其詩二首。

餘日渡頭盡❶，長歌湖外歸❷。春流❸空水郭❹，暝色❺帶柴扉❻。隔渚❼漁燈落，鄰家犬吠稀❽。應門❾三尺豎❿，迎問主人非。

【注釋】❶餘日渡頭盡　語本唐王維〈輞川閒居贈裴秀才迪〉：「渡頭餘落日，墟里上孤煙。」渡頭，渡口。❷長歌湖外歸　唐李白〈遊南陽白水登石激作〉：「長歌盡落日，乘月歸田廬。」長歌，放聲高歌。❸春流　春天的水流；春江。❹水郭　傍水之城郭。❺暝色　暮色。❻柴扉　柴門。❼渚　水中的小塊陸地。❽犬吠稀　唐劉長卿〈逢雪宿芙蓉山主人〉：「柴門聞犬吠，風雪夜歸人。」❾應門　照應門戶，指守候和應接叩門的人。❿三尺豎　即三尺童子，謂小兒。

【語譯】渡口夕陽漸漸西下，從湖外返家高歌一曲。春天城郭中的流水已然稀少，暮色籠罩著柴扉。隔渚的漁燈不見，傳來鄰家犬吠聲稀。照應門戶的三尺小兒，迎問是否主人來歸。

【研析】這首五律措語平淡，意態瀟灑，饒有漁家風光，顯示了詩人有意學習晉代詩人陶淵明詩風的價值取向。彷彿是陶淵明「久在樊籠裡，復得返自然」般的解放，水鄉家居洋溢著詩人無官一身輕的喜悅之情。陶淵明〈歸園田居五首〉其二：「野外罕人事，窮巷寡輪鞅。白日掩荊扉，虛室絕塵想。時復墟里人，披草共來往。想見無雜言，但道桑麻長。桑麻日已長，我土日已廣。常恐霜霰至，零落同草莽。」陶詩雖屬於古體詩，但與這首五律對照而讀，皆神韻悠長，同一思致。本詩首聯點明時間、地點，頷聯、頸聯寫眼前景色，具有濃郁的水鄉風情。尾聯以應門之童子迎問作結，一片祥和氣氛，正是詩人被削籍為民以後平和心態的寫照。至於白描詩句或化用古人詩歌意境，渾然無跡，更引人入勝，讀來餘味悠長。

夏夜

朱長春

【題解】這是一首七絕詩，《朱太復文集》卷二一列於七絕「癸未年」之下，當作於萬曆十一年（西元一五八三年）的夏天，時作者已經考中進士，當在歸鄉或赴任途中所作。

家居東海路漫漫❶，客在西風易水寒❷。自別故鄉三百日❸，不知明月幾回看❹。

【注釋】❶家居東海路漫漫　語本唐岑參〈逢入京使〉：「故園東望路漫漫，雙袖龍鍾淚不乾。」東海，謂作者家鄉烏程（今浙江湖州），在大方位上屬於瀕臨東海地區，故稱。❷易水寒　謂作者南下途中經過易水（今河北易縣一帶），有自我調侃意。語本《史記》卷八六〈刺客列傳〉：「太子及賓客知其事者，皆白衣冠以送之。至易水之上，既祖，取道，高漸離擊筑，荊軻和而歌，為變徵之聲，士皆垂淚涕泣。又前而為歌曰：『風蕭蕭兮易水寒，壯士一去兮不復還！』」又唐皎然〈送韋秀才〉：「舊說涇關險，猶聞易水寒。」❸三百日　明代會試（即春闈）在農曆二月間，作者或先期數月（即上一年的秋天）赴京，至此約三百天。❹不知明月幾回看　謂在京應會試期間無暇流連風景以及殿試考中進士後應酬繁忙，故難有賞月的閒情。

【語　譯】家在東海以西路途遙遠，我今羈旅昔日西風易水生寒之地。自從離別故鄉已經三百餘日，繁忙中竟然沒有幾回賞月的逸致。

【研　析】這首七絕抒發夏夜思鄉之情，但是並不愁苦哀怨，反而富有幽默語調，原因即在於詩人得中萬曆十一年三甲第九十九名進士，雖名次並不靠前，得來也確屬不易。作者「春風得意馬蹄疾」之餘，自然欣喜無限。「西風易水寒」並非夏日景象，暗用戰國時荊軻刺秦王的故事並無深意，無非是借昔日歷史掌故點明客居之地而已，幽默中帶有幾絲活潑氣息。至於三四兩句，也並非埋怨自己親近自然機會的缺少，而是在準備應試與官場應酬中自得其趣，所謂「忙中自有忙中樂」是也。全詩二十八字，興奮之情隱藏於字裡行間，讀者細細體味，自能深受感染，這正是此詩的魅力所在！

采石弔李白二首（選其二）

陳邦瞻

【題　解】這首五律屬於憑弔懷古詩。采石，即采石磯，在今安徽馬鞍山市長江東岸，為牛渚山北部突出江中而成，相傳為李白醉酒捉月溺死之處。有太白樓、捉月亭等古跡，為古今遊覽勝地。李白墓地在今安徽當塗青山（又名謝公山）西麓。李白，字太白（西元七〇一－七六二年），號青蓮居士，隴西成紀（今甘肅秦安西北）人，其出生地頗多異說，此不贅言。曾官翰林供奉，故有「李翰林」之稱。安史之亂，因王室內訌，受牽累流放夜郎，旋遇赦還。後因病卒於當塗。著有

《李太白全集》，兩《唐書》有傳。

【作　者】陳邦瞻（西元一五五七—一六二三年），字德遠，號匡左，高安（今屬江西）人。萬曆二十六年（西元一五九八年）進士，授南京大理評事，歷官河南右布政使，分理彰德諸府，建滏陽書院，集諸生講習。遷兵部右侍郎，總督兩廣軍務，天啟初進左侍郎兼戶、工二部侍郎，專理軍需，三年卒於官。著有《陳氏荷華山房詩稿》二十六卷。生平詳見鄒維璉〈明兵部左侍郎贈兵部尚書高安陳公匡左傳〉。《明史》卷二四二有傳，有云：「邦瞻好學，敦風節。服官三十年，吏議不及。」清錢謙益《列朝詩集小傳》丁集〈陳侍郎邦瞻〉：「德遠留心問學，於經史之學，殊有原本。撰宋、元紀事本末，為史家所稱。搜訪高、楊、張、徐之集，刻而傳之，使淫哇靡曼之後，復聞正始之音，其風尚可思也。」陳田《明詩紀事》庚籤卷一九選陳邦瞻詩九首，有按語云：「集中七律綿邈麗密，《詩綜》不錄茲體，豈未見全集耶？」

不必騎鯨❶去，長庚自在天❷。空餘波底月❸，長似醉中仙❹。秀句寰區滿❺，佳名異代❻傳。我來搴杜若❼，春色老❽江邊。

【注　釋】❶騎鯨　唐杜甫〈送孔巢父謝病歸游江東兼呈李白〉：「幾歲寄我空中書，南尋禹穴見李白」，清仇兆鰲注：「南尋句，一作「若逢李白騎鯨魚」。按：騎鯨魚，出〈羽獵賦〉。俗傳太白醉騎鯨魚，溺死潯陽，皆緣此句而附會之耳。」後用為詠李白之典。❷長庚自在天　元辛文房《唐才子傳》卷二：「白，字太白，山東人。母夢長庚星而誕，因以命之。」長庚，星名，古代指傍晚出現在西方天空的金星。亦名太白星、明星。

《詩經・小雅・大東》：「東有啟明，西有長庚。」毛傳：「日旦出謂明星為啟明，日既入謂明星為長庚。」❸波底月　元辛文房《唐才子傳》卷二：「白晚節好黃、老，度牛渚磯，乘酒捉月，沉水中。」❹醉中仙　語本李白〈贈宣城宇文太守兼呈崔侍御〉：「顏公二十萬，盡付酒家錢。興發每取之，聊向醉中仙。」又唐杜甫〈飲中八仙歌〉：「李白一斗詩百篇，長安市上酒家眠。天子呼來不上船，自稱臣是酒中仙。」❺秀句寰區滿　語本唐杜甫〈解悶十二首〉其八：「不見高人王右丞，藍田丘壑漫寒藤。最傳秀句寰區滿，未絕風流相國能。」原本詠唐詩人王維之句，這裡借用頌揚李白詩句傳天下。秀句，優美的文句。唐杜甫〈送韋十六評事充同谷郡防禦判官〉：「題詩得秀句，札翰時相投。」寰區，謂人世間。❻異代　後代；後世。❼搴杜若　語本《楚辭・湘夫人》：「搴汀洲兮杜若，將以遺兮遠者。」搴，拔取。杜若，香草名。多年生草本，高一二尺。葉廣披針形，味辛香。夏日開白花。果實藍黑色。❽老　謂自然景物遲暮，老去。唐司空曙〈下第日書情寄上叔父〉：「遊客盡傷春色老，貧居還惜暮陰移。」又宋楊萬里〈和仲良春晚即事〉其三：「只嫌春已老，此景也應稀。」

【語　譯】李白不必騎鯨升空，長庚星本來就在天上。采石捉月已成虛妄，醉中成仙歲月久長。優美詩句世間傳遍，美名後世千古流芳。我來這裡採集香草祭奠，江邊春色老去令人神傷。

【研　析】此題五律一組兩首，其一：「開元數才子，誰是謫仙儔。叱咤千人廢，江河萬古流。浮雲無遠近，芳草自春秋。卻憶潯陽日，冥鴻似可求。」使典用事，自然貼切。所選這首詩為其二，表面上看似不事雕琢，彷彿揮灑即出，一氣呵成，其實精心結撰，化用有關李白傳說，慘淡經營的痕跡仍灼然可見，並非輕易得來。首聯起筆突兀，將李白「天上謫仙人」的身分和盤托出；頷聯就李白的瀟灑人生態度落墨，頰上三毫，備見神采；頸聯又從李白廣泛深遠的影響落墨，以其詩之雋語秀句及詩歌流傳天下地域之廣泛與流傳時間之長久為偶，十個字要言不煩，斬釘截鐵。

尾聯引入自身，本欲採集香草為祭，可惜風景依然而春色老去，暗寓時代語境之歷史變遷，已經沒有李白所處盛唐氣象的恢弘了，弔古中不乏傷今的意緒。

李白在中國詩歌史上的地位，與杜甫實難分伯仲，李杜並稱，在唐人筆下已然如此，如韓愈〈調張籍〉：「李杜文章在，光焰萬丈長。不知群兒愚，那用故謗傷。蚍蜉撼大樹，可笑不自量。」這種評價歷宋、金、元而牢不可破，至明代更成千古不易之論，如胡應麟《詩藪》內篇卷四有云：「唐人才超一代者李也，體兼一代者杜也。李如星懸日揭，照耀太虛；杜若地負海涵，包羅萬彙。」諸如此類的評價，明人多有闡述，更僕難數。早於陳邦瞻兩百餘年的孫蕡寫有〈采石太白墓〉七律一首云：「冠履何年墮世塵，先生原是謫仙人。春雲彩筆驚飛燕，暮雨滄江泣石麟。牢落清名元不沒，衰遲大雅竟誰陳。倏然我亦狂吟客，思殺風流賀季真。」與所選詩兩相比較，雖一為七律，一為五律，詩體不同，但起承轉合之章法相似，尾聯皆引入自身，情思宛然。

新年雪

陳邦瞻

【題　解】這首五律詠雪，極盡形容之能事。古人所謂「新年」，相當於今人所謂「舊曆年」或「春節」，以農曆正月初一為一年之始。以本詩結句「明月滿前川」而論，若非想像中語，此詩當作於新年初一以後十餘天，否則難見明月當空。

麗景入新年❶，韶光❷動遠天。雲連千樹白，風送六花❸妍。柳色溪橋外，梅香野店邊❹。不妨乘夜興❺，明月滿前川❻。

【注釋】❶麗景入新年　唐錢起〈寄永嘉王十二〉：「永嘉風景入新年，才子詩成定可憐。」麗景，即美景，這裡謂雪景。南朝齊謝朓〈三日侍宴曲水代人應詔〉其四：「麗景則春，儀方在震。」❷韶光　美好的時光，這裡謂春光。南朝梁簡文帝〈與慧琰法師書〉：「五翳消空，韶光表節。」❸六花　謂雪花，雪花結晶六瓣，故名。唐賈島〈寄令狐綯相公〉：「自著衣偏暖，誰憂雪六花。」❹柳色溪橋外二句　唐李顯〈立春日游苑迎春〉：「綵蝶黃鶯未歌舞，梅香柳色已矜誇。」又唐喻鳧〈元日即事〉：「水柳煙中重，山梅雪後真。」❺不妨乘夜興　暗用晉王徽之雪夜訪戴故事。南朝宋劉義慶《世說新語・任誕》：「王子猷居山陰，夜大雪，眠覺，開室命酌酒，四望皎然。因起彷徨，詠左思〈招隱詩〉。忽憶戴安道。時戴在剡，即便夜乘小舟就之。經宿方至，造門不前而返。人問其故，王曰：『吾本乘興而行，興盡而返，何必見戴？』」❻明月滿前川　語本唐楊炯〈夜送趙縱〉：「送君還舊府，明月滿前川。」

【語譯】雪的美景伴隨新年而至，春光彌漫遠方天際。雲與千樹之白連成一片，風送雪花飄飛更顯美麗。溪橋外的柳色尚在有無中，野店邊的梅花飄過香氣。不妨如子猷雪夜訪戴，看明月灑滿前川裡。

【研析】這首詠雪詩限定時間於新的一年的頭一場雪，暗含無限春意，因而全詩基調明快輕盈，趣味橫生。首聯二句點明題旨，將詩人欣喜愉悅迎接新年的情懷和盤托出，流暢自然。頷聯與頸聯四句寫景，對仗工穩，有色彩，有形質，有氣味，遠景近景交互為用。特別是頸聯二句，十字不用一謂語動詞，卻生機勃勃，意象紛呈。尾聯二句抒情，暗用雪夜訪戴的著名故事。此為詩家所常用，如唐皇甫冉〈劉方平西齋對雪〉：「自然堪訪戴，無復〈四愁〉詩。」所謂「明月滿前川」，可能是詩人想像中的雪月景象，而非現實之景，若然，則此詩當寫於正月初一；如果果真為寫實，即雪後又見月出皎然，則寫詩其時當在正月初七至正月十五左右了，否則實難見明月當空——新月彎彎亦難稱明月。唐杜甫有〈舟中夜雪有懷盧十四侍御弟〉一詩：「朔風吹桂水，朔雪夜紛紛。暗度南樓月，寒深北渚雲。燭斜初近見，舟重竟無聞。不識山陰道，聽雞更憶君。」陳邦瞻此詩在格調上對杜詩有其借鑑之處，細細體味，自可領會。

鳳凰臺

陳邦瞻

【題解】這首七律為登臨弔古之作。鳳凰臺，在今江蘇南京南。唐李白〈登金陵鳳凰臺〉：「鳳凰臺上鳳凰遊，鳳去臺空江自流。」清王琦注：「《江南通志》：鳳凰臺，在江寧府城內之西南隅，猶有陂陀，尚可登覽。宋元嘉十六年，有三鳥翔集山間，文彩五色，狀如孔雀，音聲諧和，眾鳥群附，時人謂之鳳凰。起臺於山，謂之鳳凰臺，山曰鳳凰山，里曰鳳凰里。」

當年鳳去臺已空❶，寂寞荒丘俯故宮❷。蕭寺❸鐘聲花雨❹外，南朝❺古木夕陽中。興亡自昔悲流水❻，身世於今感斷蓬❼。賴是登臨春正美，滿城桃李笑東風❽。

【注　釋】❶當年鳳去臺已空　語本唐李白〈登金陵鳳凰臺〉：「鳳凰臺上鳳凰遊，鳳去臺空江自流。」❷寂寞荒丘俯故宮　語本唐李白〈登金陵鳳凰臺〉：「吳宮花草埋幽徑，晉代衣冠成古丘。」❸蕭寺　即佛寺。唐李肇《唐國史補》卷中：「梁武帝造寺，令蕭子雲飛白大書『蕭』字，至今一『蕭』字存焉。」後因稱佛寺為蕭寺。❹花雨　佛教語，諸天為讚歎佛說法之功德而散花如雨。《仁王經．序品》：「時無色界雨諸香華，香如須彌，華如車輪。」後用為讚頌高僧頌揚佛法之詞。唐李白〈尋山僧不遇作〉：「香雲徧山起，花雨從天來。」❺南朝　中國南北朝時期，據有江南地區的宋、齊、梁、陳四朝的總稱。因四朝都建都於建康，即今江蘇南京，這裡即指南京。❻興亡自昔悲流水　唐許渾〈洛陽道中〉：「興亡不可問，自古水東流。」❼斷蓬　猶飛蓬，比喻漂泊無定。唐王之渙〈九日送別〉：「今日暫同芳菊酒，明朝應作斷蓬飛。」❽笑東風　唐李商隱〈嘲桃〉：「無賴夭桃面，平時露井東。春風為開了，卻擬笑春風。」東風，即春風。

【語　譯】鳳凰飛去如今只剩空臺，寂寞荒丘俯瞰昔日的宮牆。寺院鐘聲是佛法的弘揚，南朝古樹沐浴著夕陽。歷代興亡似水東流引人悲歎，我如飛蓬的身世更令人感傷。幸虧登臨此臺春意正濃，滿城桃李在東風裡展示芬芳。

【研　析】這首七律融千古興亡與自家身世之感於其中，寫景抒情以頷聯、頸聯四句最為傳神。蕭寺鐘聲為兩耳所聞，夕陽古木為登臨所見，已然深寓滄桑之感；「悲流水」是對歷史的沉思，「感斷蓬」是對當下的感慨，更包含了人生的幾許無奈。所幸美不勝收的春日景象迎面而來，東風吹拂下的桃李芬芳也令人心曠神怡。作者曲終奏雅，意在表明對前途的幾許期盼之情，增加了全詩的樂觀情緒。唐代大詩人李白另有一首〈金陵鳳凰臺置酒〉，可與這首詩比較：「置酒延落景，金陵鳳凰臺。長波寫萬古，心與雲俱開。借問往昔時，鳳凰為誰來。鳳凰去已久，正當今日回。明君越義軒，天老坐三臺。豪士無所用，彈弦醉金罍。東風吹山花，安可不盡杯。六帝沒幽草，深宮冥綠苔。置酒勿復道，歌鐘但相催。」唐殷堯藩〈登鳳凰臺二首〉其二也可對照：「梧桐葉落秋風老，人去臺空鳳不來。梁武臺城芳草合，吳王宮殿野花開。石頭城下春生水，燕子堂前雨長苔。莫問人間興廢事，百年相遇且銜杯。」明人學唐，並非只是字摹句襲的假古董。

雪中送別

陳邦瞻

【題解】這首七絕屬於贈別詩，起承轉合，大有唐人風味。

雨雪今年何太頻，江南❶二月尚無春。短亭❷不見新垂柳，空向天涯別故人❸。

【注釋】❶江南　古人謂今江蘇、安徽兩省的南部和浙江省一帶。❷短亭　古代在城外大道旁五里設短亭，十里設長亭，以為行人休憩或送行餞別之所。北周庾信〈哀江南賦〉：「十里五里，長亭短亭。」❸空向天涯別故人　暗用漢人灞橋折柳送別的典故。語本《三輔黃圖》卷六：「霸橋在長安東，跨水作橋。漢人送客至此橋，折柳贈別。」

【語　譯】今年雨雪為何如此頻繁，二月的江南尚無春天的消息。送人的短亭不見柳枝泛青，不能折柳送別帶給故人欣喜。

【研　析】在古代，物質條件相對簡陋，交通無論舟車鞍馬，皆不便行旅，因而贈別詩歌在歷代皆大為盛行，所謂「相見時難別亦難」，道出了古人的幾許無奈。這首詩妙在結句出語不俗，嵌入「天涯」兩字，令全詩平添了幾分豪邁氣氛，百讀不厭。唐人七絕贈別詩較有代表性者，如李白〈聞王昌齡左遷龍標遙有此寄〉：「楊花落盡子規啼，聞道龍標過五溪。我寄愁心與明月，隨風直到夜郎西。」高適〈別董大二首〉其一：「千里黃雲白日曛，北風吹雁雪紛紛。莫愁前路無知己，天下誰人不識君。」送別本為淒苦無奈之舉，但一入詩歌名家筆下，就有了令人振奮的氣韻或波瀾壯闊的意境展示，感人至深。

玉版居

黃汝亨

【題　解】這首五律是作者卸任江西進賢縣令以後，為在當地福勝寺寺後所築小屋「玉版居」所寫，據作者散文〈玉版居記〉「工竣，為壬寅秋九月」之記，此詩當作於萬曆三十年（西元一六〇二年）九月間。玉版本是古人用以刻字的玉片，宋代以後又成為竹筍的別稱。以「玉版」名居，凸顯了進賢縣城南福勝寺一帶多竹的特點。

【作　者】黃汝亨（西元一五五八—一六二六年），字貞父，號寓庸居士，仁和（今浙江杭州）人。萬曆二十六年（西元一五九八年）進士，歷官進賢知縣、南京工部主事、江西提學僉事，轉布政司參議，備兵湖西。逾年謝病歸，築舍南屏。擅行草，兼蘇軾、米芾之長。卒年六十九歲。著有《寓林集》三十八卷。生平詳見《明朝百家小傳．黃貞父傳》。陸雲龍等《翠娛閣評選皇明小品十六家》入選《黃貞父先生小品》一卷，陸雲龍題〈弁詞〉云：「披卷快讀，當見西山爽氣撲人眉宇，沁人心骨。人文山水真為天下觀也。」陳田《明詩紀事》庚籤卷一九選黃汝亨詩十首，引《懶真草堂集》云：「貞父詩，晉、宋之陶、謝，唐之王、孟。」又有按語云：「貞父詩刻意摹古，思清而詞雋。」

不淺淇園❶趣，欣參玉版名❷。可存林下❸氣，何似世中情❹。曉月窺簾白，名香入夜清。虛堂❺復何有，爽吹❻和經聲。

【注　釋】❶淇園　古代衛國園林名，產竹。故址在今河南淇縣北。《史記》卷二九〈河渠書〉：「是時東郡燒草，以故薪柴少，而下淇園之竹以為楗。」裴駰集解引晉灼曰：「淇園，衛之苑也，多竹筱。」黃汝亨〈玉版居記〉：「而總之以竹居勝，即榜竹為徑，題之以『小淇園』，題其居曰『玉版』。」❷欣參玉版名　事本宋惠洪《冷齋夜話》卷七：「（蘇軾）嘗要劉器之同參玉版和尚……至廉泉寺，燒筍而食，器之覺筍味勝，問此筍何名，東坡曰：『即玉版也。此老師善說法，要能令人得禪悅之味。』於是器之乃悟其戲，為大笑。」劉器之（即劉安世）與玉版和尚皆為蘇軾友人。參，領悟。❸林下　謂幽靜的山林退隱之處。南朝梁慧皎《高僧傳》

卷五〈義解二・竺僧朗〉：「朗常蔬食布衣，志耽人外……與隱士張忠為林下之契，每共遊處。」黃汝亨〈玉版居記〉：「不佞令此地，無善狀，庶幾此袈裟地片居，為政林下者云爾已矣。」❹世中情　即世情，時代風尚。晉陶淵明〈辛丑歲七月赴假還江陵〉：「詩書敦宿好，林園無世情。」❺虛堂　高堂。南朝梁蕭統〈示徐州弟〉：「屑屑風生，昭昭月影。高宇既清，虛堂復靜。」❻爽吹　謂清風。

【語　譯】這裡類似淇園的樂趣不淺，更有領悟玉版之名的欣喜。可以保存退隱山林的志向，與世情風尚並不相似。曉月斜映屋簷呈顯白色，名香縹緲清幽在入夜之際。高堂中還容納何物，惟有清風相伴讀經時。

【研　析】詩人所寫散文小品〈玉版居記〉，可謂此詩之絕佳注腳，據所記可知，進賢一帶「山川城郭半蕭瑟，絕少勝地可眺覽」，惟有城南福勝寺後有一處僻靜之地：「有修竹幾百竿，古樹十數株，為松為櫪，為樟為樸，為蠟為柞，為楓及芭蕉，細草間之。四面牆不盈尺，野林山翠，蔥蒨蒼靄，可鬱而望。六月坐之可以忘暑，清風白月，秋聲秋色，遙遙墮竹樹下。」於是這位已經離任的官員為給此地百姓留下一點紀念，就構築了這間玉版居：「因出餘鍰，命工築小屋一座，圍欞窗四周。窗以外，長廊尺許，帶以朱闌干，薙草砌石，可步可倚。最後隙地亦佳，覆樹似屋，據而坐，亦近乎巢樹鑿坏之民。」最後作者又有與鄉民刻石訂立「玉版居約」之舉：「戒殺，戒演戲，戒多滋味，戒毀牆壁籬落、砍伐摧敗諸竹木。」詩人善於從大自然中發現美，無論其詩、其文，皆涉筆成趣，至於構築玉版居，也無非是「借境汰情」，一洗塵世間的凡庸氣息。全詩意境深遠幽深，帶有晚明文人在個性解放思潮感染下，對於回歸自然的無限嚮往心情。有哲人說，美是客觀的，但只有具備了善於發現美的眼睛，才能真正地認識到美的存在與美的價值！

初度四首（選其三）

黃汝亨

【題解】這組五律詩感歎時光荏苒，追懷少年往昔，尋求老年歸宿，情真意切。當作於萬曆三十五年（西元一六〇七年），作者時年五十歲。初度，謂始生之年時。戰國楚屈原〈離騷〉：「皇覽揆余初度兮，肇錫余以嘉名。」後世因稱生日為「初度」。

人生不滿百❶，流景隙中移❷。覺是❸未可定，知非❹亦已遲。難持
心似水❺，易老鬢成絲❻。乞得佳山水，千秋❼計在斯❽。

【注釋】❶人生不滿百　語本漢樂府〈西門行〉：「人生不滿百，常懷千歲憂。」❷流景隙中移　比喻光陰易逝，人生短促。語本《莊子・知北遊》：「人生天地之間，若白駒之過隙，忽然而已。」流景，謂如流的光陰。唐武平一〈妾薄命〉：「流景一何速，年華不可追。」隙，縫隙。❸覺是　謂感覺正確。晉陶淵明〈歸去來兮辭〉：「實迷途其未遠，覺今是而昨非。」❹知非　古人謂五十歲的代稱。《淮南子》卷一〈原道〉：「故蘧伯玉年五十，而有四十九年非。」謂年五十而知前四十九年之過失，後即以「知非」稱五十歲。這裡雙關省悟以往錯誤，唐趙嘏〈東歸道中〉其一：「平生事行役，今日始知非。」❺心似水　即心如止水，謂心裡平靜得像不動的水一樣，形容信念堅定，不受外界干擾。唐白居易〈祭李侍郎文〉：「齒牙相軋，波瀾四起。公獨

何人，心如止水。」❻鬢成絲　謂因年老而鬢角頭髮如絲稀少。唐白居易〈曲江感秋〉：「暗老不自覺，直到鬢成絲。」❼千秋　謂自身餘下的歲月。❽在斯　在這裡。

【語譯】人生難活到一百歲，時光如同白駒過隙。今天是否正確本難定，五十歲檢討過去失誤也覺遲。難以保持內心平靜如止水，人生易老鬢角早成絲。但願能夠尋得山水優美的地方，餘下養老的歲月就在這裡。

【研析】這一組慶賀自己生日的組詩共有四首。其一：「在世有如此，吾生何所為。自宜招隱日，強說服官時。老至衰始覺，憂來人不知。床頭一短劍，入夜光離離。」其二：「少年不解事，驅足即風雲。牢落羞時輩，棲遲混物群。何緣遂得老，於世竟無聞。幸有長生酒，高朋飲至醺。」其四：「十年一閱世，漸漸覺非真。何地能知命，於今作學人。浮沉先後浪，老少去來身。獨是虛空觀，青山處處新。」無論只看所選詩還是將四詩聯繫起來鑑賞，都可以體察到作者有一種較為平和的心態，這與他澹泊官場，相機退步抽身有關。詩人自謝病歸鄉後，即優遊杭州西湖，回歸自然，北京大學圖書館所藏善本《明朝百家小傳・黃貞父傳》謂其：「擇南屏之麓，營寓林老焉，遂不復出。旋於山居構雲岫堂，曝書其中，海內乞言者，倚公為司命。」可見詩中所謂「乞得佳山水」云云，並非虛語。明人多喜以「初度」為題作詩，早生於黃汝亨百餘年的王鏊有〈三十五初度〉一詩：「人生七十古來少，嗟我如今已半之。來日更添如許久，餘生能得幾多時。功名似沓長遭退，學問如船逆上遲。萬事悠悠只如此，青山能負白雲期。」與所選詩思致略同，可以對照鑑賞。

宮人斜

黃汝亨

【題　解】這首七絕為憐憫宮女之作。宮人斜，古代宮人的墓地，明代宮人斜故址在今北京市阜成門外。明蔣一葵《長安客話》卷三〈宮人斜〉：「慈慧寺後不二里，有靜樂堂，其牆陰皆斜，宮人死則舁出火葬，其處即宮人斜也。」

翠鈿❶羅襦❷明月璫❸，含情❹含態❺靚宮妝❻。不知幾夜長門怨❼，
忽作寒灰❽吹白楊❾。

【注　釋】❶翠鈿　用翠玉製成的首飾。南朝梁武帝〈西洲曲〉：「樹下即門前，門中露翠鈿。」❷羅襦　綢製短衣。南朝齊謝朓〈贈王主簿詩二首〉其二：「輕歌急綺帶，含笑解羅襦。」❸明月璫　明月珠（一種寶珠名）做的耳飾。漢〈古詩為焦仲卿妻作〉：「腰若流紈素，耳著明月璫。」❹含情　懷著深情。漢王粲〈公宴詩〉：「今日不極歡，含情欲待誰。」唐薛維翰〈雜歌謠辭・古歌〉：「美人怨何深，含情倚金閣。」❺含態　帶著美好的姿態。南朝陳後主〈玉樹後庭花〉：「映戶凝嬌乍不進，出帷含態笑相迎。」❻靚宮妝　濃妝豔抹的宮中女子。❼長門怨　樂府「相和歌辭」楚調曲名。宋郭茂倩《樂府詩集》卷四二〈相和歌辭〉十七〈長門怨〉題解：「《樂府解題》曰：〈長門怨〉者，為陳皇后作也。后退居長門宮，愁悶悲思，聞司馬相如工文章，奉黃金百斤，令為解愁之辭。相如為作〈長門賦〉，帝見而傷之，復得親幸。後人因其賦而為〈長門怨〉也。」

這裡比喻未被寵幸的宮女的怨恨。長門，漢代宮殿名。❽寒灰 謂屍體或棺槨年久朽爛化成為泥土。唐李白〈古風〉其三：「但見三泉下，金棺葬寒灰。」❾吹白楊 謂墓地的悲涼景象。北魏孝莊帝元子攸〈臨終詩〉：「思鳥吟青松。哀風吹白楊。」又唐李白〈相和歌辭・上留田〉：「行至上留田，孤墳何崢嶸。積此萬古恨，春草不復生。悲風四邊來，腸斷白楊聲。」

【語 譯】絲綢美衣配上翠玉珠寶，充滿深情的嬌美姿態更顯亮眼。卻不知多少夜失寵的悲怨，忽然化為悲風白楊側的靡泥。

【研 析】這首七絕描寫帝王宮廷中眾多宮女的悲慘命運，帶有深切的同情色彩。明蔣一葵《長安客話》卷三〈宮人斜〉：「凡宮女死，殮者必先索其身畔，有長物以聞。世廟時，宮人張氏恃貌不阿順人，匿閉無寵。比卒，殮者索得羅巾一幅，有詩曰：『悶倚雕欄強笑歌，嬌姿無力怯宮羅。欲將舊恨題紅葉，只恐新愁上翠蛾。雨過御街天色淨，風吹金鎖夜涼多。從來不識君王面，棄置其如雨露何！』世廟聞而傷之。」張氏宮女所作絕命七律詩，正可為歷代諸多〈宮人斜〉詩的共同注腳。

唐人早有以「宮人斜」為題的七絕詩，傳世有七八首之多，如陸龜蒙〈宮人斜〉云：「草著愁煙似不春，晚鶯哀怨問行人。須知一種埋香骨，猶勝昭君作虜塵。」而用文學形象描繪宮女生活與命運，當以杜牧〈阿房宮賦〉為最：「朝歌夜弦為秦宮人。明星熒熒，開妝鏡也；綠雲擾擾，梳曉鬟也；渭流漲膩，棄脂水也；煙斜霧橫，焚椒蘭也；雷霆乍驚，宮車過也；轆轆遠聽，杳不知其所之也。一肌一容，盡態極妍。縵立遠視，而望幸焉。有不得見者，三十六年。」明徐𤊹也有一首〈宮人斜〉：「空山冥漠夜沉沉，多少芳魂不可尋。莫怨埋香在黃土，長門深似墓門深。」明謝肇淛〈宮人斜〉則云：「落花啼鳥怨青春，生不銜恩死作塵。長信月明秋寂寂，君王只夢李夫人。」觀照角度與描寫手法或有不同，但皆可與所選此首七絕對照參看。明吳兆一首七絕〈宮人斜〉：「沒骨埋香卻怨誰，化為黃土出花枝。開時或得君王惜，猶勝深宮未見時。」想像奇特，卻更為悲涼哀婉。在明代前期，帝王死後有宮女殉葬的野蠻規定，直到明英宗才廢止這一傷天害理的制度，這又比詩中所描寫的更加慘無人道了。

漫興

朱國禎

【題　解】這首七律詩題〈漫興〉，即所謂率意為詩而不刻意求工。明楊慎〈木涇周公袌集鄙詩刻之作此以謝〉：「漫興詩成散逸多，玉人彩筆為編摩。」

【作　者】朱國禎（西元一五五八－一六三二年），一作朱國楨，字文寧，號平涵，又號虬庵，烏程（今浙江湖州）人。萬曆十七年（西元一五八九年）進士，累官國子監祭酒、禮部右侍郎、禮部尚書兼東閣大學士，改文淵閣大學士，一度為首輔，為權閹魏忠賢所忌，引疾歸。卒贈太傅，諡文肅。著有《湧幢小品》三十二卷、《朱文肅公集》不分卷、《朱文肅公詩集》七卷。生平詳見其《自述行略》、沈登瀛〈朱文肅公傳〉，《明史》卷二四〇有傳。《四庫全書總目提要》卷一二八著錄朱國禎《湧幢小品》三十二卷，內云：「是書雜記見聞，亦間有考證，其是非不甚失真，在明季說部之中，猶為質實。而貪多務得，使蕪穢汩沒其菁英，轉有沙中金屑之憾。初名曰《希洪》，蓋欲仿《容齋隨筆》也，既而自知其不類，乃改今名。」其詩古體、近體兼善，尤擅五、七律，所作雖應酬居多，取材稍狹，而遊蹤所至，寫景抒情，亦多韻致。

空齋睡起頻搔首❶，小句吟成一展箋❷。適口但餘烹水訣❸，安身不問買山錢❹。有時鐘磬❺入我耳，偶值晴陰❻總是天。得意❼何人堪共語，相知莊老有遺編❽。

【注釋】❶搔首　以手搔頭，形容焦急或有所思的樣子。唐高適〈九日酬顏少府〉：「縱使登高只斷腸，不如獨坐空搔首。」❷箋　謂精美的供題詩、寫信等用的小幅紙張。❸烹水訣　謂烹水沏茶的程序或技巧。❹買山錢　謂歸隱林下的資財。南朝宋劉義慶《世說新語・排調》：「支道林因人就深公買印山，深公答曰：『未聞巢由買山而隱。』」後即以「買山」比喻賢士的歸隱。❺鐘磬　鐘和磬，這裡謂佛教法器。唐常建〈題破山寺後禪院〉：「山光悅鳥性，潭影空人心。萬籟此都寂，但餘鐘磬音。」❻晴陰　這裡以天氣變化比喻人的得志和失意。❼得意　領會旨趣，語本《莊子・外物》：「言者所以在意，得意而忘言。」❽相知莊老有遺編　謂莊子和老子有《莊子》、《老子》二書傳世。三國魏嵇康〈與山巨源絕交書〉：「又讀《莊》、《老》，重增其放，故使榮進之心日頹，任實之情轉篤。」莊，即莊子（約西元前三六九－前二八六年），戰國宋蒙（今河南商丘）人，曾為漆園吏，相傳楚威王曾聘其為相，辭不就。著書十餘萬言，有《莊子》傳世。獨尊老子而屏斥儒墨，主張清靜無為，多出以寓言。《史記》卷六三有傳。老，老子，即老聃（生卒年不詳），姓李，名耳，字伯陽，春秋戰國時楚苦縣（今河南鹿邑東）人，曾為周藏書室史官，著《老子》（即《道德經》）五千餘言，主張自然無為，為道家創始人。《史記》有傳。

【語　譯】空敞的書齋裡睡醒若有所思，展箋記下剛吟成的小詩。適口自有烹水瀹茶的奧妙，安居已不必關心歸隱的財貲。寺院鐘磬聲有時飄過耳畔，或陰或晴總是老天的意旨。領會人生有何人與我探尋，惟有莊子老子的書籍與我心心相印。

【研　析】這首七律的作者朱國禎一度曾為內閣首輔，堪稱位極人臣，算是在榮華富貴場中留下過痕跡的官宦。然而中國傳統文人士大夫一方面具有「修齊治平」的儒家理想，一方面又常常以老莊思想為避世的依託，在其中尋求無限豐富的精神家園。晚明是一個個性解放的時代，同時又是一個物欲橫流的社會，士林文化與市井文化、老莊禪悅思想交互為用，在三教合一的歷史進程中作用明顯。所謂「外儒內道」或「外儒內禪」，影響了一代文人，為他們在「出處行藏」的人生價值取向上，擴充了選擇的餘地。

儒家理念重視人生職責，積極入世；而老莊與禪悅則放棄人生職責，逃避出世，信奉者大都企望以此來填平理想與現實的鴻溝。因而有時積極鼓吹莊禪的人又往往曾是儒家思想的堅定捍衛者。朱國禎因為權閹魏忠賢所忌恨，不得已回歸林下，是在官場中跌過跟頭的人，萬般無奈中不得已由「入世」走向「避世」。這首詩即體現了一個由儒入道者的心路歷程，達觀自處中自有其難以言表的隱衷。可以說，理想之幻滅與人生之孤獨感相輔相生，這造就了詩人向老莊積極靠攏的基礎，用回歸自然去對抗現實的黑暗，這首詩的頸聯與尾聯的內在涵義正在於此，並非如其詩題所標示的那樣僅是一番「漫興」而已！

中郎弟進士

袁宗道

【題　解】這首七律為袁宏道選授吳縣令而作。袁宏道（西元一五六八—一六一〇年），字中郎，為袁宗道之弟，參見本書小傳。袁宏道萬曆二十年（西元一五九二年）三月殿試考中三甲第九十二名進士，未能考選庶吉士，請假歸里一段時間，於萬曆二十二年九月赴京謁選，授吳縣（今江蘇蘇州）縣令，翌年三月到任。這首詩當寫於萬曆二十二年九月以後。

【作　者】袁宗道（西元一五六〇—一六〇〇年），字伯修，號石浦，湖廣公安（今屬湖北）人。萬曆十四年（西元一五八六年）進士，歷官翰林院編修、春坊左中允、春坊右庶子。他與弟宏道、中道並有才名，世稱「三袁」。著有《白蘇齋類集》二十二卷，今人有整理本《白蘇齋類集》。《明史》卷二八八〈文苑四〉有傳，內云：「先是，王、李之學盛行，袁氏兄弟獨心非之。宗道在館中，與同館黃輝力排其說。於唐好白樂天，於宋好蘇軾，名其齋曰白蘇。至宏道，益矯以清新輕俊，學者多舍王、李而從之，目為公安體。然戲謔嘲笑，間雜俚語，空疏者便之。」清錢謙益《列朝詩集小傳》丁集〈袁庶子宗道〉有云：「其才或不逮二仲，而公安一派實自伯修發之。」清朱彝尊《靜志居詩話》卷一六〈袁宗道〉有云：「自袁伯修出，服習香山、眉山之結撰，首以白蘇名齋，既導其源。中郎、小修繼之，益揚其波，由是公安流派盛行。」陳田《明詩紀事》庚籤卷五選袁宗道詩二首，有按語云：「伯修深入禪理，興趣蕭遠，詩特寄耳。」

前年羽獵獻〈長楊〉❶，歸去三湘問雁行❷。作賦麗如袁彥伯❸，通經精似蔡中郎❹。角巾領袖❺高陽侶❻，麈尾❼憑陵❽俠少❾腸。夢草真堪對小謝❿，種花無那去河陽⓫。

【注釋】❶前年羽獵獻長楊　用西漢揚雄曾向漢成帝獻〈長楊賦〉故事，比喻袁宏道萬曆二十年殿試考中進士。羽獵，帝王出獵，士卒負羽箭隨從，故稱「羽獵」。長楊，即〈長楊賦〉，《漢書》卷八七下〈揚雄傳〉：「明年，上將大誇胡人以多禽獸，秋，命右扶風發民入南山，西自褒斜，東至弘農，南驅漢中，張羅罔罝罘，捕熊羆、豪豬、虎豹、狖玃、狐菟、麋鹿，載以檻車，輸長楊射熊館。以罔為周阹，縱禽獸其中，令胡人手搏之，自取其獲，上親臨觀焉。是時，農民不得收斂。雄從至射熊館，還，上〈長楊賦〉。」❷歸去三湘問雁行　謂袁宏道考中進士以後，曾與兄宗道同回故鄉公安，與在鄉里的三弟袁中道共同度過一段時間。袁中道〈吏部驗封司郎中中郎先生行狀〉：「壬辰，舉進士，不仕，復與伯修還故里，家居石浦之上，偕外祖春所龔公，及舅惟學、惟長輩，終日以論學為樂。」三湘，今湖南湘鄉、湘潭、湘陰（或湘源），合稱三湘，見《太平寰宇記．江南西道十四．全州》。但古人詩文中的三湘，多泛指湘江流域及洞庭湖地區。這裡以「三湘」泛指包括今湖北公安一帶（舊時與湖南同屬楚地）的地域。雁行，比喻兄弟。語本《禮記．王制》：「父之齒隨行，兄之齒雁行，朋友不相踰。」❸袁彥伯　即袁宏（西元三二八—三七六年），字彥伯，東晉陳郡陽夏（今河南太康）人。以文學名，曾為大司馬桓溫記室，後自吏部郎出為東陽太守，卒於任。寫有〈北征賦〉、〈東征賦〉，編有《後漢紀》，著有《竹林名士傳》。《晉書》卷九二〈文苑〉有傳，謂其「有逸才，文章絕美，曾為詠史詩，是其風情所寄」。❹蔡中郎　即蔡邕（西元一三二—一九二年），字伯喈，東漢陳留圉（今河南杞縣南）人。博學通經，歷官郎中、侍御史、左中郎將，封高陽鄉侯，後因董卓事被下獄死。曾校訂書寫六經文字，使工匠刻於碑，世稱「熹平石經」。《後漢書》卷六〇下有傳，謂其「少博學，師事太傅胡廣。好辭章、數術、天文，妙操音律。」❺角巾領袖　用東漢郭太事謂袁宏道能夠引領一代風氣。據《後漢書》卷六八〈郭太傳〉：「性明知人，好獎訓士類。身長八尺，容貌魁偉，褒衣博帶，周遊郡國。嘗於陳梁間行遇雨，巾一角墊，時人乃故折巾一角，以為『林宗巾』。其見慕皆如此。」❻高陽侶　即「高陽酒徒」，用秦末酈食其自謂「高陽酒徒」以求見劉邦事，謂袁宏道疏狂不羈的性格。《史記》卷九七〈酈生陸賈列傳〉：「初，沛公引兵過陳留，酈生踵軍門上謁……使者出謝曰：『沛公敬謝先生，方以天下為事，未暇見儒人也。』酈生瞋目案劍叱使者曰：『走！復入言沛公，吾高陽酒徒也，非儒人也。』」後世即以「高陽酒徒」謂嗜酒而放蕩不羈的人。唐李白〈梁甫吟〉：「君不見高陽酒徒起草中，長揖山東隆準公。」❼麈尾　古人閒談時執以驅蟲、撣塵的一種工具。在細長的木條兩邊及上端插設獸毛，或直接讓獸毛垂露外面，類似馬尾松。魏晉人清談時必執麈尾，相沿成習，遂為名流雅器，不談時，亦常執在手。❽憑陵　原意高峻，這裡謂氣宇軒昂。❾俠少　謂有俠肝義膽的年輕人。袁宏道時年二十七歲左右。❿夢草真堪對小謝　用謝靈運夢見族弟謝惠連因得「池塘生春草」句事，謂作者與袁宏道兄弟間於文學事業相互激勵。《南史》卷一九〈謝惠連傳〉：「惠連，年十歲能屬文，族兄靈運加賞之，云『每有篇章，對惠連輒得佳語』。嘗於永嘉西堂思詩，竟日不就，忽夢見惠連，即得『池塘生春草』，大以為工。常云『此語有神功，非吾語也』。」小謝，即謝惠連，這裡比喻袁宏道。⓫種花無那去河陽　用晉潘岳曾為河陽令事，謂袁宏道將至吳縣為縣令。《晉書》卷五五〈潘岳傳〉：「（潘）岳才名冠世，為眾所疾，遂棲遲十年。出為河陽令，負其才而鬱鬱不得志。」種花，另據《白孔六帖》卷七七，晉潘岳為河陽令，滿縣遍種桃花，人稱「河陽一縣花」。河陽，在今河南孟縣南。唐李白〈贈崔秋浦三首〉其三：「河陽花作縣，秋浦玉為人。」又唐李賀〈春書〉：「平陽花塢，河陽花縣。」無那，無奈；無可奈何。唐杜甫〈奉寄高常侍〉：「汶上相逢年頗多，飛騰無那故人何！」

【語　譯】前年宏道考中進士，為兄弟相聚與我一同歸鄉。文學才華如同晉袁宏，博通經史又似蔡中郎。引領風氣又疏狂不羈，自幼俠義心腸又氣宇軒昂。有如此兄弟可啟發我的詩思，無奈只能到吳縣為令一方。

【研　析】在袁宗道《白蘇齋類集》卷三中，共有〈外大父方伯公〉、〈孝廉舅惟學〉、〈侍御舅惟長〉、〈中郎弟進士〉、〈小修弟文學〉五首詩排在一起，當是創作於一時為親長兄弟的畫像之作。這首七律擅長用典，運用有關的掌故將弟弟袁宏道之文才、為人以及領袖群英的人格魅力和盤托出，精當有味，貼切自然。頷聯出句以「袁彥伯」之名切合袁宏道姓氏，對句以「蔡中郎」之官稱切合袁宏道之字，略帶兄弟間相互玩笑的調侃意味，備見巧思。頸聯出句與尾聯出句，一言袁宏道與友朋之間的關係，一言袁宏道兄弟間的文學情誼，都富於感情色彩。結句有對弟弟懷才不遇或大材小用的不平之鳴，含蓄中意味深長。

《明史》卷二八八〈文苑四．袁宏道傳〉有云：「宏道年十六為諸生，即結社城南，為之長。間為詩歌古文，有聲里中。舉萬曆二十年進士。歸家，下帷讀書，詩文主妙悟。選吳縣知縣，聽斷敏決，公庭鮮事。與士大夫談說詩文，以風雅自命。」又云：「先是，王、李之學盛行，袁氏兄弟獨心非之。宗道在館中，與同館黃輝力排其說。於唐好白樂天，於宋好蘇軾，名其齋曰『白蘇』。至宏道，益矯以清新輕俊，學者多舍王、李而從之，目為公安體。然戲謔嘲笑，間雜俚語，空疏者便之。」可見公安三袁與明代性靈說風行的關係。

將抵都門

袁宗道

【題　解】這首五律當作於詩人為官九年以後的萬曆二十二年（西元一五九四年）。這一年的秋冬之際，袁宗道兄弟三人一同從家鄉赴京，中途袁宗道遲行幾日，將至京師，寫下此詩。都門，即京師（今北京市）城門。

九年牛馬走❶，強半❷住江鄉❸。狂態❹歸仍作，學謙❺久漸忘。對人錯爾汝❻，迎客倒衣裳❼。只合尋鷗伴❽，誰令入鷺行❾。

【注　釋】❶九年牛馬走　作者自謂出仕為官已有九年。袁宗道考中萬曆十四年（西元一五八六年）二甲第一名進士，選庶吉士，歷官編修等，至萬曆二十二年已歷九年。牛馬走，古人自謙之詞，這裡帶有官場奔波的自嘲意味。❷強半　大半；過半。❸江鄉　謂作者家鄉公安，公安在長江南岸，故稱。❹狂態　狂放的態度。宋陸游〈福建到任謝表〉：「念臣流落有年，尚未除於狂態。」❺學謙　謂官場應酬中須保持的客套謙遜態度。❻錯爾汝　謂搞亂了稱呼，這在尊卑分明的古代社會是一大忌。爾汝，彼此親昵的稱呼，表示不拘形跡，親密無間。唐韓愈〈聽潁師彈琴〉：「昵昵兒女語，恩怨相爾汝。」❼倒衣裳　即顛倒衣裳，謂急促惶遽中不暇整衣。《詩經・齊風・東方未明》：「東方未明，顛倒衣裳。顛之倒之，自公召之。」又晉陶淵明〈飲酒二十首〉其九：「清晨聞叩門，倒裳自往開。」❽鷗伴　作為伴侶的鷗鳥，謂退隱生活。唐陸龜蒙〈寒夜同襲美訪北禪院寂上人〉：「自是海邊鷗伴侶，不勞金偈更降心。」❾鷺行　即鷺序，白鷺群飛有序，舊時即用以比喻朝官的班次。

【語　譯】九年間如牛馬奔波勞碌，大半在家鄉居住。歸家不免狂態復發，客套謙遜的應酬久已生疏。稱呼別人常常失了尊卑，待人迎客也缺少從容風度。只應當退居林下與鷗為伴，誰知錯進了官場的隊伍。

【研　析】這首詩為袁宗道寫心之作，並非詩人言不由衷的虛情假意，而是他發自內心的肺腑之言。詩人本屬於心情恬淡之人，與世上汲汲於名利者自不可同日而語。中舉之後，袁宗道因身體多病，曾一度學習道家的調息養生與靜坐沉思之法，滿懷白日飛升的神仙之夢，徜徉於想入非非的境界。父親一再強迫他入京會試，他已至黃河卻又中道而返，三年以後，還是在父親的敦促下才勉強入京應試。考中進士入翰林以後，袁宗道終於放棄了長生不老的神仙之夢，卻又在禪宗的世界找到了自己的安身立命之所。他曾得到李贄高足深有大師的點撥，開始了以禪銓儒的嘗試。向心禪悅屬於出世的學問，廁身仕途則是入世的津梁，兩者本是水火難以相容的。

宋代蘇軾調和兩者，化為處世的達觀態度，可以寵辱不驚並能自得其樂。袁宗道平生服膺唐白居易與宋蘇軾，其集名《白蘇齋類集》，即是自言其志趣。在儒家「出處行藏」的矛盾中，袁宗道似更偏於「處」與「藏」的價值取向，因而此詩尾聯之感歎的確是詩人的心聲。詩人另有〈幽棲〉一首，內有云：「寂寞非逃世，幽棲自寡營。心閑家累少，才短宦情輕。」也是其心態的寫照，可與此詩對照鑑賞。晚明是一個個性解放的時代，公安派的性靈追求正是這種時代精神的反映，理解袁宗道這一退隱情結，對於我們解讀一代性靈詩歌大有助益。

鼓吹

袁宗道

【題解】這是一首六言絕句。鼓吹，即鼓吹樂，用鼓、鉦、簫、笳等樂器合奏。明代士庶吉凶之禮及迎神賽會均可用之。

兒童村巷競走，鼓吹驛路❶喧闐❷。何似池塘兩部❸，宮商❹漸近自然。

【注釋】❶驛路　大道。❷喧闐　喧譁、熱鬧。唐元稹〈賽神〉：「喧闐里閭隘，凶酗日夜頻。」❸池塘兩部　謂蛙鳴。古代宮廷樂隊有坐、立兩部，氣勢浩大。《南齊書》卷四八〈孔稚珪傳〉：「稚珪風韻清疏，好文詠，飲酒七八斗……門庭之內，草萊不剪，中有蛙鳴，或問之曰：『欲為陳蕃乎？』稚珪笑曰：『我以此當兩部鼓吹，何必期效仲舉。』」後世遂以「兩部鼓吹」指蛙鳴。❹宮商　古代音樂五音中的宮音與商音，這裡泛指樂曲。

【語譯】村巷裡的兒童競相奔走，大路上鼓樂聲聲喧鬧。哪裡比得上池塘裡的蛙鳴，發自自然的樂曲最為奇妙。

【研　析】六言詩，即全篇由六字句構成的詩體，相傳始於西漢谷永。至唐代，六言絕句有所發展，唐王維有〈田園樂七首〉，皆為六言絕句，如其五：「山下孤煙遠村，天邊獨樹高原。一瓢顏回陋巷，五柳先生對門。」其六：「桃紅復含宿雨，柳綠更帶朝煙。花落家童未掃，鶯啼山客猶眠。」唐劉長卿〈尋張逸人山居〉：「危石才通鳥道，空山更有人家。桃源定在深處，澗水浮來落花。」皆清新可誦。袁宗道這首〈鼓吹〉也是六言絕句，意在言外地將他反對摹擬、倡導自然的性靈說做了形象化的闡釋。袁宗道有〈論文〉上下篇，上篇有云：「口舌代心者也，文章又代口舌者也。展轉隔礙，雖寫得暢顯，已恐不如口舌矣；況能如心之所存乎？」下篇有云：「大喜者必絕倒，大哀者必號痛，大怒者必叫吼動地，髮上指冠；惟戲場中人，心中本無可喜事而欲強笑，亦無可哀事而欲強哭，其勢不得不假摹擬耳。」詩中所謂「漸近自然」，正是作者反對摹擬，提倡性靈的心聲的流露，可以與其〈論文〉之說相互參看。

送人游吳楚

徐　熥

【題　解】這首七律詩是一首送別詩，寫於秋末。吳楚，泛指春秋時期吳與楚之故地，屬於今長江中、下游一帶。

【作　者】徐熥（西元一五六二—一六〇〇年），字惟和，晉安（今屬福建福州）人。萬曆十六年（西元一五六六年）舉人，屢試禮部不第，卒年僅三十九歲。與弟徐𤊹皆有詩名，著有《幔亭詩集》十五卷。清錢謙益《列朝詩集小傳》丁集〈徐舉人熥〉有云：「其詩為張幼于、王百穀所推許，有《幔亭集》，屠長卿序之。」清朱彝尊《靜志居詩話》卷一六〈徐熥〉有云：「惟和力以唐人為圭臬，七絕原本王江寧，聲諧調暢，情至之語，誦之蕩氣迴腸。」《四庫全書總目提要》卷一七二著錄徐熥《幔亭詩集》十五卷，謂其：「負才淹蹇，肆力詩歌。大抵圭臬唐人，而不為割裂餖飣之學。卷首有〈張獻翼序〉，稱其調非偏長，體必兼擅，力追古則，盡滌時趨。又謝肇淛《五雜俎》謂其才情聲調，足以伯仲高季迪，微憾古體不及。朱彝尊《靜志居詩話》亦謂其七言絕原本王江寧，多情至語。審閱是集，固非盡出標榜。當明季詩道冗雜，如熥者亦可謂蟬蛻穢濁矣。」陳田《明詩紀事》庚籤卷三選徐熥詩二十首，有按語云：「惟和才思婉麗，五言近體取法唐人。工於發端，婉轉關生，有一氣不斷之妙。」

津亭❶煙柳❷綠絲垂，萬里關山❸匹馬❹遲。去國❺正當秋盡後，登樓❻多在日斜時。楚江草長悲鸚鵡❼，吳苑花深走鹿麋❽。話別何須共惆悵❾，秋風搖落❿是歸期。

【注釋】❶津亭　古代建於渡口旁的亭子。宋劉克莊〈長相思‧餞別〉：「風蕭蕭，雨蕭蕭，相送津亭折柳條。」❷煙柳　煙霧籠罩的柳林。《詩經‧小雅‧采薇》：「昔我往矣，楊柳依依。」宋惠洪〈青玉案‧和賀方回韻〉：「綠槐煙柳長亭路，恨取次分離去，日永如年愁度。」❸關山　關隘山嶺。宋郭茂倩《樂府詩集》卷二五〈橫吹曲辭五‧木蘭詩一〉：「萬里赴戎機，關山度若飛。」❹匹馬　一匹馬，這裡謂單身一人。唐高適〈東平別前衛縣李寀少府〉：「雲開汶水孤帆遠，路繞梁山匹馬遲。」❺去國　這裡謂離開故鄉。唐宋之問〈送李侍御〉：「去國夏雲斷，還鄉秋雁飛。」❻登樓　謂懷念故鄉。漢末王粲避戰亂，客寓荊州，思歸，作〈登樓賦〉，內有云：「步棲遲以徙倚兮，白日忽其將匿。」❼楚江草長悲鸚鵡　謂友人遊蹤將至的楚地。楚江，謂楚（今湖北、湖南一帶）境內的江河。唐李白〈望天門山〉：「天門中斷楚江開，碧水東流至此回。」鸚鵡，謂鸚鵡洲，在今湖北武漢武昌西南長江中。相傳東漢末江夏太守黃祖長子黃射在此大會賓客，有人獻鸚鵡，禰衡即席揮筆作〈鸚鵡賦〉，故名。後禰衡為黃祖所殺，亦葬於此。自漢以後，由於江水沖刷，屢被浸沒，明代時漸沉於江中，今鸚鵡洲已非故地，為清乾隆間所新淤者。唐崔顥〈黃鶴樓〉：「晴川歷歷漢陽樹，芳草萋萋鸚鵡洲。」❽吳苑花深走鹿麋　謂友人遊蹤將至的吳地。吳苑，春秋時吳國的苑囿，這裡謂今江蘇蘇州之姑蘇山上之姑蘇臺。走鹿麋，謂國家覆亡景況。《史記》卷一一八〈淮南衡山列傳〉：「臣聞子胥諫吳王，吳王不用，乃曰『臣今見麋鹿游姑蘇之臺也』。」❾共惆悵　語本唐皇甫松〈與張補闕王煉師自徐方清路同舟南下於臺頭寺留別趙員外裴補闕同賦雜題一首〉：「送別高臺上，裴回共惆悵。」此反用其意。惆悵，因失意或失望而傷感、懊惱。❿秋風搖落　唐白居易〈寄劉蘇州〉：「何堪老淚交流日，多是秋風搖落時。」搖落，凋殘；零落。《楚辭．九辯》：「悲哉秋之為氣也！蕭瑟兮草木搖落而變衰。」

【語　譯】煙柳垂絲綠遍渡口的涼亭，匹馬遲行將度關山萬里。告別故鄉正當秋末時節，登樓懷鄉多在日落之時。遊蹤將到楚江揮灑〈鸚鵡賦〉的地方，還將行至吳苑荒臺麋鹿之地。告別友人不必失望傷感，明年深秋時分就是你的歸期。

【研　析】這首七律雖為送別友人遠遊之詩，但豪邁氣概不減唐人風貌，餘韻悠長。首聯出句寫景，以「煙柳」點題是千古送別的場景；對句寫友人，以「匹馬」點出他單獨壯遊吳楚的情懷。頷聯出句再次強調告別時的季節，與尾聯的結句「秋風搖落是歸期」形成前後的呼應，即此次旅遊以一年為期；對句則代友人設想日暮懷鄉時的感受。古代大眾娛樂活動較單調，特別是日落薄暮時分，懷人或相思之情就更為濃烈，羈旅的客子自然尤為難堪。唐孟浩然〈秋登蘭山寄張五〉：「愁因薄暮起，興是清秋發。」唐韓偓〈夕陽〉一詩：「花前灑淚臨寒食，醉裡回頭問夕陽。不管相思人老盡，朝朝容易下西牆。」正可為所選詩「登樓多在日斜時」的注腳。頸聯兩句巧妙化用前人典故，將詩題「游吳楚」三字點出，懸想友人遊蹤，饒有趣味且不乏幽默感。尾聯出句反用唐詩人皇甫松詩意，典雅風趣又渾然無跡，反映了詩人取法唐人而又不為其所束縛的巧思。

郵亭殘花

徐熥

【題解】這首七絕寫於行旅之中，故有一種懷鄉的深切之思。郵亭，即驛館，為古代遞送文書者或旅人投止之處。

征途❶微雨動春寒，片片飛花馬上殘❷。試問亭前來往客，幾人花在故園看。

【注釋】❶征途　這裡謂遠行的路途。❷片片飛花馬上殘　謂騎馬者在馬背上看飄飛之殘花。

【語譯】春日微雨中遠行略感寒意，騎在馬上看片片殘花飄墮。試問郵亭前來來往往的客子，有幾人能在故鄉欣賞花開花落。

【研析】唐張祜也有一首同題〈郵亭殘花〉：「雲暗山橫日欲斜，郵亭下馬對殘花。自從身逐征西府，每到花時不在家。」顯然這首七絕有意效法唐人詩意，其意境完全由張祜詩化出，而唐杜甫〈月夜憶舍弟〉「露從今夜白，月是故鄉明」的故鄉情結，又是所選詩的主旨所在，可見詩人嚮慕唐風之一斑。首句所謂「動春寒」並非早春的春寒料峭，僅是仲春時節因微雨霏霏而帶來的寒意，一個「動」字畫龍點睛般地勾畫出這「春寒」的來龍去脈，因為有殘花片片飄墮，絕非早春景象，只能是仲春以後乃至暮春情景。清沈德潛《明詩別裁集》卷九選徐熥詩十五首，其中含有七絕七首，並於此詩後有評云：「絕句七章，詞不必麗，意不必深，而婉轉關生，覺一種至情餘於意言之外。」可見推崇。

寄弟

徐熥

【題解】這首七絕是作者於羈旅中寄其弟徐𤊹的詩。徐𤊹（西元一五七〇—一六四五年），初字惟起，更字興公，號鰲峰居士，以布衣終。參見本書所選〈會稽懷古二首〉作者小傳。

春風送客翻愁客❶，客路逢春不當春❷。寄語鶯聲休便老❸，天涯❹

猶有未歸人❺。

【注　釋】❶春風送客翻愁客　語本唐高適〈東平別前衛縣李寀少府〉：「黃鳥翩翩楊柳垂，春風送客使人悲。」翻，反而。❷不當春　語本唐杜審言〈春日京中有懷〉：「今年游寓獨游秦，愁思看春不當春。」❸寄語鶯聲休便老　以鶯聲老比喻春天的消逝，語本唐薛能〈春日旅舍書懷〉：「貧舍臥多消永日，故園鶯老憶殘春。」❹天涯　猶天邊，謂極遠的地方。❺未歸人　作者自謂。唐白居易〈客中守歲〉：「故園今夜裡，應念未歸人。」

【語　譯】春風吹拂羈旅人反而更令人愁，在旅途中逢春不算是春天。傳語黃鶯莫要啼殘春景，還有未歸鄉的人遠在天邊。

【研　析】這首七絕全從一「春」字入手，二十八字連用了三個「春」字，詩人將春天與故鄉之情巧妙地聯繫了起來，春天於是帶有了作者的主觀感情色彩。黃鶯啼鳴是春天最鮮明的象徵，唐杜牧〈江南春絕句〉：「千里鶯啼綠映紅，水村山郭酒旗風。南朝四百八十寺，多少樓臺煙雨中。」正是因為有千里鶯啼的存在，才令詩人感覺到春天的無處不在。這種鶯啼與地域的關聯，又自然令古人將鶯啼與故鄉聯繫在一起。唐司空圖〈漫書五首〉其一：「逢人漸覺鄉音異，卻恨鶯聲似故山。」唐錢起〈隴右送韋三還京〉：「柳色從鄉至，鶯聲送客還。」

在物質條件相對簡陋的古代，人與大自然的關係遠比今天的人們親密，因而春花秋月、鶯啼蛙鳴皆可以惹動古人的情思，從而浮想聯翩。唐盧仝〈樓上女兒曲〉：「鶯花爛熳君不來，及至君來花已老。」對春天美好的憧憬，在古人心目中的地位異常重要，這就是所選詩三四兩句所蘊含的豐富情感。寫詩化用古人成句，卻又如鹽著水中，不漏一絲痕跡，鑑賞此詩，正當體會作者此種用心。如果讀者不明其「字字皆有來歷」的學唐功力，平白如話的詩句也不難於理解，但就不如明其出處者別有會心了，詩之神韻正在於此。清初王士禛倡導神韻說，其詩有相當一部分即以摭拾古人為能事。可見作為一種古典詩歌創作的藝術追求，明清人在某些地方有相似的價值取向。

入檻

繆昌期

【題　解】這首五律題下有自注云：「以下七首，係赴逮時作。」當作於天啟六年（西元一六二六年）二三月間。作者因反對權閹魏忠賢而被捕，從容赴難，視死如歸，一片忠義，可鑑天日！檻，即檻車，古代用於囚禁犯人而用柵欄封閉的車。

【作　者】繆昌期（西元一五六二－一六二六年），字當時，一字又元，號西溪，江陰（今屬江蘇）人。萬曆四十一年（西元一六一三年）進士，改庶吉士，授檢討，時有東林之目，移疾去。天啟初還朝，遷左贊善，進諭德，以忤魏忠賢，下獄斃之，年六十五歲。福王時追謚文貞。著有《從野堂存稿》八卷。生平詳見其〈自敘〉、清錢謙益〈翰林院侍讀學士繆公行狀〉，《明史》卷二四五有傳。清朱彝尊《靜志居詩話》卷一七〈繆昌期〉有云：「六君子之獄，多以攻客、魏取禍。文貞無言責，而黨閹人者尤惡之，蓋以善謀見嫉也。」陳田《明詩紀事》庚籤卷六選繆昌期詩一首。

嘗讀膺滂傳❶，潸然❷涕不禁。而今檻車裡，始悟夙根❸深。一死無餘事，三朝❹未報心。南枝應北指❺，視我實園陰。

【注　釋】❶膺滂傳　謂《後漢書》卷六七〈黨錮列傳〉中李膺與范滂的傳記文字。李膺（西元一一〇—一六九年），字元禮，東漢潁川襄城（今屬河南）人。舉孝廉，漢桓帝時官至司隸校尉，與太學生郭泰等反對宦官專權，有「天下楷模李元禮」之譽，若得其接見則被稱為「登龍門」。終因抗擊宦官被誣結黨反對朝廷，下獄，釋放後禁錮終身。漢靈帝即位，起為長樂少府，又與陳蕃、竇武謀誅宦官，失敗被殺。范滂（西元一三七—一六九年），字孟博，東漢汝南征羌（今河南郾城東南）人。舉孝廉，為清詔使，有澄清吏治之志。曾因反抗宦官被繫黃門北寺獄，事解得歸。漢靈帝建寧二年（西元一六九年）大殺黨人，有詔急捕范滂等，自詣獄前與母訣別，范母答以「如今得與李（膺）杜（密）齊名，死亦何恨！」終遇害。❷潸然　流淚的樣子。《漢書》卷五三〈景十三王傳・中山靖王劉勝傳〉：「紛驚逢羅，潸然出涕。」❸夙根　謂前生的靈根。❹三朝　謂明神宗萬曆帝、明光宗泰昌帝、明熹宗天啟帝三朝。❺南枝應北指　反用杭州岳飛墓樹枝皆南向故事，表白自己對朝廷的忠心至死不渝（京師在作者家鄉江陰的北方）。參見本書所選高啟〈岳王墓〉注❶。

【語　譯】曾經拜讀李膺與范滂的傳記，涕淚禁不住潸然而湧。而今被囚在檻車裡，才領悟到前生的靈根早種。一死本無遺憾，可惜未能報答三朝帝王的恩寵。樹木的南枝皆一一向北，那是我忠心顯現墓園中。

【研　析】這組吟哦自己被逮的五律共有七首，餘六首為〈痛親〉、〈痛弟妹〉、〈慰內〉、〈示兒〉、〈慰女〉、〈寄友〉。〈痛親〉有云：「無心逃密網，有恨負重泉。」〈痛弟妹〉有云：「門衰應祚薄，已矣復何尤。」〈示兒〉有云：「幸得收吾骨，還須隱姓名。」〈慰內〉有云：「忍死提諸子，毋徒歎噬臍。」〈寄友〉有云：「生死交應在，肯為異己憐。」〈慰女〉有云：「緹縈何處訴，軟語慰而娘。」變起倉促而臨危不亂，出語鏗鏘而持意決絕，可見早抱必死之念。

同時被捕者還有算是其同鄉的監察御史李應昇（西元一五九三—一六二六年），也因彈劾魏忠賢而獲罪，其〈丹陽道中〉其一寫道：「已作冥鴻計，誰知是謬民？雷霆驚下士，風雨泣孤臣。憂忠思賢聖，艱難累老親！生還何取望？解網頌湯仁。」與所選詩比較，皆帶有封建士大夫「愚忠」的影像，但那種義薄雲天、寧死不屈的精神，仍值得今天的人景仰效法。晚明時期權閹禍亂朝綱，清代史學家趙翼《廿二史劄記》卷五有云：「東漢及唐、明三代，宦官之禍最烈，然亦有不同，唐、明閹寺先害國而及於民，東漢則先害民而及於國。」然而無論害國與害民之先後，宦官之禍連綿不斷，都是由不合理的封建專制制度所決定的。

明太祖朱元璋立國之初，曾有嚴禁宦官干政的敕令，但曾幾何時，這一命令即形同廢紙，宦官干政愈演愈烈。明英宗朝的王振、明武宗朝的劉瑾、明熹宗朝的魏忠賢，皆屬於明代太監弄權的典型。天啟之際，逢迎魏忠賢者實繁有徒，有所謂「五虎」、「五彪」、「十狗」、「十孩兒」、「四十孫」諸多名號，其死黨遍及海內，形成一個禍國殃民、結黨營私的利益集團，作惡朝野，令天下暗無天日。但黑白顛倒之世也不乏撫哭叛徒的弔客，或為民請命的英雄，繆昌期、李應昇以及當時眾多東林黨人就是這樣一批懷抱理想的文人。據《明史》本傳，魏忠賢等懷疑楊漣彈劾其二十四大罪的奏疏為繆昌期所起草，又恨其與魏大中、左光斗等正直人士關係密切，因而千方百計羅織其罪，終於被害死於獄中，當時閹黨勢力之囂張可見一斑。明白這一時代背景，再看繆昌期此詩，更可知其精神之難能可貴。

帶雨桃花

黃居中

【題解】這是一首詠物的七律，詠帶雨之桃花，似有幾絲懷才不遇的感傷之情。

【作者】黃居中（西元一五六二—一六四四年），字明立，一字坤五，號立父，學者稱海鶴先生，晉江（今屬福建）人，萬曆十三年（西元一五八五年）舉人，除上海教諭，歷南京國子監丞，遷黃平知州，不赴。銳意藏書，建千頃齋以廣搜善本，與其子黃虞稷為明末清初之著名藏書家。著有《千頃齋初集》二十六卷。生平詳見清錢謙益《黃氏千頃齋藏書記》。錢謙益《列朝詩集小傳》丁集〈黃監丞居中〉謂其「僑居金陵，年八十餘，猶篝燈誦讀，達旦不倦，古稱老而好學，斯無愧焉」。清朱彝尊《靜志居詩話》卷一五有云：「監丞銳意藏書，手自鈔撮，仲子虞稷繼之，歲增月益，太倉之米五升，文館之燭一挺，曉夜孜孜，不廢讎勘，著錄凡八萬冊。」陳田《明詩紀事》庚籤卷一四下選黃居中詩二首，有按語云：「尤西堂入史局，撰《明藝文志》五卷，後來史官以西堂所撰，蕪雜荒謬，削去底稿，取黃氏《千頃堂書目》為底本，以私家記載，而為一代史乘之目錄，其收藏可謂宏富矣。」

一番花信❶逐風寒，點點夭桃❷怯雨殘。似厭鉛華❸先洗豔，微凝脂粉❹欲流丹❺。楊妃浴罷香猶濕❻，湘女斑成淚未乾❼。劉阮不來春又去❽，無言寂寞倚欄杆❾。

【注釋】❶花信　即「二十四番花信風」，或稱「花信風」，古人謂應花期而來的風。自小寒至穀雨，凡四月，共八個節氣，一百二十日，每五日一候，計二十四候，每候應以一種花的信風。每氣三番。小寒：梅花、山茶、水仙；大寒：瑞香、蘭花、山礬；立春：迎春、櫻桃、望春；雨水：菜花、杏花、李花；驚蟄：桃花、棣棠、薔薇；春分：海棠、梨花、木蘭；清明：桐花、麥花、柳花；穀雨：牡丹、酴醾、楝花。驚蟄在西元一五八三年以後每年的三月五日左右。❷夭桃　謂豔麗的桃花，語本《詩經・周南・桃夭》：「桃之夭夭，灼灼其華。」❸鉛華　古代婦女化妝用的鉛粉。❹脂粉　古代婦女化妝用的胭脂和香粉。❺流丹　流動著紅色，形容色彩飄飛。❻楊妃浴罷香猶濕　用唐玄宗與楊貴妃事，語本唐白居易〈長恨歌〉：「春寒賜浴華清池，溫泉水滑洗凝脂。侍兒扶起嬌無力，始是新承恩澤時。」楊妃，即楊貴妃（西元七一九—七五六年），或稱楊太真，小名玉環，楊玄琰女，唐蒲州永樂（今山西永濟）人。通曉音律，善歌舞。初為壽王（唐玄宗之子李瑁）妃，唐玄宗使之為女道士，號太真，後復入宮，得玄宗寵，封為貴妃。安祿山亂起，唐玄宗出奔，至馬嵬坡，軍士嘩變，楊貴妃被迫縊死。兩《唐書》有傳。❼湘女斑成淚未乾　用舜之二妃湘夫人事，晉張華《博物志》卷八：「堯之二女，舜之二妃，曰湘夫人，帝崩，二妃啼，以涕揮竹，竹盡斑。」據說湘妃竹即由此得名。❽劉阮不來春又去　用東漢劉晨、阮肇入天台山採藥事，據南朝宋劉義慶《幽明錄》載，漢明帝永平五年，剡縣劉晨、阮肇共入天台山取穀皮，迷不得返。經十三日，糧食乏盡，遙望山上，有一桃樹，大有子實，得以充飢，後又遇二仙女，蹉跎半年始歸。時已入晉，子孫已過七代。後復入天台山尋訪，舊蹤渺然。此用其桃樹解飢事。唐齊己〈寄武陵道友〉：「阮肇迷仙處，禪門接紫霞。不知尋鶴路，幾里入桃花。」❾倚欄杆　比喻桃花嬌嫩含羞之態，化用唐李白〈清平調三首〉其三：「名花傾國兩相歡，長得君王帶笑看。解釋春風無限恨，沉香亭北倚闌干。」

【語　譯】花信風逐桃花而來尚帶寒意，雨中桃花點點懼被摧殘。似乎要盡洗鉛華更顯清麗，又欲將脂粉凝聚令色彩流丹。如貴妃出浴潤澤中尤帶香馥，似斑竹帶淚是湘夫人的哀怨。劉阮未重入天台春已逝去，柔美是欄杆旁的寂寞無言。

【研　析】這首七律的基調平緩，語帶惆悵，屬於陰柔之美。首聯將風雨點出，不事雕琢而將詩題應有之義盡皆點出。頷聯以擬人手法刻畫桃花雨中的嬌姿，無奈中又有幾分自戀心緒。頸聯運用唐代楊貴妃出浴與上古舜妃悲泣淚灑斑竹的傳說故事，著重寫出桃花帶雨的神韻。尾聯於清高中又自傷孤獨，懷才不遇的詩人情懷交融於其間，將題旨和盤托出，諸多意象紛呈，耐人尋味。唐杜甫〈絕句漫興九首〉其五：「顛狂柳絮隨風去，輕薄桃花逐水流。」桃花的性格有時被古人加以「輕薄」的惡諡，於是「桃花運」之類的名詞也常常語涉淫邪。其實隨詩人觀察或思考角度的不同，對於桃花的闡釋也各有千秋，黃居中這首對「雨中桃花」的詮釋，自有其獨創性，起承轉合的結構特點與措語使典也較有特色，因而值得一讀。

九日白下小集有懷明臣弟二首（選其二）

黃居中

【題　解】這首七絕是一首重陽節懷人之作。佳節間作者兄弟小聚南京，而有一弟未至，故作詩懷之。九日，即農曆九月九日重陽節，《藝文類聚》卷四引南朝梁吳均《續齊諧記》：「今世人每至九日，登山飲菊酒。」白下，在今江蘇南京西北，唐移金陵縣於此，改名白下縣，後因用為南京的別稱。明臣弟，作者的弟弟，生平不詳。

風雨❶高齋❷連榻❸時，池塘春草❹綠離離❺。別來不覺三秋❻暮，到處尋思❼夢汝❽詩。

【注釋】❶風雨　暗喻重陽節，語本宋潘大臨詩句「滿城風雨近重陽」，見宋惠洪《冷齋夜話》卷四。❷高齋　高雅的館舍，常用作對他人屋舍的敬稱。唐錢起〈九日宴浙江西亭〉：「詩人九日憐芳菊，筵客高齋宴浙江。」❸連榻　意同「連床」，這裡形容兄弟小集時並榻或同床而臥，表示情誼篤厚。唐白居易〈奉送三兄〉：「杭州暮醉連床臥，吳郡春遊並馬行。」❹池塘春草　用謝靈運夢見族弟謝惠連因得「池塘生春草」句事，謂兄弟間於文學事業相互激勵。《南史》卷一九〈謝惠連傳〉：「惠連，年十歲能屬文，族兄靈運加賞之，云『每有篇章，對惠連輒得佳語』。嘗於永嘉西堂思詩，竟日不就，忽夢見惠連，即得『池塘生春草』，大以為工。常云『此語有神功，非吾語也』。」唐李白〈送舍弟〉：「他日相思一夢君，應得池塘生春草。」❺離離　濃密的樣子。三國魏曹操〈塘上行〉：「蒲生我池中，其葉何離離。」❻三秋　謂秋季的第三月，即農曆九月。唐白行簡〈李都尉重陽日得蘇屬國書〉：「三秋異鄉節，一紙故人書。」❼尋思　思索。❽夢汝　謂夢見其弟明臣。參見本詩注❹。宋戴昺〈次韻鄭安道懷君玉弟游東嘉〉：「遠想池塘頻夢汝，還當風雨對眠誰。」

【語譯】與友人在風雨中連榻高齋的時候，望見池塘邊春草濃密茂盛。與你一別不覺已是九月的深秋，常常思索老弟欲獲取靈感的夢境。

【研　析】這一組七絕共有兩首，其一云：「伯仲塤篪集帝鄉，茱萸遍插醉重陽。停雲幾度長搔首，不見惠連空斷腸。」由「伯仲塤篪」與「茱萸遍插」兩句可知，所謂「小集」也者，是作者黃居中同族兄弟一起在南京慶賀重陽節，當作於其任職南京國子監丞時。將其弟明臣喻為謝惠連，足見友于情深且有同嗜文學的追求。兩詩是以唐王維〈九月九日憶山東兄弟〉為基調的：「獨在異鄉為異客，每逢佳節倍思親。遙知兄弟登高處，遍插茱萸少一人。」不過情況恰恰相反，作者雖也在異鄉，但處於「遍插茱萸」之列，其弟明臣則處於「一人」的位置，或正在家鄉亦未可知。在古代，文人士大夫每於九月九日重陽節登高聚會，重陽節屬於比較重要的佳節。唐李頎〈九月九日劉十八東堂集〉云：「風俗尚九日，此情安可忘。菊花辟惡酒，湯餅茱萸香。雲入授衣假，風吹閑宇涼。主人盡歡意，林景晝微茫。清切晚砧動，東西歸鳥行。淹留悵為別，日醉秋雲光。」可見重陽聚會風俗。

潮

孫承宗

【題　解】這首五絕雖屬詠潮詩，但別有寓意。潮，即海水受日、月之引潮力而定時漲落的現象，陸地江河因海潮上溯，其下游也有潮水漲落現象。

【作　者】孫承宗（西元一五六三—一六三八年），字稚繩，號愷陽，高陽（今屬河北保定）人。萬曆三十二年（西元一六〇四年）一甲第二名進士，授編修，進中允，天啟初以左庶子充日講官，進少詹事，累官兵部尚書、東閣大學士。沉毅有智略，曉暢邊事，督師山海關外，多有建樹。後以忤魏忠賢，乞歸。崇禎二年（西元一六二九年）復職，出關禦敵，後以部將祖大壽降清被劾，稱病歸。崇禎十一年率家人守高陽，抗擊清兵，城破自縊，年七十六歲。諡文正。著有《高陽集》二十卷。生平詳見清錢謙益〈特進光祿大夫左柱國少師兼太子太師兵部尚書中極殿大學士孫公行狀〉，《明史》卷二五〇有傳。錢謙益《列朝詩集小傳》丁集〈少師孫文正公承宗〉謂其「為詩不問聲病，不事粉澤，卓犖沉塞，元氣鬱盤」。清朱彝尊《靜志居詩話》卷二〇〈孫承宗〉有云：「先生自任天下之重，盡瘁師中，司馬之檄方馳，樂羊之篋已滿，見危授命，無愧全人。集中三十五忠詩，蓋有感於璫禍而作。」陳田《明詩紀事》辛籤卷二選孫承宗詩十三首，有按語云：「公近體絕句，摹仿唐人，特有風調。奏疏皆一時碩畫。」

休嫁弄潮兒，潮今亦失信❶。掠我油壁車❷，去向錢塘問❸。

【注　釋】❶休嫁弄潮兒二句　反用唐李益〈江南詞〉：「嫁得瞿塘賈，朝朝誤妾期。早知潮有信，嫁與弄潮兒。」弄潮兒，謂朝夕與潮水相周旋的駕舟水手或在潮中戲水的少年人。宋潘閬〈酒泉子〉：「弄潮兒向濤頭立，手把紅旗旗不濕。」❷油壁車　古人乘坐的一種車子，因車壁用油塗飾，故名。南朝齊〈蘇小小歌〉：「妾乘油壁車，郎騎青驄馬。何處結同心，西陵松柏下。」❸去向錢塘問　宋蘇軾〈八聲甘州・寄參寥子〉：「有情風、萬里卷潮來，無情送潮歸。問錢塘江上，西興浦口，幾度斜暉。」錢塘，謂錢塘潮，今稱海寧潮，即浙江杭州灣錢塘江口的湧潮，因此處入海口呈喇叭形，故湧潮壯觀。宋周密《武林舊事》卷三：「浙江之潮，天下之偉觀也，自（八月）既望以至十八日為最盛。方其遠出海門，僅如銀線，既而漸近，則玉城雪嶺，際天而來，大聲如雷霆，震撼激射，吞天沃日，勢極雄豪。」後因地理變遷，今海寧鹽官鎮東南的一段海塘成為近代觀潮勝地。

【語　譯】不要嫁與那弄潮兒，今天的湧潮沒有了信守。吞噬了我的油壁車，如何向錢塘潮討回公道。

【研　析】唐白居易〈浪淘沙〉：「借問江潮與海水，何似君情與妾心。相恨不如潮有信，相思始覺海非深。」唐崔峒〈登潤州芙蓉樓〉：「往來潮有信，朝暮事成非。」古人視海潮或江潮為人間信義的象徵，就是因為潮水漲落每日皆有一定規律，可以預測，農曆的初一與十五日左右，因日月引潮力的疊加，又會形成天文大潮，月月年年如此。孫承宗何以對潮發出疑問，這與人生遭際大有關係。據《明史》本傳載，孫承宗雖出身文士，但為諸生時，即「喜從材官老兵究問險要厄塞，用是曉暢邊事」。入仕後，累官兵部尚書兼東閣大學士，督師關外四年，整頓軍紀，收復失地，頗多建樹。但卻屢屢受到朝廷宦官與廷臣的先後掣肘，難以大展宏圖，其部將祖大壽力屈降清後，「言者追論其喪師辱國，奪官閑住，並奪寧遠世蔭」。崇禎三年（西元一六三〇年），崇禎帝以「謀叛罪」殺害抵禦後金的一代名臣袁崇煥。國之將亡，政治腐敗，黑白顛倒，上下欺瞞，誠信盡失，道德淪喪，忠鯁難行，作者身處亂世，深受其害，發言為詩，所以有如此浩歎。借潮為喻，微言大義，寓意深刻，須聯繫作者遭際身世，方可通曉此詩之藝術魅力。

紀夢

孫承宗

【題　解】這首以「紀夢」為題的五絕當作於崇禎七年（西元一六三四年）前後，時孫承宗稱病辭官家居已近三年。

紀得還鄉夢，多緣塞馬❶驚。歸來❷千日裡，無復夢長纓❸。

【注　釋】❶塞馬　塞上的馬，這裡謂在山海關外抵禦後金前線的戰馬。北周庾信〈和趙王送峽中軍〉：「胡笳遙驚夜，塞馬暗嘶群。」❷歸來　謂崇禎四年（西元一六三一年）十一月孫承宗稱病辭官歸鄉事。❸長纓　謂捕縛敵人的長繩，這裡指抵禦後金的爭戰。《漢書》卷六四下〈終軍傳〉：「南越與漢和親，乃遣（終）軍使南越，說其王，欲令入朝，比內諸侯。軍自請：『願受長纓，必羈南越王而致之闕下。』」

【語　譯】回憶以往戰塵裡夢中還鄉，常常為塞馬嘶鳴驚醒。自歸家三年的時間裡，卻難以夢到克敵的長纓。

【研　析】有人認為「日有所思，夜有所夢」，彷彿夢境是可以人為控制的，其實未必如此。唐白居易〈長恨歌〉：「悠悠生死別經年，魂魄不曾來入夢。」古人言夢，往往有政治涵義或哲學意味。《論語．述而》：「子曰：『甚矣吾衰也！久矣吾不復夢見周公！』」孔子如是說，莊子則另有一番詮釋，《莊子．齊物論》：「昔者莊周夢為胡蝶，栩栩然胡蝶也，自喻適志與！不知周也。俄然覺，則蘧蘧然周也。不知周之夢為胡蝶與，胡蝶之夢為周與？周與胡蝶，則必有分矣。此之謂物化。」其間的哲學思考至今為學人所津津樂道。南宋陸游有一個傳誦千古的愛國夢，其〈十一月四日風雨大作〉一詩云：「僵臥孤村不自哀，尚思為國戍輪臺。夜闌臥聽風吹雨，鐵馬冰河入夢來。」這首〈紀夢〉詩也是藉夢言懷，帶有幾分報國無門的牢騷情緒。所謂「無復夢長纓」，並非已厭倦軍旅生涯或心灰意懶、安於歸老林下，而是壯志難酬下的無奈。詩人內心還是希望報效朝廷、為國盡忠的，正話反說，更有感人至深的藝術魅力。紀夢，其實是言志，讀此詩當作如是觀。

宮詞

孫承宗

【題　解】這首七絕以「宮詞」為題，所展現者仍是一己難以報國的痛苦心境。宮詞，古代多以宮廷生活瑣事為題材的一種詩體，體裁則以七言絕句為多，唐代詩歌中多見之，如王建〈宮詞〉。後世效法者頗多。

三十六宮❶渾❷見月，知他清影❸向誰多。珠簾不斷春風度❹，又報轔轔翠輦過❺。

【注　釋】❶三十六宮　極言宮殿之多。漢班固〈西都賦〉：「離宮別館，三十六所。」唐張碧〈古意〉：「鑾輿不碾香塵滅，更殘三十六宮月。」❷渾　皆；都。表示範圍。❸清影　清朗的月光。三國魏曹植〈公宴〉：

「明月澄清影，列宿正參差。」❹珠簾不斷春風度　謂各宮珠簾連綿，皆有春風一度的希望。唐李益〈漢宮詞〉：「漢室長陵小市東，珠簾繡戶對春風。」❺又報轔轔翠輦過　謂君王車駕已去，未有停車之望。唐令狐楚〈思君恩〉：「小苑鶯歌歇，長門蝶舞多。眼看春又去，翠輦不經過。」唐杜牧〈洛中二首〉其一：「一從翠輦無巡幸，老卻蛾眉幾許人。」轔轔，車行的象聲詞。翠輦，飾有翠羽的帝王車駕。

【語　譯】月光遍照三十六宮中，不知哪一宮得到清光最多。珠簾不斷皆盼春風一度，卻報君王車駕又隆隆而過。

【研　析】歷代文人寫作「宮詞」一類的詩篇，多憑想像，因為作者一般不會獲得身臨其境的機會。儘管屬於憑空結撰，懸想虛構，但人同此心，心同此理，雖不中亦不遠矣。唐杜牧〈月〉：「三十六宮秋夜深，昭陽歌斷信沉沉。唯應獨伴陳皇后，照見長門望幸心。」唐蘇郁〈鸚鵡詞〉：「莫把金籠閉鸚鵡，個個分明解人語。忽然更向君前言，三十六宮愁幾許。」唐徐凝〈漢宮曲〉：「水色簾前流玉霜，趙家飛燕侍昭陽。掌中舞罷簫聲絕，三十六宮秋夜長。」這一系列有關「宮詞」內容的七絕，大多通過各種意象的組合，渲染孤獨寂寞、百無聊賴的情景，但諸多宮女或嬪妃在無奈中又往往心存僥倖，盼望得到命運之神的眷顧，希望與失望交織在一起，增加了這一類詩歌的藝術魅力。這種矛盾心理的展示，不僅局限於夜夜望幸的宮中女子，而且可以擴展到人類的一種普遍心態，那就是人生無盡的「希望」與「等待」。「希望」是生活的目標，「等待」則是努力中的執著，沒有「希望」與「等待」作為人生的有力支柱，人生的價值就化為烏有了。讀這首〈宮詞〉或同類作品，當作如是觀。

木末亭

程嘉燧

【題　解】這首七律是描寫羈旅心情的詩篇。木末亭，位於南京雨花臺東崗（又稱梅崗）之巔永寧寺側，始建於明代。《江南通志》卷三〇：「木末亭在江寧縣聚寶門外雨花臺北梅岡之東，高出林表。」木末，取義於《楚辭・九歌・湘君》：「采薜荔兮水中，搴芙蓉兮木末。」意謂高於樹梢之上，以此名亭，謂此亭秀出林木。

【作　者】程嘉燧（西元一五六五－一六四四年），字孟陽，號偈庵，又號松圓，徽州休寧（今屬安徽黃山市）人。曾僑居嘉定（今屬上海市），崇禎中遷居常熟，與錢謙益讀書於耦耕堂，十年後返修寧，卒於癸未（西元一六四三年）十二月（是年十一月二十二日已交西元一六四四年一月一日）。工詩善畫，與李流芳、婁堅、唐時升齊名，有「嘉定四先生」之譽。著有《松圓浪淘集》十八卷、《偈庵集》二卷、《耦耕集》五卷等。生平事蹟見鄭威〈程嘉燧年表〉，《明史》卷二八八〈文苑四〉有傳。清錢謙益《列朝詩集小傳》丁集〈松圓詩老程嘉燧〉有云：「孟陽讀書不務博涉，精研簡練，采掇菁英，晚尤深《老》、《莊》、《荀》、《列》、《楞嚴》諸書，鉤纂穿穴，以為能得其用。其詩以唐人為宗，熟精李、杜二家，深悟剽賊比擬之謬。七言今體約而之隨州，七言古詩放而之眉山，此其大略也。」清王士禛《漁洋詩話》卷下：「明末七言律詩有兩派：一為陳大樽，一為程松圓。大樽遠宗李東川、王右丞，近學大復；松圓學劉文房、韓君平，又時時染指陸務觀。」清朱彝尊《靜志居詩話》卷一八〈程嘉燧〉略謂：「孟陽格調卑卑，才庸氣弱，近體多於古風，七律多於五律，如此伎倆，令三家村夫子，誦百篇兔園冊，即優為之，奚必讀書破萬卷乎？蒙叟深懲何、李、王、李流派，乃於明三百年中，特尊之為詩老。」陳田《明詩紀事》庚籤卷四選程嘉燧詩三十二首，有按語云：「孟陽詩，清麗溫婉，誦之令人意消。在萬、天間，可自成一家。」

聚寶山❶連梅子岡❷，荒亭落木❸正蒼蒼❹。煙霜東北歸舟鶩❺，江路西南去鳥長❻。有客登臺還抱病❼，何人送遠不還鄉❽。含情莫值秋冬季❾，欲采芙蓉枉斷腸❿。

【注釋】❶聚寶山　元張鉉《至大金陵新志》卷五上：「聚寶山在城南雨花臺側，上多細瑪瑙石，俗呼為聚寶山。」❷梅子岡　即梅崗，或稱東崗，因東晉豫章內史梅賾家在此崗，故稱。❸落木　即落葉。唐杜甫〈登高〉詩：「無邊落木蕭蕭下，不盡長江滾滾來。」❹蒼蒼　茫無邊際。❺鶩　亂中行駛。❻去鳥長　唐李白〈春日獨酌二首〉其二：「長空去鳥沒，落日孤雲還。」唐杜甫〈傷秋〉：「林僻來人少，山長去鳥微。」唐權德輿〈晚渡揚子江卻寄江南親故〉：「天清去鳥滅，浦迴寒沙漲。」唐張喬〈荊楚道中〉：「返照行人急，荒郊去鳥遲。」❼有客登臺還抱病　語本唐杜甫〈登高〉：「萬里悲秋常作客，百年多病獨登臺。」❽還鄉　陳田《明詩紀事》庚籤卷四作「懷鄉」，未如「還鄉」義勝。此從作者《松圓浪淘集》。❾含情莫值秋冬季　語本南朝宋劉義慶《世說新語・言語》：「王子敬云：『從山陰道上行，山川自相映發，使人應接不暇。若秋冬之際，尤難為懷。』」❿欲采芙蓉枉斷腸　謂因難以還鄉而悲痛。語本〈古詩十九首・涉江采芙蓉〉：「涉江采芙蓉，蘭澤多芳草。采之欲遺誰，所思在遠道。還顧望舊鄉，長路漫浩浩。同心而離居，憂傷以終老。」斷腸，形容極度思念或悲痛。三國魏曹丕〈燕歌行〉：「念君客遊思斷腸，慊慊思歸戀故鄉。」

【語　譯】聚寶山與梅崗連在一起，荒亭落葉四下茫然無際。東北凝霜如煙中歸舟亂行，西南江路上飛鳥路長歸去。我抱病登上此亭恰如杜甫悲秋，送人遠行終究要還歸鄉里。秋冬之際是最難掌控情懷的時候，思念故鄉的心情極度悲痛。

【研　析】南朝梁劉勰《文心雕龍．神思》：「登山則情滿於山，觀海則意溢於海。」登高望遠，天地遼闊，頓覺個人之渺小與天地之無窮，悲從中來，亦屬人之常情。唐代陳子昂〈登幽州臺歌〉：「前不見古人，後不見來者。念天地之悠悠，獨愴然而涕下。」那一種傷懷堪稱千古之悲。唐杜甫〈登高〉云：「風急天高猿嘯哀，渚清沙白鳥飛迴。無邊落木蕭蕭下，不盡長江滾滾來。萬里悲秋常作客，百年多病獨登臺。艱難苦恨繁霜鬢，潦倒新停濁酒杯。」這也是詩人抒發深秋中極目遠眺下的悲情，其意重在歎老。程嘉燧這首七律有意摹仿杜甫〈登高〉，其意則重在懷鄉。古代建築一般皆較為矮小，人文痕跡對於自然景物的遮蔽無多，因而登高遠眺，蒼茫一片，極易引來文人墨客的萬千思緒。古代交通不便，深受儒家思想影響的古人，安土重遷，桑梓情深，對於故鄉的執著之情，也許今人難於理解，但若細細尋繹，也不難從他們所留下的眾多文學作品中體會到那種濃濃的鄉愁。這首七律所展現的鄉愁，藝術手法含蓄，具有代表性，有百讀不厭的魅力。

憶金陵六首（選其三）

程嘉燧

【題　解】這是一首七絕詩，題下原有注云「雜題畫扇」，顯然是一組題畫詩。金陵，本古邑名，後常用作今江蘇南京的別稱。

最憶西風長板橋❶，笛床❷禪閣❸雨瀟瀟❹。只今畫裡猶知處，一抹寒煙❺似六朝❻。

【注釋】❶長板橋　南京地名，鄰近明代妓女聚居的舊院。清余懷《板橋雜記》上卷〈雅遊〉：「長板橋在（舊）院牆外數十步，曠遠芊綿，水煙凝碧。回光、鷲峰兩寺夾之，中山東花園亙其前，秦淮朱雀桁繞其後。洵可娛目賞心，漱滌塵俗。每當夜涼人定，風清月朗，名士傾城，簪花約鬢，攜手閑行，憑欄徙倚。忽遇彼姝，笑言宴宴。此吹洞簫，彼度妙曲，萬籟皆寂，游魚出聽。洵太平盛事也。」❷笛床　即笛子。唐杜甫〈陪李梓州泛江戲為豔曲〉其二：「白日移歌袖，青霄近笛床。」仇兆鰲注引《樹萱錄》：「南朝呼筆管為床，笛床當即其類。」❸禪閣　謂禪房，即佛徒習靜之所。北魏楊衒之《洛陽伽藍記．景林寺》：「禪閣虛靜，隱室凝邃。」❹瀟瀟　小雨。南唐王周〈宿疏陂驛〉：「誰知孤宦天涯意，微雨瀟瀟古驛中。」❺寒煙　寒冷的煙霧。南朝宋顏延之〈應詔觀北湖田收〉：「陽陸團精氣，陰穀曳寒煙。」❻似六朝　明吳國倫〈上新河雜詠二首〉其一：「花濃白板橋，處處綺羅嬌。玉樹非新曲，遺風似六朝。」六朝，三國吳、東晉與南朝的宋、齊、梁、陳，相繼建都建康（吳稱建業，即今南京市），史稱六朝。

【語譯】最難忘西風吹拂下的長板橋，禪房外細雨瀟瀟傳來笛聲幽咽。今天在畫中仍然識得其處，寒煙一抹彷彿又回到六朝的歲月。

【研　析】這組七絕共有六首，其一：「白下霜前遠樹紅，經秋羈思浩無窮。倪家小樣山亭子，畫得蒼蒼落木風。」其二：「秋陰殢客思騰騰，木末荒臺盡日登。誰信到家翻憶遠，雨齋含墨畫金陵。」其四：「青門楊柳白門烏，秋雨秋陰舊酒樓。何處蘼蕪最相憶，繅絲風雨暗西湖。」其五：「憶昨長干萬木凋，歸來風雪雨飄颻。帝城春色欺人早，愁見殘冬放柳條。」其六：「臈下風光旅客顏，奇情孤絕未能還。攜錢日向旗亭醉，醉看長江雪後山。」六詩各有特色，通過畫扇勾起溫馨的回憶中，又帶有些許傷感的情懷。

明末清初的文人余懷（西元一六一六—一六九六年）在其《板橋雜記》的自序中有云：「金陵古稱佳麗地，衣冠人物盛於江南，文采風流甲於海內。白下清溪，桃葉團扇，其為豔冶也多矣！……若舊院，則南曲名姬、上廳行首皆在焉。余生也晚，不及見南部之煙花、宜春之弟子。而猶幸長承平之世，偶為北里之遊。長板橋邊，一吟一詠，顧盼自雄。所作歌詩，傳誦諸姬之口，楚、潤相看，態、娟互引，余亦自詡為平安杜書記也。」可見晚明中下層文人對於這座陪都，特別是長板橋一帶的特殊情感。了解這一背景，對於我們深入理解這首七絕不無益處。

題畫

程嘉燧

【題　解】這首七絕詩題〈題畫〉，則詩情畫意兼而有之，且構想奇妙，寓意深刻，情懷無限，力透紙背，引人深思。

萬樹枯楊近驛樓❶，楚江❷無盡向東流。故園亦有登樓眼，莫送春光到陌頭❸。

【注　釋】❶驛樓　驛站的樓房。唐張說〈深渡驛〉：「猿響寒岩樹，螢飛古驛樓。」❷楚江　謂楚（今湖北、湖南一帶）境內的江河。唐李白〈望天門山〉：「天門中斷楚江開，碧水東流至此回。」❸故園亦有登樓眼二句　謂閨中人傷春念遠。語本唐王昌齡〈閨怨〉：「閨中少婦不知愁，春日凝妝上翠樓。忽見陌頭楊柳色，悔教夫婿覓封侯。」陌頭，路旁。

【語　譯】驛樓側有萬株落葉的楊柳，無盡的楚江向東流去。想那故園中也有登樓的少婦，就不要畫春光明媚籠罩陌頭柳色。

【研　析】據這首七絕詩意，所畫為秋冬之際的江畔景色，萬株落葉禿枝的楊柳點綴於畫間，雖有驛樓孤立，終覺畫面單調，一片蕭殺景象，不如「萬紫千紅總是春」的季節那般豐富多彩、生意盎然。然而接下作者筆鋒一轉，三四句從畫面內容突轉到對閨中少婦的人文關懷，化用唐人王昌齡〈閨怨〉詩意，似乎畫面上如果是春光爛漫的景色，反而「大煞風景」，因為那會使思春的少婦想到離家遠走、搏取功名的夫婿！第三句之「登樓眼」與第一句之「驛樓」相呼應，極見巧思，令讀者融畫面內容與想像天地在一起，交相疊映，深化了這首七絕的意境。程嘉燧似乎於「登樓」與「春光」事別有隱衷，其〈登樓〉云：「少小聽歌怕唱愁，一聲楚尾與吳頭。如今身在傷心地，但見春光莫上樓。」這種情懷已經不限於閨中少婦，而擴展為羈旅中遊子了。

除夕踏雪看松

程嘉燧

【題解】這首七絕當作於詩人小住京師（今北京市）期間，時在除夕，即農曆一年最後一天的夜晚；地點則在京師南城的報國寺。

久客懷人百事慵❶，春歸幾日是殘冬。長安❷雪後無來往，報國門前獨看松❸。

【注釋】❶慵　懶散。唐杜甫〈王十七侍御掄許攜酒至草堂奉寄此詩便請邀高三十五使君同到〉：「老夫臥穩朝慵起，白屋寒多暖始開。」❷長安　謂明京師，唐以後詩文中常用作都城的通稱。❸報國門前獨看松　謂京師報國寺的名松。報國寺，位於今北京市西城區（原宣武區）廣安門內大街以北，始建於遼，因有兩棵怪異的松樹，曾稱雙松寺。元世祖忽必烈統一中原後，依舊寺建新廟，始稱報國寺。明初毀於戰火，成化二年（西元一四六六年）因周太后之弟吉祥在此出家，故重修舊廟，改名慈仁寺，但民間仍俗稱報國寺，還興起廟市，成為當時一處熱鬧的所在。

【語譯】久在旅途懷念友朋事事慵懶，殘冬沒幾天就春回大地。雪後的京師來往不便，報國寺門前獨賞松姿。

【研　析】這首七絕末句點明詩題「看松」乃京師報國寺的奇松，餘韻悠長。明代報國寺的松樹以兩株「偃松」最為有名，明劉侗、于奕正《帝京景物略》卷三〈報國寺〉：「送客出廣寧門者，率置酒報國寺二偃松下。初入天王殿，殿墀數株已偃蓋，既瞻二松，所目偃蓋松，尤病其翹楚。翹楚者，奇情未逮，年齒未促逼也。左之偃，不過檐甃；右之偃，不俯欄石。影無遠移，遙枝相及，鱗鱗蹲石，針針亂棘。」所謂「偃松」，按文中意，當為不甚高聳且枝葉橫垂，張大如傘蓋之狀者。明譚元春有〈天監七章為報國寺二松賦〉，其一云：「天監明德，京我燕疆。我疆奕奕，我松孔彰。天謂我松，勿苟蒼蒼。勿合抱斯大，勿幹霄斯長。」道出了時人並不期盼偃松長粗長高，屬於一種崇尚「怪」與「奇」的審美理想。他還有一首〈出京詠報國寺松〉：「儘他姿幹布奇縱，三百年來誰與封。不是此株真怪絕，寺中何樹不虯龍。」明李令皙〈報國寺雙松歌〉道出了這兩株怪松的形貌：「侏儒侏儒雙松只，橫開倒下失樹理。盤跚拜起左右階，六尺其兄五尺弟。交陰一步院生涼，天風不來爭吐香……」看來程嘉燧踏雪看松，並歌之於詩，的確不虛此行。

宿吳山寄長安舊人

謝肇淛

【題　解】這首七絕屬於懷人念遠之作。吳山，在今浙江杭州西湖東南面，山體伸入市區，海拔約一百公尺左右。長安，謂明京師，即今北京市。

【作　者】謝肇淛（西元一五六七—一六二四年），字在杭，號武林、小草齋主人，晚號山水勞人。長樂（今屬福建）人。後隨父居福州。萬曆二十年（西元一五九二年）進士，歷任湖州、東昌推官、南京刑部主事、工部郎中、雲南參政、廣西按察使，遷布政使。著有《小草齋集》三十卷，今人有整理本《謝肇淛集》。清錢謙益《列朝詩集小傳》丁集〈謝布政肇淛〉有云：「林若撫曰：『在杭詩以年進。《下菰集》，司理吳興作也。坐論需次真州，有《鑾江集》；移東昌，有《居東集》。格調漸工，然其詩亦止於此……』在小草堂全集中，晚年所作，聲調宛然，不復進矣。余觀閩中詩，國初林子羽、高廷禮，以聲律圓穩為宗；厥後風氣沿襲，遂成閩派。大抵詩必今體，今體必七言，磨礱娑盪，如出一手。在杭，近日閩派之眉目也。在杭故服膺王李，已而醉心於王伯穀，風調諧合，不染叫囂之習，蓋得之伯穀者為多。」清朱彝尊《靜志居詩話》卷一六〈謝肇淛〉有云：「在杭格不聳高，而詩律極細，其持論亦平，如于鱗、元美、敬美、子與、伯玉皆所傾心。」陳田《明詩紀事》庚籤卷一選謝肇淛詩十首，有按語云：「在杭近體，與徐惟和兄弟相抗。古體爽健，在晉安詩派中，特高一格。」

春時相送出燕都❶，秋到江南❷一字無❸。半夜寒燈數行淚❹，滿天風雨下西湖❺。

【注釋】❶燕都　謂燕京，即今之北京市。❷江南　指今江蘇、安徽兩省的南部和浙江省一帶。❸一字無　宋王讜《唐語林》卷二：「衡山五峰曰：紫蓋、雲密、祝融、天柱、石廩。下人多文詞，至於樵夫，往往能言詩。嘗有廣州幕府夜聞舟中吟曰：『野鵲灘西一棹孤，月光遙接洞庭湖；堪憎迴雁峰前過，望斷家山一字無。』問之，乃其所作也。」❹數行淚　唐賈島〈上谷旅夜〉：「故園千里數行淚，鄰杵一聲終夜愁。」❺滿天風雨

下西湖　語本唐許渾〈謝亭送別〉：「日暮酒醒人已遠，滿天風雨下西樓。」西湖，在今浙江杭州，為古今著名風景勝地。明田汝成《西湖遊覽志》卷一〈西湖總敘〉：「西湖，故明聖湖也，周繞三十里，三面環山，溪谷縷注，下有深泉百道，瀦而為湖。漢時，金牛見湖中，人言明聖之瑞，遂稱明聖湖。以其介於錢塘也，又稱錢塘湖。以其輸委於下湖也，又稱上湖。以其負郭而西也，故稱西湖云。」

【語　譯】你送我出京師是在春天的季節，在已入秋的江南我從未得到你的音信。半夜寒燈下不禁流下思友的幾行淚水，滿天風雨的西湖更令人驚魂。

【研　析】秋夜懷友，獨對孤燈，已令人難耐，更何況風雨滿天，在西湖上激起層層波浪。從詩題及詩句可知，二人自京師一別，從春經夏至秋，已經半年有餘，但在京師的「舊人」並沒有問候的書信寄至吳山，懷念中又值西湖上風雨忽然從天而降，寂寞中更覺友情的可貴。從注釋中可以看出，這首七絕從用詞措語到意境的化用，皆與唐人密不可分，所謂「一字無」、「數行淚」雖非錘煉之語，卻皆有來歷，或許是作者通過誦讀唐詩得到了某種啟發所致。而最為精彩者是最後一句「滿天風雨下西湖」，不過將唐許渾之詩句改換一字，遂令全詩如頰上添三毫，神采備見。古人作詩，未必從首句至末句依次寫來，特別是更易見詩人靈性的絕句詩創作，往往是妙手偶得，先吟出其中一句，自以為神來之筆，於是再由此句生發出其餘詩句，最後完成全篇。明謝榛《詩家直說》卷二有云：「詩以一句為主，落於某韻，意隨字生，豈必先立意哉！楊仲弘所謂『得句意在其中』是也。」這顯然是謝榛夫子自道式的感悟之語，也可見古人詩歌創作，特別是近體詩創作的一般過程。

春怨

謝肇淛

長信❶多春草，愁中次第❷生。君王行不到，漸與玉階❸平。

【題解】這首五絕是一首「宮怨」詩，言簡意賅地寫出了帝王宮中失寵女子的苦悶心理與淒涼不幸的命運。

【注釋】❶長信　漢代宮名。《三輔黃圖》卷三：「長信宮，漢太后常居之。按《通靈記》：『太后，成帝母也。』后宮在西，秋之象也；秋主信，故宮殿皆以長信、長秋為名。」❷次第　這裡有「頃刻」的意思。❸玉階　玉石砌成或裝飾的臺階，這裡作為宮中臺階的美稱。

【語譯】長信宮周圍春草多，在宮人的愁緒中頃刻間生成。由於這裡沒有君王的足跡，春草已漸漸與臺階齊平。

【研析】詩人還有〈秋怨〉一詩，堪稱這首五絕的姊妹篇：「明月憐團扇，西風怯綺羅。低垂雲母帳，不忍見銀河。」也是抒發宮人愁怨的小詩。兩詩皆蘊藉含蓄，不失詩人所謂溫柔敦厚之旨，用春草與團扇意象構成難以化解的失望情緒。作者之所以以「長信」為詞，自有其歷史本事。班倢伃為漢雁門郡樓煩班況之女，美而能文，漢成帝時選入宮中為女官，曾受寵幸，《漢書》卷九七下〈外戚傳〉：「孝成班倢伃。帝初即位選入後宮。始為少使，俄而大幸，為倢伃，居增成舍，再就館，有男，數月失之……其後，趙飛燕姊弟亦從自微賤興，逾越禮制，寖盛於前。班倢伃及許皇后皆失寵，稀復進見……趙氏姊弟驕妒，倢伃恐久見危，求共養太后長信宮，上許焉。」班倢伃有〈自悼賦〉傷其身世，中有句云：「奉共養於東宮兮，托長信之末流。共灑掃於帷幄兮，永終死以為期。願歸骨於山足兮，依松柏之餘休。」另寫〈怨詩〉一首云：「新裂齊紈素，鮮潔如霜雪。裁為合歡扇，團團似明月。出入君懷袖，動搖微風發。常恐秋節至，涼風奪炎熱。棄捐篋笥中，恩情中道絕。」後世以其事為題材入詩者眾多，如梁簡文帝蕭綱〈怨歌行〉、晉陸機〈班倢伃〉、南朝陳陰鏗〈班倢伃怨〉、唐沈佺期〈鳳簫曲〉、唐王昌齡〈長信秋詞五首〉、唐李白〈長信宮〉、唐錢起〈長信怨〉、唐李端〈長信宮〉等等，不一而足。梁元帝蕭繹〈班婕妤〉：「婕妤初選入，含媚向羅幃。何言飛燕寵，青苔生玉墀。誰知向輦愛，遂作裂紈詩。以茲自傷苦，終無長信悲。」敘其事得見始終。此外，南朝梁庾肩吾〈詠長信宮中草〉：「委翠似知節，含芳如有情。全由履跡少，並欲上階生。」唐崔國輔〈長信草〉：「長信宮中草，年年愁處生。故侵珠履跡，不使玉階行。」顯然，兩詩之詩意皆為謝肇淛所化用，可見其〈春怨〉淵源有自，絕非憑空結撰。

被逮道經故人里門

顧大章

【題　解】這首七絕作於天啟五年（西元一六二五年），時作者因王紀疏劾客氏一事，在陝西副使任上被捕就道，從容而去，大義凜然。故人，舊交；老友。《莊子・山木》：「夫子出於山，舍於故人之家。」

【作　者】顧大章（西元一五六七—一六二五年），字伯欽，常熟（今屬江蘇）人。萬曆三十五年（西元一六〇七年）進士，授泉州推官，改常州教授。天啟元年（西元一六二一年），進刑部員外郎。決劉一燝、熊廷弼、王化貞獄，忤魏忠賢，遭奸黨忌恨，遷兵部。尋被奪俸歸里。五年，復起故官，歷禮部郎中、陝西副使。旋以王紀獄被誣，逮下鎮撫獄拷掠，坐贓四萬，自縊死。南明福王時追諡裕愍。《明史》卷二四四有傳。清錢謙益〈陝西按察司副使贈太僕寺卿顧公墓誌銘〉有云：「公與其弟大韶攣生，並負異才，有二陸、兩蘇之目。長而通經術，諳掌故，慨然有經世之志。典試廣西，作才賦文武對策，識者以為今之子瞻也。」

檻車❶塵逐使車❷轅❸，一路知交❹盡掩門。猶喜多情今夜月，斜窺樹隙照離尊❺。

【注　釋】❶檻車　古代用於囚禁犯人而用柵欄封閉的車。❷使車　這裡謂錦衣衛的車輛。❸轅　謂車輪之外緣。明宋應星《天工開物・車》：「凡車輪一曰轅（俗名車陀）。其大車中轂（俗名車腦），長一尺五寸，所謂外受輻、中貫軸者……輞際盡頭，則曰輪轅也。」❹知交　知心朋友，即詩題所言「故舊」。❺離尊　餞別的酒杯。唐駱賓王〈在兗州餞宋五之問〉：「別路青驪遠，離尊綠蟻空。」

【語　譯】押解我的檻車緊隨錦衣衛前行的車塵，一路上昔日的知交皆緊閉大門。惟有今夜月色令人欣慰，從樹隙依然斜照餞別的酒尊。

【研　析】這首七絕可與本書前選繆昌期〈入檻〉一詩對照而讀。清朱彝尊《靜志居詩話》卷一七〈顧大章〉有云：「楊忠烈攻魏忠賢，人疑具草者繆文貞；王莊毅攻客氏，人疑具草者顧裕愍。此兩公所以不免也。裕愍與弟大韶仲恭，時義妙絕時人，詩特具體而已。」權閹魏忠賢與明熹宗的乳母客氏為「對食」關係（明代皇宮中太監與宮女形同夫妻般的相好關係），兩人勾結在一起，狼狽為奸，作惡朝中，順我者昌，逆我者亡，權勢薰天，令朝野鉗口，「一路知交盡掩門」正是這種恐怖政治環境的展現。此外世間勢利無所不在，把市場法則運用於人際關係，也是箇中緣由。《史記》卷一二〇〈汲鄭列傳〉：「太史公曰：夫以汲、鄭之賢，有勢則賓客十倍，無勢則否，況眾人乎！下邽翟公有言，始翟公為廷尉，賓客闐門；及廢，門外可設雀羅。翟公復為廷尉，賓客欲往，翟公乃大署其門曰：『一死一生，乃知交情。一貧一富，乃知交態。一貴一賤，交情乃見。』汲、鄭亦云，悲夫！」《史記》卷八一〈廉頗藺相如列傳〉：「廉頗之免長平歸也，失勢之時，故客盡去。及復用為將，客又復至。廉頗曰：『客退矣！』客曰：『吁！君何見之晚也？夫天下以市道交，君有勢，我則從君，君無勢則去，此固其理也，有何怨乎？』」所謂「世道交」道出其間肯綮。所選詩末兩句，曠達之中隱見辛酸，明顯化用唐張泌〈寄人〉其一：「別夢依依到謝家，小廊回合曲闌斜。多情只有春庭月，猶為離人照落花。」可見明代文人學唐風氣之普遍。

得李宏甫先生書

袁宏道

【題解】李宏甫，即李贄（西元一五二七—一六〇二年），參見本書〈獨坐〉作者小傳。這首五律作於萬曆十八年（西元一五九〇年）夏秋間，作者時年二十三歲，居公安。李贄著有《焚書》，甫刻印，即寄奉與袁宏道，可見知音同道之情。公安三袁兄弟與李贄皆有來往，交誼深厚，公安派倡導性靈，就受到李贄「童心說」的極大影響。

【作者】袁宏道（西元一五六八—一六一〇年），字中郎，又字無學，號石公，湖廣公安（今屬湖北）人。萬曆二十年（西元一五九二年）進士，歷官吳縣知縣、順天府教授、禮部主事、吏部郎中。他與長兄袁宗道、三弟袁中道並有才名，世稱「三袁」，倡導性靈，為公安派之中堅人物。《明史》卷二八八〈文苑四〉有傳，謂其：「詩文主妙悟……與士大夫談說詩文，以風雅自命。」著有《袁中郎集》四十卷。今人錢伯城有《袁宏道集箋校》。清錢謙益《列朝詩集小傳》丁集〈袁稽勳宏道〉有云：「中郎以通明之資，學禪於李龍湖，讀書論詩，橫說豎說，心眼明而膽力放，於是乃昌言擊排，大放厥辭。」又謂：「中郎之論出，王、李之雲霧一掃，天下之文人才士始知疏瀹心靈，搜剔慧性，以蕩滌摹擬塗澤之病，其功偉矣。」清朱彝尊《靜志居詩話》卷一六〈袁宏道〉有云：「隆、萬間，王、李之遺派充塞，公安昆弟起而非之……一時聞者渙然神悟，若良藥之解散，而沉痾之去體也。」《四庫全書總目提要》卷一七九著錄袁宏道《袁中郎集》四十卷，有云：「其詩文變板重為輕巧，變粉飾為本色，致天下耳目於一新，又復靡然而從之。然七子猶根於學問，三袁則惟恃聰明；學七子者不過贗古，學三袁者，乃至矜其小慧，破律而壞度，名為救七子之弊，而弊又甚焉。觀於是集，亦足見文體遷流之故矣。」陳田《明詩紀事》庚籤卷五選袁宏道詩十九首，有按語云：「中郎才調殊絕，〈錦帆〉、〈解脫〉，不離綺語；〈瀟碧〉、〈破研〉，自矜擺脫塵囂，獨臻妙境。」

似此瑤華❶色，何殊空谷音❷。悲哉擊筑淚❸。已矣唾壺心❹。跡❺
豈《焚書》❻白，病因《老苦》❼侵。有文焉用隱❽，無水❾若為❿沉。

【注釋】❶瑤華　比喻所贈詩文的精美，這裡即指李贄所贈《焚書》。語本唐儲光羲〈酬李處士山中見贈〉：「引領遲芳信，果枉瑤華篇。」唐岑參〈敬酬杜華淇上見贈兼呈熊曜〉：「賴蒙瑤華贈，諷詠慰懷抱。」❷空谷音　即空谷足音，語本《莊子・徐无鬼》：「夫逃虛空者，藜藋柱乎鼪鼬之徑，踉位其空，聞人足音跫然而喜矣。」後世即以「空谷足音」比喻極難得的音信或言論。這裡也是對李贄所贈書的讚美。❸擊筑淚　比喻所贈書中慷慨悲歌的詩文作品。語本《史記・刺客列傳》：「太子及賓客知其事者，皆白衣冠以送之。至易水之上，既祖，取道，高漸離擊筑，荊軻和而歌，為變徵之聲，士皆垂淚涕泣。」筑，古代一種絃樂器，形似箏，以竹尺擊之發聲，音色悲壯。❹唾壺心　比喻所贈書中豪爽激昂的詩文作品。汪本鈳〈續刻李氏書序〉云：「《焚書》多因緣語、憤激語，不比尋常套語，先生已自發明矣。」語本南朝宋劉義慶《世說新語・豪爽》：「王處仲（王敦）每酒後，輒詠『老驥伏櫪，志在千里。烈士暮年，壯心不已』。以如意打唾壺，壺邊盡缺。」唾壺，古代一種小口巨腹的吐痰器皿。❺跡　心跡；志向。❻焚書　李贄所著詩文集，今傳本六卷，與原刻本有異。原本《焚書》，萬曆十八年（西元一五九〇年）初刻於麻城，收錄了作者此前所撰「書答」，並不包括詩文等。

是書〈自序〉有云：「一曰《焚書》，則答知己書問，所言頗切近世學者膏肓，既中其痼疾，則必欲殺我矣；故欲焚之，言當焚而棄之，不可留也。」「焚書」之名即取義於此。❼老苦　當謂附於原本《焚書》之後的作品「別錄」。《焚書．自序》有云：「《焚書》之後，又有別錄，名為《老苦》，雖同是《焚書》，而另為卷目，則欲焚者焚此矣。」《老苦》當包括今傳本《焚書》所錄詩文等，卷三所收著名的〈童心說〉，當即排在原本《焚書》之後而「另為卷目」的《老苦》中。有關李贄《焚書》的若干問題，可參見黃霖〈焚書原本的幾個問題〉，鄔國平〈也談焚書原本的問題〉。老苦是佛教所謂「四苦」（生苦、老苦、病苦、死苦）或「八苦」（生苦、老苦、病苦、死苦、愛別離苦、怨憎會苦、求不得苦、五盛陰苦）之一。指眾生衰老時所受之身心苦惱。《瑜伽師地論》卷六一列舉老有五相，即：盛色衰退、氣力衰退、諸根衰退、受用之境界衰退、壽量衰退。於此五處衰退，故稱為苦。據《中阿含》卷七〈分別聖諦經〉載，眾生老時，頭白齒落，盛壯日衰，身曲腳戾，拄杖而行，肌縮皮弛，諸根遲鈍，顏色醜惡，身心皆受極大之苦楚，是為老苦。《焚書》初版，李贄年已六十四歲，故以「病因《老苦》侵」入詩，一語雙關。袁中道〈吏部驗封司郎中中郎先生行狀〉：「時聞龍湖李子冥會教外之旨，走西陵質之。李子大相契合，贈以詩，中有云：『誦君〈金屑〉句，執鞭亦忻慕。早得從君言，不當有《老苦》。』蓋龍湖以老年無朋，作書曰《老苦》故也。」❽有文焉用隱　謂有益之著述本不必埋藏或焚毀。語本《焚書．自序》：「今既刻《說書》，故再《焚書》亦刻，再《藏書》中一二論著亦刻，焚者不復焚，藏者不復藏矣。」❾無水　比喻困苦境地。語本《周易．下經．困卦》：「〈象〉曰：澤無水，困。君子以致命遂志。」❿若為　怎能。

【語　譯】先生如瑤華般精美的著作，彷彿空谷中傳來的足音，可貴又難得。歌詩慷慨，猶如高漸離擊筑悲涼涕泣；文章憤激，又似王敦擊缺唾壺壯心未已。平生心跡豈能盡書於《焚書》，衰年寂寞卻是《老苦》的由來。有益人心的著述自不必焚毀，困苦中的文字怎能就此沉埋。

【研　析】關於袁宏道第一次會晤李贄的時間，學界說法參差不一，何宗美《袁宏道詩文繫年考訂》

綜合各家之說加以考證，認為兩人首晤「是萬曆十九年春或初夏，地點為麻城龍湖」。若此考訂無誤，則李贄贈《焚書》當發生在兩人會面之前，聲氣相通，早有心交。袁宏道小李贄四十一歲，屬於晚輩，又志同道合，得贈書作詩誌感，自然是五體投地，傾倒已極。全詩言簡意賅，首聯開門見山，評語真摯有情；頷聯提綱挈領，道出其書精華所在；頸聯以其人其書之命名為對，雙關著書者苦心孤詣的情懷；尾聯預言此書必傳之久遠，仍從書名「焚」字落墨，雖不無晦澀，卻饒有興味。袁宏道尊崇李贄，自居於弟子之列，詩文中多有反映。如作於萬曆二十年（西元一五九二年）春夏之交的〈送焦弱侯老師使梁因之楚訪李宏甫先生〉一詩，已經考中進士的袁宏道仍有「自笑兩家為弟子，空於湖海望仙舟」的吟誦。其在麻城所作〈別龍湖師〉八首，更有「一行一回首，踟躕過板橋」的無限留戀之情。特別是五年以後，已任吳縣縣令的袁宏道致函李贄，對其所贈《焚書》仍稱道不置：「幸床頭有《焚書》一部，愁可以破顏，病可以健脾，昏可以醒眼，甚得力。」古人文字之交超越於世俗利益之心，可見一斑。

紫騮馬

袁宏道

【題　解】這首擬古樂府之作，為作者萬曆二十年（西元一五九二年）登進士第後在京師所作。〈紫騮馬〉屬於樂府〈橫吹曲〉，宋郭茂倩《樂府詩集》卷二四引《古今樂錄》曰：「〈紫騮馬〉古辭云：『十五從軍征，八十始得歸。道逢鄉里人，家中有阿誰？』又梁曲曰：『獨柯不成樹，獨樹不成林。念郎錦裲襠，恆長不忘心。』蓋從軍久戍，懷歸而作也。」這首擬作繼承了古人「詩言志」的傳統，將一己中進士以後是「出」是「處」的兩難心理和盤托出，含蓄委婉，細膩傳神。

紫騮馬❶，行且嘶。願為分背交頸❷之逸足❸，不願為追風絕景❹之霜蹄❺。霜蹄滅沒邊城道❻，朔風❼一夜霜花❽老。縱使踏破天山雲❾，誰似華陰一寸草❿。紫騮馬，聽我歌。壯心耗不盡，奈爾四蹄何⓫！

【注釋】❶紫騮馬　古駿馬名。唐李益〈紫騮馬〉：「爭場看鬥雞，白鼻紫騮嘶。」❷分背交頸　謂群馬間或喜或怒，順乎天性，任其自然，不受約束。語本《莊子．馬蹄》：「夫馬，陸居則食草飲水，喜則交頸相靡，怒則分背相踶。馬知已此矣。夫加之以衡扼，齊之以月題，而馬知介倪、闉扼、鷙曼、詭銜、竊轡。故馬之知而態至盜者，伯樂之罪也。」大意是：馬生活於陸地，飲水吃草，高興時交頸相摩，發怒時背轉相踢。馬所知者，不過如此。給馬加上車衡頸扼，裝上額前佩飾，於是馬就懂得了用各種方法擺脫羈絆，與人抗衡，這都是善於馴馬的伯樂的罪過。❸逸足　駿馬。《宋書．謝莊傳》：「蘊籥雲之銳景，戢追電之逸足。」❹追風絕景　形容馬飛速奔馳。景，通「影」。語本北齊劉晝《新論．知人》：「故孔方諲之相馬也，雖未追風逐電，絕塵滅影，而迅足之勢固已見矣。」❺霜蹄　即馬蹄。語本《莊子．馬蹄》：「馬蹄可以踐霜雪。」唐杜甫〈韋諷錄事宅觀曹將軍畫馬圖〉：「霜蹄蹴踏長楸間，馬官廝養森成列。」❻邊城道　語本宋嚴羽〈送吳會卿再往淮南〉：「十年鞍馬邊城道，又向邊城見春草。」❼朔風　北風。❽霜花　又作「霜華」，即霜。霜為粉末狀結晶，花為物之細微者，故稱。宋梅堯臣〈月下懷裴如晦宋中道〉：「我馬臥我庭，帖帖垂頸耳。霜花滿黑鬣，安欲致千里。」❾天山雲　語本唐岑參〈醉裡送裴子赴鎮西〉：「看君走馬去，直上天山雲。」天山，亞洲中部的大山系，橫貫今中國新疆維吾爾自治區中部。⑩誰似華陰一寸草　謂馬放南山，修文德，放棄武備。語本《尚書・周書・武成》：「乃偃武修文，歸馬於華山之陽，放牛於桃林之野，示天下弗服。」《正義》云：「『放牛』、『歸馬』互言之耳。華山之旁尤乏水草，非長養牛馬之地，欲使自生自死。此是戰時牛馬，故放之，示天下不復乘用。」杜預云：「桃林之塞，今弘農華陰縣潼關是也。」⑪壯心耗不盡二句　語本三國魏曹操樂府〈步出夏門行〉：「老驥伏櫪，志在千里。烈士暮年，壯心不已。」

【語譯】紫騮馬，邊行邊嘶叫。但願無拘無束，是喜怒不由人的駿馬，不願踐霜踏雪為人驅使，即使追風逐電，奔騰馳騁。想那出沒邊塞道上，留下曾經的足跡，一夜北風吹老，霜花沾滿鬃毛。縱然有走馬天山高與雲齊的瀟灑，又怎似在水草不豐的華山旁自在逍遙。紫騮馬，聽我歌一曲。志在千里的雄心何以消耗，可惜空有一身高超的本領！

【研析】追求個性天趣，是公安派倡導性靈的初衷，萌發於作者青年時代的參禪悟道，他二十三歲即完成《金屑編》這一禪學論著是為明證。駿馬不受人之役使，自由徜徉於廣闊天地，率性而生而死，固然是順其自然的選擇。但徒有日行千里之蹄，老死於老大無成的悵惘中，空負一腔熱血，也非駿馬的最佳歸宿。末兩句「壯心耗不盡，奈爾四蹄何」與前「願為分背交頸之逸足」之矛盾，恰如莎士比亞筆下哈姆雷特的獨白：「生存還是毀滅？這是一個問題。」作者兩年以後就選吳縣縣令，不到一年即乞歸求去，以為「吏道縛人」（尺牘〈寄同社〉），就是一證。其〈為官苦〉一詩亦作於萬曆二十二年（西元一五九四年），中有句云：「男兒生世間，行樂苦不早。如何囚一官，萬里枯懷抱。」又是一證。文學即人學，公安派倡導性靈，與三袁的人生態度若合符契，「詩如其人」，絕非虛語！

贈虞德園兄弟

袁宏道

【題解】這首七律作於萬曆二十五年（西元一五九七年），時袁宏道在杭州。虞德園兄弟，即虞淳熙、虞淳貞兄弟。虞淳熙（西元一五五三—一六二一年），字長孺，號德園，又號廿園淨居士，錢塘（今浙江杭州）人。萬曆十一年（西元一五八三年）進士，歷官兵部主事、吏部郎中，萬曆二十一年（西元一五九三年）內計，因黨爭罷職歸。歸田三十載卒於家。著有《德園全集》六十卷。虞淳貞（生卒年不詳），字僧孺，虞淳熙之弟。兄弟兩人均好仙佛，偕隱南山，相與棲寂課玄，採蒓行藥，逃避世事。虞淳熙兄弟二人也屬性情中人，談禪悟道，與袁宏道一拍即合；寫詩撰文，更相傾慕。

霜庭❶五葉❷晚抽枝❸，喜得猶通一線兒❹。持戒❺每嘗無味水❻，閒
情多賦〈落花詩〉❼。台宗❽賢教❾誰能識，何肉周妻❿到底疑。若使相
逢不吐膽⓫，更於何處覓相知。

【注釋】❶霜庭　日月光照下的庭院。南朝梁陸璉〈齊皇太子釋奠詩〉九章之七：「霜庭秀日，邃宇恬風。」

❷五葉　謂禪宗自達摩以後所產生的五家宗派。據宋普濟《五燈會元》卷一，菩提達磨初祖向慧可二祖傳付衣

法時曾作偈云：「吾本來茲土，傳法救迷情。一花開五葉，結果自然成。」一般認為「一花」即指達磨所傳禪法，「五葉」即指禪宗鼎盛時期先後產生的為仰、臨濟、曹洞、雲門、法眼五家宗派。❸晚抽枝　比喻參禪稍晚。❹一線兒　比喻習禪相承有脈絡可尋。❺持戒　謂遵行佛家戒律。❻無味水　謂萬物的根本與源頭。《宏智禪師廣錄》卷四：「素無色而眾色尊之在前，水無味而眾味得之為最。」《老子》第三十五章：「道出言，淡無味。」❼落花詩　《四庫全書總目提要》卷一九三著錄《塤篪音》二卷云：「明虞淳熙、淳貞同撰……是集凡賦〈溪上落花詩〉一百五十首，又次韻沈嘉則雜詠一百二十首。又仿杜甫〈同谷〉七歌，淳熙作者命曰〈塤音〉，淳貞作者命曰〈篪音〉，原序稱其〈溪上落花〉詩，伯仲皆一夜而就。大意欲誇多鬥捷耳。不知一題衍至百餘首，即曹、劉、沈、謝亦不必工也。」同年，袁宏道有〈虞長孺僧孺〉云：「〈溪上落花詩〉，妙甚。夜來讀之，至不能寐。何物無情，作此有情語，兩髮僧不憂破具足邪？」可見推崇。❽台宗　即天台宗，中國佛教中的一個宗派。由於這個宗派是隋朝天台山（今浙江天台境內）智顗所開創，後世就稱它為天台宗。此宗以《法華經》為本經，所以也稱為法華宗。又以《智度論》為指南，以《涅槃經》為扶疏，以《大品經》為觀法，因而明一心三觀之妙理。❾賢教　即賢首宗，以其依《華嚴經》而立宗，故又名華嚴宗。此宗以中國唐時杜順和尚為始祖，後來因為賢首國師所發揚，故又名賢首宗。此宗論一切萬法理事無礙，事事無礙，一切互不相礙，互相融入。修法界觀，以高度平等的眼光，體察萬事萬物，這種心情證入一真法界，即得佛智。❿何肉周妻　即「周妻何肉」，比喻人之食色之欲。語本《南史・周顒傳》：「（顒）清貧寡欲，終日長蔬，雖有妻子，獨處山舍。甚機辯，衛將軍王儉謂顒曰：「卿山中何所食？」顒曰：「赤米白鹽，綠葵紫蓼。」文惠太子問顒菜食何味最勝，顒曰：『春初早韭，秋末晚菘。』何胤亦精信佛法，無妻。太子又問顒：『卿精進何如何胤？』顒曰：『三途八難，共所未免，然各有累。』太子曰：『累伊何？』對曰：『周妻何肉。』」⓫吐膽　即肝膽相照。《大慧普覺禪師法語》卷二二：「將平生悟得底，開口見膽，明白直說與人。」明何景明〈崔生行〉：「感今戀故有舌袍，吐膽傾心共杯酒。」

【語　譯】日月光華照耀庭院，禪門修道雖然稍晚，幸而宗門有路，一脈相沿。遵行佛家戒律常須探本求源，心有閒情就同賦〈落花詩〉數篇。天台宗、賢首宗，誰能解其精義，食色大欲也終難斷絕。倘若相逢不能袒露胸懷，肝膽相照，還能到哪裡尋覓心心相印的道友知己。

【研　析】袁宏道有《解脫集》，編成於萬曆二十五年（西元一五九七年），虞淳熙欣然為之作序，內有云：「袁中郎自詭插身淨丑場，演作天魔戲，每出新聲，輒倨〈主客圖〉首席。人人唱〈渭城〉，聽之那得不駭？至抵掌學寒山佛、長吉鬼、無功醉，士並謂為真。」行文灑脫，不拘一格，暢所欲言，自然率真；至於其間歌呼笑談，更是非同小可，體現了明代小品文淋漓酣暢的自由精神。袁宏道小於虞淳熙十五歲，以詩相贈也直抒性情，毫無顧忌。虞淳熙四十一歲歸家參禪，袁宏道以「晚抽枝」、「一線兒」調侃，幽默詼諧，忘記了年齡的差距，可見相契之深。「何肉周妻到底疑」本屬於玩笑之談，寫入詩中，更令人解頤。清李慈銘《越縵堂讀書記》（咸豐辛酉九月初七日）有云：「公安之派，笑齒已冷，皆謂輕佻纖俗之習，創自石公。今觀其全詩，俚惡者固不免，如唐人『小婢偷紅紙，嬌兒弄白鬚』之類，遷流愈下，幾同諧謔；然佳處亦自不乏，靜紬之思，幽雋之語，觸目皆是。中郎一門風雅，出處可觀，其得盛名，良非無故。」所評尚稱公允，可以參閱。

過彭城弔西楚霸王

袁宏道

【題解】這首五言古詩作於萬曆二十六年（西元一五九八年）詩人入京途中。彭城，秦置，治所即今江蘇徐州。西楚霸王，即項籍（西元前二三二—前二〇二年），字羽，秦末下相（今江蘇宿遷西）人。力能扛鼎，從叔父項梁起義吳中，梁敗死，遂領其軍，九勝秦兵，自立為西楚霸王，都彭城。又與劉邦爭奪天下，戰無不勝，與漢以鴻溝中分天下。後漢王用張良、陳平之計，圍項羽於垓下，項羽突圍至烏江，自刎死。《史記》、《漢書》皆有傳。

一騅❶渡江東❷，猛氣不可觸。隻手挈❸河山，英王盡奴伏❹。鴻門
放亭長❺，肝腸❻何煜煜❼。猛虎快吞啖，終不噬伏肉❽。劉項敵❾道❿棋，
一先成隕覆⓫。亞夫⓬真聖眼⓭，西楚亦王局⓮。

【注釋】❶一騅　據《史記·項羽本紀》，項羽有駿馬名騅，常騎之。毛色蒼白相雜的馬稱騅。❷江東　長江在蕪湖、南京間作西南南、東北北流向，隋唐以前是南北往來的主要渡口所在，習慣上稱自此以下的長江南岸地區為江東。這裡謂從江東到中原。❸挈　提起，比喻輕易。《墨子·兼愛中》：「夫挈太山而越河濟，可謂畢劫有力矣。」《史記·項羽本紀》：「於是項王乃悲歌慷慨，自為詩曰：「力拔山兮氣蓋世……」」❹英王盡奴伏　謂項羽率軍與秦兵作戰英勇並大破秦軍後的威嚴氣勢。語本《史記·項羽本紀》：「當是時，楚兵冠諸侯。諸侯軍救鉅鹿下者十餘壁，莫敢縱兵。及楚擊秦，諸將皆從壁上觀。楚戰士無不一以當十，楚兵呼聲動天，諸侯軍無不人人惴恐。於是已破秦軍，項羽召見諸侯將，入轅門，無不膝行而前，莫敢仰視。項羽由是始為諸侯

上將軍，諸侯皆屬焉。」英王，謂才智超群的諸侯。❺鴻門放亭長　謂鴻門宴。據《史記·項羽本紀》，項羽後於劉邦入關，極為憤怒，劉邦至鴻門謝罪，項羽設宴款待。酒席中，項羽的謀臣范增等欲乘機除掉劉邦，項羽不忍，終放劉邦脫身而去。鴻門，故址在今陝西臨潼東北陰盤鎮東。亭長，秦漢時每十里為一亭，設亭長一人，掌治安、訴訟等事。據《史記·高祖本紀》，劉邦曾為泗水亭長。❻肝腸　比喻內心。❼煜煜　形容胸懷坦蕩。❽猛虎快吞啖二句　謂項羽不殺弱勢者。啖，啖食。伏肉，死屍的肉。《水滸傳》第二回：「自古道：『大蟲不吃伏肉。』」❾敵　對抗。❿道　圍棋局中下子的交叉點。《文選》卷五二載三國吳韋弘嗣〈博弈論〉：「夫一木之枰，孰與方國之封；枯棋三百，孰與萬人之將。」李善注引邯鄲淳《藝經》曰：「棋局縱橫，各十七道，合二百八十九道。白黑棋子，各一百五十枚。」唐以後至今，圍棋棋局縱橫各十九道，合三百六十一道。⓫一先成限覆　以圍棋設喻，謂爭得一次先手，劉邦即打敗了項羽。先，圍棋術語，謂「先手」，與「後手」相對，即下棋時爭得主動的形勢。限覆，覆滅。⓬亞夫　當作「亞父」，謂項羽的謀臣范增，因項羽尊之為「亞父」（宋裴駰《集解》：亞，次也。尊敬之次父，猶管仲為仲父），故稱。⓭聖眼　佛家語，謂聰明睿智的眼力。唐智周〈大乘入道次第〉：「貪等息矣，故生聖眼；聖眼即生，能達真理。」《史記·項羽本紀》：「當是時，項羽兵四十萬，在新豐鴻門，沛公兵十萬，在霸上。范增說項羽曰：『沛公居山東時，貪於財貨，好美姬。今入關，財物無所取，婦女無所幸，此其志不在小。吾令人望其氣，皆為龍虎，成五采，此天子氣也。急擊勿失。』」在鴻門宴上，范增也極力勸項羽除掉劉邦，項羽不聽，劉邦終於借如廁逃脫，並令張良分送白璧、玉斗給項羽、范增：「亞父受玉斗，置之地，拔劍撞而破之，曰：『唉！豎子不足與謀。奪項王天下者，必沛公也，吾屬今為之虜矣。』」宋錢舜選〈項羽〉：「項羽天資自不仁，那堪亞父作謀臣。鴻門若遂尊前計，又一商君又一秦。」⓮西楚亦王局　據《史記·項羽本紀》，項羽兵敗垓下，欲東渡烏江，烏江亭長對項羽說：「江東雖小，地方千里，眾數十萬人，亦足王也。願大王急渡。今獨臣有船，漢軍至，無以渡。」但項羽認為是「天之亡我」，沒有渡過烏江，終於自刎而亡。西楚，區域名，為古三楚之一，即今以徐州（古彭城）為中心的淮北一帶。局，情勢；局面。

【語　譯】騎一匹駿馬，從江東馳騁中原大地，勇猛氣概所向披靡。輕易中攻城略地，令才智超群的諸侯，盡皆俯首低眉。鴻門宴上放走劉邦，胸懷何等磊落。如猛虎向更兇猛者張開利口，絕不向弱者施展身手。棋逢對手本是劉邦、項羽的博弈，劉邦爭得一次先手，就令項羽一敗塗地。先是謀臣范增獨具慧眼，其後回歸彭城再圖天下，也不失為良策。

【研　析】成王敗寇，雖自古而然，但同情失敗的英雄，也是人之常情。楚漢相爭，曾引來古代文人的幾多評論。《晉書·阮籍傳》：「(阮籍)嘗登廣武，觀楚、漢戰處，歎曰：『時無英雄，使豎子成名！』」罵劉邦為「豎子」，言下之意，對項羽也不敬佩。唐杜牧〈題烏江亭〉云：「勝敗兵家事不期，包羞忍恥是男兒。江東子弟多才俊，捲土重來未可知。」從「大丈夫能屈能伸」的角度立意，不乏新解。宋代王安石〈烏江亭〉又翻其案云：「百戰疲勞壯士哀，中原一敗勢難回。江東子弟今雖在，肯與君王捲土來。」宋代女詞家李清照〈夏日絕句〉：「生當作人傑，死亦為鬼雄。至今思項羽，不肯過江東。」斬釘截鐵的語氣中，從另一角度否定了杜牧的唱歎，暗含對南宋朝廷偏安江南一隅的不滿。這首〈過彭城弔西楚霸王〉，也是同情失敗英雄之作，提綱挈領，猶在結束兩句。詩人對項羽沒有把握住兩次稍縱即逝的機會，深表遺憾：鴻門宴除掉劉邦為一次機會，兵敗後渡過烏江徐圖恢復，又是一次機會。人生如何把握住能夠左右自己命運的機會，似乎是詩人唱歎的重心所在。若如此理解全詩，雖不中，亦不遠矣！

秋日同梅子馬方子公周承明飲北安門水軒

袁宏道

【題　解】這首七絕詩作於萬曆二十六年（西元一五九八年），時袁宏道到京師（今北京市）就選，授順天府教授。梅子馬，即梅蕃祚（生卒年不詳），字子馬，宣城（今屬安徽）人。以國子監生為寧鄉主簿，遷滋陽縣丞。能詩，率意，不甚求工。著有《涉江草》、《王程集》二卷。方子公，即方文僎（西元？—一六○九年），字子公，新安（今江蘇睢寧西北）人。家貧，嘗從潘之恆學詩，後因袁中道之薦，隨袁宏道宦遊，為其料理筆墨等事。為人質直，以病卒。周承明，生平不詳。北安門，明代京師皇城的北門，在北京城中軸線上。清順治九年（西元一六五二年）改稱地安門，俗稱後門。西元一九五四年因擴充改建北京街道，地安門被拆除。水軒，門窗面水的建築。今北京地安門外大街，明代為「海子」，頗具江南風貌。明蔣一葵《長安客話》卷一〈海子〉：「積水潭水從德勝橋東下。橋東偏有公田若干頃，中貴引水為池以灌禾黍。綠楊鬖鬖，一望無際，稍折而南，直環北安門宮牆左右，汪洋如海，故名海子。」

秋容瑟瑟❶上茭蘆❷，湖上青山❸鏡裡姝❹。碧瓦黃牆宮樹❺裡，湧金門❻外看西湖❼。

【注釋】❶瑟瑟 謂青碧色。明楊慎《升庵詩話》卷一一〈瑟瑟〉：「白樂天〈琵琶行〉：『楓葉荻花秋瑟瑟。』此句絕妙。楓葉紅，荻花白，映秋色碧也。瑟瑟，珍寶名，其色碧，故以瑟影指『碧』字。讀者草草，不知其解也。今以問人，輒答曰：『瑟瑟者，蕭瑟也。』此解非是。何以證之？樂天又有〈暮江曲〉云：『一道殘陽照水中，半江瑟瑟半江紅。』此瑟瑟豈蕭瑟哉？正言殘陽照江，半紅半碧耳。樂天有靈，必驚予為千載知音矣。」❷茭蘆 泛指蘆葦一類的水草。❸湖上青山 語本宋蘇軾〈九日尋臻闍黎遂泛小舟至勤師院〉：「湖上青山翠作堆，蔥蔥鬱鬱氣佳哉。」❹鏡裡姝 謂湖水如鏡，反映出青山嫵媚。姝，美好秀麗。❺宮樹 帝王宮苑中的樹木。唐王維〈奉和聖制御春明樓臨右相園亭賦樂賢詩應制〉：「小苑接侯家，飛甍映宮樹。」❻湧金門 南宋行都臨安（今浙江杭州）的西城門，面臨西湖。❼西湖 在今浙江杭州，為古今著名風景勝地。

【語譯】水草青碧已染秋日的色彩，湖光如鏡倒映青山嫵媚。綠瓦點綴黃牆掩映宮樹迷離，恰似湧金門外西湖風光旖旎。

【研析】明代京師皇城以北（今北京市東城區地安門大街以北）因有海子，所以湖光山色，風景宜人，大有江南水鄉風味。本詩前三句描寫眼前景，藍天、綠水、青山、碧瓦、黃牆，色彩鮮明，寥寥幾筆即勾畫出一幅青綠山水畫卷。第四句以西湖為喻，言簡意賅，如同一首舒緩的樂曲，在這裡奏響了小詩的最高音。明代北京北城一帶風景如畫，綠水蕩漾，青山隱隱，元代已見規模。明蔣一葵《長安客話》卷一〈海子〉記元人宋本之詩云：「渡橋西望似江鄉，隔岸樓臺罨畫妝。十頃玻瓈秋影碧，照人騎馬過宮牆。」至清代，這裡風光依舊，仍可作畫中之遊。清勵宗萬《京城古跡考・蓮花池》云：「臣按池在李廣橋，舊名積水潭。據《燕都遊覽志》，潭在都城西北隅，東西亙二里餘，南北半之，西出諸泉，從高梁橋流入北水關，匯此。池多植蓮，因名蓮花池。池上有淨業寺，又名淨業河，遊必從小徑入，抵蝦菜亭，乃盡幽深之致；直環北安門宮牆左右，流入禁城為太液池，汪洋如海，俗呼海子套。」今天這裡仍有水，名後海，規模雖非昔日，但置身其間，仍可依稀想見舊時風光。

赤壁懷子瞻

袁宏道

【題解】這首七律作於萬曆二十九年（西元一六〇一年）五月，這一年袁宏道由家鄉啟程赴廬山，途中經過黃州之東坡赤壁而作。赤壁，這裡謂湖北黃州城西北江濱之赤鼻磯，因山形截然如壁而有赤色，又稱赤壁。清顧祖禹《讀史方輿紀要・湖廣二・黃州府》：「赤鼻山在府城西北漢川門外，屹立江濱，土石皆帶赤色。下有赤鼻磯，今亦名赤壁山，蘇軾以為周瑜敗曹公處，非也。」東漢末年孫、吳聯軍大破曹操的赤壁之戰，發生在今湖北蒲圻西北七十餘里的長江南岸。子瞻，即蘇軾（西元一〇三六—一一〇一年），字子瞻，號東坡居士，眉州眉山（今屬四川）人。嘉祐二年（西元一〇五七年）進士，直史館，以反對王安石新法，通判杭州，徙湖州，又因烏臺詩案，貶黃州團練副使。宋哲宗時召還，為翰林學士、端明殿侍讀學士、曾知登州、杭州、潁州，官至禮部尚書。紹聖中又貶惠州、瓊州，赦還途中卒於常州，謚文忠。善詩詞，工書畫，著有《東坡七集》一百一十卷。《宋史》有傳。蘇軾貶居黃州時，曾寫有前、後〈赤壁賦〉以及〈念奴嬌・赤壁懷古〉等優秀作品。

夜深清拍搦楊枝，驚起澄江白鷺鷥❶。過客爭澆赤壁酒❷，幾人曾和雪堂詩❸。山民自種元修菜❹，石榻❺剛存〈乳母碑〉❻。見欲鑄金範老子❼，柳浪湖❽上拜新祠❾。

【注釋】❶驚起澄江白鷺鷥　意境化用宋蘇軾〈後赤壁賦〉：「時夜將半，四顧寂寥，適有孤鶴，橫江東來，翅如車輪，玄裳縞衣，戛然長鳴，掠予舟而西也。」鷺鷥，即鷺，鳥類的一科，嘴直而尖，頸長，飛翔時縮頸。以白鷺、蒼鷺較為常見。❷赤壁酒　意本宋蘇軾〈念奴嬌・赤壁懷古〉：「人間如夢，一尊還酹江月。」❸雪堂詩　泛指蘇軾在黃州所作詩。雪堂，蘇軾在黃州寓居臨皋亭，就東坡築雪堂。故址在今湖北黃州東。宋蘇軾〈雪堂記〉：「蘇子得廢圃於東坡之脅，築而垣之，作堂焉，號其正曰雪堂。堂以大雪中為之，因繪雪於四壁之間，無容隙也。起居偃仰，環顧睥睨，無非雪者。」❹元修菜　即巢菜，又名野蠶豆。宋蘇軾〈元修菜〉敘云：「菜之美者，有吾鄉之巢，故人巢元修嗜之，余亦嗜之。元修云：『使孔北海見，當復云吾家菜邪！』因謂之元修菜。余去鄉十有五年，思而不可得。元修適自蜀來，見余於黃，乃作是詩，使歸致其子，而種之東坡之下云。」❺石榻　狹長而矮的石床。❻乳母碑　蘇軾在元豐三年（西元一〇八〇年）撰有〈乳母任氏墓誌銘〉，內云：「趙郡蘇軾子瞻之乳母任氏，名採蓮，眉之眉山人……從軾官於杭、密、徐、湖，謫於黃。元豐三年八月壬寅，卒於黃之臨皋亭，享年七十有二。十月壬午，葬於黃之東阜黃岡縣之北。」❼見欲鑄金範老子　謂現在欲為老子鑄就金像。唐和凝〈宮詞百首〉之九三：「集賢殿裡開爐冶，待把黃金鑄重臣。」唐貫休〈古意九首〉之四：「幾擬以黃金，鑄作鍾子期。」範，即型範，澆鑄器物所用的模子。老子，即老聃（生卒年不詳），姓李，名耳，字伯陽，春秋戰國時楚苦縣（今河南鹿邑東）人，曾為周藏書室史官，著《老子》（即《道德經》）

五千餘言，主張自然無為，為道家創始人。《史記》卷六三有傳。❽柳浪湖　故址在今湖北公安西南，湖上有袁宏道別業柳浪館。袁中道〈柳浪館記〉：「郭外西南柳湖與斗湖，一湖也，長堤間之，為大道達於南門，其內為柳浪。柳浪匯通國之水，穿橋入於斗湖。柳浪實湖也田之，然常浩浩焉。」❾拜新祠　意謂在柳浪湖上為老子建立祠堂。

【語　譯】清風徐來在夜深的赤壁，輕輕搖曳楊柳枝，驚動清澈江上的白鷺鷥飛起。來往行人爭相學蘇軾酹酒赤壁，卻少有人能追和蘇軾的雪堂詩。這裡的山民仍種蘇軾從四川移植的巢菜，〈乳母碑〉遺存於石床，也是蘇軾的遺跡。蘇軾所尊崇的老子，現在就為他鑄起黃金像，並在我的柳浪湖建立老子新祠。

【研　析】此前，作者另有七絕〈過赤壁〉一詩，末二句有「周郎事業坡公賦，遞與黃川作主人」，可見對蘇軾詩詞文賦的推崇。袁宏道〈與李龍湖〉作於萬曆二十七年（西元一五九九年），在信中，他對李贄說：「蘇公詩高古不如老杜，而超脫變怪過之，有天地來，一人而已。」又謂「蘇，詩之神也」，蘇軾曠達瀟灑的性格深深感染著崇尚性靈的袁宏道。蘇軾〈前赤壁賦〉：「蓋將自其變者而觀之，則天地曾不能以一瞬；自其不變者而觀之，則物與我皆無盡也。」〈念奴嬌·赤壁懷古〉：「人間如夢，一尊還酹江月。」這些文字無疑都帶有老莊思想的印跡，作者由尊蘇而上溯尊崇老子，也就順理成章了。全詩觸景生情，由赤壁夜景之清風徐來、驚起白鷺而浮想聯翩。學蘇要從其人之精神蘊涵解悟，而非僅於前人形跡上亦步亦趨，讀頷聯當作如是觀。日常生活即是真性情的流露，平淡中自有情趣無限，讀頸聯當作如是觀。總之，心情恬淡、寄託遙深是全詩的基調，這又與老莊之「無為」合拍，讀來自有發人深省的味道。

午日沙市觀競渡感賦

袁宏道

【題解】這首七言古詩作於萬曆三十三年（西元一六〇五年），時作者居鄉公安，端午遊沙市，有感於時事而作。午日，即端午節，又稱端陽節、重午節、天中節等，與春節、中秋節共同構成中國民間三大傳統節日，漢代以後定於農曆五月初五，至今未變。沙市，治今湖北荊州，地處公安以北。在明代，沙市與公安同屬荊州府管轄。競渡，划船比賽。相傳戰國楚屈原於農曆五月五日投汨羅江而死，民間於是日舉行龍舟競渡以示紀念。南朝梁宗懍《荊楚歲時記》：「按五月五日競渡，俗為屈原投汨羅日，傷其死所，故並命舟楫以拯之。」

金鱗❶坼日❷天搖波，壯士麾旄鳴大鼉❸。黃頭胡面錦抹額❹，疾風怒雨鬼神過❺。渴蛟飲壑猊觸石，健馬走坂丸注坡❻。傾城出觀巷陌隘，紅霞如錦汗成河。妖鬟袖底出巾冠，白顛髯下立青娥❼。朱閣❽玲瓏窗窈窕❾，輕煙❿倩語⓫隔紅羅⓬。北舟絲管⓭南舟肉⓮，情盤景促⓯歡奈何。

雲奔浪激爭撫掌，亦有父老淚滂沱⑯。渚宮⑰自昔稱繁盛，二十一萬⑱肩相磨⑲。西酋中璫橫幾載⑳，男不西成女廢梭㉑。琵琶賣去了㉒官稅，健兒半負播州戈㉓。笙歌沸天塵卷地，光華盛校十年多㉔。耳聞商禁㉕漸弛緩，努力官長蠲煩苛㉖。太平難值時難待，千金莫惜買酒醝㉗。君看至德中興㉘後，幾人重唱天寶歌㉙。

【注釋】❶金鱗　彩畫金色鱗甲的龍舟。❷圻日　令水中的日影破碎。❸麾旄鳴大鼉　搖旗擂鼓。麾，通「揮」。旄，古代用犛牛尾作竿飾的旗子，這裡泛指各種旗幟。鼉，鼉龍，即揚子鱷，或稱豬婆龍，其皮可以製鼓。這裡即代指鼓。❹黃頭胡面錦抹額　形容划龍舟者的裝束。黃頭，船夫。明李東陽〈蔣御醫黃頭月桂圖〉：「君不見江花欲落江水深，憑仗黃頭過江去。」胡面，即胡面子，假面具。抹額，束在額頭的巾飾。❺疾風怒雨鬼神過　形容龍舟競渡的聲勢、場面。鬼神過，唐劉禹錫〈始至雲安寄兵部韓侍郎中書白舍人二公近曾遠守故有屬焉〉：「陰風鬼神過，暴雨蛟龍生。」❻渴蛟飲壑猊觸石二句　形容龍舟競渡劈波斬浪，速度迅捷。渴蛟，渴水的蛟龍，傳說蛟龍得水，就能興雲作霧，騰越太空。《管子．形勢》：「蛟龍得水，而神可立也。」唐劉禹錫〈競渡曲〉：「蛟龍得雨鬐鬣動，螮蝀飲河形影聯。」猊觸石，形容船頭激起浪花如白雲出岫。猊，狻猊的省稱，即獅子。觸石，謂山中雲氣與峰巒相碰擊，吐出雲來。《公羊傳．僖公三十一年》：「觸石而出，膚寸而合，不崇朝而遍雨乎天下者，惟泰山爾！」健馬走坂，駿馬衝下斜坡。丸注坡，圓丸滾下山坡。元辛文房《唐才子傳》卷六〈杜牧〉：「後人評牧詩，如銅丸走坂，駿馬注坡，謂圓快奮急也。」❼妖鬟袖底山巾冠二句謂觀看競渡的男女老少摩肩接踵，擁擠不堪。妖鬟，豔麗的年輕女子。巾冠，巾和冠，古代成人所服，喻指成年男子。白顛，白髮老者。青娥，美麗的少女。❽朱閣　紅色的樓閣，謂富裕人家。❾窈窕　幽深的樣子。唐元稹〈連昌宮詞〉：「舞榭欹傾基尚在，文窗窈窕紗猶綠。」❿輕煙　熏香的煙霧。唐韋應物〈夜直省中〉：「華燈發新焰，輕煙浮夕香。」⓫倩語　女子嬌好的語聲。⓬紅羅　紅羅帳。唐王昌齡〈長信秋詞五首〉之五：「白露堂中細草跡，紅羅帳裡不勝情。」⓭絲管　管弦樂器，代指音樂。唐杜甫〈贈花卿〉：「錦城絲管日紛紛，半入江風半入雲。」⓮肉　謂歌喉，代指人的歌唱。⓯情盤景促　心情歡娛而不覺時間流逝。盤，娛樂。《尚書・無逸》：「文王不敢盤于遊田。」孔傳：「文王不敢樂於游逸田獵。」景，時光。宋梅堯臣〈四月二十八記與王正仲及舍弟飲〉：「孟夏景苦長，與子舟中飲。」⓰滂沱　形容淚水流得多。⓱渚宮　春秋楚國的宮名，故址在今湖北荊州江陵縣。這裡即指沙市一帶。⓲二十一萬　謂當時編戶數目。⓳磨　通「摩」。⓴西酋中璫橫幾載　萬曆二十五年（西元一五九七年）播州（今貴州遵義）宣慰使楊應龍叛，萬曆二十八年楊應龍兵敗自殺，亂始平。其間用兵，四方徵稅，波及荊州府等地。袁宏道於萬曆二十八年寫有〈送江陵薛侯入覲序〉云：「而是時適有播酋之變，部使者檄下如雨，計畝而誅，計丁而夫，耕者哭於田，驛者哭於郵。而荊之去川也邇，沮水之餘被江而下，惴惴若不能一日處。」可見當時景況。中璫，宦官，以其用璫為冠飾，故稱。這裡謂朝廷指派宦官如陳奉等為礦稅使四處辦礦徵稅，民不聊生。《明史・食貨五》：「自二十五年至三十三年，諸璫所進礦稅銀幾及三百萬兩，群小藉勢誅索，不啻倍蓰，民不聊生。」㉑男不西成女廢梭　謂男兒廢耕，女子廢織。西成，指秋天莊稼已熟，農事告成。袁宏道萬曆二十七年（西元一五九九年）有〈答沈伯函〉云：「弟猶記少年過沙市時，囂虛如沸，諸大商巨賈，鮮衣怒馬，往來平康間，金錢如丘，綈錦如葦。不數年中，居民耗損，市肆寂寥。」㉒了　完納。㉓健兒半負播州戈　謂一半丁壯被徵參加平定播州之亂的戰爭。播州戈，參見本詩注⓴。㉔光華盛校十年多　謂端午賽舟繁華之場面較十年前的安定時節還要盛大。校，比較。㉕商禁　謂以金帛茶鹽同邊疆少數民族換馬的馬市等貿易，開禁無常。明代永樂間設遼東馬市三處，正統間又設大同馬市，嘉靖間又開設大同、陝邊、宣鎮等處馬市。《明史・食貨五》：「明初，東有馬市，西有茶市，皆以馭邊省戍守費。海外諸國入貢，許附載方物與中國貿易。因設市舶司，置提舉官以領之，所以通夷情，抑奸商，俾法禁有所施，因以消其釁隙也。」又云：「遼東義州木市，萬曆二十三年開，事具李化龍傳。二十六年從巡撫張思忠奏罷之，遂并罷馬市。其後總兵李成梁力請復，而薊遼總督萬世德亦疏於朝。二十九年復開馬、木二市，後以為常。」㉖蠲煩苛　減免苛捐雜稅。㉗千金莫惜買酒醴　語本宋歐陽修〈賀聖朝影〉：「千金莫惜買香醪。且陶陶。」酒醴，白酒。㉘至德中興　唐玄宗天寶十五載（西元七五六年）六月，安史之亂蔓延，潼關失守，玄宗李隆基奔蜀，太子李亨留討安祿山。七月，太子即位於靈武（今寧夏靈武南），改元至德，是為唐肅宗，尊玄宗為太上皇。至德二載（西元七五七年），安祿山為其子安慶緒所殺，郭子儀收復兩京，史思明請降。史稱至德中興。㉙天寶歌　即〈得寶歌〉，相傳為唐玄宗所製曲名。唐段安節《樂府雜錄・得寶子》：「〈得寶歌〉，一曰〈得寶子〉，又曰〈得鞛之〉。明皇初納太真妃，喜謂後宮曰：『朕得楊氏，如得至寶也。』遂制曲，名〈得寶子〉。」

【語譯】波浪翻天，龍舟衝碎江中日影，搖旗擂鼓，壯漢雄姿身手不凡。船夫戴假面，額頭巾飾光鮮，競渡聲勢如暴風驟雨，似鬼呼神歡。如同蛟龍得水，如同獅子觸石，騰空飛越，白雲出岫，船頭浪花飛濺。又如駿馬衝下斜坡，圓珠滾下山巒，劈波斬浪，一往無前。觀賞競渡的百姓傾城而出，人山人海，揮汗如雨，紅塵瀰漫似雲霞展閃。男女老少摩肩接踵，暫時拋棄了往日的尊嚴。玲瓏紅樓幽窗隱約，傳來紅羅帳內的鶯聲燕語，飄過熏香的縷縷輕煙。江上舟船樂聲大作，或竹管絲弦齊奏，或歌喉悠揚婉轉。人們心情歡快，竟不覺光陰暗中偷換。面對排山倒海般的熱鬧場景，觀賞者歡呼拍手，卻也有老者一旁淚落如雨，聲聲感歎。想當年這裡號稱天下繁盛，本是二十一萬人口的富庶家園。誰知播州亂起，宦官又橫徵暴斂，肆虐多年，男兒廢耕，女子廢織，只得變賣家產以繳稅足官。鄉里壯丁有一半被徵，參加平定播州的叛亂。而今笙歌沸天，歌舞昇平，賽舟的繁華場面，較十年前安定時節還要排場。聽說朝廷禁商的政策有所變化，盡力奉勸官府將苛捐雜稅減免。天下太平的時日無多須珍惜，要不吝錢財買酒慶賀平安。請看唐代至德中興以後，誰還追懷以往歌舞昇平的天寶年間。

【研　析】端午節龍船競渡在古代南方是一項盛大的民俗活動，有關其起源，眾說紛紜，紀念屈原僅是其中一說。民間這一帶有「狂歡」性質的活動，承平之日，能夠引來萬人空巷的轟動，因而也是國家興衰的指標。袁宏道正是從這一角度切入，借題發揮，感慨係之的。這首詩的前十四句寫眼前景，在波瀾壯闊的背景下，鑼鼓喧天，萬人雜沓，男女老少，摩肩接踵。竹肉相發，歌聲蕩漾，一片昇平氣象！類似描寫在前人詩歌中並不罕見，如唐李群玉〈競渡時在湖外偶為成章〉：「雷奔電逝三千兒，彩舟畫楫射初暉。喧江雷鼓鱗甲動，三十六龍銜浪飛。靈均昔日投湘死，千古沉魂在湘水。綠草斜煙日暮時，笛聲幽遠愁江鬼。」然而樂極生悲，詩從第十五句「雲奔浪激爭撫掌」巧妙過渡到「亦有父老淚滂沱」，引來對播州戰事、礦使肆虐的追憶。全詩後六句宣洩詩人對未來的企盼，特還休，戛然而止，「笙歌」兩句重新轉入對眼前景的描述。全詩後六句宣洩詩人對未來的企盼，特別是末兩句，有某種時過境遷、盛景難再的淒涼惆悵，給全詩原本熱鬧的基調塗上了一層灰暗的色彩。所謂「先天下之憂而憂，後天下之樂而樂」（宋范仲淹〈岳陽樓記〉），古代文人士大夫的憂患意識可謂無處不在。事實證明，這種敏銳的感覺並非杞人憂天，不到四十年，中國即墮入天崩地解的深淵，明朝覆亡！

萬壽寺觀文皇舊鐘

袁宏道

【題解】這首七言古詩作於萬曆三十五年（西元一六〇七年），時作者在禮部儀制清吏司主事任上。萬壽寺，在今北京市海淀區西直門外、西三環北路東側，紫竹院公園的北面。原址為明太監谷大用的家廟，萬曆五年（西元一五七七年）三月，明神宗萬曆皇帝的生母慈聖宣文皇太后命太監馮保興建，翌年六月竣工，賜名萬壽寺。明蔣一葵《長安客話》卷三〈萬壽寺〉：「寺在廣源閘西數十武，為今上代修僧梵處。璿宮瓊宇，極其閎麗。」明劉侗、于奕正《帝京景物略》卷五〈萬壽寺〉：「慈聖宣文皇太后所立萬壽寺，在西直門外七里、廣源閘之西。萬曆五年時，物力有餘，民已悅豫，太監馮保奉命大作。」

文皇舊鐘，即明成祖永樂二年（西元一四〇四年）所鑄巨型銅鐘，原藏北京景山附近之漢經廠，萬壽寺建成後，移置寺中方鐘樓。大鐘今存北京海淀區北三環西路北側的覺生寺（俗稱大鐘寺），是清乾隆八年（西元一七四三年）從萬壽寺移置而來。明蔣一葵《長安客話》卷三〈萬壽寺〉：「寺有方鐘樓，前臨大道，樓僅容鐘。鐘鑄自文皇，徑長丈二。內外刻佛號、《彌陀》、《法華》諸品經，蒲牢刻《楞嚴咒》。銅質精好，字畫整雋，相傳為沈度筆，少師姚文榮公監造。數百年來朱翠斑隱隱欲起，即置商周彝鼎間，未多讓也。近年自宮中移此，晝夜撞擊，聲聞數十里。其聲谹谹，時遠時近，有異他鐘。」文皇，即明成祖朱棣（西元一三六〇—一四二四年），明太祖朱元璋第四子，洪武三年（西元一三七〇年）受封燕王。建文元年（西元一三九九年）以反對建文帝削藩為名，起「靖難兵」，四年攻破南京，殺戮建文遺臣，甚為慘烈，奪位登極，改元永樂。永樂十九年（西元一四二一年）遷都北京，後死於親征之回師途中，葬長陵，初上廟號太宗，嘉靖十七年（西元一五三八年）改成祖。「文」是其謚號之一。《明史》卷七〈成祖三〉：「嘉靖十七年九月，改上尊謚曰啟天弘道高明肇運聖武神功純仁至孝文皇帝，廟號成祖。」

先皇舉手移天轂❶，無冠少師❷鬢髮禿。已將周孔一齊州❸，更假釋梵庇冥族❹。錘沙畫蠟❺十許年，冶出洪鐘❻二千斛❼。光如寒澗❽膩如肌❾，貝葉靈文滿胸腹❿。字畫生動筆簡古，矯若游龍與翔鵠⓫。外書佛母⓬萬真言⓭，內寫《雜花》⓮八十軸⓯。《金剛般若》⓰七千字，幾葉鐘唇⓱填不足。南山伐盡覓懸椎⓲，諸葛廟⓳前刈⓴古木。震開善法㉑忉利宮㉒，撼窮鐵網蓮花獄㉓。鼎湖龍去幾春秋㉔，二百二回㉕宮樹綠。蒸雲炙日臥九朝㉖，監寺優官㉗誰敢觸。大材無用且沉聲，吠蚓啼蟲滿山谷㉘。今皇㉙好古錄斷溝㉚，琬琰㉛天球㉜充黃屋㉝。十龍㉞不惜出禁林㉟，萬牛回首㊱移山麓。滄海老霆行舊今㊲，洛陽遺耆開新目㊳。西山但覺神奸潛㊴，易水不聞金人哭㊵。道旁觀者肩相摩，車騎數月猶馳逐㊶。翠色蒼寒欲映人，當時良匠豈天竺㊷。萬事粗疏誰不然，今人不堪為隸僕㊸。興悲運慈㊹又一朝，萬鬼如聞離械梏㊺。幾時諫鼓㊻似鐘懸，盡拔蒼生出溝瀆㊼。

【注釋】❶先皇舉手移天轂　謂朱棣發兵「靖難」，並從其姪建文帝手中奪取天下，後又將首都由南京遷至北京。先皇，謂明成祖朱棣。天轂，天子的車輦。❷無冠少師　即姚廣孝（西元一三三五－一四一八年），幼名天禧，字斯道，長洲（今江蘇蘇州）人。十四歲為僧，法名道衍，通儒、釋、道三家之說，習兵法。洪武中以高僧從燕王至北平，建文初，力促朱棣「靖難」，參與策劃軍事。成祖即位，以其功第一，授僧錄司左善世、太子少師，復姓並賜名廣孝，受命輔導太子太孫，並受命主修《永樂大典》、《太祖實錄》等。以病卒於北京慶壽寺，《明史》卷一四五有傳。著有《逃虛類稿》、《逃虛子詩集》、《石城霞外集》等。無冠，《明史》本傳：「帝與語，呼少師而不名。命蓄髮，不肯。賜第及兩宮人，皆不受。常居僧寺，冠帶而朝，退仍緇衣。」❸已將周孔一齊州　謂幫助明成祖用儒家學說將中國統一。周孔，周公與孔子的並稱，代指儒家仁義之學說。宋范仲淹〈謝公夢讀史詩序〉：「公夢於是時，乃有正夢，特歌周孔之仁義，能久澤於吾民。」齊州，猶中州，古代指中國。❹更假釋梵庇冥族　謂憑藉佛教來庇護愚昧無知的天下蒼生。釋梵，謂佛教始祖釋迦牟尼（約西元前五六三－前四八三年），這裡即代指佛教。冥族，愚昧的族群，謂百姓。唐韓愈〈論佛骨表〉：「然百姓愚冥，易惑難曉，苟見陛下如此，將謂真心事佛。」❺錘沙畫蠟　謂鑄鐘先用砂型或蠟型翻為鑄模，以備澆注銅汁成器。據今人研究考訂，明永樂大鐘是採用泥範法（中國的三大傳統鑄造工藝——泥範法、鐵範法和失蠟法之一）鑄造。先在地上挖一個大坑，用草木和三合土做好內壁，上面塗上細泥，把寫好經的宣紙反貼在細泥上，刻好陰字，加熱燒成陶範，然後再一圈圈做好外範。鑄時，幾十座熔爐同時開爐，爐火純青，火焰沖天，金花飛濺，銅汁湧流，金屬液沿泥作的槽注入陶範，一次鑄成。鐘紐則用失蠟法預先鑄出，中間巧妙地加進了鋼芯，鑄大鐘主體時，放在內範與外範之間預留的位置上，一起經過高溫預熱，然後澆進鐘體。❻洪鐘　大鐘。《世本・作篇》：「顓頊命飛龍氏鑄洪鐘，聲振而遠。」❼二千斛　形容大鐘體積巨大。斛，古代用於稱量糧食的量詞，一斛為十斗，南宋末改為一斛五斗。今測，鐘高六百七十五公分，口沿直徑三百三十公分，鐘唇處厚十八點五公分，總重四萬六千五百公斤。或謂大鐘總重當為八萬四千斤（四萬二千公斤），符合佛家的吉祥數目。❽寒澗陰冷的山澗。這裡形容大鐘光色如碧。唐李咸用〈秋日訪同人〉：「遠尋寒澗碧，深入亂山秋。」❾膩如肌　形容大鐘表面滑澤細膩如同人的肌膚。❿貝葉靈文滿胸腹　謂大鐘內外鑄滿了佛經經文。貝葉，貝多羅葉的簡稱，此葉經冬不凋，印度人多拿來書寫經文，叫做貝葉經，或貝文。今測，大鐘內外共鑄陽文楷書佛教經八種、咒八種與一百餘種梵文經咒，共計二十三萬一百八十四字。外鑄明成祖御製《諸佛世尊如來菩薩尊者神僧名經》以及《彌陀經》、《十二因緣咒》，內鑄《妙法蓮華經》等，鐘唇鑄《金剛般若經》，蒲牢（即鐘紐）處鑄《楞嚴經》等。書寫者沈度（西元一三五七—一四三四年），永樂中為侍講學士。⓫矯若游龍與翔鵠　形容筆力雄健瀟灑，如同游動的龍、飛翔的天鵝一樣婀娜多姿。鵠，天鵝。⓬佛母　佛以法為師，從法所生，故稱法為佛母。《大方便佛報恩經》卷六：「佛以法為師，佛從法生，法是佛母。」這裡即指《諸佛世尊如來菩薩尊者神僧名經》等。⓭真言　佛教經典的要言秘語。⓮雜花　即《雜華經》，或稱《華嚴經》，佛教經典，全稱《大方廣佛華嚴經》。目前學術界一般認為，《華嚴經》的編集，經歷了很長的時間，大約在西元二—四世紀中葉之間，最早流傳於南印度，以後傳播到西北印度和中印度。漢文有三種譯本。⓯八十軸　唐實叉難陀譯《華嚴經》，八十卷三十九品，稱《新譯華嚴》或《八十華嚴》。軸，即卷，古代以卷軸裝訂圖書，一軸即一卷。按，永樂大鐘上舊時傳刻《華嚴經》，甚至有名為「華嚴鐘」者，純是明清人以訛傳訛，近年學者考訂永樂大鐘內外皆未刻《華嚴經》。⑯金剛般若　佛教經典，全稱《能斷金剛般若波羅蜜經》，又稱《金剛般若波羅蜜經》，簡稱《金剛經》。最早由後秦鳩摩羅什於弘始四年（西元四〇二年）譯出，一卷。以後相繼出現五種譯本。全經五千二百餘字，詩中所言「七千字」，或為粗略計之。般若，梵語譯音，佛教用以指如實理解一切事物的智慧，有別於一般所指的智慧。⑰鐘唇　鐘下部呈波浪蓮花狀的口沿部分。永樂大鐘鑄有八葉鐘唇。⑱懸椎　懸掛大鐘的木架與敲擊大鐘的圓木。⑲諸葛廟　當指位於今四川成都南郊的武侯祠，是為紀念三國蜀丞相諸葛亮而建。祠內多植古柏，蒼翠蔥鬱。唐杜甫〈蜀相〉：「丞相祠堂何處尋，錦官城外柏森森。」清仇兆鰲《杜詩詳注》卷一五引宋田況〈古柏記〉云：「自唐季凋瘁，歷王、孟二國，盡槁尤甚。然以祠中樹，無敢伐者。宋乾德丁卯歲仲夏，枯柯復生，日益敷茂，觀者歎聳，以為榮枯之變，應時治亂，自三分迄今，八百餘年矣。」或謂指四川夔州之孔明廟。杜甫作於夔州的〈古柏行〉：「孔明廟前有老柏，柯如青銅根如石。霜皮溜雨四十圍，黛色參天二千尺。」這裡似非實指，當為用前人詩典而虛擬假設者，並為以下「萬牛回首」句伏線。⑳刈　砍斷。㉑善法　即善法堂，佛經中帝釋天講堂名，位於須彌山頂善見城外之西南角，為忉利天諸天眾之集會所。每逢三齋日，天眾集於此堂，詳論人、天之善惡，並制服阿修羅。《涅槃經》卷一二云：「是善法堂忉利諸天常集其中，論人天事。」《西域記》卷四云：「昔如來起自勝利上升天宮，居善法堂為母說法。」㉒忉利宮　即「忉利天」，梵文音譯多羅夜登陵舍，意譯「三十三天」。此天為欲界六天中的第二天。在須彌山頂。帝釋天止住於中央的人城，四方各有八城由其眷屬天眾居住，合計共有三十三天。㉓鐵網蓮花獄　佛經中謂懲處罪人之地獄。為邪心諂曲、妖媚惑人之虛妄眾生所墮之處。此獄有八十九重諸鐵羅網，一一網間有百億鐵針，每一鐵針各有五關忌。罪人命終，生鐵網間，動五關忌，無數鐵針射入毛孔。如是輾轉諸鐵網間，忽死忽生。蓮花，比喻佛門妙法。㉔鼎湖龍去幾春秋　謂明成祖已死去多年。鼎湖，《史記・孝武本紀》：「黃帝采首山銅，鑄鼎荊山下。鼎既成，有龍垂胡髯下迎黃帝。黃帝上騎，群臣後宮從上龍七十餘人，龍乃上去。餘小臣不得上，乃悉持龍髯，龍髯拔，墮黃帝之弓。百姓仰望黃帝既上天，乃抱其弓與龍胡髯號。故後世因名其處曰鼎湖，其弓曰烏號。」後世即以鼎湖喻指皇帝死亡。㉕二百二回　明成祖朱棣卒於永樂二十二年（西元一四二四年），至詩人作此詩之萬曆三十五年（西元一六〇七年），已歷經二百又二個春秋。㉖蒸雲炙日臥九朝　謂自明成祖朱棣以後，永樂大鐘風吹日曬已歷明仁宗朱高熾、明宣宗朱瞻基、明英宗朱祁鎮、明代宗朱祁鈺、明憲宗朱見深、明孝宗朱佑樘、明武宗朱厚照、明世宗朱厚熜、明穆宗朱載垕九朝帝王。㉗監寺優官　謂明代太常寺卿、少卿等官員。《明史・職官三》：「太常掌祭祀禮樂之事，總其官屬，籍其政令，以聽於禮部。凡天神、地祇、人鬼，歲祭有常。」㉘大材無用且沉聲二句　謂大鐘鑄好以後廢棄不用，美妙鐘聲聽不見，塵世惟有蟲蚓之聲亂耳。意即《楚辭・卜居》「黃鐘毀棄，瓦釜雷鳴」，從而感慨朝廷君子道消，小人道長。吠蚓，微不足道的聲響。古人認為蚯蚓能鳴，其聲發於孔竅。晉葛洪《抱朴子・博喻》：「鱉無耳而善聞，蚓無口而揚聲。」㉙今皇　明神宗朱翊鈞（西元一五六三—一六二〇年），隆慶二年（西元一五六八年）立為皇太子，六年即位，年號萬曆。初年以張居正輔政，推行「一條鞭法」，頗有所作為；張居正卒後，晏處深宮，不問政務，遣礦監稅使，四出搜刮民財，致怨聲載道。在位四十八年，卒葬定陵，廟號神宗。㉚斷溝　比喻剩餘被棄置的物品。語本《莊子・天地》：「百年之木，破為犧尊，青黃而文之，其斷在溝中。比犧尊於溝中之斷，則美惡有間矣，其於失性一也。」㉛琬琰　泛指美玉一類的珍寶。㉜天球　玉名。《尚書・顧命》：「大玉、夷玉、天球、河圖，在東序。」清孫星衍注引鄭玄曰：「天球，雍州所貢之玉，色如天者。」㉝黃屋　帝王所居宮室。這裡有暗諷明神宗聚斂無度的意思。㉞十龍　古鐘名。唐徐堅《初學記》卷一六〈樂部下・鐘第五〉：「古鐘名有大林之鐘（見《國語》）、景鐘（見《管子》）、九龍之鐘（見《淮南子》）、十龍之鐘（見《賈子》）、千石之鐘（見《說苑》及相如〈上林賦〉）。」這裡即指永樂大鐘。㉟禁林　皇家園林或倉庫，這裡謂明代內府下轄印經機構之一的漢經廠，故址在今北京市東城區景山公園附近的嵩祝寺一帶。㊱萬牛回首　謂運輸支撐永樂大鐘的大木重如丘山，連一萬頭牛都拉不動而回頭觀望，難以前行。這裡是誇張的說法，意在歎息人才不能得其所用。語本唐杜甫〈古柏行〉：「扶持自是神明力，正直原因造化功。大廈如傾要梁棟，萬牛回首丘山重。」㊲滄海老霆行舊令　謂長期為世所忽視的珍品永樂大鐘，又將重新發出如雷霆般的轟響。滄海，即「滄海遺珠」，謂被埋沒的人才或為人所忽視的珍品。老霆，雷神。古代傳說雷神推雷車形成雷聲隆隆，是遵天帝之命而行。舊題晉陶潛《搜神後記》卷五：「永和中，義興人姓周，出都，乘馬，從兩人行。未至村，日暮。道邊有一新草小屋，一女子出門，年可十六七，姿容端正……周便求寄宿。此女為燃火作食。向一更中，聞外有小兒喚阿香聲，女應諾。尋云：『官喚汝推雷車。』女乃辭行，云：『今有事當去。』夜遂大雷雨。」㊳洛陽遺耇開新目　謂永樂大鐘令居於京城的年高有德的舊臣遺老大開眼界。洛陽遺耇，唐代白居易在洛陽有九老會。宋司馬光〈洛陽耆英會序〉：「昔白樂天在洛與高年者八人游，時人慕之，為九老圖傳於世。」洛陽，原為唐代的東都，這裡喻北京。耇，高壽有德者。㊴西山但覺神奸潛　謂京師附近的西山諸峰中的鬼神怪異之物，因有永樂大鐘的鳴響而潛藏起來，不敢為害。西山，北京西郊群山的總稱，南起拒馬山，西北接軍都山，有百花山、靈山、妙峰山、香山、翠微山、盧師山、玉泉山諸峰。神奸，能害人的鬼神怪異之物。《左傳．宣公三年》：「昔夏之方有德也，遠方圖物，貢金九牧，鑄鼎象物，百物而為之備，使民知神姦。故民入川澤山林，不逢不若。螭魅罔兩，莫能逢之，用能協于上下以承天休。」杜預注：「圖鬼神百物之形，使民逆備之。」㊵易水不聞金人哭　謂鑄造永樂大鐘的明成祖從姪子建文帝手中奪得政權，並遷都於北京，因是「家事」，所以不像魏移漢祚那樣能夠引來金銅仙人的哭泣。這裡也暗示移動大鐘，並非如金銅仙人辭漢那樣屬於改朝換代。易水，流經今北京市西南的河北易縣，是明人從南京遷都北京的必經之路。金人，即漢代長安建章宮的捧露盤銅仙人，為魏明帝拆遷，留於霸城。唐李賀〈金銅仙人辭漢歌〉有序云：「魏明帝青龍九年八月，詔宮官牽車西取漢孝武帝捧露盤仙人，欲立置前殿。宮官既拆盤，仙人臨載乃潸然淚下。」其詩有云：「魏官牽車指千里，東關酸風射眸子。空將漢月出宮門，憶君清淚如鉛水。」㊶道旁觀者肩相摩二句　謂移動永樂大鐘，場面宏大，費時數月之久，引來道旁觀者如堵。限於古代運輸條件，移動大鐘須先沿路鑿井，俟冬季嚴寒，用井水潑路為冰，方能搬移如此重物。㊷天竺　印度的古稱。㊸萬事粗疏誰不然二句　意謂永樂大鐘鑄造巧奪天工，不堪受人驅使又行事粗疏的今人，是難以勝任鑄鐘之事的。隸僕，周官名，職掌清掃宗廟後殿以及行大射禮時清掃射宮侯道。這裡比喻從事鑄鐘的奴僕等。㊹興悲運慈　廣施佛家慈悲之心。唐德宗〈大乘理趣六波羅密多經序〉：「運慈悲之力，開攝護之門。」㊺萬鬼如聞離械梏　謂在地獄中受各種刑罰的鬼物一聞鐘聲即可脫離苦海。械梏，泛指刑具。㊻諫鼓　古代設於朝廷供進諫者敲擊以聞的鼓。《新唐書・裴諝傳》：「諫鼓、謗木之設，所以達幽枉，延直言。」㊼溝瀆　比喻困厄之境。

【語　譯】成祖文皇帝起兵靖難，奪得天下又遷都北京，大和尚姚廣孝輔佐有功，又為之監造永樂大鐘。周公、孔子仁義的祖師，儒家理想令中國一統，更欲憑藉佛法無邊，庇護愚昧無知的芸芸眾生。砂型、蠟型苦心經營十多年，鑄就大鐘八萬四千斤。光色如澗水映碧，又如人的肌膚細膩滑潤，裡裡外外鑄滿佛教的經文。字畫簡樸古雅生動傳神，瀟灑雄健如游龍，又如天鵝翱翔天空。大鐘外滿鑄弘揚佛法的要言秘籍，大鐘內書寫就八十卷《華嚴》經文。《金剛經》也有七千字，八葉鐘唇排列工整。南山伐木尋覓懸掛大鐘的木料，撞擊的圓木選擇也要精心，孔明廟千年的古柏終難逃斧斤。鐘聲震撼三十三天之上善法堂，又動搖百億針刺鐵羅網地獄重重。成祖文皇帝已仙去多年，二百零二年的歲月流逝無情。風吹日曬經歷了九代帝王，太常寺的大小官員再無人敢碰。寂寞的大鐘失去曾有的悠揚，塵世間只充斥亂耳的蟲蚓之聲。當今皇上好古，搜尋曾被忽視的物品，珍寶美玉都聚集在皇宮。廢棄在漢經廠的大鐘又重被起用，運輸大鐘如同移山寸步難行。雷霆般的轟響將恢復大鐘昔時的尊嚴，京城的勳臣遺老也有大開眼界的歡欣。京師西山的鬼神怪異將因鐘聲而潛伏，成祖的登極並非改朝換代，移動大鐘也是自家的舉動。道旁觀看移鐘的人摩肩接踵，車騎往來竟有數月的喧騰。大鐘銅色蒼翠幽寒，光可鑑人，當時鑄造者難道是印度來的巧匠良工。不堪受人驅使又行事粗疏，今人是難以擔此鑄鐘重任的。佛家慈悲廣布，又是一朝天子，即將敲響令冤魂怨鬼脫離苦海的鐘聲。何時能夠廣開言路，令諫鼓也如大鐘般懸掛朝廷，令天下蒼生脫離困厄的險境。

【研　析】永樂大鐘鬼斧神工，無論冶金技術、鑄造技術，還是力學結構、聲學效果，其製造工藝皆處於當時世界領先地位，即使用現代工藝技術，也難以複製出如此精美絕倫的鑄件。且大鐘鑄成之後，色澤光潤，細膩平滑，未經任何磨削加工，就能發出低音渾厚、高音清越、泛音眾多的悅耳之聲，一次撞擊，餘音嫋嫋，迴盪可達兩三分鐘之久；在古代民居建築普遍低矮簡陋、視野開闊、背景噪音極低的環境下，其聲可傳方圓幾十里之外，當非誇張之語。根據現代科學檢測，大鐘合金比例：銅百分之八十點五四，錫百分之十六點四一，鉛百分之一點一二，鋅百分之零點二二，金百分之零點零三，銀百分之零點零四。這一配方可保證大鐘的鑄造精度、抗拉強度、聲學性能等，均能達到最佳狀態。

袁宏道這首詩以永樂大鐘為題材，並沒有過多地糾纏於大鐘的物質因素，而是緬懷歷史，立足現實，通過永樂大鐘的鑄造與播遷，反映出一代文人的憂思，絕非詠物抒懷、頌揚明君或謳歌「盛世」的無聊泛泛之作。明成祖為何費時費力鑄造如此精美絕倫的大鐘？向有懺悔說（謂明成祖對靖難之役殺人如麻的懺悔）、佛教化民說、宣揚佛法說與炫耀功績說四說。懺悔說源於清高宗乾隆皇帝的有關詩作，論者又以袁宏道此詩「已將周孔一齊州，更假釋梵庇冥族」兩句為證，認為「冥族」云云即謂忠於建文帝的諸多臣屬等。其實一切獨裁者妄殺無辜，皆自認為天命攸歸，不會萌生絲毫悔意。明成祖慘殺「讀書種子」方孝孺，常常引來後世文人的非議，觀袁宏道此詩首二句「先皇舉手移天轂，無冠少師鬢髮禿」，作者對於「助紂為虐」的大和尚姚少師也不無微辭。然而此詩之重心並不在於對「靖難之師」歷史功過的評說，而是立足現實，對於萬曆皇帝朝綱不振、欲壑難填以及人才進身艱難等諸多問題都有涉及，鋒芒所向，甚至直指最高統治者。如果說，「南山」、「諸葛」兩句僅暗含對明成祖殺戮成性的不滿；那麼，「大材」、「吠蚓」兩句就已轉入對明神宗萬曆時期朝野壅蔽、人才零落的批評了。至於「今皇」至「萬牛」四句，顯然對「今皇」誅求無厭、勞民傷財的弊政更加不滿，綿裡藏針於含蓄的語句中，可謂悲憤交加。末兩句以「諫鼓」為辭，絕非曲終奏雅，而是道出一位正直文人士大夫憂懷國事的心聲，並將全詩主旨點明：「盡拔蒼生出溝瀆。」然而這種善良的企盼，終究只是作者的一廂情願，因為專制獨裁的本質就是反人民的！

晚色

宋懋澄

【題解】這首五律專寫晚景，宛如一幅山水畫軸，色彩鮮明，意蘊深邃，詩中有畫，大有老莊出世之想。

【作者】宋懋澄（西元一五六九－一六二〇年），字幼清，號稚源，一作自源，江南華亭（今上海市松江區）人。明萬曆四十年（西元一六一二年）舉人，三試禮部不遇。所為詩文，奇矯俊拔，尤工尺牘及稗官家言，無俗子韻。生平詳見宋徵輿《林屋文稿》卷一〇〈先考幼清府君行實〉、陳子龍〈宋幼清先生傳〉、吳偉業〈宋幼清墓誌銘〉。著有《九籥集》四十七卷、《九籥別集》四卷，今人王利器有校錄本《九籥集》（計有《九籥集文》、《九籥別集》、《九籥集詩輯錄》與《附錄》，無詩）。董康《嘉業堂藏書志》卷四著錄宋懋澄《九籥前集》詩六卷、文十一卷，《後集》詩四卷、文十卷（明刻本），略謂：「詩風華掩映，不受七子之束縛。《後集》詩之第四卷，並附詞曲數闋。文後永奇恣，兼而有之。尤長小說記事，緣博極群書，公車久困，藉詩文以發洩鬱勃之氣也。」

落日千林紫，漁舟聚淺灘。飛蓬雲外沒❶，野鳥望中還❷。寺小藏深樹❸，潮寬點亂山。一尊頻對此，無意羨人間。

【注釋】❶飛蓬雲外沒　唐杜甫〈復陰〉：「萬里飛蓬映天過，孤城樹羽揚風直。」飛蓬，謂枯後根斷遇風飛旋的蓬草。《商君書・禁使》：「飛蓬遇飄風而行千里，乘風之勢也。」❷野鳥望中還　唐于武陵〈早春山行〉：「異鄉那久客，野鳥尚思歸。」❸深樹　謂林木幽深。唐白居易〈郡中西園〉：「深樹足佳禽，旦暮鳴不已。」

【語譯】落日下千林一片紫色，打漁的歸舟聚攏在淺灘。飛蓬遙上雲天去遠，視野中野鳥歸還。寺雖小而林木幽深，潮水上漲點綴蒼茫亂山。常以尊酒對此仙境，真無意奔波塵世間。

【研析】這首五律自然流暢，感情充沛，充滿野趣，又富於瀟灑的出世之想，彷彿丹青妙手在圖繪自己的理想境界。唐李白〈獨坐敬亭山〉：「眾鳥高飛盡，孤雲獨去閒。相看兩不厭，只有敬亭山。」唐王維〈北垞〉：「北垞湖水北，雜樹映朱闌。逶迤南川水，明滅青林端。」這種擁抱大自然、物我交融的狀態可遇而不可求，風景常在，而觀賞者的心境不同，只有於平和心態中達到忘我的境界。才能做一名風景的合格欣賞者。末句「無意羨人間」，與作者原本就置身人間似乎矛盾，其實詩人早將如此風景視為超脫塵壒的仙境所在，其「人間」的指謂，無非是市井或官場的喧囂煩雜。中國傳統文人士大夫大多外儒內道，治國平天下的理想難以實現，就期望尋求內心的寧靜，在老莊思想中找到安身立命的棲居，於是留連山水就成為一種較為現實的選擇。讀這首詩可以具體體會到古人的這種情懷。與詩人年紀相仿的一位散文小品作家王思任，有〈小洋〉一篇妙文，收於其《謔庵文飯小品》卷三，文章以濃彩重墨渲染出那晚霞映襯下的天地奇景，令讀者歎為觀止。其文末有云：「嗟呼，不觀天地之富，豈知人間之貧哉！」堪稱與所選詩之末二句有異曲同工之妙。

春遊曲郢中四首（選其一）

袁中道

【題　解】這組五律共四首，以「春遊」為題，遊女為題材，當作於詩人年輕時候，故充滿對生活的憧憬。郢中，謂今湖北江陵一帶。

【作　者】袁中道（西元一五七〇—一六二三年），字小修，湖廣公安（今屬湖北）人。萬曆四十四年（西元一六一六年）進士，歷官徽州府教授、國子監博士、南京禮部主事、南京吏部郎中。與兄袁宗道、袁宏道並稱「三袁」，公安派代表作家之一。著有《珂雪齋近集》十卷、《珂雪齋前集》二十四卷、《珂雪齋集選》二十四卷、《游居柿錄》十三卷，今人錢伯城匯合以上四種為《珂雪齋集》整理本。《明史》卷二八八〈文苑四〉有傳，謂其：「十餘歲，作〈黃山〉、〈雪〉二賦，五千餘言。長益豪邁，從兩兄宦游京師，多交四方名士，足跡半天下。」清錢謙益《列朝詩集小傳》丁集〈袁儀制中道〉有云：「余嘗語小修：『子之詩文，有才多之患，若遊覽諸記，放筆芟薙，去其強半，便可追配古人。』」清朱彝尊《靜志居詩話》卷一七〈袁中道〉有云：「小修才遜中郎而過於伯氏。」陳田《明詩紀事》庚籤卷五選袁中道詩十首，有按語云：「惟伯修、中郎之論，先入為主，故其所作，不脫輕佻習氣。」

總以堂堂❶去，何容緩緩歸❷。隔溪鶯對語❸，掠水燕雙飛❹。野草香沾屐❺，修篁❻翠濕衣❼。山花一樹好，遊女❽採來稀。

【注釋】❶堂堂　猶公然。唐薛能〈春日使府寓懷〉之一：「青春背我堂堂去，白髮欺人故故生。」❷緩緩歸　徐徐而歸。宋蘇軾《分類東坡詩》卷四〈陌上花引〉：「父老云：吳越王妃每歲春必歸，臨安王以書遺妃曰：『陌上花開，可緩緩歸矣。』」其〈陌上花〉其一：「遺民幾度垂垂老，遊女長歌緩緩歸。」❸隔溪鶯對語　語本宋李石〈出塞〉：「劃踏襪兒垂手處，隔溪鶯對語。」❹燕雙飛　宋晏幾道〈臨江仙〉：「落花人獨立，微雨燕雙飛。」❺屐　原指木製鞋，這裡泛指鞋。❻修篁　修竹；長竹。❼翠濕衣　唐趙嘏〈沙溪館〉：「翠濕衣襟山滿樓，竹間溪水繞床流。」❽遊女　出遊的婦女。

【語譯】縱然公開去遊春，安能徐徐歸家裡。黃鶯隔溪水鳴叫，雙燕掠水面疾飛。鞋已沾滿野草的芳香，衣裳被竹林內青翠打濕。一株山花爛漫開放，遊女採摘已漸稀。

【研析】這組五律其二：「春在畫橋頭，般紅照碧流。幾迴看去馬，一笑蕩輕舟。夜月梨花夢，春風燕子愁。願為原上草，歲歲藉芳遊。」其三：「妝為阿誰新，新來卻避人。笑寧藏便面，絢已印輕塵。打鳥穿山曲，尋花傍水津。緋桃飛已盡，今日又重春。」其四：「指點層臺事，前人佐酒觴。塵塵無故跡，歲歲有新妝。綺閣多凡鳥，荒榛出異香。羅敷他自好，不肯嫁君王。」將四首詩聯繫起來鑑賞，一股青春氣息迎面撲來。作者以第三者的視角觀察一群笑語盈盈、活潑浪漫的女子春遊，寫景寫情，情景交融。唐姚合有〈遊春十二首〉五律，其六云：「看春長不足，豈更覺身勞。寺裡花枝淨，山中水色高。嫩雲輕似絮，新草細如毛。並起詩人思，還應費筆毫。」與所選袁中道詩比較，頷聯、頸聯皆以寫景見長，可知公安派中人雖以性靈為旗幟，但並沒有放棄對傳統的繼承與學習。無論布局章法，還是韻律格調，保持傳統正是中國古典詩歌至今常存的魅力所在。

雪中望諸山

袁中道

【題　解】這首七絕作於萬曆三十七年（西元一六〇九年）正月二十二日至二十六日間，時作者至湖南桃源乘舟遊覽四日。袁中道另有散文〈遊桃源記〉以及《游居柿錄》卷二皆記錄下這次行程。

青蓮花❶間白蓮❷開，萬簇千攢❸入眼來。別有銷魂❹清豔❺處，水邊雪裡看紅梅❻。

【注　釋】❶青蓮花　比喻近處看山的景觀。袁中道〈遊桃源記〉：「惟此一帶山，愈近愈活。全清湘，溪水頻為山所約，欲窮去路。山至此如障如城，如千葉青蓮，如畫中所稱『陀子之頭，道子之腳』，無不具備，實為佳山水之聚。」❷白蓮　比喻遠觀有積雪的山巒。❸萬簇千攢　謂當地群山簇擁的雲巖景觀。〈遊桃源記〉：「入雲巖，壁皆千峰萬峰攢簇而成，咫尺皆有波瀾，曲折瀠洄，翻成動物。」又《游居杮錄》卷二：「近桃源縣，山頭起伏如騰波，如千簇花瓣，刻露生動，予平生所未見。」❹銷魂　謂靈魂似乎離開肉體，形容心情極其愉悅。❺清豔　清秀豔麗。宋蔡絛《西清詩話・紅梅》：「紫梅清豔兩絕，昔獨盛於姑蘇，晏元獻始移植西岡第中，特珍賞之。」❻水邊雪裡看紅梅　〈遊桃源記〉：「出山口，時有紅梅。」

【語　譯】雪中諸山似青蓮白蓮相間開放，千萬峰巒簇擁進入視野。別有令人銷魂的清秀豔麗，水邊紅梅映襯白雪的世界。

【研　析】近體詩中的絕句，雖僅四句，卻最講究起承轉合，若四句平擺浮擱，則詩味盡失。這首七言絕句如同丹青妙手圖繪工筆重彩的畫卷，非常注重色彩的運用，首句為近山青與遠山白的相襯，末句又轉換為水邊紅與遍地白的對比，近觀遠睹，鮮明醒目，詩中有畫，景中寓情。作者《游居杮錄》卷二：「蓋山遠易於取態，至近而態不失者絕少。惟此一帶山，近在几席，而駁雲皺霧，弄姿獻媚，故予有『近山存遠黛』之句。山曲中，俄見白紅梅千百枝，晃耀岩壑。」作者的審美意識決定了其詩的靈動飛舞之態。唐吳融〈春雨〉：「別有空階寂寥事，綠苔狼藉落花頻。」這種用遞進關係寫景的手法，唐人多所運用，袁中道此詩後兩句也用遞進手法，凸顯了雪中紅梅花開的清豔獨絕。

據作者所寫〈遊桃源記〉，袁中道這次暢遊桃源，大半是乘舟逐水曲折而行，先是「山雨日來」，此後天忽放霽，行間又逢夜雨不止，頗不寂寞。遇雪是在作者行程的三天以後，文中有記云：「日已暮，舟小不堪住。近岩有溪曰漁網，亦曰怡望，溪畔有人家可宿……共取酒劇譚，醉肱臥案上。覺則天已黎明，聞青衣大叫曰：『雪深三寸矣！』急起視之，遠近諸山，皆在雪中。」本詩即當寫於斯時。作者此行大為快意，從詩中也可略見其興致勃勃的心情。〈遊桃源記〉於文末總結說：「大約水上看山，惟三峽與花源耳。三峽雄奇，花源秀邃。三峽，馬《史》也；花源，班《漢》也。三峽，子美詩也；花源，摩詰詩也。第瞿唐、灩澦之勝，常以險奪；而此地一舟泛泛，無風濤之怖。若以一小樓船載書畫，攜酒核邀二三勝友，終日盤桓其中，友山客而侶漁仙，快可知矣。」讀此，對於鑑賞這首七絕大有助益。

登金山

袁中道

【題 解】這首五律作於萬曆三十七年（西元一六〇九年）六月間，時作者乘舟沿江作東南之遊，袁中道有〈東遊記〉與《游居柿錄》為證。金山，在今江蘇鎮江市西北，原名氐父山，又有金鰲嶺、伏牛山、浮玉山等別名，高約四十三公尺，原屹立於長江中，清光緒間由於水文變遷，金山始與南岸相接，遂成為陸山，無復明代景觀。

萬派❶迴江勢❷，孤標插海門❸。水風悲日夜，潮雪❹濺乾坤❺。點啜清泉醉❻，摩挲❼冷石❽溫。何年濤浪竭，拔地看山根❾。

【注釋】❶萬派　形容長江支流眾多。派，江河的支流。唐李建勳〈春水〉：「萬派爭流雨過時，晚來春靜更逶迤。」❷迴江勢　唐李咸用〈秋望〉：「風閃雁行疏又密，地迴江勢急還遲。」❸孤標插海門　謂金山聳立於長江中。孤標，謂山的頂端。北魏酈道元《水經注．涑水》：「東側磻溪萬仞，方嶺雲迴，奇峰霞舉，孤標秀出，罩絡群山之表。」海門，原謂內河通海之處，這裡形容當時長江在鎮江以東的寬闊江面。唐盧肇〈題甘露寺〉：「地從京口斷，山到海門回。」五代徐鉉〈登甘露寺北望〉：「京口潮來曲岸平，海門風起浪花生。」❹潮雪　謂湧潮浪花如雪。❺乾坤　謂天地。《易．說卦》：「乾為天……坤為地。」❻點啜清泉醉　謂小口飲用金山中泠泉泉水所烹茶令人心醉。袁中道〈東遊記〉二十七：「時倦甚，偃臥樓上，取泉水烹茶。按中泠泉原在江心，此山中井中水也，正宜出惠泉下。蓋以中泠為第一者，乃劉伯芻耳。」又《游居柿錄》卷三：「午抵金山，息於水月樓，取中泠烹茶。」中泠泉，又名南泠泉，在金山之西，有「天下第一泉」之稱。❼摩挲　撫摸。❽冷石　當謂金山之西的石簰山，怪石嶙峋，相傳為晉郭璞墓所在地。袁中道〈東遊記〉二十七：「下至山門，見前有亂石浮水上，相傳為郭璞墓。」❾何年濤浪竭二句　民間傳說金山如荷葉浮於江面，其水下部分猶如荷柄，可搖動。袁中道〈東遊記〉二十七：「予謂遊侶曰：聞江深五里，則山之出水者無幾。其果本豐而末銳耶，抑上如荷葉之浮，而下入荷柄耶？往聞之故老云：昔有一小沙彌，面如鬃，喜入水，或經晝夜不出。

偶一日沉江底，以手搖山柄大動，山上人皆驚，訊之，始知此沙彌所為。眾詬之，遂入水去。相傳為龍沙彌。由此觀之，山下信如荷柄，經江水千萬年洗磨駁蝕，必有奇竅異色，待滄海揚塵時，來一觀之，當不減碧玲瓏耳。」

【語　譯】支流眾多的長江氣勢浩大，金山矗立江中直插海門。水借風勢悲歎日夜的飄逝，湧潮浪花如雪蕩滌乾坤。啜一口清泉烹茶令人心醉，撫摸冷石欲拂去歷史的風塵。何時滄海再變桑田，要看這金山是否有傳說中的山根。

【研　析】袁中道〈東遊記〉二十七：「舟中望金山，萬派爭流，一拳孤峙。」此可為本詩首聯之注腳。又云：「登妙高臺，風濤際天，簸蕩川嶽。東望大海，水氣浩白無際。」此可為本詩頷聯注腳。這首五律寫江水，寫金山，驚心動魄，氣勢磅礴。至於啜茶、摩石，亦屬文人雅致，信手拈來，饒有趣味。全詩最為奇特之處為尾聯的兩句，詩人以傳說為基礎，輔以自家瑰麗的想像，玄妙中顯示了詩人不乏童心的天真浪漫情懷。作者似乎真的為金山中人擔心了，其〈東遊記〉二十七云：「第以一柄載豐顱，樓閣磊砢其間，江水怒濤，日夜刹削不休；而海風常如吡嵐，晝夜噓吸飄搖，恐荷柄忽折，將奈何？頗為山中人危之。」如此類似杞人憂天的憂慮，袁中道或許是真誠的，這正如其兄袁宏道在〈敘小修詩〉一文中所論：「泛舟西陵，走馬塞上，窮覽燕趙、齊魯、吳越之地，足跡所至，幾半天下，而詩文亦因之以日進。大都獨抒性靈，不拘格套，非從自己胸臆流出，不肯下筆。有時情與境會，頃刻千言，如水東注，令人奪魄。其間有佳處，亦有疵處，佳處自不必言，即疵處亦多本色獨造語。」從中可見袁中道詩歌特點之一斑。

會稽懷古二首（選其一）

徐㶿

【題解】這組七律共兩首，正如其詩題所云，屬於懷古詠史之作。會稽，即今浙江紹興，曾是春秋時代越國的都城。

【作者】徐㶿（西元一五七〇—一六四五年），初字惟起，更字興公，號鰲峰居士、綠玉齋主人等，晉安（今屬福建福州）人。博聞多識，工文，擅詩歌，以布衣終。著有《鰲峰集》二十八卷。生平詳見南居益〈鰲峰集序〉、日人市原亨吉《徐㶿年譜稿略》，《明史》卷二八六〈文苑二〉有傳，內云：「㶿以布衣終。博聞多識，善草隸書。積書鰲峰書舍至數萬卷。」清錢謙益《列朝詩集小傳》丁集〈徐布衣㶿〉有云：「興公博學工文，善草隸書，萬曆間與曹能始狎主閩中詞壇，後進皆稱興公詩派。嗜古學，家多藏書，著《筆精》、《榕陰新檢》等書，以博洽稱於時。」清朱彝尊《靜志居詩話》卷一八〈徐㶿〉有云：「興公藏書甚富，近已散佚，予嘗見其遺籍，大半點墨施鉛，或題其端，或跋其尾，好學若是，故其詩典雅清穩，屏去觕浮淺俚之習，與惟和（即其兄徐熥）足稱二難。」陳田《明詩紀事》庚籤卷三選徐㶿詩十三首，著錄《鰲峰集》二十六卷，有按語云：「興公七言，可肩隨惟和，五言近體微少變化，應推乃兄獨步。」

獨上高城❶問廢興，萬家鱗次❷暮煙凝。斷碑碧蘚曹娥廟❸，古木蒼山夏禹陵❹。剡雪霏微回客棹❺，樵風來往送漁燈❻。越王霸業❼長消歇，極目❽荒臺感慨增。

【注釋】❶高城　當謂越王臺，故址在今紹興市府山南麓，為南宋嘉定十五年（西元一二二二年）知府汪綱所重建，後毀於戰火。今存者為一九八〇年所重修，旁有宋人所植古柏尚存。宋張淏《會稽續志》卷一〈越王臺〉：「按《祥符圖經》云，在種山東北，種山，蓋臥龍之舊名也。今臺乃在臥龍之西，舊有小茅亭，名近民，久已廢壞。嘉定十五年，汪綱即其遺址創造，而移越王臺之名於此。氣象開豁，目極千里，為一郡登臨之勝。且俾曾者年篆三大字，立石而刻之，別為亭以覆之，亭在臺之左。」❷鱗次　謂如同魚鱗般依次排列。❸曹娥廟　宋施宿等《會稽志》卷六：「曹娥廟，在縣東七十二里。娥，上虞人，父盱，能弦歌為巫祝。漢安二年五月五日，於縣江泝濤迎波神溺死，屍不得。娥年十四，緣江號泣，晝夜不絕，旬有七日，遂投江而死。元嘉元年，縣長度尚改葬於江南，道旁為立碑焉。墓今在廟之左，碑有晉右將軍王逸少所書小字。」❹夏禹陵　在今浙江紹興東南十二里會稽山麓，坐東面西，臨禹池，對亭山，會稽山環抱其後，傳為夏禹之陵墓。《史記》卷二〈夏本紀〉：「太史公曰：禹為姒姓，其後分封，用國為姓，故有夏后氏、有扈氏、有男氏、斟尋氏、彤城氏、褒氏、費氏、杞氏、繒氏、辛氏、冥氏、斟戈氏。孔子正夏時，學者多傳夏小正云。自虞、夏時，貢賦備矣。或言禹會諸侯江南，計功而崩，因葬焉，命曰會稽。會稽者，會計也。」❺剡雪霏微回客棹　謂王徽之雪夜訪戴事。南朝宋劉義慶《世說新語・任誕》：「王子猷居山陰，夜大雪，眠覺，開室命酌酒，四望皎然。因起彷徨，詠左思〈招隱詩〉。忽憶戴安道。時戴在剡，即便夜乘小舟就之。經宿方至，造門不前而返。人問其故，王曰：『吾本乘興而行，興盡而返，何必見戴？』」剡，古縣名。在今浙江嵊縣西南。霏微，這裡謂雪細小貌。棹，船槳，借指船。❻樵風來往送漁燈　用東漢鄭弘遇神人事。《後漢書》卷三三〈鄭弘傳〉「鄭弘字巨君，會稽山陰人」，李賢注引南朝宋孔靈符《會稽記》：「射的山南有白鶴山，此鶴為仙人取箭。漢太尉鄭弘嘗採薪，得一遺箭，頃有人覓，弘還之，問何所欲，弘識其神人也，曰：『常患若邪溪載薪為難，願旦南風，暮北風。』後果然。」後世即以「樵風」指順風、好風。唐宋之問〈游禹穴回出若邪〉：「歸舟何慮晚，日暮使樵風。」漁燈，漁船上的燈火。❼越王霸業　謂越王句踐平吳後所成就的霸業。《史記》卷四一〈越王句踐世家〉：「句踐已平吳，乃以兵北渡淮，與齊、晉諸侯會於徐州，致貢於周。周元王使人賜句踐胙，命為伯。句踐已去，渡淮南，以淮上地與楚，歸吳所侵宋地於宋，與魯泗東方百里。當是時，越兵橫行於江、淮東，諸侯畢賀，號稱霸王。」句踐（西元前？—前四六五年），春秋時越王，曾敗於吳王夫差，被困會稽，忍辱求和，臥薪嘗膽，發憤圖強，十年生聚，十年教訓，終於滅吳，成就霸業。❽極目　用盡目力遠望。

【語譯】獨自登上越王臺尋求興亡之跡，在暮煙籠罩下放眼如魚鱗般排列萬家。碧苔覆蓋僅留斷碑的曹娥廟，夏禹的陵墓在蒼山古木之下。夜雪訪戴這裡曾留下遺跡，漁燈閃爍來往記錄著樵風的佳話。越王句踐的霸業早已成空，登此荒臺遠望徒有感慨生發。

【研析】這組七律詩其二云：「雲門天姥地偏靈，太史遊蹤此地經。材美東南名竹箭，風流今古說蘭亭。勾餘水落搖空碧，秦望山高入郡青。斷腸西陵歌舞處，秋風松柏盡凋零。」會稽因自然條件優越，在歷史上開發較早，逐漸形成一座自然景觀與人文景觀皆有豐富資源的城市而享譽海內。上古三代時，傳說虞舜就曾到過這裡，至今在紹興城東南仍有舜王廟的蹤跡。至於「禹穴」的遺存，更昭示了這位神州治水首領的不朽功績。越王句踐向吳王夫差復仇的著名故事，也不斷鼓舞著後世敢於挑戰權威的人們，晚生於徐𤊹五年的王思任，在其討伐南明權臣馬士英的檄文中曾明確地道出，「吾越乃報仇雪恥之國，非藏垢納汙之區也」（〈思任又上士英書〉）的名言，顯示了作為會稽人的無比自豪。至於秦始皇的東巡、東漢著名隱士嚴光的高潔、東晉大書法家王羲之〈蘭亭序〉的神采、唐代著名詩人賀知章、李白、杜甫、元稹等人的詩篇、南宋陸游的愛情傳說、明代藝術家徐渭等等，皆與會稽有不解之緣。這首七律〈會稽懷古〉頷聯、頸聯歷數有關會稽的歷史或傳說，尾聯則以越王句踐霸業成空為結束，對句以「荒臺」呼應首聯出句「高城」之詠，將一己別有愁懷憂緒的感慨含蓄道出，雋永有味。

木棉庵

徐𤊹

【題解】這首七律屬於詠史詩，以南宋奸臣賈似道為鄭虎臣所殺事件為本事，抒發感慨。木棉庵，或作「木綿庵」，故址在今福建漳州南。南宋末以權臣賈似道誤國，詔貶高州，循州（治所今廣東惠州西北）安置，遣使監押之，會稽縣尉鄭虎臣自請行，至木棉庵，對賈似道說：「吾為天下人殺似道，雖死何憾！」遂殺之。事見《宋史》卷四七四〈賈似道傳〉。

只因誤國瘴鄉來❶，那得金雞❷詔赦回。監押❸芳名長不滅，平章❹
遺骨已成灰。生前有客依秋壑❺，死後何人哭夜臺❻。血汙遊魂❼歸未得，
木棉花❽落杜鵑❾哀。

【注　釋】❶只因誤國瘴鄉來　謂賈似道因誤國被貶循州事。賈似道（西元一二一三—一二七五年），字師憲，南宋台州天台（今屬浙江）人，賈涉子。以姊為宋理宗寵妃，累官右丞相兼樞密使，行「公田」、「推排」諸法，民多破家。宋度宗時，封太師，平章軍國重事，專權恣肆，隱匿軍情，朝政決於西湖葛嶺私宅。後不得已與元軍戰於魯港（今安徽蕪湖西南），潰敗，被革職，貶徙婺州，婺人逐之，謫為高州團練使，循州安置，最終為鄭虎臣所殺。瘴鄉，古人謂南方有瘴氣的地方。南宋福建、廣東邊遠地帶尚未開發，故稱。❷金雞　古代頒布赦詔時所用的一種金首雞形儀仗。《太平御覽》卷九一八引《三國典略》：「齊長廣王湛即皇帝位，於南宮大赦，改元。其日將赦，庫令於殿門外建金雞。宋孝王不識其義，問於元祿大夫司馬膺之：『赦建金雞，其義何也？』膺之曰：『案《海中星占》曰：天雞星動，當有赦。由是帝王以雞為候。』」《新唐書》卷四八〈百官三〉：「赦日，樹金雞於仗南，竿長七丈，有雞高四尺，黃金飾首，銜絳幡長七尺，承以彩盤，維以絳繩。將作監供焉。擊掆鼓千聲，集百官、父老、囚徒。」因用為大赦之典。❸監押　謂鄭虎臣。❹平章　即「平章軍國重事」，官名，位宰相上，不常置，多用以尊崇元老重臣，宋代任此職者僅文彥博、呂公著、韓侂胄、賈似道等，這裡謂賈似道。❺秋壑　賈似道有秋壑堂，人或以賈秋壑稱之。❻夜臺　墳墓。❼遊魂　迷信謂遊蕩的鬼魂，賈似道被殺於異鄉，故稱。❽木棉花　木棉的花，先葉開花，大而紅，木棉，落葉喬木，又名攀枝花、英雄樹。❾杜鵑　鳥名，又名杜宇、子規。相傳為古蜀帝杜宇之魂所化。春末夏初，常晝夜啼鳴，其聲異常哀切。南朝宋鮑照〈擬行路難〉其六：「中有一鳥名杜鵑，言是古時蜀帝魂。其聲哀苦鳴不息，羽毛憔悴似人髡。」

【語　譯】只因為專權誤國被貶到南方煙瘴地，金雞頒詔赦免已成妄想。監押者鄭虎臣名留青史，賈似道的骨骸已成灰化作塵壤。生前顯赫有多少人依附，死後淒涼卻無人墳頭悲愴。橫死他鄉遊魂難歸故里，木棉花伴隨杜鵑的哀鳴飄蕩。

【研　析】在蒙元的強大軍事壓力下，南宋國勢日蹙，偏偏末世又出賈似道這般奸佞權臣，無異於雪上加霜，在賈似道漳州被殺三年以後，南宋也終於覆亡。國之將亡，必生妖孽，賈似道的出現為南宋的終結作了「背書」。後世有關這位曾經顯赫一時的權貴的傳說甚多，表現了人們的憎惡之情。明田汝成《西湖遊覽志餘》卷五記述當時人諷刺賈似道有「朝中無宰相，湖上有平章」之語，同書、卷又有賈似道西湖妄殺姬人的記述，被後人演繹為《紅梅閣》、《李慧娘》等戲劇，留下千載罵名。晚明馮夢龍編纂《古今小說》，其第二十二卷〈木綿庵鄭虎臣報冤〉也以此為本事演繹，可見這位歷史人物甚不得人心。

至於其死，元蔣正子《山房隨筆》云：「似道遣鄭虎臣之辱，其時趙介如守漳，賈門下客也。宴虎臣於公舍，介如欲客似道，似道不可，以讓虎臣，口口稱『天使』唯謹，虎臣不答，似道遂坐於下。介如察其有殺賈意，命館人啟鄭，且以辭挑之……未幾，遂殞。趙往哭，鄭不許。趙固爭，鄭怒云：『汝欲檢我耶？』趙云：『汝也宜得一檢。』然末如之何。趙經紀棺殮，且致祭，其詞云：『嗚呼！履齋死循，死與宗申。先生死閩，死與虎臣。嗚呼！』云云，只此四句。然哀激之忱，無往不復之微意，悉寓其中。」《宋史》卷四七四本傳則云：「福王與芮素恨似道，募有能殺似道者使送之貶所，有縣尉鄭虎臣欣然請行。似道行時，侍妾尚數十人，虎臣悉屏去，奪其寶玉，徹轎蓋，暴行秋日中，令舁轎夫唱杭州歌謔之，每名斥似道，辱之備至。似道至古寺中，壁有吳潛南行所題字，虎臣呼似道曰：『賈團練，吳丞相何以至此？』似道慚不能對。嶸叟、應麟奏似道家畜乘輿服御物，有反狀，乞斬之。詔遣鞫問，未至。八月，似道至漳州木綿庵，虎臣屢諷之自殺，不聽，曰：『太皇許我不死，有詔即死。』虎臣曰：『吾為天下殺似道，雖死何憾？』拉殺之。」這首詠史七律對於賈似道這位前朝奸佞也極盡揶揄之能事，反映了「公道自在人心」

的歷史評價，屬於鞭屍之作。

江上聞笛

徐𤊹

【題　解】這首七絕所記述場景，顯然化用南朝宋劉義慶《世說新語・任誕》中王徽之與桓伊途中相遇，兩人僅以笛聲交流的情景，屬於一種「知音」尋求的理想化境界。

半夜遙聞短笛聲，荻蘆❶深處一舟橫。相逢主客渾❷無語，吹徹❸〈梅花〉❹月滿城❺。

【注　釋】❶荻蘆　即荻與蘆，皆為水草。❷渾　副詞，皆。❸吹徹　吹奏完整。宋周邦彥〈滿庭芳〉：「歸來晚，笛聲吹徹，九萬里塵埃。」❹梅花　笛曲有〈梅花落〉，漢樂府橫吹曲名。宋郭茂倩《樂府詩集》卷二四〈橫吹曲辭四・梅花落〉題解：「〈梅花落〉，本笛中曲也。按唐大角曲亦有〈大單于〉、〈小單于〉、〈大梅花〉、〈小梅花〉等曲，今其聲猶有存者。」❺月滿城　唐許渾〈陪王尚書泛舟蓮池〉：「客散山公醉，風高月滿城。」

【語　譯】半夜裡遙遙聽見笛聲悠揚，水草深處橫泊一舟。相見之下主客一語皆無，一曲〈梅花落〉吹畢月色滿城頭。

【研　析】這首〈江上聞笛〉渲染出一種無言之美的意境，那是一種知音之間才會產生的心靈溝通，那是一種別有會意的神交。作者也許在現實中從來沒有遇到過此情此景，但想像的翅膀一旦插上，就會心遊萬仞，奏響作者詩意棲居的樂章，於是就有了這首小詩。南朝宋劉義慶《世說新語・任誕》：「王子猷出都，尚在渚下。舊聞桓子野善吹笛，而不相識。遇桓於岸上過，王在船中，客有識之者云：『是桓子野。』王便令人與相聞，云：『聞君善吹笛，試為我一奏。』桓時已貴顯，素聞王名，即便回下車，踞胡床，為作三調。弄畢，便上車去。客主不交一言。」

相同的故事，《晉書》卷八一〈桓伊傳〉記云：「伊性謙素，雖有大功，而始終不替。善音樂，盡一時之妙，為江左第一。有蔡邕柯亭笛，常自吹之。王徽之赴召京師，泊舟青溪側。素不與徽之相識。伊於岸上過，船中客稱伊小字曰：『此桓野王也。』徽之便令人謂伊曰：『聞君善吹笛，試為我一奏。』伊是時已貴顯，素聞徽之名，便下車，踞胡床，為作三調，弄畢，便上車去，客主不交一言。」六朝人的天真浪漫、率性瀟灑在這則故事中被表現得淋漓盡致，本詩作者所化用者，顯然就是佛家所謂「心心相印」的這種高妙境界。作者另有一首〈空江秋笛圖〉，屬於題畫詩：「寒蘆槭槭蒲江秋，短笛隨風自有腔。律呂參差吹落月，商聲一夜到船窗。」互相參看，可知作者對江上笛聲的情有獨鍾。

酒店逢故人

徐　𤊹

【題　解】這首七絕詩題有「酒店」兩字，詩之首句卻云「旅店」，或是作者有互文見義的企圖。故人，謂舊交、老友。

旅店相逢日未斜，不堪為客共天涯❶。尊前❷何必傷離別，人是同鄉醉是家。

【注　釋】❶共天涯　唐韓偓〈寄京城親友二首〉其一：「苦吟看墜葉，寥落共天涯。」天涯，猶天邊，謂極遠的地方。語本〈古詩十九首．行行重行行〉：「相去萬餘里，各在天一涯。」❷尊前　在酒樽之前，這裡謂與故人飲酒。唐馬戴〈贈友人邊游回〉：「尊前語盡北風起，秋色蕭條胡雁來。」

【語　譯】在日未西下的時候相逢在旅店，同在天涯為客令人心悲。飲酒時不必為遠離故鄉傷懷，與鄉里故人同醉權當是家中的歡會。

【研　析】古代交通不便，羈旅他鄉的遊客皆有一種濃濃的故鄉情結，而古人動輒將「他鄉遇故知」與「久旱逢甘雨」相提並論，也足見這種故鄉情結的牢不可破。唐杜甫〈月夜憶舍弟〉云：「露從今夜白，月是故鄉明。」故鄉明月在詩人心中的分量實在太重了。唐盧僎〈南望樓〉：「去國三巴遠，登樓萬里春。傷心江上客，不是故鄉人。」無獨有偶，唐崔塗〈櫓聲〉則云：「煙外橈聲遠，天涯幽夢回。爭知江上客，不是故鄉來。」兩詩相反相成，似乎是在一問一答，放在一處鑑賞，令讀者拍案叫絕。這種對故鄉人的看重與企盼，也就是桑梓情深的表露。這首七絕妙在結句「人是同鄉醉是家」的言簡意賅、餘味深長，詩人企圖於醉眼朦朧中求得暫時的心理平衡，因眼前有故人一同飲酒，便認為是在家中的小酌，無比愜意。若探討作者之心理依據，唐李白〈客中行〉一詩早有披露：「蘭陵美酒鬱金香，玉碗盛來琥珀光。但使主人能醉客，不知何處是他鄉。」

醉中即可不辨故鄉、他鄉，也同樣是一種無奈中的聊以自慰而已。

題宋徽宗墨蘭圖

徐𤊹

【題解】這首七絕是一首題畫詩。宋徽宗，即趙佶（西元一〇八二—一一三五年），宋神宗子，宋哲宗弟。初封遂寧郡王，後封端王，元符三年（西元一一〇〇年）於哲宗死後即皇帝位，任用蔡京等奸佞，又崇奉道教，自稱「教主道君皇帝」，窮奢極欲，內政外交皆陷於困境。宣和七年（西元一一二五年）金兵南下，宋徽宗傳位其子趙桓，是為宋欽宗，自稱太上皇。靖康二年（西元一一二七年）為金人俘虜北去，八年以後死於五國城（今黑龍江省依蘭）。在位二十六年，工書善畫，書以「瘦金體」、畫以花鳥名傳後世，且有真跡留存。

嫩蕊疏花寫楚蘭❶，宣和御墨❷半凋殘❸。國香❹莫道蕭條❺甚，北地❻風霜不耐寒。

【注釋】❶楚蘭　香草名，古代男女佩用以祓除不祥。因盛產於楚地，戰國楚屈原在楚辭創作中又多所歌詠，故稱。唐盧殷〈長安親故〉：「楚蘭不佩佩吳鉤，帶酒城頭別舊遊。」唐杜牧〈將赴湖州留題亭菊〉：「陶菊手自種，楚蘭心有期。」❷宣和御墨　宋徽宗書畫所用印璽，這裡代指宋徽宗的「墨蘭圖」。《石渠寶笈》卷八：

「宋徽宗「通臂摘果圖」一軸，素箋本著色，畫未署款，上方押字，鈐『宣和御墨』一璽。」宣和，宋徽宗的第六個（最後一個）年號。❸凋殘　謂損壞。❹國香　謂蘭花。語本《左傳・宣公三年》：「蘭有國香。」唐宋之問〈過史正議宅〉：「國香蘭已歇，里樹橘猶新。」《廣群芳譜・花譜二三・蘭蕙》引宋黃庭堅〈書幽芳亭〉：「蘭之香蓋一國，則曰國香。」❺蕭條　寂寞；凋零。❻北地　暗寓宋徽宗被金人擄至五國城。

【語譯】墨寫蘭花疏淡嫩蕊是御筆，帝王的圖畫一半已損殘。不要說國香如此凋零寂寞，原來難耐北國的霜風雪寒。

【研析】作者另有一首〈題宋徽宗秋江獨釣圖〉：「鏡水無波釣艇閑，人間治亂豈相關。金風忽動黃沙亂，不見中原萬歲山。」與所選詩同一思致。作者的筆記《徐氏筆精》卷五〈宋徽宗畫〉有云：「宋徽宗繪畫題詠者多含譏刺，元成廷珪〈題白頭翁圖〉云：『梔子紅時人正愁，故宮衰草不勝秋。西風吹落青城月，啼得山禽也白頭。』國初高季迪〈題畫眉百合圖〉云：『百合蕪殘六合塵，汴京啼鳥怨無人。不知風雪龍沙地，還有圖中此樣春。』……康與之〈題花鳥〉云：『玉輦宸遊事已空，尚餘奎藻繪春風。年年花鳥無窮恨，盡在蒼梧夕照中。』項忠〈題鴝鵒圖〉云：『五國城邊掩淚時，汴梁宮闕了無遺。爭如鴝鵒知春意，猶占東風第一枝。』呂困〈題鴝鵒圖〉云：『御墨淋漓玉數枝，畫圖瀟灑使人悲。春風鴝鵒湘江景，不似龍沙夜雪時。』」筆記之末又錄作者上舉二詩，可見具有鑑賞比較的企圖。總之，作為藝術家的宋徽宗是一位失敗的帝王，就如同此前的南唐後主李煜本是一位優秀文學家，此後的明熹宗朱由校本是一位天才的能工巧匠，專制下的人生錯位造成了他們個人的不幸，也造成了國家與民族的悲劇。專制制度禍國殃民，自不待言。

過古墓

孫友篪

【題　解】這首七律詩題，錢謙益《列朝詩集》作〈過程學士墓〉，這與所謂「古墓」皆難以確定為何人之墓，總之以生人憑弔死人，總會有無限感慨。

【作　者】孫友篪（生卒年不詳），字伯諧，歙縣（今屬安徽）人。清錢謙益《列朝詩集小傳》丁集〈孫友篪〉引王寅之語云：「伯諧好神仙，山居獨行，洞簫在佩，不顧俗誚，飄然自怡。故其詩任性放吟，懶於祖述，間有合作，便越凡情。若『行看水流去，坐期雲飛還』，『我家老梅花，開到第幾樹』，『行人欲問前朝事，翁仲無言對夕陽』，皆稱佳句。」陳田《明詩紀事》庚籤卷二六選孫友篪詩一首。

野水空山拜墓堂❶，松風濕翠灑衣裳❷。行人欲問前朝事❸，翁仲❹無言對夕陽。

【注　釋】❶墓堂　墓前的祭堂。❷松風濕翠灑衣裳　語本唐王維〈山中〉：「山路元無雨，空翠濕人衣。」❸欲問前朝事　唐竇鞏〈南遊感興〉：「傷心欲問前朝事，惟見江流去不回。」❹翁仲　傳說秦始皇初兼天下，有長人見於臨洮，其長五丈，足跡六尺，仿寫其形，鑄金人以象之，稱為「翁仲」。見《淮南子・氾論》漢高誘注。後多稱墓道兩旁所立石像為「翁仲」。唐柳宗元〈衡陽與夢得分路贈別〉：「伏波故道風煙在，翁仲遺墟草樹平。」

【語　譯】野水繞過空山彷彿朝拜墓前的祭堂，松風將欲滴的翠綠吹灑人衣。過路人想訊問前朝的往事，夕陽下的翁仲默默無語。

【研　析】人類面對生死，是一個難以迴避的話題。《莊子・至樂》有一段莊子與髑髏的對話，極富於哲學色彩。髑髏認為：「死，無君於上，無臣於下；亦無四時之事，從然以天地為春秋，雖南面王樂，不能過也。」莊子不信，就說：「吾使司命復生子形，為子骨肉肌膚，反子父母、妻子、閭里、知識，子欲之乎？」髑髏斷然拒絕了莊子的善意：「吾安能棄南面王樂而復為人間之勞乎！」這一帶有哲學意味的思索，對於常人而言，過於虛妄。晉王羲之〈蘭亭集序〉有云：「古人云『死生亦大矣』，豈不痛哉！每覽昔人興感之由，若合一契，未嘗不臨文嗟悼，不能喻之於懷。固知一死生為虛誕，齊彭殤為妄作，後之視今，亦猶今之視昔。悲夫！」面對生死興亡，也是望洋興歎，無可奈何！

唐常建〈古意〉：「牧馬古道傍，道傍多古墓。蕭條愁殺人，蟬鳴白楊樹。回頭望京邑，合沓生塵霧。富貴安可常，歸來保貞素。」唐白居易〈續古詩十首〉其二有云：「古墓何代人，不知姓與名。化作路傍土，年年春草生。感彼忽自悟，今我何營營。」唐熊孺登〈經古墓〉：「碑折松枯山火燒，夜臺從閉不曾朝。那將逝者比流水，流水東流逢上潮。」其實無論人生榮枯，還是王朝興亡，都有其自己的規律，過於認真地追求終極意義，徒增感慨而已。明徐𤊹也有一首〈道傍古墓〉：「不知歲月不知名，春雨春風野草生。山鬼亂啼猿亂哭，紙灰零落幾清明。」這就是純粹的悲悼古人了。

遊靈崖望太湖過西施洞二首（選其二）

楊漣

【題解】這組七絕共兩首，屬於詠懷一類的詩篇。靈崖，即靈巖山，在今江蘇吳縣木瀆鎮附近，以山有狀似靈芝之奇石，故名靈巖。又因山石深紫，可以製硯，又有硯石山之稱。山中有關春秋時吳王夫差與西施的遺跡頗多。太湖，古稱震澤、具區、笠澤，在今江蘇南部，為中國第三大淡水湖，湖中有島嶼數十個，以洞庭西山最大。西施洞，在靈巖半山腰，落紅亭西，相傳越王句踐與范蠡向吳王夫差進獻西施，曾在此等候，洞內鐫刻觀音像，故又名「觀音洞」。明袁宏道〈靈巖〉：「山仄有西施洞，洞中石貌甚粗醜，不免唐突。」

【作　者】楊漣（西元一五七二－一六二五年），字文孺，號大洪，應山（今屬湖北）人。萬曆三十五年（西元一六〇七年）進士，除常熟知縣，舉廉吏第一，累遷兵科右給事中、太常少卿、左僉都御史、左副都御史，劾魏忠賢二十四大罪，反為所構陷，斃獄中，年僅五十四歲。崇禎初，贈太子太保、兵部尚書，謚忠烈。著有《楊忠烈公文集》六卷。生平詳見錢謙益〈楊公墓誌銘〉，《明史》卷二四四有傳，稱其「為人磊落負奇節」。陳田《明詩紀事》庚籤卷六選楊漣詩一首。

萬松深瑣❶洞門扃❷，絕磴❸蒼苔不可停。誤國無從誅尤物❹，尚留遺跡穢山靈❺。

【注釋】❶瑣　通「鎖」。閉鎖。❷扃　關閉。❸絕磴　險要的石階。❹尤物　古人謂絕色美女，多含貶意。《左傳·昭公二十八年》：「夫有尤物，足以移人；苟非德義，則必有禍。」❺山靈　山神。

【語譯】萬株松樹將關閉的西施洞門遮蔽，險要石階長滿蒼苔難以停息。恨無從誅殺這誤國的絕色女子，至今尚留有冒犯山神的遺跡。

【研析】這組七絕詩其一「吳王穩擁太湖深，薪膽十年少伯心。但得扁舟辭國事，不須載去浣紗人。」今天看來，此與所選詩皆不免於封建士人的迂腐之見，這與詩人的性格大有關聯。作為一腔忠義又奇節磊落的封建文人，楊漣具有儒家傳統的思維方式，將誤國的責任推卸於本無發言權的弱女子身上，不求甚解中也顯示出專制鉗錮思想的荒唐。與同時性靈派文人的看法相比較，兩者可謂大相徑庭。

袁宏道散文小品〈靈巖〉有云：「石上有西施履跡，余命小奚以袖拂之，奚皆徘徊色動，碧繶緗鉤，宛然石髮中，雖復鐵石作肝，能不魂銷心死？色之於人甚矣哉！」承認「飲食男女，人之大欲存焉。」（《禮記·禮運》）這一聖賢不避諱的話題，正是晚明個性解放思潮洶湧澎湃的反映。袁宏道最後論道：「夫齊國有不嫁之姊妹，仲父云無害霸；蜀宮無傾國之美人，劉禪竟為俘虜。亡國之罪，豈獨在色？向使庫有湛盧之藏，潮無鴟夷之恨，越雖進百西施何益哉！」可謂痛徹之論。

這段議論與自封為社會「異端」的思想先行者李贄有異曲同工之妙，李贄在其所編《初潭集》卷三有評云：「甚矣，聲色之迷人也。破國亡家，喪身失志，傷風敗類，無不由此，可不慎歟！然漢武以雄才而拓地萬餘里，魏武以英雄而割據有中原，又何嘗不自聲色中來也。嗣宗、仲容流聲後世，固以此耳。豈其所破敗者自有所在，或在彼而未必在此歟！吾以是觀之，若使夏不妹喜，吳不西施，亦必立而敗亡也。周之共主寄食東西，與貧乞何殊？一飯不能自給，又何聲色之娛乎！固知成身之理，其道甚大；建業之由，英雄為本。」所論皆一針見血，洞見癥結。唐陸龜蒙〈吳宮懷古〉云：「香徑長洲盡棘叢，奢雲豔雨只悲風。吳王事事須亡國，未必西施勝六宮。」異代同聲，見解超前。自然，楊漣的「誅尤物」之論，也有其時代背景因素，當時客魏勾結，奸佞當朝，詩人蒿目時艱，借「西施沼吳」事以發抒內心憤懣，也自有苦衷，至少代表了當時文人的一種看法。這是本書入選這首七絕的重要原因。

無字碑

鍾　惺

【題　解】這首五言古詩批判專制帝王秦始皇的愚民政策，入木三分。無字碑，謂泰山登封臺下無字的石碑，據傳為秦始皇所立。

【作　者】鍾惺（西元一五七四—一六二四年），字伯敬，號退谷，湖廣竟陵（今湖北天門）人。萬曆三十八年（西元一六一〇年）進士，授行人，歷官禮部郎中、福建提學僉事。鍾惺與同里譚元春開創竟陵派，以反對明前、後「七子」的復古詩風，主張抒寫性靈，但又追求「深幽孤峭」的風格。著有《隱秀軒集》五十一卷。今人有整理本。《明史》卷二八八〈文苑四〉有傳，內云：「自宏道矯王、李詩之弊，倡以清真，惺復矯其弊，變而為幽深孤峭。與同里譚元春評選唐人之詩為《唐詩歸》，又評選隋以前詩為《古詩歸》。鍾、譚之名滿天下，謂之竟陵體。然兩人學不甚富，其識解多僻，大為通人所譏。」清錢謙益《列朝詩集小傳》丁集〈鍾提學惺〉有云：「其所謂深幽孤峭者，如木客之清吟，如幽獨君之冥語，如夢而入鼠穴，如幻而之鬼國，浸淫三十餘年，風移俗易，滔滔不返。」清朱彝尊《靜志居詩話》卷一七〈鍾惺〉有云：「《詩歸》出，而一時紙貴……取名一時，流毒天下，詩亡而國亦隨之矣。」陳田《明詩紀事》庚籤卷五選鍾惺詩三首，有按語云：「伯敬苦心吟事，雕鏤鑱削，不遺餘力。五古遊覽之篇，猶有佳作；近體力矯王、李之弊，舍崇曠而入莽榛，薄亮音而矜細響，所謂以小智破大道者也。」

如何季世❶事，反近結繩❷初。民不可使知❸，亟亟❹欲其愚。隱然
於來者，此意即焚書❺。

【注　釋】❶季世　通常謂末代或衰敗時期，這裡有與遠古洪荒相對而言已進入文明時代的「後世」的意思。❷結繩　謂因無文字結繩以記事的上古時代。《易・繫辭下》：「上古結繩而治，後世聖人易之以書契。」唐孔穎達疏：「結繩者，鄭康成注云，事大大結其繩，事小小結其繩，義或然也。」❸民不可使知　語本《論語・泰伯》：「民可使由之，不可使知之。」❹亟亟　急迫。❺焚書　謂秦始皇焚書事。據《史記》卷八七〈李斯

列傳〉，秦始皇三十四年（西元前二一三年）丞相李斯向秦始皇建議：「臣請諸有文學《詩》《書》百家語者，蠲除去之。令到滿三十日弗去，黥為城旦。所不去者，醫藥卜筮種樹之書。若有欲學者，以吏為師。」於是「始皇可其議，收去《詩》《書》百家之語以愚百姓，使天下無以古非今。」

【語　譯】為何進入文明的後世，反而重回結繩的洪荒時期。不可讓百姓知道得太多，趕忙讓他們變得愚昧無知。欲掌握未知的未來，焚書是帝王的選擇。

【研　析】秦始皇治國實行暴政，焚書坑儒，又不二傳而國亡，因而最受後世文人士大夫的詬病，參見本書所選丘濬〈詠史〉一詩的「研析」。這首詩以「無字碑」為題，不過是借題發揮，批判封建獨裁統治者所奉行的愚民政策。其實，泰山頂的無字碑並非秦始皇有意為之，甚至是否由秦皇所立，也未有定論。明謝肇淛《五雜俎》卷四〈地部二〉：「秦始皇泰山立無字碑，解者紛紜不定。或以為碑函，或以為鎮石，或以為欲刻而未成，或以為表望，皆臆說也。余親至其地，周環巡視，以為表望者近是，蓋其石雖高大而厚，與凡碑等，必非函也。此石既非山中所產，又非尋常勒字之石，上有芝蓋，下有趺坐，儼然成具，非未刻之石也。」清顧炎武《日知錄》卷三一〈泰山立石〉認為無字碑乃漢武帝所立：「嶽頂無字碑，世傳為秦始皇立。按秦碑在玉女池上，李斯篆書，高不過五尺，而銘文並二世詔書咸具，不當又立此大碑也。考之宋以前，亦無此說。因取《史記》反覆讀之，知為漢武帝所立也。」若說有意為之，今陝西乾縣有唐高宗李治與其后武則天合葬的乾陵，倒是有一座武則天的無字碑，大約她深知自己身後的評價難有定論，索性不鐫文字聊以解嘲。所選詩高妙處在於首二句的提問，暗示秦皇的愚民政策實為文明的倒退，至於第三句以儒家的經典文字入詩，也意在反諷，並非是對孔孟之道的清算。全詩六句三十字，皆用議論，而展閃騰挪，淋漓盡致，末二句之批判鋒芒尤為犀利。

秣陵桃葉歌七首（選其一其二）

鍾惺

【題解】這組七絕共七首，類似於〈竹枝詞〉言當地風土人情的作品。組詩原有序云：「予初適金陵，遊止不過兩三月，采俗觀風十不得五。就聞見記憶，雜錄成歌。此地故有桃葉渡，藉以命名，取夫俚而真，質而諧，猶云〈柳枝〉、〈竹枝〉之類，聊資鼓掌云爾。」可知，組詩當作於鍾惺初至南京時，為萬曆三十七年（西元一六〇九年）。秣陵，即今江蘇南京的別稱，《藝文類聚》卷一〇引孫盛《晉陽秋》曰：「秦始皇時，望氣者言，五百年後金陵之地有天子氣，於是改金陵曰秣陵。」〈桃葉歌〉，樂府清商曲辭吳聲歌曲名。宋郭茂倩《樂府詩集》卷四五〈清商曲辭二・桃葉歌〉：「《古今樂錄》曰：『〈桃葉歌〉者，晉王子敬之所作也。桃葉，子敬妾名，緣於篤愛，所以歌之。』《隋書・五行志》曰：『陳時江南盛歌王獻之〈桃葉〉詩，云：「桃葉復桃葉，渡江不用楫。但渡無所苦，我自迎接汝。」……子敬，獻之字也。』」

覆舟❶春半望雞籠❷，玄武❸青青隔雨紅。古寺夕陽流水外，遊人不
信是城中。

【注釋】❶覆舟　即覆舟山，又稱九華山、玄武山、龍舟山，春秋戰國之際，以山形似覆舟而得名，在今南京太平門內西側，北臨玄武湖。❷雞籠　即雞籠山，又名龍山、欽天山、雞鳴山，在今南京鼓樓以東，覆舟山以西，以山勢渾圓，狀如雞籠，故稱。❸玄武　即玄武湖，在今南京城東北玄武門外，

【語譯】仲春時節在覆舟山眺望雞籠山，青青的玄武湖隔雨泛紅。夕陽下流水環繞古寺，遊人不相信這就是城中。

【研析】截至明代，南京已經做過八個朝代的都城，它位於長江下游，東有鍾山為屏障，西有長江做天塹，秦淮河與滁河水系貫穿境內，三國時期的諸葛亮對之早有「鍾山龍蟠，石頭虎踞，帝王之宅也」（《太平御覽》卷一五六引晉張勃《吳錄》）的讚譽。

明代南京城的營建在其立國前兩年即已開始，洪武十九年（西元一三六八年）竣工，歷時二十年之久。明代的南京城傍長江，依山勢，城垣高聳雄偉，平面呈葫蘆狀，其周長號稱九十六華里，是中國歷史上最大的一座城池。洪武二十三年開始，又營建了周長一百二十華里的外郭城，更使南京固若金湯。南齊謝朓所謂「江南佳麗地，金陵帝王州」的詩句，在明初又得到完美的體現。明成祖永樂十九年（西元一四二一年）正月改北平為京師，明代完成了遷都之舉，但南京並沒有成為廢都，而是以「陪都」的身分仍然保存有一部分昔日的尊嚴，其官署設置與中央相差無多，儘管權力已大打折扣，屬於閒官，然而對於控制東南富庶地區的經濟歲收，也不可小覷。鍾惺用民歌的表現手法，將晚明的南京城特色和盤托出，詩中有山，有湖，有流水，有古寺，彷彿置身於山水風景勝地，而第四句「遊人不信是城中」為點題之筆，意在言外地將南京城市中的美

麗景色烘托了出來，有信手拈來之妙。

女兒十五❶未知羞，市上門前作伴遊。今日相邀佯❷不出，郎家昨送玉搔頭❸。

【注　釋】❶十五　古代女子的「及笄」之年。《禮記・內則》：「（女子）十有五年而笄。」鄭玄注：「謂應年許嫁者。女子許嫁，笄而字之，其未許嫁，二十則笄。」笄，即髮簪。後因稱女子年滿十五為「及笄」。漢樂府〈陌上桑〉：「羅敷年幾何，二十尚不足，十五頗有餘。」❷佯　假裝。❸玉搔頭　即玉製的簪子，古代女子的一種首飾，這裡用作男方聘禮的借代。《西京雜記》卷二：「武帝過李夫人，就取玉簪搔頭。白此後宮人搔頭皆用玉，玉價倍貴焉。」

【語　譯】十五歲女子尚不知羞赧，結伴在市上門前閒逛遊戲。今日女伴相邀假裝有事，原來昨天剛接收了男方家的聘禮。

【研　析】古代文人寫作〈竹枝詞〉一類具有濃厚民歌風的七絕詩，往往放下正襟危坐的士大夫架子，而有了體貼入微、細膩傳神甚至兒女情長的筆觸。唐代劉禹錫有一首著名的〈竹枝詞〉：「楊柳青青江水平，聞郎江上唱歌聲。東邊日出西邊雨，道是無晴卻有晴。」唐裴諴〈新添聲楊柳枝詞〉：「思量大是惡姻緣，只得相看不得憐。願作琵琶槽那畔，得他長抱在胸前。」大膽表白戀情，直白無隱，民間氣息濃郁。袁宏道〈敘小修詩〉一文有云：「故吾謂今之詩文不傳矣。其萬一傳者，或今閭閻婦人孺子所唱〈擘破玉〉、〈打草竿〉之類，猶是無聞無識真人所作，故多真聲，不效顰於漢、魏，不學步於盛唐，任性而發，尚能通於人之喜怒哀樂、嗜好情欲，是可喜也。」

晚明性靈派詩人有一股自覺向市井民間學習的熱情，鍾惺這一組〈秣陵桃葉歌〉就體現了這種努力，特別是這一首更有民間特色。閨中待嫁的十五歲女兒從「未知羞」到「佯不出」的轉變原因，由第四句畫龍點睛的一筆道出，原來昨日姑娘家收下了男方的聘禮，算是有了婆家，小兒女的天真活潑從此必須收起，而代之以矜持，以便有學作人婦的模樣。細味全詩，令人忍俊不禁，回味無窮。

七夕

鍾惺

【題解】這首七絕為吟詠七夕之作。七夕，中國民間傳統節日，時在農曆七月初七日，一名乞巧節或女兒節。梁宗懍《荊楚歲時記》有云：「七月七日為牽牛織女聚會之夜。是夕，人家婦女結彩縷，穿七孔針，或以金、銀、鍮石為針，陳几筵、酒、脯、瓜果、菜於庭中以乞巧。有喜子網於瓜上，則以為符應。」

一局殘棋運幾終，仙凡甲子不相同❶。安知河漢❷經年別，不似人間一夕中。

【注　釋】❶一局殘棋運幾終二句　用晉王質入山伐木觀棋爛柯的故事。南朝梁任昉《述異記》卷上：「信安郡石室山，晉時王質伐木，至，見童子數人，棋而歌，質因聽之。童子以一物與質，如棗核，質含之，不覺飢。俄頃，童子謂曰：『何不去？』質起，視斧柯爛盡，既歸，無復時人。」唐孟郊〈爛柯石〉：「仙界一日內，人間千載窮。雙棋未遍局，萬物皆為空。樵客返歸路，斧柯爛從風。唯餘石橋在，猶自淩丹虹。」運，謂世運。甲子，泛指歲月、光陰。唐杜甫〈春歸〉：「別來頻甲子，倏忽又春華。」❷河漢　謂銀河。〈古詩十九首・迢迢牽牛星〉：「河漢清且淺，相去復幾許。」

【語　譯】仙家殘棋一局世運幾乎完結，天上人間歲月本不相同。怎知道銀河那一年一度的別離，不與人間的一天相等。

【研　析】有關牛郎織女的民間傳說一向膾炙人口，那仙家與塵世的瑰麗想像極易引來人們的想入非非，歷代文人也多喜吟詠，形諸筆端。漢〈古詩十九首・迢迢牽牛星〉：「迢迢牽牛星，皎皎河漢女。纖纖擢素手，札札弄機杼。終日不成章，泣涕零如雨。河漢清且淺，相去復幾許。盈盈一水間，脈脈不得語。」這是一種永恆而執著的守望。晉王鑒〈七夕觀織女詩〉：「牽牛悲殊館，織女悼離家。一稔期一宵，此期良可嘉。」這是一種以一年為期永遠的不間斷等待，總算有了盼頭。唐韋應物〈七夕〉有云：「人世拘形跡，別去間山川。豈意靈仙偶，相望亦彌年。」詩中的仙凡時間坐標是相同的，沒有任何區別，似乎仙家也難令人羨慕。唐杜甫〈牛郎織女〉：「牽牛出河西，織女處其東。萬古永相望，七夕誰見同。」詩人根本不相信兩位相隔雲漢的戀人會有相逢的一天，所謂「絕望之為虛妄，正與希望相同」（魯迅〈希望〉）。唐李郢〈七夕〉詩：「烏鵲橋頭雙扇開，年年一度過河來，莫嫌天上稀相見，猶勝人間去不回。」詩中對仙家事並不看好，卻更充滿對現實的無奈。

然而千百年來最為人們津津樂道的有關作品當屬宋秦觀的〈鵲橋仙〉：「纖雲弄巧，飛星傳恨，銀漢迢迢暗度。金風玉露一相逢，便勝卻、人間無數。　柔情似水，佳期如夢，忍顧鵲橋歸路。兩情若是久長時，又豈在、朝朝暮暮。」特別是下闋最後一句，歌頌了愛情的堅貞與永恆，意味深長，每為青年男女所喜吟誦。鍾惺這首七絕不在情感上做過多糾纏，僅從仙凡時間坐標不同入手，所謂「山中方七日，世上已千年」，在詩人看來，牛郎織女在天上一年的睽別不過是人間一日的間隔，所以實乃尋常小事，不足為奇。這對於上舉詩或詞的吟哦，皆具顛覆性的意義，讀來有令人耳目一新之感。

題李長蘅寒林圖

鍾　惺

【題　解】這首七絕是一首題畫詩。李長衡，即李流芳（西元一五七五—一六二九年），字茂宰，又字長蘅，號香海，又號泡菴，晚號慎娛居士，蘇州嘉定（今屬上海市）人。萬曆三十四年（西元一六〇六年）舉人，天啟二年（西元一六二二年）赴京會試，為兵所阻，遂絕意進取，返江南寓居杭州，以著述書畫為樂，山水竹石最為擅場。與同里程嘉燧、唐時升、婁堅齊名，時稱「嘉定四先生」。著有《檀園集》、〈西湖臥遊圖題跋〉等。《明史》卷二八八有傳。

蒼然❶一片深寒裡，繞著蕭疏❷四五株。但作千林風雪看，淒聲❸遙影不曾無。

【注　釋】❶蒼然　灰白色。❷蕭疏　謂稀疏。唐羊士諤〈登樓〉：「槐柳蕭疏繞郡城，夜添山雨作江聲。」❸淒聲　唐唐彥謙〈夜坐示友〉：「夜久燭花落，淒聲生遠林。」

【語　譯】酷寒中的畫面一片灰白，稀疏地點綴四五株衰樹。只當作風雪瀰漫在千林間，在北風淒厲聲中搖曳萬木。

【研　析】中國文人畫以寫意為長，講求所謂「無間已得象，象外更生意」（唐劉長卿〈觀李湊所畫美人障子〉），更講求尺幅千里、計白當黑、虛實相生，誠如唐王維《畫學秘訣》所言：「咫尺之圖，寫百里之景。東西南北，宛爾目前；春夏秋冬，生於筆下。」同時，一幅中國畫的合格鑑賞者也須有一定的藝術修養，才能充分地發揮想像的餘地，補足畫中未寫而意中存在的景物，甚至於「作者之用心未必然，而讀者之用心何必不然」（清譚獻〈復堂詞錄序〉）。中國畫的神韻意境往往在虛景中產生，這與西方接受美學中的「空白」論異曲同工。所謂「空白」就是調動讀者想像的巨大空間，屬於一種積極的省略，而非捉襟見肘的困窘。清笪重光《畫筌》說：「空白難圖，實景清而空景現；神無可繪，真景逼而神境生。位置相戾，有畫處多屬贅疣；虛實相生，無畫處皆成妙境。」清華琳《南宗抉秘》云：「畫中之白，即畫中之畫，亦即畫外之畫也。」所謂「畫中之畫」是就畫家而言，「畫外之畫」是就觀賞者而言。

德國的萊辛在其名著《拉奧孔》中曾論「遮蓋」，這與中國「計白當黑」的畫論略同：「凡是他不應該畫出來的，他就留給觀眾去想像。一句話，這種遮蓋是藝術家供奉給美的犧牲。」鍾惺之所能夠從「寒林圖」中的「四五株」蕭疏樹木裡看到「千林風雪」，聽到「淒聲」，就是觀賞者一種積極想像的結果，其依據則是李長蘅的「畫中之畫」，也就是其「象外更生意」的「空白」之處。當然，如果讀者有機會也看到此「寒林圖」，時移世異加之文化背景的迥異，也許就會產生與鍾惺不同甚至相反的想像，所謂「有一千個讀者，就有一千個哈姆雷特」，這與接受美學的原則並不相悖。譚元春也有一首〈題李長蘅畫寒林〉：「野老風霜不出林，未知何事尚關心。上無落葉下無葉，山遠天寒冬事深。」所題詠者當為一幅圖畫，可比照參看。

秦淮秋怨

曹學佺

【題　解】這首五律借景抒情，借事言懷，為秦淮思婦代言，妙趣橫生。秦淮，即秦淮河，流經今南京，明代秦淮兩岸歌樓舞館眾多，為繁華熱鬧的去處，至今仍可依稀想見昔日規模，屬於今古名勝之一。相傳秦始皇南巡至龍藏浦，發現有王氣，於是鑿方山，斷長壟為瀆入於江，以洩王氣，故名秦淮。

【作　者】曹學佺（西元一五七四—一六四六年），字能始，號石倉，又號澤雁，侯官（今福建福州）人。萬曆二十三年（西元一五九五年）進士，授戶部主事，歷官南京大理寺正、南京戶部郎中，左遷廣西參議副使，因忤權閹魏忠賢，削籍為民。家居二十餘年，明亡，唐王朱聿鍵閩中稱帝，授禮部尚書，清兵入閩，自縊死。著有《石倉詩稿》三十三卷。《明史》卷二八八〈文苑四〉有傳，謂其：「詩文甚富，總名《石倉集》。萬曆中，閩中文風頗盛，自學佺倡之，晚年更以殉節著云。」清錢謙益《列朝詩集小傳》丁集〈曹南宮學佺〉有云：「為詩以清麗為宗，程孟陽苦愛其送梅子庾『明月自佳色，秋鐘多遠聲』之句。」清朱彝尊《靜志居詩話》卷二一〈曹學佺〉有云：「能始與公安、竟陵往還唱和，而能皭然不滓，尤人所難。」陳田《明詩紀事》辛籤卷一選曹學佺詩三十二首，有按語云：「忠節詩，不矜才氣，音在弦外。其興到之作，有羚羊掛角、香象渡河之妙。」

四序❶皆蓄意❷，秋來殊可憐❸。疏籬豆花雨❹，遠水荻蘆❺煙。忽弄❻月中笛❼，欲開江上船❽。不知夫婿去❾，仍會在何年。

【注　釋】❶四序　謂春、夏、秋、冬四季。❷蓄意　有意。唐開元宮人〈袍中詩〉：「蓄意多添線，含情更著綿。」❸可憐　可愛；可喜。❹豆花雨　謂秋天豆類植物開花時喜雨不喜晴。北魏賈思勰《齊民要術‧大豆》：「豆花憎見日，見日則黃爛而根焦也。」唐許渾〈題韋隱居西齋〉：「山風藤子落，溪雨豆花肥。」❺荻蘆　謂水草蘆與荻。❻弄　吹奏。❼月中笛　宋李綱〈志宏得碧字以詩來次其韻〉：「何人起秋思，數弄月中笛。坐使遷客情，淒然感去國。」❽江上船　元貢性之〈送別〉：「江上船開起棹歌，離愁無奈故人何。」❾夫婿去　宋謝翱〈春江曲〉：「自從夫婿去為賈，別妾初下武昌船。」

【語　譯】春夏秋冬皆有意輪換，其中秋天尤其可喜。豆花開時疏籬間降下雨水，遠處荻蘆如煙籠罩水際。笛聲突然打破月下的寂靜，江上行船即將遠去。不知道夫婿這次外出，何年何月才能再會。

【研　析】這首五律以白描取勝，自然入妙，秋雨、秋水、秋月，三重意象交相疊映，將秋日的可愛點染而出，尤以頷聯「疏籬」、「遠水」為最清新可喜，十個字無一動詞謂語，卻意境開闊，餘味無窮。清代提倡神韻說的王士禛對於曹學佺這首詩以及以下所選〈新林浦〉七絕一首，特加青睞，分別與早生於作者百年的徐禎卿的兩首詩加以對比，其筆記《池北偶談》卷一八〈徐曹詩〉有云：「徐禎卿『洞庭葉未下，瀟湘秋欲生』一篇，非太白不能作，千古絕調也。曹學佺亦有〈秦淮送別〉一篇云：『疏籬豆花雨，遠水荻蘆煙。忽弄月中笛，欲開江上船。』情致殆不減徐。徐五集中有一絕云：『渺渺太湖秋水闊，扁舟搖動碧琉璃。松陵不隔東南望，楓落寒塘露酒旗。』曹一絕可以相敵，〈新林浦〉云：『夾岸人家映柳條，玄暉遺跡草蕭蕭。曾為一夜青山客，未得無情過板橋。』」從中可見王士禛對於這位閩中詩人的極力推崇。

新林浦

曹學佺

【題　解】這首七絕詩題一作〈板橋〉，皆以南齊謝朓〈之宣城郡出新林浦向板橋〉詩為依據，表現了詩人對這位前輩的推崇。新林浦，故址在今南京西南。宋周應合《景定建康志》卷一九：「新林浦，在城西南二十里，闊三丈，深一丈，長一十二里。源出牛頭山西七里，入大江。秋夏勝五十石舟，春冬涸。」《明一統志》卷六：「新林浦，在（應天）府西南二十里，一名新林港，劉宋謝朓有〈新林白板橋〉，故唐李白詩有『明發新林浦，空吟謝朓詩』之句。宋曹彬破南唐兵於新林港，即此地。」

夾岸人家映柳條，玄暉❶遺跡草蕭蕭❷。曾為一夜青山❸客，未得無情過板橋❹。

【注釋】❶玄暉　即謝朓（西元四六四—四九九年），字玄暉，陳郡陽夏（今河南太康）人。南朝齊詩人，曾任宣城太守、尚書吏部郎等職。文章清麗，擅長五言詩，在「永明體」詩人中成就較高。明人輯有《謝宣城集》。《南齊書》、《南史》皆有傳。❷蕭蕭　稀疏。❸青山　又名青林山、謝公山，在今安徽當塗東南。謝朓曾經在山南築室及池，唐李白墓在山西北。❹板橋　在新林浦南。《大清一統志》卷五二：「板橋，在江寧縣西南四十里，晉簡文帝為王時，嘗與桓溫及武陵王晞同載游於板橋。」《文選》卷二七錄謝朓〈之宣城出新林浦向板橋〉李善注引《水經注》曰：「江水經三山，又幽浦出焉。水上南北結浮橋渡水，故曰板橋。浦江又北經新林浦。」

【語　譯】柳條拂動映襯兩岸人家，謝朓的遺蹤如今只有稀疏青草。我曾經在青山一夜為客，今日不能無情行過板橋。

【研　析】南齊謝朓有〈之宣城郡出新林浦向板橋〉，其中有句云：「天際識歸舟，雲中辨江樹。」

是為千古傳誦的名句。又有〈暫使下都夜發新林至京邑贈西府同僚〉，其中「大江流日夜，客心悲未央」，也是名標後世的警句。唐李白對謝朓崇敬有加，慕其詩風，〈新林浦阻風寄友人〉：「明發新林浦，空吟謝朓詩。」又有〈秋夜板橋浦泛月獨酌懷謝朓〉：「獨酌板橋浦，古人誰可徵。」唐范傳正〈贈左拾遺翰林學士李公新墓碑〉謂李白有云：「晚歲度牛渚磯，至姑熟，悅謝家青山，有終焉之志。盤桓庀居，竟卒於此。其生也，聖朝之高士；其死也，當塗之旅人。」

所選詩第四句，詩人之所以吟出「未得無情過板橋」，與謝朓自然有直接關聯，與李白也不無牽掛。此外，「板橋」在海內非止一處，開封、雲南等地皆有蹤跡，常出現於古人詩中，這就於無形中形成了一定的情韻義。唐劉禹錫〈楊柳枝〉：「春江一曲柳千條，二十年前舊板橋。曾與美人橋上別，恨無消息到今朝。」詩中對自己所心儀女子一往情深。據明楊慎《升庵詩話》卷一一認為劉禹錫「此詩隱括白香山古詩為一絕，而其妙如此」，白居易有〈板橋路〉一詩云：「梁苑城西二十里，一渠春水柳千條。若為此路今重過，十五年前舊板橋。曾共玉顏橋上別，不知消息到今朝。」板橋實有其地，即在唐汴州（今河南開封）附近，為當時著名的遊冶之地，因而詩中一出現「板橋」二字，總滲透出一股溫馨氣息。唐李商隱也有〈板橋曉別〉一首：「回望高城落曉河，長亭窗戶壓微波。水仙欲上鯉魚去，一夜芙蓉紅淚多。」這自然也是與女子的傷別之作。再看曹學佺此詩，其「板橋」是否也暗含有如此豐富的情韻義，讀者可自行體味。

遭璫逐道中感懷三首（選其二）

左光斗

【題　解】這組五絕當作於天啟四年（西元一六二四年）十月間，時為副都御史的楊漣與僉都御史左光斗皆因得罪魏忠賢閹黨，暫時被削籍歸。璫，謂宦官，漢代充武職的宦官，其冠用璫和貂尾為飾，故稱。這裡即借代魏忠賢等宦官。

【作　者】左光斗（西元一五七五—一六二六年），字遺直，一字共之，號浮丘，人稱滄嶼先生，桐城（今屬安徽）人。萬曆三十五年（西元一六〇七年）進士，授御史。光宗崩，與楊漣協心排閹權，為魏忠賢所害，與楊漣同斃於獄。忠賢被誅，贈太子少保，福王時追謚忠毅。著有《左忠毅公集》五卷。生平詳見吳應箕〈左光斗傳〉、清方苞〈左忠毅公軼事〉、《明史》卷二四四有傳。清朱彝尊《靜志居詩話》卷一七〈左光斗〉謂其：「詩多晚唐風韻，如『濕雲留野樹，晴雪照征衣』，『凍犬迎人返，飢鳥下食齊』……宛然鄭都官、姚少監遺格。」陳田《明詩紀事》庚籤卷六選左光斗詩一首，有按語云：「忠毅生平佩服楊椒山，顏其堂曰『嘅椒』。及遭逐，〈道中感懷〉云：『願難諧栗里，禍恐續椒山。』卒與楊公同一死義。」

辛未遭嚴譴，居然許放還❶。願難成栗里❷，禍恐續椒山❸。空有安危計，誰開笑語顏。龍眠❹舊卜築❺，長在汨羅❻間。

【注　釋】❶幸未遭嚴譴二句　這裡謂僅被罷官而僥倖未被拘捕。嚴譴，嚴厲譴責、治罪。❷願難成栗里　謂自己就此隱居的願望恐難實現。栗里，地名。在今江西九江市西南。晉陶淵明曾隱居於此。南朝梁蕭統〈陶靖節傳〉：「淵明嘗往廬山，弘命淵明故人龐通之賫酒具於半道栗里之間。」❸禍恐續椒山　謂自己或許如因彈劾嚴嵩而被殺的忠臣楊繼盛那樣慘遭不測。椒山，即楊繼盛（西元一五一六－一五五五年），字仲芳，號椒山，保定容城（今屬河北）人。嘉靖二十六年（西元一五四七年）進士，歷官兵部員外郎，以疏劾嚴嵩下獄，遭受酷刑後被殺，隆慶間追謚忠愍，著有《楊忠愍集》。《明史》卷二〇九有傳。❹龍眠　謂作者早年在家鄉桐城西北龍眠山所築龍眠山居。作者另有〈小築〉五律一首：「卜室龍山下，蕭蕭只數椽。」又〈憶龍眠山居〉五律一首，首聯「卜築傍龍眠，雲深一徑穿」。又有〈題龍眠三都館〉五排一首，序有「館之設越二十年」之語。❺卜築　擇地建築住宅。❻汨羅　即汨羅江，湘江支流，在今湖南東北部。上游汨水有東西兩源：東源出江西修水境，西源出湖南平江東北境龍璋山。兩源在平江城西匯合後稱汨羅江，西流至湘陰北注入洞庭湖。戰國楚屈原以憂憤國事，行吟澤畔，最後終於投此江而死。事見《史記》卷八四〈屈原賈生列傳〉。

【語　譯】僥倖尚未遭嚴厲的懲罰，居然被罷官放回故里。就此如陶淵明隱居的願望恐難實現，或許要追隨先朝忠義楊繼盛的足跡。平安與危險原不由己決定，誰能笑語顏開返鄉喜。龍眠山居已是早先的建築，屈子澤畔行吟方是我的歸依。

【研　析】這組詩五絕共有三首，組詩其一：「豈料陰初盛，沉淫晝不開。傷心惟枳棘，觸目長蒿萊。爭說朋為正，難令鴆作媒。呼天問清霽，直待有風雷。」其三：「曖曖浮雲障，冥冥妖祲繁。疲驢沖道路，破帽出都門。抗疏功全少，埋輪志尚存。君王如可悔，幸有老臣言。」大義凜然，視死如歸，一片忠義之心可對天日！詩人對於魏忠賢閹黨集團不抱任何幻想，暫時的放歸並未麻醉自己鬥爭的決心。自知這種鬥爭你死我活，異常殘酷，遠未終結，雖前途叵測卻豪情滿懷，並估計到最壞的結果，即「禍恐續椒山」，欲追蹤先烈楊繼盛的足跡，殺身成仁，為國盡忠。據《明史》本傳載：「楊漣劾魏忠賢，光斗與其謀，又與（高）攀龍共發崔呈秀贓私，忠賢暨其黨咸怒。及忠賢逐南星、攀龍、大中，次將及漣、光斗。光斗憤甚，草奏劾忠賢及魏廣微三十一斬罪，擬十一月二日上之，先遣妻子南還。忠賢詗知，先二日假會推事與漣俱削籍。」

但事情正如左光斗所預料者並未完結，時隔八月，即天啟五年（西元一六二五年）的六月，魏忠賢等又誣楊漣、左光斗以他罪，逮下詔獄，酷刑折磨，七月二十六日，兩人同死獄中。晚明政治腐敗，暗無天日，可見一斑。清方苞〈左忠毅公逸事〉一文追記左光斗的學生史可法去獄中探望老師一事有云：「史前跪，抱公膝而嗚咽。公辨其聲，而目不可開，乃奮臂以指撥眥，目光如炬，怒曰：『庸奴！此何地也而汝來前！國家之事糜爛至此，老夫已矣，汝復輕身而昧大義，天下事誰可支拄者？不速去，無俟奸人構陷，吾今即撲殺汝。』因摸地上刑械，作投擊勢。史噤不敢發聲，趨而出。後常流涕述其事以語人，曰：『吾師肺肝，皆鐵石所鑄造也！』」今日讀書至此，猶覺動容，可見左光斗大公無私，一身正氣，真是詩如其人！

乙丑夏五二十日宿睢陽，雷雨徹宵，砌葵俱仆，曉霽葵起，有翹然向日之意，感而賦此

魏大中

【題解】這首七絕以詠物言志，忠義滿懷。據詩題，當作於天啟五年（西元一六二五年）夏五月

二十日，時作者被緹騎逮捕詔獄，行至睢陽途中。睢陽，治今河南商丘南。砌葵，謂石階之下的葵類植物，如綿葵、蜀葵或向日葵等，屬於菊科草本植物，其花有向日之性。

【作　者】魏大中（西元一五七五—一六二五年），字孔時，號廓原，嘉善（今屬浙江）人。萬曆四十四年（西元一六一六年）進士，授行人，累遷至吏科都給事中，以劾魏忠賢下詔獄，斃獄中，年五十一歲。崇禎初，贈太常卿，謚忠節。著有《藏密齋集》二十四卷。生平詳見《自譜》，《明史》卷二四四有傳。清朱彝尊《靜志居詩話》卷一七「魏大中」謂其：「忠節骨鯁之臣，然頗留心風雅。」陳田《明詩紀事》庚籤卷六選魏大中詩一首，有按語云：「忠節被逮，宿奉勝禪院，留題云：『果不鑑臨惟有死，縱然歸去已無家。』其語沉痛，讀之令人流涕。」

祇此生來一寸丹❶，風風雨雨❷恁❸摧殘。傾心❹不信天長夜，霽曉❺
團團❻仔細看。

【注　釋】❶一寸丹　即一寸丹心，謂一片赤誠之心。唐杜甫〈鄭駙馬池臺喜遇鄭廣文同飲〉：「白髮千莖雪，丹心一寸灰。」宋文天祥〈己卯十月一日至燕越五日罹狴犴有感而賦〉其五：「亦知戛戛楚囚難，無奈天生一寸丹。」❷風風雨雨　比喻重重阻難。❸恁　任憑。❹傾心　謂葵藿之類植物的本性傾向於太陽，常以喻人忠貞不二。唐劉長卿〈游南園偶見在陰牆下葵因以成詠〉：「太陽偏不及，非是未傾心。」明何景明〈贈望之〉其四：「孤葵慕太陽，傾心量不移。」❺霽曉　謂天晴的清晨。❻團團　圓的樣子，謂葵之花盤。

【語　譯】只有這種植物生來就有赤誠之心，任憑風雨摧殘亦無畏難。長夜難明不能摧毀向日的本性，晴天的早晨仔細觀察團團的花盤。

【研　析】葵花本性向日，古人多用以比喻下對上的赤膽忠心。《三國志》卷一九〈魏書・陳思王植傳〉：「若葵藿之傾葉，太陽雖不為之回光，然向之者誠也。竊自比於葵藿，若降天地之施，垂三光之明者，實在陛下。」這首七絕即以葵花向日比喻自己對朝廷的不二忠心，雖有封建主義愚忠的成分在內，但那種面臨滅頂仍然置個人安危於度外的精神的確值得後人敬仰。唐李世民〈賦得白日半西山〉：「藿葉隨光轉，葵心逐照傾。」唐李嶠〈日〉：「傾心比葵藿，朝夕奉光曦。」唐唐彥謙〈秋葵〉：「月瓣團欒剪赭羅，長條排蕊綴鳴珂。傾陽一點丹心在，承得中天雨露多。」宋王禹偁〈望日臺〉：「傾盡葵藿心，庶免浮雲隔。」

在古人筆下，葵藿多以正面形象出現，反映了人們對這種植物的好感。《明史》卷二四四本傳稱譽作者：「大中居官不以家自隨，二蒼頭給爨而已，入朝則鍵其戶，寂無一人。有外吏以苞苴至，舉發之，自是無敢及大中門者。」凡正人君子必廉潔自守，方能「無欲則剛」，挑戰黑暗。這首七絕以葵自喻，以物寫心，物我合一，表達自己威武不屈、貧困不移的精神面貌，體現了一位封建時代正直文人士大夫的人生價值取向，可謂字字鏗鏘，擲地皆可作金石聲。這首詩可與本書前選焦竑〈葵花〉一詩對照閱讀，更可見正人君子之胸懷，可對天日。

息游

魏大中

【題解】這首七絕詩題〈息游〉，大約是在世風日下的晚明齷齪環境中清高孤傲、潔身自好的宣言。息遊，有停止交遊或結友之意，帶有憤世嫉俗的意味。

一夜秋聲萬木寒❶，乾坤❷何處足彈冠❸。時名❹盡向黃金起，世事都堪白眼❺看。已自故人❻嗟落魄❼，更誰同病問加餐❽。風塵伏枕衡門❾穩，行人❿於今轉覺難。

【注釋】❶一夜秋聲萬木寒　唐陸龜蒙〈寄吳融〉：「一夜秋聲入井桐，數枝危綠怕西風。」秋聲，秋天自然界的聲音，如風聲、落葉聲、蟲鳥聲等。北周庾信〈周譙國公夫人步陸孤氏墓誌銘〉：「樹樹秋聲，山山寒色。」❷乾坤　謂天地間。❸彈冠　彈去冠上灰塵，即整冠。《楚辭・漁父》：「吾聞之，新沐者必彈冠，新浴者必振衣。」漢王逸注：「拂土芥也。」唐李白〈沐浴子〉：「沐芳莫彈冠，浴蘭莫振衣。處世忌太潔，至人貴藏暉。滄浪有釣叟，吾與爾同歸。」❹時名　謂當時的聲名或聲望。❺白眼　露出眼白，表示鄙薄或厭惡之情。《晉書》卷四九〈阮籍傳〉：「（阮）籍又能為青白眼，見禮俗之士，以白眼對之。」唐王維〈與盧員外象過崔處士興宗林亭〉：「科頭箕踞長松下，白眼看他世上人。」❻故人　舊交；老友。❼落魄　窮困失意。❽加餐　慰勸之辭，謂多進飲食以保重身體。《後漢書》卷三七〈桓榮傳〉：「今蒙下列，不敢有辭，願君慎疾加餐，重愛玉體。」❾衡門　橫木為門，謂貧者所居簡陋的房屋。《詩經・陳風・衡門》：「衡門之下，可以棲遲。」❿行人　這裡謂在仕路奔波者。

【語　譯】秋聲徹夜令萬木落葉生寒，天地間無處可以潔身整冠。一時的盛名盡皆與金錢聯繫，世間萬事都令人厭惡不堪。舊交老友已然悲歎窮困失意，又有誰同病相憐勸慰加餐。風塵四起中棲居陋室最為穩妥，今天的仕路奔波人多有艱難。

【研　析】在商品經濟發展的不斷刺激下，晚明社會在走向近代的同時，物欲橫流、腐朽墮落的拜金主義也隨之而來，社會上下的享樂之風不斷蔓延，並使原來相對單純的封建社會的人際關係發生極大的變化，這就是這首〈息游〉的寫作背景。清顧炎武《日知錄》卷二八〈冠服〉引《內丘縣志》說：「萬曆初，童子髮長猶總角，年二十餘始戴網。天啟間，則十五六便戴網，不使有總角之儀矣。萬曆初，庶民穿騰靸，儒生穿雙臉鞋，非鄉先生首戴忠靖冠者不得穿廂邊雲頭履（原注：俗呼朝鞋）。至近日，而門快輿皂無非雲履，醫卜星相莫不方巾，又有晉巾、唐巾、樂天巾、東坡巾者。先年，婦人非受封不敢戴梁冠，披紅袍，繫拖帶，今富者皆服之。」從人們的服飾變化看待明代商品經濟刺激下的社會變遷，說明金錢的威力已經無孔不入。

這種變化積極的一面固然有打破封建等級觀念，破壞專制統治基礎的巨大作用；但其也有消極的一面，即令原本黑暗的官場更加腐敗，原本爾虞我詐的社會更加暗無天日。魏大中作為封建社會中少有的廉潔之臣與忠義志士，對於社會的這種變化自然心有不甘，但又回天無力，徒呼奈何，於是在憤世嫉俗中只能抱逃避的態度，以「息游」求得潔身自好的心靈淨土。儘管如此，這種正直人士一旦面臨大是大非的關鍵時刻，仍然能夠挺身而出，殺身成仁，不隨波逐流，不為鄉愿，不做卑鄙無恥的「犬儒」，大義凜然，標榜後世。這的確令人心生敬仰，就此意義而言，精神大於物質！

謁楊忠愍祠

鹿善繼

【題　解】這首五律敬悼先烈，豪氣沖天，出自堅守民族大義者之口，更覺虎虎有生氣。楊忠愍祠，即楊繼盛祠（隆慶初追謚忠愍），故址在明錦衣衛所在地（今北京市天安門廣場西側人民大會堂一帶），為明穆宗隆慶間平反昭雪其冤獄後所建。另在其家鄉保定也建有祠。今存楊椒山祠，為楊繼盛故宅，在今北京市西城區（原宣武區）達智橋胡同至校場口三條一帶，又名松筠庵，為清乾隆五十二年（西元一七八七年）胡季堂等倡建，榜曰「忠愍故宅」，內供其像與牌位。楊繼盛，參見本書所選左光斗〈遣璫逐道中感懷〉詩注❸。

【作　者】鹿善繼（西元一五七五—一六三六年），字伯順，定興（今屬河北）人，少讀王守仁書，尊陽明心學，不肯與俗浮沉。萬曆四十一年（西元一六一三年）進士，授戶部主事，以事降級。光宗立，改兵部職方主事，崇禎初為太常寺少卿，告歸。清兵攻定興，城陷死之，年六十二歲，贈大理卿，謚忠節。著有《鹿忠節公集》二十一卷。生平詳見清錢謙益〈贈大理寺卿鹿公墓誌銘〉、《明儒學案》卷五四，《明史》卷二六七有傳。《四庫全書總目提要》卷一八〇著錄鹿善繼《無欲齋詩鈔》一卷，有云：「善繼成仁取義，大節凜然，詩筆亦有遒勁之氣，而不耐苦吟，未免失之愒率。」陳田《明詩紀事》辛籤卷二選鹿善繼詩三首，著錄其《無欲齋詩鈔》，引李光地《榕村集》云：「忠節鹿公詩，如操筆直吐者，而宛轉曲至，使讀之者若親見聞其義形之色、憤慨之聲，深情遠概，足以敦澆振懦於無窮。」

此地拜先生，昂然❶氣不平。鬚眉常颯爽❷，風雨益淒清❸。想見埋輪❹意，猶聞請劍❺聲。丈夫存本色❻，千古藐榮名❼。

【注　釋】❶昂然　高傲的樣子。❷颯爽　清朗。宋司馬光〈晚食菊羹〉：「餔啜有餘味，芳馥逾秋蘭。神明頓颯爽，毛髮皆蕭然。」❸淒清　謂淒涼孤寂。❹埋輪　謂不畏權貴，直言正諫。據《後漢書》卷五六〈張綱傳〉載，東漢順帝時，大將軍梁冀專權，朝政腐敗。漢安元年（西元一四二年）朝廷選派張綱等八人巡視全國，糾察吏治，餘人皆受命之部，而綱獨埋其車輪於洛陽都亭，曰：「豺狼當路，安問狐狸！」遂上書彈劾梁冀，揭露其罪惡，京都為之震動。終因梁冀妹為皇后，內寵方盛，「帝雖知綱言直，終不忍用。」❺請劍　謂忠直敢諫，請誅奸佞。據《漢書》卷六七〈朱雲傳〉：「成帝時，丞相故安昌侯張禹以帝師位特進，甚尊重。雲上書求見，公卿在前。雲曰：『今朝廷大臣上不能匡主，下亡以益民，皆尸位素餐，孔子所謂「鄙夫不可與事君」，「苟患失之，亡所不至」者也。臣願賜尚方斬馬劍，斷佞臣一人以厲其餘。』上問：『誰也？』對曰：『安昌侯張禹。』上大怒，曰：『小臣居下訕上，廷辱師傅，罪死不赦。』御史將雲下，雲攀殿檻，檻折。雲呼曰：『臣得下從龍逄、比干遊於地下，足矣！未知聖朝何如耳？』御史遂將雲去。於是左將軍辛慶忌免冠解印綬，磕頭殿下曰：『此臣素著狂直於世。使其言是，不可誅；其言非，固當容之。臣敢以死爭。』慶忌叩頭流血。上意解，然後得已。及後當治檻，上曰：『勿易！因而輯之，以旌直臣。』」❻本色　謂人質樸自然、不加矯飾的性格。❼榮名　令名；美名。唐韋應物〈休沐東還冑貴里示端〉：「世道良自退，榮名亦空虛。」

【語　譯】這裡拜謁先生的祠堂，見憤慨中神態傲然。鬚眉間自有清朗之氣，風雨中更顯淒涼暗淡。想先生不畏權貴進諫君主，彷彿聽到請誅奸佞的仗義執言。大丈夫為人不加矯飾，徒留美名本非追求的典範。

【研　析】據《明史》本傳載，楊繼盛七歲失母，因家貧，牧牛中刻苦讀書自厲，終於得中進士，歷官兵部員外郎，又越職上疏彈劾氣焰薰天的權臣嚴嵩十罪五奸，被杖百，下詔獄，繫三載，「遂以三十四年十月朔棄西市，年四十。臨刑賦詩曰：『浩氣還太虛，丹心照千古。生平未報恩，留作忠魂補。』天下相與涕泣傳頌之。」又記述云：「初，繼盛之將杖也，或遺之蚺蛇膽。卻之曰：『椒山自有膽，何蚺蛇為！』椒山，繼盛別號也。及入獄，創甚。夜半而蘇，碎磁碗，手割腐肉。肉盡，筋掛膜，復手截去。獄卒執燈顫欲墜，繼盛意氣自如。朝審時，觀者塞衢，皆歎息，有泣下者。」《三國演義》中華佗為關羽刮骨療毒的小說描寫也不過如此，何況楊繼盛是親自下手！

楊繼盛的忠肝義膽受到後世人的極大尊重，明人如此，清人也不例外，今舉三首有關拜謁楊忠愍公祠的清人詩作以見一斑。清鄂爾泰〈謁楊忠愍公祠〉：「司馬分曹日，批鱗再見時。求仁原自主，得死更何辭。十罪彈文在，千秋正氣垂。只今瞻廟貌，頑懦有餘悲。」清方覲〈定興縣謁楊忠愍祠〉：「倔強楊員外，鄉閭尚有光。何須冠獬豸，直欲問豺狼。伏鑕差無補，當車肯自量。荒祠臨野水，肅拜奠椒漿。」清吳家騏〈楊忠愍公祠〉：「忠愍千秋總不亡，折奸那惜觸鋒鋩。不須蚺膽當三木，只請龍顏質二王。讞上霜飛章急下，城中風慘鎖猶香。平生未了伊誰補，浩氣常餘百煉剛。」忠奸不兩立，似乎是封建專制社會的痼疾，難以治癒，但慘遭迫害的忠臣永遠得到人民永久的同情和紀念，卻是正義的力量萬古長存的證明！

書項王廟壁

王象春

【題　解】這首七言古詩屬於詠史之作。項王廟，又名霸王祠、項羽廟，在今安徽和縣烏江鎮東南二里的鳳凰山上。西元前二〇二年，西楚霸王項羽為漢王劉邦所敗，自刎於此，後人立祠紀念，當在唐朝以前。唐以後屢經修葺擴建，內有項羽、虞姬、范增等人塑像。二十世紀八十年代項王廟又重經修繕，巍峨壯觀。

【作　者】王象春（西元一五七八—一六三二年），字季木，新城（今山東淄博桓臺）人。萬曆三十八年（西元一六一〇年）一甲第二名進士，歷官南京大理評事、吏部郎中，後歸田。著有《問山亭集》。清錢謙益《列朝詩集小傳》丁集〈王考功象春〉有云：「季木於詩文，傲睨輩流，無所推遜，獨心折於文天瑞。兩人學問皆以近代為宗。」清朱彝尊《靜志居詩話》卷一七〈王象春〉有云：「萬曆中年，詩派雜出，季木自闢門庭，不循時習，雖引關中文天瑞為同調，然天瑞太支離，未免斜徑害田矣，未若季木之無戾群雅也。」陳田《明詩紀事》庚籤卷二二選王象春詩三首。

三章既沛秦川雨❶，入關又縱阿房炬❷，漢王真龍項王虎❸。玉玦三提王不語❹，鼎上杯羹棄翁姥❺，項王真龍漢王鼠❻。垓下美人泣楚歌❼，定陶美人泣楚舞❽，真龍亦鼠虎亦鼠。

【注釋】❶三章既沛秦川雨　謂漢王劉邦攻入秦都咸陽後與父老約法三章，受到秦地百姓的歡迎，穩定了局勢。《史記》卷八〈高祖本紀〉：「（漢王）遂西入咸陽……召諸縣父老豪傑曰：『父老苦秦苛法久矣，誹謗者族，偶語者棄市。吾與諸侯約，先入關者王之，吾當王關中。與父老約，法三章耳：殺人者死，傷人及盜抵罪。餘悉除去秦法。諸吏人皆案堵如故。凡吾所以來，為父老除害，非有所侵暴，無恐！且吾所以還軍霸上，待諸侯至而定約束耳。』乃使人與秦吏行縣鄉邑，告諭之。秦人大喜，爭持牛羊酒食獻饗軍士。」沛，充足貌。秦川，古地區名，泛指今陝西、甘肅的秦嶺以北平原地帶，以春秋戰國時地屬秦國，故稱。❷入關又縱阿房炬　謂項羽攻入潼關後屠咸陽、殺秦降王子嬰、放火燒毀秦宮室。《史記》卷七〈項羽本紀〉：「項羽引兵西屠咸陽，殺秦降王子嬰，燒秦宮室，火三月不滅；收其貨寶婦女而東。」關，潼關，古稱桃林塞，故址在今陝西潼關東南，地處陝西、山西、河南三省要衝，素以險要稱。阿房，即阿房宮，秦宮殿名。宮的前殿建於秦始皇三十五年，名阿房。遺址在今西安西阿房村，秦亡時未完工，故未正式命名，時人即以阿房宮稱之。秦亡，為項羽所焚毀。現尚存高大的夯土臺基，為全國重點文物保護單位之一。❸漢王真龍項王虎　意謂劉邦、項羽一為龍，一為虎，皆有天子資質，難分伯仲，但項羽稍遜於劉邦。《史記》卷七〈項羽本紀〉記述范增之語：「沛公居山東時，貪於財貨，好美姬。今入關，財物無所取，婦女無所幸，此其志不在小。吾令人望其氣，皆為龍虎，成五采，此天子氣也。急擊勿失。」❹玉玦三提王不語　謂項羽在鴻門宴上未聽從范增計謀殺死劉邦，行為磊落。據《史記》卷七〈項羽本紀〉，范增屢次暗示項羽對劉邦動手，項羽不為所動：「范增數目項王，舉所佩玉玦以示之者三，項王默然不應。」玉玦，古人佩帶的玉器，環形，有缺口，常用作表示決斷、決絕的象徵物。《荀子·大略》：「聘人以珪，問士以璧，召人以瑗，絕人以玦，反絕以環。」❺鼎上杯羹棄翁媼　謂劉邦為與項羽爭奪天下，不顧父親被烹殺的危險，行為卑鄙。據《史記》卷七〈項羽本紀〉，項羽、劉邦兩軍相持於廣武：「當此時，彭越數反梁地，絕楚糧食，項王患之。為高俎，置太公其上，告漢王曰：『今不急下，吾烹太公。』漢王曰：『吾與項羽俱北面受命懷王，曰約為兄弟，吾翁即若翁，必欲烹而翁，則幸分我一杯羹。』項王怒，欲殺之。項伯曰：『天下事未可知，且為天下者不顧家，雖殺之無益，祇益禍耳。』項王從之。」鼎，古代炊器，多用青銅或陶土製成，圓鼎兩耳三足，方鼎兩耳四足。翁姥，謂劉邦之父母。據《史記》，劉邦之母未被項羽所俘，此因韻律關係連類而及。❻鼠　謂微不足道。漢東方朔〈答客難〉：「尊之則為將，卑之則為虜；抗之則在青雲之上，抑之則在深泉之下；用之則為虎，不用則為鼠；雖欲盡節效情，安知前後？」❼垓下美人泣楚歌　謂項羽被困垓下與美人虞姬悲歌泣別事。據《史記》卷七〈項羽本紀〉：「項王軍壁垓下，兵少食盡，漢軍及諸侯兵圍之數重。夜聞漢軍四面皆楚歌，項王乃大驚曰：『漢皆已得楚乎？是何楚人之多也！』項王則夜起，飲帳中。有美人名虞，常幸從；駿馬名騅，常騎之。於是項王乃悲歌慷慨，自為詩曰：『力拔山兮氣蓋世，時不利兮騅不逝。騅不逝兮可奈何，虞兮虞兮奈若何！』歌數闋，美人和之。項王泣數行下，左右皆泣，莫能仰視。」垓下，古地名，在今安徽靈璧東南，劉邦圍困項羽於此。楚歌，楚人之歌。❽定陶美人泣楚舞　謂劉邦寵妃戚夫人欲立自己所生子趙王如意為太子失敗，無奈中為劉邦跳楚舞一事。《史記》卷五五〈留侯世家〉：「四人（即輔佐太子的四位年高德劭的長者）為壽已畢，趨去。上（即劉邦）目送之，召戚夫人指示四人者曰：『我欲易之，彼四人輔之，羽翼已成，難動矣。呂后真而主矣。』戚夫人泣，上曰：『為我楚舞，吾為若楚歌。』歌曰：『鴻鵠高飛，一舉千里。羽翮已就，橫絕四海。橫絕四海，當可奈何！雖有矰繳，尚安所施！』歌數闋，戚夫人噓唏流涕，上起去，罷酒。」定陶美人，謂戚夫人，《史記》卷九〈呂太后本紀〉：「呂太后者，高祖微時妃也，生孝惠帝、女魯元太后。及高祖為漢王，得定陶戚姬，愛幸，生趙隱王如意。」劉邦死後，戚夫人為呂后所虐殺，號「人彘」。定陶，治今山東定陶西北。楚舞，楚地之舞。

【語　譯】劉邦約法三章如甘霖豐潤降下秦地，項羽入潼關殺降又縱火阿房宮，劉邦項羽皆梟雄一龍又一虎。鴻門宴上項羽不殺劉邦，廣武戰場劉邦拋棄父子天性，項羽是龍劉邦反成鼠。垓下軍帳項羽虞姬的楚歌悲涼，漢帝宮中劉邦戚姬的楚歌楚舞，斯時不論龍虎全成了鼠。

【研　析】「成者為王，敗者為寇」，自古以來就屬於封建主流文化的心理定式，然而同情失敗的英雄，從朝廷至民間也不乏其人。劉邦雖提三尺劍定天下，當上了漢高祖，但因平生慢待儒生，故每每成為後世文人嘲弄的對象，最辛辣者當屬元代睢景臣的《哨遍．高祖還鄉》套曲。對於項羽，後世文人則多抱同情態度。至於文學作品有意將兩人進行比較，更僕難數。清王士禛〈虞美人〉(本意)云：「拔山蓋世重瞳目，眼底無秦鹿。陰陵一夜楚歌聲，獨有美人駿馬伴平生。感王意氣為王死，名字留青史。笑他亭長太英雄，解令辟陽左相監宮中。」似乎項羽失去江山，卻有「美人駿馬」廝守終生，也比得了天下而令妻子呂后淫亂宮中的劉邦強。清朱彝尊〈百字令．彭城經漢高祖廟作〉一詞，對劉邦極盡揶揄挖苦之能事，如云：「魂魄千秋還此地，人彘野雞誰共？」句中「人彘」謂戚夫人，「野雞」則謂呂后(其名為雉，即野雞)，幾乎形同謾罵了。

王象春這首古詩七言九句，以三句為一組，共三組，前兩組用對比手法，以劉邦或項羽的代表性言行或事件評價兩人的優劣，簡潔明瞭且生動形象。最後一組並以「兒女情長」致使「英雄氣短」否定兩人，以微不足道的「鼠」加以概括，調侃中不無深刻之處。清朱彝尊《靜志居詩話》卷一七〈王象春〉有云：「〈題項王廟壁〉一篇云……比於謝參軍〈鴻門〉作，更覺遒鍊。亡友潁川劉考功公𠭇亟賞之，幾於唾壺擊缺，此非邪師外道之傳也。」所謂謝參軍，即南宋的謝翱(西元一二四九—一二九五年），字皋羽，曾任文天祥手下的諮議參軍。清沈德潛《明詩別裁集》卷一〇選王象春詩一首，即此詩，後有評云：「奇辟可儷謝皋羽篇。」英雄所見略同，今錄謝翱〈鴻門宴〉一詩於後，以資比較：「天雲屬流汗流宇，杯影龍蛇分漢楚。楚人起舞本為楚，中有楚人為漢舞。鷺鷀淬光雎不語，楚國孤臣泣俘虜。他年疽背怒發此，芒碭雲歸作風雨。君看楚舞如楚何，楚舞未終聞楚歌。」平心而論，謝詩不如王詩議論透徹曉暢。

燕趙懷古六首（選其五）

陳仁錫

【題　解】這組七絕共六首，誠如詩題屬於詠史懷古詩。燕趙，戰國時燕、趙二國所在地區，約相當於今河北省北部及山西省西部一帶。

【作　者】陳仁錫（西元一五七九—一六三四年），字明卿，號芝臺，長洲（今江蘇蘇州）人。天啟二年（西元一六二二年）一甲第三名進士，授編修，以忤權閹魏忠賢落職歸。崇禎改元，復故官，歷右中允、國子司業、右諭德、南京國子祭酒，以疾卒。南明福王時贈詹事，諡文莊。著有《陳太史無夢園初集》三十四卷、《無夢園遺集》八卷。生平詳見陳鼎〈陳仁錫傳〉，《明史》卷二八八〈文苑四〉有傳，內云：「仁錫講求經濟，有志天下事，性好學，喜著書，一時館閣中博洽者鮮其儔云。」清朱彝尊《靜志居詩話》卷一八〈陳仁錫〉有云：「文莊以不肯撰魏璫鐵券文落職，可謂不負科名。詩非所務，一臠染指，未為不知味也。」陳田《明詩紀事》辛籤卷一八選陳仁錫詩一首，著錄其《無夢園集》四十卷，引《百城煙水》云：「無夢園，陳太史芝臺別墅。其自署齋聯云：『流水之間心自得，浮雲以外夢俱無。』中有息浪、見龍峰諸勝。」

夢裡尋身身亦假，醒來覓夢夢還真❶。源頭❷識得皆繇我，道❸在無求❹夢不侵。

【注　釋】❶夢裡尋身身亦假二句　暗用《莊子・齊物論》莊子夢蝶事：「昔者莊周夢為胡蝶，栩栩然胡蝶也，自喻適志與！不知周也。俄然覺，則蘧蘧然周也。不知周之夢為胡蝶與，胡蝶之夢為周與？周與胡蝶，則必有分矣。此之謂物化。」❷源頭　事物的本原。宋朱熹〈觀書有感二首〉其一：「問渠那得清如許，為有源頭活水來。」明王守仁《傳習錄》卷下：「性無定體，論亦無定體。有自本體上說者，有自發用上說者，有自源頭上說者，有自流弊處說者。」❸道　宇宙萬物的本原、本體。《易・繫辭上》：「一陰一陽之謂道。」韓康伯注：「道者何？無之稱也，無不通也，無不由也，況之曰道。」《老子》：「有物混成，先天地生……吾不知其名，字之曰道，強為之名曰大。」❹無求　唐白居易〈不出門〉：「自靜其心延壽命，無求於物長精神。」又〈池上篇〉：「識分知足，外無求焉。」

【語　譯】夢中所見的自己並非真實，醒來再尋夢境彷彿就在夢裡。自我開悟是認識事物本源，虛靜其心便能不被夢所迷惑。

【研　析】這組七絕六首，並無內在的聯繫。組詩其一：「丹忠只有君侯血，兵冗先知宋室空。十載湯陰渾是夢，睢州又過岳王宮。」其二：「戴星褰涉渡滹河，八郡良家氣若和。易水昔寒今已熱，制奴還少一荊軻。」其三：「可憐六國佳公子，不及燕山太子丹。裘馬無寧取胡服，松柏長愧血秦關。」其四：「天旌公子侯門死，圖挾樊期匕首孤。止為漢家真帝出，亡秦元不是燕胡。」其六：「煢煢滿目掛征鞍，母在肯教襁褓殘。今日路旁皆孝子，身寒不敢泣衣單。（閔子騫）」這首七絕在「其五」的位置，當作於詩人途經邯鄲（今屬河北）時。唐人沈既濟有傳奇小說《枕中記》，略謂有盧生在邯鄲客店遇道士呂翁，盧生自歎窮困，呂翁授一枕給盧生說：「枕此當令子榮適如意。」時主人正蒸黃粱，生夢入枕中，享盡富貴榮華。及醒，黃粱尚未熟，怪曰：「豈其夢寐耶？」翁笑曰：「人世之事亦猶是矣。」後世即以「黃粱夢」比喻虛幻的事和不能實現的欲望。

宋代人常將黃粱一夢用作典故寫入於詩詞中，如宋黃庭堅〈戲答趙伯充勸莫學書及為席子澤解嘲〉：「感君詩句喚夢覺，邯鄲初未熟黃粱。」宋范成大〈邯鄲道〉：「困來也作黃粱夢，不夢封侯夢石湖。」可見「人生如夢」之深入古代文人人心。陳仁錫〈無夢園初集自敘〉有云：「海內知余之好居園，不知余居園之無夢也。沈石翁（沈周）詩：『流水之間心自得，浮雲以外夢俱無。』園既成，有贈余衡山先生（文徵明）硯者，其銘云：『良宵恐無夢，有夢即同遊。』亦一奇也。」作者何以對夢如此敏感，並以「無夢」名其集？顯然與其求學經歷有關。《明史》本傳云：「仁錫年十九，舉萬曆二十五年鄉試。聞武進錢一本善《易》，往師之，得其指要。久不第。益究心經史之學，多所論著。」他年輕時代即究心於《易》，可見具有一定的哲學思辨基礎，於是常常在假與真、夢與現實之間尋覓自己安身立命的依據，讀此詩可見一斑。

新月

譚元春

【題解】這首五言古詩為詠物之作。初夏時節的新月一痕引起詩人的無限興趣，於是就有了這首風格俏麗的詩篇。

【作者】譚元春（西元一五八六—一六三七年），字友夏，湖廣竟陵（今湖北天門）人。天啟七年（西元一六二七年）楚闈鄉試第一，禮部試屢不第。與同里鍾惺共選《詩歸》，提倡性靈，反對復古主義，一時聲名大振，時人目為竟陵派。著有《譚友夏合集》二十三卷，今人有整理本《譚元春集》三十四卷。《明史》卷二八八〈文苑四〉有傳，內云：「元春，字友夏，名輩後於惺，以《詩歸》故，與齊名。至天啟七年始舉鄉試第一，惺已前卒矣。」清錢謙益《列朝詩集小傳》丁集〈譚解元元春〉有云：「譚之才力薄於鍾，其學殖尤淺，譾劣彌甚，以俚率為清真，以僻澀為幽峭，作似了不了之語，以為意表之言，不知求深而彌淺；寫可解不解之景，以為物外之象，不知求新而轉陳。無字不啞，無句不謎，無一篇章不破碎斷落。一言之內，意義違反，如隔燕吳；數行之中，詞旨蒙晦，莫辨阡陌。原其初，豈無一知半解、遊光掠影，居然謂文外獨絕，妙處不傳，不自知其識之墮於魔，而趣之沉於鬼也。」清朱彝尊《靜志居詩話》卷一八〈譚元春〉有云：「鍾、譚並起，伯敬揚歷仕途，湖海之聲氣猶未廣，藉友夏應和，派乃盛行。」陳田《明詩紀事》庚籤卷五選譚元春詩二首，有按語云：「友夏樂府，可謂刻畫無鹽。近體與鍾同趣而不如鍾尚多雋句可采。」

早夏寒盡脫，園夕餘陰森。不知明所自，如霜白空林。淨衷澄遐觀❶，漠漠❷天外尋。良久乃可得，月魄❸一縷❹深。

【注　釋】❶遐觀　縱觀；遍覽。晉陶淵明〈歸去來兮辭〉：「園日涉以成趣，門雖設而常關。策扶老以流憩，時矯首而遐觀。」❷漠漠　廣闊的樣子。❸月魄　謂月光。唐皮日休〈茶中雜詠・茶甌〉：「圓似月魂墮，輕如雲魄起。」❹縷　線狀物。

【語　譯】寒涼在初夏已經消失，暮色中的園林陰森一片。不知何處顯出光亮，如同冷霜彌漫空林間。內心平靜令遍覽清明，廣闊的天際尋覓光源。許久的觀察方知緣由，深嵌夜空是月痕一線。

【研　析】作者對於新月似乎情有獨鍾，集中另有〈途中新月〉一首：「微路下纖月，光委秋天薄。昨宵已如是，山行夫乃覺。僕夫不借照，靜者知起落。」細緻的觀察與思維的綿密，令被描寫的新月一痕彷彿有了生命。在物質條件較為簡陋的古代，抬頭望月總令人感到人與天的無比親切，從而也使異地的親人友朋有了相互思念的寄託物，最感人的詩句莫如唐李白的「我寄愁心與明月，隨風直到夜郎西」（〈聞王昌齡左遷龍標遙有此寄〉）。月從天際一痕到圓月懸掛蒼穹，需要十五天左右的時間，因而新月就會給人以希望，是人類願望終會達成的一種象徵。唐李端〈拜新月〉：「開簾見新月，便即下階拜。細語人不聞，北風吹裙帶。」唐盧仝〈新月〉則云：「仙宮雲箔卷，露出玉簾鉤。清光無所贈，相憶鳳凰樓。」自然景物與世人情感的關係總是密不可分，代表了古人生命意識的旺盛與對美好事物等待的執著。所選詩的作者譚元春之所以良久尋覓光亮的所在，不正是一種心理期待與希望的外在顯現嗎！這首五言古詩的魅力也正在於此。

病中奉侍老母上紅濕亭子

譚元春

【題解】這首七言古詩書寫詩人抱病侍奉老母登亭遊目，充滿母子深情，令人感動。紅濕亭子，當為作者家中臨水的亭閣。

侍母渾忘身健無，以身作杖任母扶。母坐亭中愛流水❶，水照是母與是子。賢母多識古行藏❷，手指荊花勉諸郎❸。

【注釋】❶愛流水　謂其母為有智慧的婦女。語本《論語・雍也》：「知者樂水，仁者樂山；知者動，仁者靜；知者樂，仁者壽。」❷古行藏　謂古人的出處或行止。❸手指荊花勉諸郎　謂母親勉勵作者兄弟間和睦友愛。荊花，紫荊花，又通「荊枝」，古人比喻兄弟骨肉同氣連枝。南朝梁吳均《續齊諧記・紫荊樹》：「京兆田真兄弟三人，共議分財，生貲皆平均；惟堂前一株紫荊樹，共議破三片，明日就截之。其樹即枯死，狀如火然。真往見之，大驚，謂諸弟曰：『樹本同株，聞將分斫，所以顦顇，是人不如木也。』因悲不自勝，不復解樹。樹應聲榮茂，兄弟相感，合財寶，遂為孝門。」

【語譯】侍奉老母完全忘懷自己抱病，母親以我為杖行進從容。坐在亭中的母親喜愛亭下流水，水中映照母親與兒子的身影。賢母對古人出處行止多有見識，以紫荊勉勵眾兒郎和睦友愛。

【研　析】君臣、父子、兄弟、夫妻、朋友被儒家綱常奉為五倫之一，其實母子之情實屬天性，卻未明白地立於五倫之中，且長期以來並未受到世人質疑，大約是受孔夫子「唯女子與小人為難養也，近之則不遜，遠之則怨」（《論語．陽貨》）的影響太深，輕視婦女已習慣成自然的緣故。中國歷史上有關賢母的故事更僕難數，最為著名者為儒家亞聖孟子的母親，為教育兒子孟軻得到良好的學習環境而三次遷徙居住地的故事，事見漢劉向《列女傳》卷一，後有頌云：「孟子之母，教化列分，處子擇藝，使從大倫。子學不進，斷機示焉，子遂成德，為當世冠。」

東漢范滂因反抗宦官專權被誣為黨人，被捕前與其母訣別，據《後漢書》卷六七〈黨錮列傳〉記載：「滂白母曰：『仲博孝敬，足以供養，滂從龍舒君歸黃泉，存亡各得其所。惟大人割不忍之恩，勿增感戚。』母曰：『汝今得與李（膺）、杜（密）齊名，死亦何恨！既有令名，復求壽考，可兼得乎？』滂跪受教，再拜而辭。顧謂其子曰：『吾欲使汝為惡，則惡不可為；使汝為善，則我不為惡。』行路聞之，莫不流涕。」正因為有此深明大義的母親，才有如此殺身成仁的兒子！又據《宋史》卷三一九〈歐陽修傳〉：「歐陽修，字永叔，廬陵人。四歲而孤，母鄭，守節自誓，親誨之學，家貧，至以荻畫地學書。幼敏悟過人，讀書輒成誦。及冠，嶷然有聲。」這就是著名的歐母畫荻教子的故事。譚元春這首七古為頌母之作，末句用紫荊花的故事說明母教的殷切，屬於點睛之筆。舊日大戶人家大門外多鐫刻或書寫對聯，或云：「荊樹有花兄弟樂，書田無稅子孫耕」，也是對詩禮傳家、兄弟和樂的企盼。

登清涼臺

譚元春

【題　解】這首五律為登臨遊覽之作，意境疏淡幽遠，代表了竟陵派的風格。清涼臺，位於江蘇南京西部清涼山中的一處景觀，又名觀景臺。明蔡羽〈清涼臺〉：「清涼寺裡清涼臺，交岩亙磴青崔嵬。揚子江邊白鷺洲，白雲紅葉長悠悠。」

臺與夕陽平❶，同來為晚晴❷。隔江山欲動❸，半壑樹無聲❹。艇子❺

遙歸浦❻，庵僧近掩荊❼。煙嵐❽處處合，殘興尚能清。

【注　釋】❶夕陽平　唐劉滄〈雨後游南門寺〉：「半壁樓臺秋月過，一川煙水夕陽平。」❷晚晴　唐李商隱〈晚晴〉：「天意憐幽草，人間重晚晴。」❸隔江山欲動　謂遠山在江水中的倒影隨波浪而閃動。❹半壑樹無聲　謂山谷中風勢迴旋，故有一半樹木處於無風吹拂的狀態。❺艇子　小船。❻浦　水邊；河岸。❼掩荊　關閉寺門。荊，荊扉，這裡謂山門。唐杜甫〈傷秋〉：「高秋收畫扇，久客掩荊扉。」❽煙嵐　山林中彌漫的霧氣。唐宋之問〈江亭晚望〉：「浩渺浸雲根，煙嵐出遠村。」

【語　譯】夕陽平照清涼臺，晚晴天同來此山。江水中遠山倒影隨波蕩漾，半個山谷林木寂然。小船從遠處歸來河岸，近處寺僧將山門關掩。山間霧氣四處合攏，餘興尚可留下清閒。

【研　析】《江南通志》卷一一：「清涼山在府西六里清涼門內，上舊有清涼臺，俯瞰大江。南唐翠微亭遺址在焉。」可見南京的清涼山上清涼臺是一處觀賞大江風景的絕佳位置。南朝梁劉勰《文心雕龍・神思》：「登山則情滿於山，觀海則意溢於海，我才之多少，將與風雲而並驅矣。」登臨是古人抒發情感的絕妙時刻，所以千百年來留下了詩人無數的優秀詩篇。這首五律寫景抒情講求意境之美，因而餘味悠長。首聯點明時間是在向暮時分，頷聯為全詩最為精彩的兩句，將靜謐的山山水水寫活寫靈動，屬於神來之筆。頸聯則遠近景致結合，復歸於平和安靜；尾聯於寫景後，對句以「清」字結尾，將餘興未盡之情和盤托出，也將全詩的意境曲終奏雅般巧妙地點化了出來。陳衍《石遺室詩話》卷六謂此詩首句「臺與夕陽平」「本吳夢窗詞意」，未知所據云何。姑錄以存疑。

過利西泰墓而弔之

譚元春

【題　解】這首七律屬於憑弔之作，被憑弔者利西泰，即利瑪竇（Matteo Ricci，西元一五五二—一六一〇年），明末來華的義大利耶穌會傳教士，字西泰，號清泰、西江。年輕時學習法律，後加入耶穌會，修習天文曆算、哲學、神學等，萬曆十年（西元一五八二年）被派往中國傳教並學習漢語，活動於肇慶、韶關乃至南昌、南京等地近二十年。萬曆二十九年二月進獻自鳴鐘、《坤輿萬國全圖》給明廷，終於獲准在京師傳教。他在華期間儒冠儒服，向徐光啟等講授西學，受到中國一些士大夫的尊重，又將《四書》譯成西文，傳播於歐洲。病卒後被葬於京師阜成門外二里嘉興觀之西（今北京市西城區官園橋附近的北京行政學院院內），墓碑上刻「耶穌會士利公之墓」，有拉丁文和中文兩種文字：「利先生，諱瑪竇，號西泰，大西洋意大里亞國人。自幼入會真修，明萬曆壬午年航海首入中華行教。萬曆庚子年來都，萬曆庚戌年卒，在世五十九年，在會四十二年。」著有《利瑪竇中國札記》、《交友論》，編譯《幾何原本》、《天主實義》、《勾股義》等。原詩題下有注云「同趙伯雝、周安期、陳則梁」，是為作者友人，與闡釋詩意無涉。

來從絕域❶老長安❷，分得城西❸土一棺。斫地呼天❹心自苦，挾山
超海事非難❺。私將禮樂攻人短❻，別有聰明用物殘❼。行盡松楸中國大，
不教奇骨任荒寒❽。

【注　釋】❶絕域　謂極遠之地。《管子・七法》：「不遠道里，故能威絕域之民；不險山河，故能服恃固之國。」《明史》卷三二六〈外國七・意大里亞〉：「大都歐羅巴諸國，悉奉天主耶穌教，而耶穌生於如德亞，其國在亞細亞洲之中，西行教於歐羅巴。其始生在漢哀帝元壽二年庚申，閱一千五百八十一年至萬曆九年，利瑪竇始泛海九萬里，抵廣州之香山澳，其教遂沾染中土。至二十九年入京師，中官馬堂以其方物進獻，自稱大西洋人。」❷老長安　謂死於京師（今北京市）。長安，古都城名，唐以後詩文中常用作都城的通稱。❸城西　謂京師阜成門外。明劉侗、于奕正《帝京景物略》卷五〈西城外・利瑪竇墳〉：「越庚戌，瑪竇卒，詔以陪臣禮葬阜成門外二里，嘉興觀之右。其坎封也，異中國，封下方而上圜，方若臺圮，圜若斷木。後虛堂六角，所供

縱橫十字紋。」❹斫地呼天　謂利瑪竇在中國因受猜忌未得大用而憤激痛苦。斫地，砍地，語本唐杜甫〈短歌行贈王郎司直〉：「王郎酒酣拔劍斫地歌莫哀，我能拔爾抑塞磊落之奇才。」《明史》卷三二六〈外國七・意大里亞〉：「禮部言：『《會典》止有西洋瑣里國無大西洋，其真偽不可知。又寄居二十年方行進貢，則與遠方慕義特來獻琛者不同。且其所貢〈天主〉及〈天主母圖〉，既屬不經，而所攜又有神仙骨諸物。夫既稱神仙，自能飛升，安得有骨……乞給賜冠帶還國，勿令潛居兩京，與中人交往，別生事端。』不報。八月又言：『臣等議令利瑪竇還國，候命五月，未賜綸音……乞速為頒賜，遣赴江西諸處，聽其深山邃谷，寄跡怡老。』亦不報。」

❺挾山超海事非難　謂與被明廷諸臣猜忌相比，利瑪竇不遠萬里前來中國一事就不算艱難了。挾山超海，語本《孟子・梁惠王上》：「挾太山以超北海，語人曰：『我不能。』是誠不能也。」❻私將禮樂攻人短　謂明廷諸臣輕視利瑪竇等外國傳教士不懂中國禮儀人倫等。《明史》卷三二六〈外國七・意大里亞〉：「禮科給事中余懋孳亦言：『自利瑪竇東來，而中國復有天主之教。乃留都王豐肅、陽瑪諾等，煽惑群眾不下萬人，朔望朝拜動以千計。夫通番、左道並有禁。今公然夜聚曉散，一如白蓮、無為諸教。且往來壕鏡，與澳中諸番通謀，而所司不為遣斥，國家禁令安在？』帝納其言。」❼別有聰明用物殘　謂利瑪竇等來華傳教士精通科技物理，擅長曆算等。《明史》卷三二六〈外國七・意大里亞〉：「大西洋歸化人龐迪我、熊三拔等深明曆法。其所攜曆書，有中國載籍所未及者。當令譯上，以資採擇。」又：「其國善製礮，視西洋更巨。既傳入內地，華人多效之，而不能用。天啟、崇禎間，東北用兵，數召澳中人入都，令將士學習，其人亦為盡力。」又：「其國人東來者，大都聰明特達之士，意專行教，不求祿利。其所著書多華人所未道，故一時好異者咸尚之。而士大夫如徐光啟、李之藻輩，首好其說，且為潤色其文詞，故其教驟興。」❽行盡松楸中國大二句　謂利瑪竇來華雖遇諸多坎坷，但中華畢竟泱泱大國，其死後得到賜葬西郭外的禮遇。松楸，松樹與楸樹，舊時墓地多植，這裡即謂利瑪竇墓。奇骨，非凡之體貌，謂利瑪竇。漢王充《論衡・講瑞》：「以相奇言之，聖人有奇骨體，賢者亦有奇骨。」荒寒，即寒荒，寒冷荒涼。

【語譯】從極遠之處來華死在京師，在城西之地得以安魂。比起不被信任而內心激憤痛苦，行程萬里之遙反覺安穩。朝臣輕視西人不明中華禮儀，但他們精通科學卻是聰明的學問。憑弔墓地仍感中國的大度，不教他遺體委棄化為埃塵。

【研析】歷史上的中國向以天朝上國自居，所奉行者大多為閉關鎖國的專制主義統治，而「非我族類，其心必異」（《左傳．成公四年》）的教條，更令有明以後「海禁」政策有了堂而皇之的理由。各民族不同文化的交融會通，是世界前行的動力，對於外人的異常戒備心理則延緩了華夏民族進步的速度，以至於最終淪落到疲於挨打的悲慘境地。明成祖朱棣令鄭和多次「下西洋」，其目的除宣示國威或尋覓建文帝的蹤跡外，似乎沒有其他的訴求，遠不如其後國外達．伽馬或哥倫布航海的目的明確。保守就是民族文化發展的大敵，再輔之以獨裁專制，就會萬劫不復。

利瑪竇等人來華自有其宗教使命，為了信仰而遠渡重洋必有堅韌不拔的毅力和信心，同時他也為中國帶來了當時較為先進的西方科學知識與技術，如果能夠因勢利導，未始不是一件民族的幸事。中國的許多士大夫已經認識到這一點，他們打破偏見，並與利瑪竇等人結下了深厚的友誼。《明史》卷二五一〈徐光啟傳〉：「徐光啟，字子先，上海人。萬曆二十五年舉鄉試第一，又七年成進士。由庶吉士歷贊善。從西洋人利瑪竇學天文、曆算、火器，盡其術。遂遍習兵機、屯田、鹽策、水利諸書。」晚明張岱《石匱書．列瑪竇傳》稱利瑪竇為「西洋人中有卓識者」。《明史》卷二五〈天文一〉有云：「明神宗時，西洋人利瑪竇等入中國，精於天文、曆算之學，發微闡奧，運算制器，前此未嘗有也。」可惜，這種學習態勢並沒有浸染朝野上下，形成一個高潮，推動中國生產力的向前發展。這的確屬於一個時代的悲哀。譚元春終身沒有躋身官宦階層，常年奔競於考場的他處於下層，似乎更容易看清這位西洋人的價值所在，因而在本詩中所流露的些許不平之鳴也就好理解了。這首七律在中西交通史上具有相當的認識價值。

舟聞三首（選其一）

譚元春

【題　解】這組七絕共三首，寫楚中秋夜江上舟中所見所聞，以所聞之鐘聲為主結構，自然清新。這是其中的第一首詩，有富於人類「通感」的魅力。

楊柳不遮明月愁，盡將江色與❶輕舟。遠鐘渡水如將濕❷，來到耳邊天已秋。

【注　釋】❶與　給與。❷遠鐘渡水如將濕　語本唐杜甫〈船下夔州郭宿雨濕不得上岸別王十二判官〉：「依沙宿舸船，石瀨月娟娟。風起春燈亂，江鳴夜雨懸。晨鐘雲外濕，勝地石堂煙。柔櫓輕鷗外，含淒覺汝賢。」

【語　譯】楊柳遮不住明月的愁怨，把江水的色彩盡皆映照輕舟。遠處鐘聲渡水傳來已帶濕意，送到耳畔感覺天已入秋。

【研　析】此題組詩其二：「孤岸漁家已閉門，泊來洲上近平原。笛聲吹水水吹月，一段蒼茫不可言。」其三：「檣燈隱見碧波紅，頂禮聲聲惜福同。始覺凡夫有白業，萬船俱靜木魚中。」場景統一，全在秋夜江上舟中，所聞者鐘聲、笛聲、念經之木魚聲而已。所選一詩的藝術亮點在於第三句「通感」或稱「聯覺」的巧妙運用。錢鍾書《七綴集·通感》：「在日常經驗裡，視覺、聽覺、觸覺、嗅覺、味覺往往可以打通或交通，眼、耳、舌、鼻、身各個官能的領域可以不分界限。顏色似乎會有溫度，聲音似乎會有形象，冷暖似乎會有重量，氣味似乎會有體質。」將遠寺鐘聲與「濕」聯繫起來，固然一本於唐杜甫「晨鐘雲外濕」的詩句，但將聽覺與觸覺聯繫起來的通感也具有生活經驗的基礎，並非憑空結撰。人們常說某某歌唱家嗓音甜美，所謂「甜美」就是聽覺與味覺的通感。同樣，說某種聲音「乾苦」，則是聽覺、觸覺、味覺的通感。陳衍《石遺室詩話》卷二三為杜甫「晨鐘雲外濕」一句作解云：「蜀江岸峻，雨下如綆縻，蓬底聽之，知江之鳴由雨之懸也。明晨雨止，寺鐘鳴，以關心天氣人聞之，覺鐘聲不如尋常響亮，似從雲外來，被濕雲裹住，則知天未大晴。推篷起視，雨濕不得上岸矣。」其實如此闡釋，不嫌詞費，終不如以通感釋之為妙。譚元春這組詩的前一首題為〈孟誕先招游武昌〉，後兩首分別題為〈贈慧光僧〉、〈赤壁示同游諸子〉，可知其江行在楚中，而非「岸峻」的蜀江，若用陳衍之說解之，則方枘圓鑿，完全不適用了。

落日

董斯張

【題解】這首五律寫落日景象，宛如一幅淡雅的水墨畫，層次分明的渲染令畫面極富動感，引人遐思。

【作　者】董斯張（西元一五八七—一六二八年），原名嗣章，字然明，號遐周，又號借庵，烏程（今浙江湖州）人。監生，耽溺書海，手鈔書達百部。與周永年、茅維有詩唱作。因體弱多病，自稱「瘦居士」。著有《靜嘯齋存草》十二卷《附錄》一卷。生平詳見董樵、董耒等〈遐周先生言行略〉，謂董斯張：「崇禎戊辰（西元一六二八年）八月廿四日卒，卒前一日猶兀兀點筆也，先生生於萬曆丙戌（西元一五八六年）十二月二十七日，年僅四十有三。」按其生之年月日，實已交西元一五八七年二月四日。清錢謙益《列朝詩集小傳》丁集〈董秀才斯張〉有云：「少負雋才，為同里吳允兆所許，長與吳門王亦房賡唱。善病，藥盌不去口，喀喀嘔血，猶伏床枕書。」清朱彝尊《靜志居詩話》卷一八〈董斯張〉有云：「遐周初學詩於趙廣業，及入閩，心折曹能始，歸與吳允兆、王亦房酬和。是時公安、景陵派盛行，浙西風氣不盡移易。遐周洽聞周見，與吾郡沈景倩略同，詩亦相似。」陳田《明詩紀事》庚籤卷八選董斯張詩八首，有按語云：「遐周〈童牙〉、〈留篋〉二稿，骨格尚未老蒼，〈寒竽〉一集，自謂一變，冥心苦構，心血欲嘔，頗多宋派。嘗自寫集三本，一置西禪寺，一庋笥中，一假好事傳觀，自負亦不淺矣。」傅承洲〈西游補作者董斯張考〉認為小說《西遊補》，並非其子董說所作，而是董斯張的手筆，董說於其父卒後整理、增補刊行而已。

643　日　落

落日汀洲❶靜，高天轉泬寥❷。煙橫沙岸白❸，波急遠山搖。野水倚孤棹❹，前村歸暮樵。清歌❺何處起，無數荻花❻飄。

【注　釋】❶汀洲　水中小洲。唐李商隱〈安定城樓〉：「迢遞高城百尺樓，綠楊枝外盡汀洲。」❷泬寥　清朗空曠的樣子。《楚辭．九辯》：「泬寥兮天高而氣清。」王逸注：「泬寥，曠蕩空虛也。或曰，泬寥猶蕭條，無雲貌。」❸沙岸白　唐姚康〈和段相公登武擔寺西臺〉：「江平沙岸白，日下錦川紅。」沙岸，沙灘。南朝宋謝靈運〈初去郡〉：「野曠沙岸淨，天高秋月明。」❹倚孤棹　唐劉長卿〈送道標上人歸南嶽〉：「悠然倚孤棹，卻憶臥中林。」孤棹，獨槳，這裡謂孤舟。❺清歌　謂清亮的歌聲。唐王維〈奉和聖制上巳於望春亭觀禊飲應制〉：「清歌邀落日，妙舞向春風。」❻荻花　生長在水邊的多年生草本植物的花穗，紫色或白色、草黃色，與蘆同類。

【語　譯】落日籠罩靜謐的小洲，高遠的天空清朗空曠。煙霧橫江沙灘一片白色，波浪翻滾彷彿令遠山震盪。孤舟橫倚在野水邊，暮色中樵夫歸村莊。清亮的歌聲從何處飄來，荻花無數在那裡飛揚。

【研　析】「夕陽無限好，只是近黃昏」，唐李商隱這首〈登樂遊原〉中的句子，千百年來膾炙人口。吟誦落日是古今中外詩人們喜用的題材，有些詩人逕以「落日」為題，如唐杜甫有〈落日〉云：「落日在簾鉤，溪邊春事幽。芳菲緣岸圃，樵爨倚灘舟。啅雀爭枝墜，飛蟲滿院遊。濁醪誰造汝，一酌散千憂。」唐齊己也有〈落日〉云：「晚照背高臺，殘鐘殘角催。能銷幾度落，已是半生來。吹葉陰風發，漫空暝色回。因思古人事，更變盡塵埃。」上舉兩詩與所選詩一樣，皆以吟詠落日為由寫意抒情，並不在意於對落日景象的如實描繪。

與作者同時的散文小品作家王思任在其《謔庵文飯小品》卷三〈小洋〉中描寫落日光景可謂淋漓盡致：「落日含半規，如胭脂初從火出。溪西一帶山，俱以鸚鵡綠，鴉背青。上有猩紅雲五千尺，開一大洞，逗出縹天，映水如繡鋪赤瑪瑙。日益曶，沙灘色如柔藍懈白，對岸沙則蘆花月影，忽忽不可辯識。山俱老瓜皮色。又有七八片碎剪鵝毛霞，俱黃金錦荔，堆出兩朵雲，居然晶透葡萄紫也。又有夜嵐數層斗起，如魚肚白，穿入出爐銀紅中，金光煜煜不定。蓋是際大地山川，雲霞日采，烘蒸鬱襯，不知開此大染局作何制。」由此觀之，詩歌貴含蓄，妙在意境傳神；散文則貴在筆觸細膩，妙在娓娓道來，窮形盡相。兩相比較，可見中國古典文學不同體裁的表現手法千變萬化，各有千秋！

夜眺

陸雲龍

【題　解】這首五律寫夜間眺望中所思所想，具有瀟灑的人生態度，帶有濃厚的個性天趣，是晚明浪漫思潮下的詩篇。

【作　者】陸雲龍（西元一五八七—一六六六年），字雨侯，一字于鱗，又字矯如，號蛻庵，又號翠娛閣主人、薇園主人、江南不易客，錢塘（今浙江杭州）人。其先世本居海寧，後徙錢塘之南良里。明諸生，久困科場，天啟間曾設館課徒，後成為古今詩文與明人小品編選家、通俗小說作家。崇禎十年（西元一六三七年）以後，曾入李清、沈宸荃等人幕，時時出入京師，間為諸公草章疏。鼎革後不復出，隱居著書。生平事蹟見《新鐫啟牘大乘備體．陸蛻庵先生家傳》，胡蓮玉〈陸雲龍生平考述〉、井玉貴《陸人龍、陸雲龍小說創作研究》考之甚詳，可參考。著有《翠娛閣近言》四卷。

清宵❶肅天宇❷，尋月穿孤林。風雩學曾點❸，傲世思展禽❹。野曠星影小，山淡煙色深。極目遠塵境❺，曠然開吾襟。

【注釋】❶清宵　清靜的夜晚。❷天宇　天空。唐張九齡〈登荊州城樓〉：「天宇何其曠，江城坐自拘。」❸風雩學曾點　語本《論語・先進》，孔子與其弟子子路、曾點、冉有、公西華一起討論志向，曾點說：「暮春者，春服既成，冠者五六人，童子六七人，浴乎沂，風乎舞雩，詠而歸。」從而受到孔子的讚揚，喟然歎曰：「吾與點也！」風雩，即在舞雩臺上吹吹風。舞雩臺，故址當在今山東曲阜南。北魏酈道元《水經注》卷二五：「沂水北對稷門……亦曰雩門……門南隔水有雩壇，壇高三丈，曾點所欲風舞處也。」曾點，即曾皙，名點，曾參的父親，孔子的學生。❹展禽　即柳下惠，春秋時魯國的賢者，本名展獲，字禽，又稱展季，柳下為其所居地，「惠」為其死後由其妻倡議的私諡。《論語・微子》：「柳下惠為士師，三黜。人曰：『子未可以去乎？』曰：『直道而事人，焉往而不三黜？枉道而事人，何必去父母之邦？』」❺塵境　原為佛教語，佛教以色、聲、香、味、觸、法為六塵，因稱現實世界為「塵境」。唐司空曙〈寄衛明府〉：「翠竹黃花皆佛性，莫教塵境誤相侵。」

【語譯】清靜的夜晚天空澄澈，穿越孤林尋覓賞月的佳地。像曾點般風乎舞雩的瀟灑，如柳下惠一樣孤標傲世。原野曠遠星影更覺渺小，煙雲濃重襯托山色清麗。放眼塵世空闊寂寥，令我不禁心曠神怡。

【研析】這首五律寫景抒情，情景雙繪，象由心生，物我同一，是夜景大自然沐浴下的清麗之作。

晚明是一個個性解放的時代，以自然景物為審美對象，用詩或散文小品的文學形式反映主觀情志就成為一時風尚。與作者大約同時的小品作家王思任在其〈石門〉中有云：「夫游之情在高曠，而遊之理在自然，山川與性情一見而洽，斯彼我之趣通。」陸雲龍眺望夜空，文思湧動，詩興大發，其觸媒是夜晚的寧靜、原野的曠遠，物我相通之趣則是春秋時曾點的瀟灑人生意境，以及柳下惠孤標傲世的處世態度。唐代詩人也有類似題材的作品，比較一下，亦可見時代的因素不容忽視。唐韋應物〈夜望〉：「南樓夜已寂，暗鳥動林間。不見城郭事，沉沉唯四山。」唐李端〈早春夜望〉：「舊雪逐泥沙，新雷發草芽。曉霜應傍鬢，夜雨莫催花。行矣前途晚，歸與故國賒。不勞報春盡，從此惜年華。」陸雲龍之作敞開胸襟，若有所思，較比唐人，多了一份追求內心自由的企盼，而這正是晚明文人士大夫不同於歷代讀書人的個性所在。

西湖漫興五首（選其三）

陸雲龍

【題　解】這組七絕以書寫西湖春景、秋色為主題。西湖，在今浙江杭州，為古今著名風景勝地。所謂「漫興」，即率意為詩而不刻意求工，顯示了詩人從容的處世態度。

淡煙浮碧四山[1]春，一水清清欲鑑人。桃李滿堤[2]開錦陣[3]，天為西子[4]助精神[5]。

【注　釋】❶四山　謂西湖周圍的山巒。唐曹鄴〈江西送人〉：「擕酒樓上別，盡見四山秋。」❷堤　謂西湖的白堤與蘇堤。白堤，又名白沙堤，東起斷橋，止於平湖秋月，與孤山連接。明代雜植花木，花開如錦，故又名十錦塘，後人為紀念唐代白居易任杭州刺史的政績，故稱白堤，堤上桃柳成行。蘇堤，俗稱蘇公堤，為宋蘇軾任杭州知府時所修築，貫串西湖南北，堤上有六橋，沿堤亦遍植桃柳。❸錦陣　即花攢錦簇，形容五色繽紛、繁盛豔麗的景象。❹西子　以春秋時美女西施比喻西湖，西湖又稱西子湖。語本宋蘇軾〈飲湖上初晴後雨〉：「欲把西湖比西子，淡妝濃抹總相宜。」❺助精神　宋孔平仲〈兄長寄五詩依韻和寄詩各有所懷・懷蓬萊閣〉：「城邑萬家供氣象，湖山千里助精神。」

【語　譯】四圍山巒淡煙中浮現碧綠春意盎然，西湖湖水清清光可鑑人。桃李花開滿蘇堤白堤繽紛豔麗，老天幫助西子更顯精神。

【研　析】這組七絕詩共五首，所選者為第三首，專寫西湖春日景象。組詩其一：「紅葉繡山山已秋，美人倩服倚高樓。憑欄不語復不去，應為秋山生宿愁。」所寫為西湖秋景。其二：「垂楊濕雨著堤平，荇藻青青色倍明。灘上鸕鷀梳羽歇，因風求友出聲聲。」所寫當為西湖夏景。其四：「春事闌珊莫教虛，乘閑偶爾入幽居。一庭花木來新意，應是成都女校書。」所寫為西湖暮春景色。其五：「煙散初晴一望空，堤頭隱隱出新紅。江頭草色長肥綠，得到知春春已中。」所寫為西湖仲春時節。

西湖盛名，宋代最著，遠勝於唐人，所以有關西湖的詩歌也以宋人最享盛譽，如蘇軾〈飲湖上初晴後雨二首〉其二：「水光瀲灩晴方好，山色空濛雨亦奇。欲把西湖比西子，淡妝濃抹總相宜。」千百年來膾炙人口，從而為今古吟詠西湖的名作。居住孤山，有「梅妻鶴子」之譽的林逋對於西湖也情有獨鍾，其〈西湖春日〉：「爭得才如杜牧之，試來湖上輒題詩。春煙寺院敲茶鼓，夕照樓臺卓酒旗。濃吐雜芳薰巇崿，濕飛雙翠破漣漪。人間幸有蓑兼笠，且上漁舟作釣師。」又〈西湖〉：「混元神巧本無形，匠出西湖作畫屏。春水淨於僧眼碧，晚山濃似佛頭青。欒櫨粉堵搖魚影，蘭社煙叢閣鷺翎。往往鳴榔與橫笛，斜風細雨不堪聽。」近體詩中，律詩可見作者功力，絕句則以靈動巧思見長。這五首七絕自以所入選一詩最佳，而此詩最見巧思處即第四句「天為西子助精神」。有此一句，就將全詩的韻致提調出來，令讀者回思無盡。

己卯長至日，山窗得梅口占，是日為十一月晦

瞿式耜

【題　解】據詩題，這首七律作於崇禎十二年（西元一六三九年）冬至日，為讚美梅花之作，時作者當居於山中。長至，這裡謂冬至日。山窗，山中居處的窗戶。口占，謂作詩文不起草稿，隨口而成。十一月晦，即農曆十一月之最末一日，為己卯十一月二十九日。按，己卯冬至當為十一月一十八日（西元一六三九年十二月二十二日），或為作者誤記。

【作　者】瞿式耜（西元一五九〇—一六五〇年），字伯略，一字起田，別號稼軒，常熟（今屬江蘇）人。萬曆四十四年（西元一六一六年）進士，授吉安永豐知縣，有惠政。崇禎元年（西元一六二八年）擢戶科給事中，十七年，福王立於南京，起式耜應天府丞，已，擢右僉都御史。魯監國元年（西元一六四六年）九月，清兵破汀州，式耜與丁魁楚等立永明王由榔，監國肇慶。進瞿

式耜吏部右侍郎、東閣大學士，兼掌吏部事。南明永曆四年（西元一六五〇年）十一月，清孔有德破桂林，城中無一兵，明督師瞿式耜端坐府中，俄總督張同敞至，誓偕死。清兵至，幽於民舍。兩人日賦詩倡和，得百餘首。至閏十一月十有七日，遂與同敞俱死。謚文忠，清乾隆間謚忠宣。著有《虞山集》，清道光間有《瞿忠宣公集》刊行，今人有整理本《瞿式耜集》。朱彝尊《靜志居詩話》卷二一〈瞿式耜〉：「瞿公生長華門，屏游閑之習，自臨八桂，盡瘁行間。既繫獄中，與江陵張公同敞，悲歌酬和，互作草書，筆飛墨舞，聯為行看子，往嘗見之於吳下，所謂『鼎鑊甘如飴』者。」陳田《明詩紀事》辛籤卷九上選瞿式耜詩一首。

沖寒❶策杖❷自尋芳❸，應被南枝❹笑劇忙。素豔❺不須明月夜，凍香❻先贈美人妝❼。恰疑灰應吹葭早❽，便覺春從刺繡長❾。不是老夫耽野興❿，相思只合谷中藏⓫。

【注釋】❶沖寒　冒著寒冷。唐杜甫〈小至〉：「岸容待臘將舒柳，山意沖寒欲放梅。」❷策杖　拄杖。三國魏曹植〈苦思行〉：「策杖從我遊，教我要忘言。」❸尋芳　遊賞美景。唐姚合〈游陽河岸〉：「尋芳愁路盡，逢景畏人多。」❹南枝　這裡借指梅花，宋蘇軾〈次韻蘇伯固游蜀岡送李孝博奉使嶺表〉：「願及南枝謝，早隨北雁翩。」王文誥輯注引趙次公曰：「南枝，梅也。」❺素豔　謂白色花，這裡指梅花。唐李群玉〈人日梅花病中作〉：「玉鱗寂寂飛斜月，素豔亭亭對夕陽。」❻凍香　謂梅花香質。唐羅鄴〈早梅〉：「凍香飄處宜春早，素豔開時混月明。」❼美人妝　謂梅花形貌。唐王昌齡〈西宮秋怨〉：「芙蓉不及美人妝，水殿風來珠翠香。」❽恰疑灰應吹葭早　謂春早。古人燒葦膜成灰，即葭灰，將其置於律管中，放密室內，以占氣候。據說某一節候到，某律管中葭灰即飛出，示該節候已到。《後漢書》志第一〈律曆上〉：「候氣之法，為室三重，戶閉，塗釁必周，密布緹縵。室中以木為案，每律各一，內庳外高，從其方位，加律其上，以葭莩灰抑其內端，案曆而候之。氣至者灰動。」❾便覺春從刺繡長　宋辛棄疾〈粉蝶兒・和晉臣賦落花〉：「昨日春如，十三女兒學繡。一枝枝、不教花瘦。」❿野興　謂對自然景物的情趣。唐杜審言〈和韋承慶過義陽公主山池〉其一：「野興城中發，朝英物外求。」⓫相思只合谷中藏　謂梅花生於幽谷更令人相思。唐盧仝〈有所思〉：「相思一夜梅花發，忽到窗前疑是君。」

【語　譯】私下拄杖冒寒尋訪美景，梅花應當笑我忙碌萬分。白色花不須夜裡明月的襯托，冷香包蘊的形貌彷彿玉立的美人。懷疑明年的春天來早，如同女兒學繡花事繽紛。不是老夫沉迷於山野的情趣，生於幽谷的梅花令人相思無盡。

【研　析】「詩言志」，「詩緣情而綺靡」，古人將詩歌當作抒情言志的載體，言事詠物皆帶有作者的個性化色彩。瞿式耜是錢謙益的門人，據《明史》卷二八〇本傳：「式耜矯矯立名，所建白多當帝意，然搏擊權豪，大臣多畏其口。」崇禎五年（西元一六三二年），瞿式耜四十三歲，終因朝內黨爭與所薦貴州布政使胡平表因「不謹」被罷而革職家居。這首七律即寫於作者廢居家中時期，這一年瞿式耜五十歲。此時的明廷內外交困，國勢如江河日下，朝政一片混亂。正是在這一情勢下，作者無緣置喙於朝政，只能「窮則獨善其身」，嚮往冰清玉潔的梅花，就是自命清高，誓不與齷齪的社會同流合汙。

唐張謂〈早梅〉一詩：「一樹寒梅白玉條，迴臨林村傍谿橋。不知近水花先發，疑是經春雪未銷。」梅花在古人筆下傲霜鬥雪，品格高潔，宋陸游〈卜算子・詠梅〉最見精神：「驛外斷橋邊，寂寞開無主。已是黃昏獨自愁，更著風和雨。無意苦爭春，一任群芳妒。零落成泥碾作塵，只有香如故。」顯然瞿式耜這首詩也有以山梅自喻的用心，所謂「尋芳」莫如說是尋求自身的精神寄託。當時作者在家鄉常熟居住，江南春早，令作者「野興」大發，入山尋幽。而尾聯對句「相思只合谷中藏」是寫梅花，也是寫自己「無官一身輕」的潔身自好，其間隱約有一絲惆悵的情緒在內，這種情緒與作者嫉惡如仇的性格因素密不可分。

庚寅十一月初五日，聞警，諸將棄城而去。城亡與亡，余自誓一死。別山張司馬自江東來城，與余同死，被刑不屈。累月幽囚，漫賦數章，以明厥志。別山從而和之八首（選其一其八）

瞿式耜

【題解】此組七律共八首，為總題《浩氣吟》下的第一組詩，本書選其第一首與第八首。據詩題可知，組詩寫於南明永曆四年（清順治七年，西元一六五〇年）的冬天，這一年清孔有德擊破桂林，作為明督師的瞿式耜堅守城池被俘。別山張司馬，即張同敞（西元？—一六五〇年），字別山，江陵（今屬湖北）人，為昔日顯赫一時的首輔張居正的曾孫，崇禎間以蔭補中書舍人，李自成陷京師，遁歸。桂王立，授兵部侍郎，經略楚粵兵馬，總督諸路軍務。與瞿式耜同日被俘，同時遇害。謚忠烈。《明史》卷二一三有傳。

藉草❶為茵枕塊❷眠，更❸長寂寂夜如年。蘇卿絳節唯思漢❹，信國丹心只告天❺。九死❻如飴❼遑❽惜苦，三生有石❾亦隨緣。殘燈一室群魔❿繞，寧識孤臣⓫夢坦然。

【注釋】❶藉草　坐臥於草上。❷枕塊　古代居父母之喪，睡時頭枕土塊，表示極其悲痛。這裡為獄中簡陋之坐臥寫照。❸更　古代夜間計時的單位，一夜分為五更，每更約兩小時。❹蘇卿絳節唯思漢　謂漢代蘇武牧羊北海終持漢節，不降匈奴。蘇卿，即蘇武（西元前一四〇－前六〇年），字子卿，漢杜陵（今陝西長安東北）人，漢武帝天漢元年以中郎將出使匈奴，被留，寧死不降，牧羊北海十九年，節旄盡落，後得歸漢，拜典屬國，賜爵關內侯。《漢書》卷五四有傳。絳節，古代使者持作憑證的紅色符節。❺信國丹心只告天　謂南宋文天祥誓不降元，不屈就義。信國，即文天祥（西元一二三六－一二八三年），字宋瑞，一字履善，號文山，吉水（今屬江西）人。宋理宗寶祐四年（西元一二五六年）進士第一，歷官江西安撫使、右丞相，封信國公，在抗擊元軍的戰鬥中被俘，作〈正氣歌〉以明志，囚於燕京四年，從容就義於大都柴市（今北京市東城區府學胡同一帶）。著有《指南》、《吟嘯》等集。《宋史》卷四一八有傳。丹心，赤誠之心。文天祥〈過零丁洋〉：「人生自古誰無死，留取丹心照汗青。」❻九死　猶萬死。《文選・楚辭・離騷》：「亦余心之所善兮，雖九死其猶未悔。」唐劉良注：「九，數之極也，言……雖九死無一生，未足悔恨。」❼如飴　謂如同吃糖一樣。文天祥〈正氣歌〉：「鼎鑊甘如飴，求之不可得。」❽遑　怎能，常用於反問句。❾三生有石　謂與前述蘇武、文天祥等前輩忠義之士有前因宿緣。據唐袁郊〈甘澤謠・圓觀〉，傳說唐李源與僧圓觀相友善，同遊三峽，見婦人引汲，觀曰：「其中孕婦姓王者，是某托身之所。」更約十二年後中秋月夜，相會於杭州天竺寺外。是夕觀果歿，而孕婦產。及期，源赴約，聞牧童歌〈竹枝詞〉：「三生石上舊精魂，賞月吟風不要論。慚愧情人遠相訪，此身雖異性長存。」源因知牧童即圓觀之後身。⑩魔　佛教語，梵文「魔羅」音譯的略稱。佛教把一切擾亂身心、破壞行善者和一切妨礙修行的心理活動均稱作「魔」。⑪孤臣　謂孤立無助的臣子。唐柳宗元〈入黃溪聞猿〉：「孤臣淚已盡，虛作斷腸聲。」

【語　譯】坐臥草上枕土塊為眠，寂寂的黑夜如年漫長。蘇武持節一心只向漢，文天祥一片丹心可告天。九死不悔鼎鑊如飴怎能再哀傷苦痛，與前輩忠義之士自有前因宿緣。殘燈搖曳的屋中有眾魔圍繞，怎奈我孤臣心地清白夢也坦然。

【研　析】《明史》卷二一三〈張同敞傳〉：「順治七年，大兵破嚴關，諸將盡棄桂林走。城中虛無人，獨式耜端坐府中。適同敞自靈川至，見式耜。式耜曰：『我為留守，當死此。子無城守責，盍去諸？』同敞正色曰：『昔人恥獨為君子，公顧不許同敞共死乎？』式耜喜，取酒與飲，明燭達旦。侵晨被執，諭之降，不從。令為僧，亦不從。乃幽之民舍。雖異室，聲息相聞，兩人日賦詩倡和。閱四十餘日，整衣冠就刃，顏色不變。既死，同敞屍植立，首墜躍而前者三，人皆辟易。」讀此記述，三百多年之後仍覺共赴國難的壯烈！「慷慨赴死易，從容就義難」，瞿式耜與張同敞屬於從容就義者，與文天祥之死異代同芳，皆可千古不朽！「兵部侍郎兼翰林院學士門生」張同敞的和詩云：「棱棱瘦骨不成眠，祖德君恩四十年。腰膝尚存堪作鬼，死生有數肯呼天。疊山欲附文山烈，蘇武休思漢武緣。蹈鑊撩衣談笑裡，何須血淚更潸然。」與所選詩皆大義凜然，視死如歸，自有一種浩然之氣充沛其中，令今人讀後亦覺動容。

年逾六十復奚求❶，多難頻經❷渾❸不愁。劫運❹千年彈指❺到，綱常❻萬古一身留。欲堅道力❼憑魔力❽，何事俘囚學楚囚❾。了卻人間生死業❿，黃冠莫擬故鄉遊⓫。

【注釋】❶奚求　何求。❷頻經　多次經歷。❸渾　都，表示範圍的副詞。❹劫運　災難；厄運。劫，佛教名詞，梵文「劫波」（或「劫簸」）音譯的略稱，意為極久遠的時節。古印度傳說世界經歷若干萬年毀滅一次，重新再開始，這樣一個週期叫做一「劫」。❺彈指　捻彈手指作聲，佛家多以喻時間短暫。唐司空圖〈偶書五首〉其四：「平生多少事，彈指一時休。」❻綱常　「三綱五常」的簡稱。封建時代以君為臣綱、父為子綱、夫為妻綱為三綱，仁、義、禮、智、信為五常。宋周密《齊東野語》卷一四〈巴陵本末〉：「古今有不可亡之理。理者何？綱常是也。」又《宋史》卷四三八〈儒林八．葉味道〉：「正綱常以勵所學，用忠言以充所學。」❼道力　謂因有所修為而得之功力。宋惠洪〈二十日偶書〉其二：「臨事無疑知道力，讀書有味覺身閑。」❽魔力　佛教謂惡魔波旬破壞善事的力量。《景德傳燈錄．天竺祖師》：「由是魔宮震動，波旬愁怖，遂竭其魔力以害正法。」❾何事俘囚學楚囚　謂被俘之人不想如楚囚受到晉侯禮遇一樣也受到清軍同樣的禮遇。楚囚，被囚禁的楚國人。《左傳．成公九年》：「晉侯觀於軍府，見鍾儀，問之曰：『南冠而縶者，誰也？』有司對曰：『鄭人所獻楚囚也。』……文子曰：『楚囚，君子也……君盍歸之，使合晉、楚之成。』公從之，重為之禮，使歸求成。」❿生死業　佛教認為人的生死輪迴皆由「業力」決定，業力謂不可抗拒的善惡報應之力。⓫黃冠莫擬故

鄉遊　謂自己不願做道士返故鄉，惟願一死報國。《宋史》卷四一八〈文天祥傳〉：「時世祖皇帝多求才南官，王積翁言：『南人無如天祥者。』遂遣積翁諭旨，天祥曰：『國亡，吾分一死矣。儻緣寬假，得以黃冠歸故鄉，他日以方外備顧問，可也。若遽官之，非直亡國之大夫不可與圖存，舉其平生而盡棄之，將焉用我？』」黃冠，道士之冠，這裡即借指道士。

【語　譯】年紀已過六十還有何求，多次經歷災難已然全不憂愁。千年的治亂週期轉瞬即過，萬古綱常延續須有捨身人存留。欲有所修為就要憑藉災難的玉成，被俘之人不想學受禮遇的楚囚。人間生死的業報早已置之度外，更不想做道士回故鄉一遊。

【研　析】這首七律為組詩的最後一首，其殉國之剛烈心腸更為決絕，詩中字字擲地皆可作金石聲，其視死如歸之節操可與日月爭光，令人讀後心潮澎湃。張同敞和此首詩云：「忘生反覺死難求，甲士相環任我愁。祭酒一身同臘盡，睢陽二子共名留。已拚魂作他鄉鬼，博得人稱亡國囚。三百年來恩怨血，先皇應許得從遊。」聲調鏗鏘，兩人如出一轍，一時同赴國難，可謂難兄難弟，千載難逢！組詩其一頷聯對句「信國丹心只告天」，毋庸質疑，作者對於南宋誓死不投降元朝的文天祥是身懷敬仰之心的。然而在長期的囚禁中，文天祥也曾經有「黃冠歸故鄉」之想，這一點通權達變的妥協為《宋史》本傳所記述，真假這裡不做結論，但瞿式耜在本詩末句所表現的「黃冠莫擬故鄉遊」卻是一種更為堅定的矢死報國之心。作者另有寫於同時的〈自警〉四首，其一云：「不朽稱三立，惟名貫此中。完貞方是德，砥世即為功。生死休言命，春秋只教忠。失身千古恨，大擔在微躬。」夫子自道，滿腔忠義。不畏懼死亡的愛國者，其人格魅力就會得到昇華，從而成為中華民族共有的精神財富，這正是所選兩首組詩讀後令人感奮的原因所在。

囚中為亡妻設位，以飯一甌、菜一碟、酒半杯以哭之

瞿式耜

【題解】這首七律寫於南明永曆四年（清順治七年，西元一六五〇年）的閏十一月間（依作者從明曆，清曆次年閏二月）。瞿式耜妻邵氏夫人卒於此前一年，即永曆三年，此詩之前另有〈亡妻以閏十一月初九為生忌，囚中不能焚一紙，楊碩甫禮懺山中，詩以謝之〉一詩，其首聯「夢裡音容幾度看，似憐遭難慰予安」，如敘家常，備覺傷神，可知夫婦生前伉儷情篤。

幽魂❶何處不飛來，囚室分明是夜臺❷。為壽生前當此日，相從地下重予哀。

粢❸盛土缶❹仍周粟❺，楮❻化黃埃種劫灰❼。亡國俘臣生亦鬼，幾時偕汝故鄉回。

【注釋】❶幽魂　謂人死後的陰魂。❷夜臺　墳墓，這裡喻陰間。❸粢　特指祭祀用的穀物。❹土缶　一種圓腹小口有蓋的瓦器，用以汲水或盛流質。❺周粟　周代的祿食，這裡謂祭祀用穀物仍屬明朝所出，非清人之物，表示自己堅持氣節。《史記》卷六一〈伯夷列傳〉：「天下宗周，而伯夷、叔齊恥之，義不食周粟，隱於首

陽山，采薇而食之。」❻楮　指祭供死者的紙錢。❼劫灰　本謂劫火的餘灰，這裡謂明朝覆亡後的殘跡或灰燼。南朝梁慧皎《高僧傳・譯經上・竺法蘭》：「昔漢武穿昆明池底，得黑灰，問東方朔，朔云：『不知，可問西域胡人。』後法蘭既至，眾人追以問之，蘭云：『世界終盡，劫火洞燒，此灰是也。』」

【語　譯】人死魂魄到處都可以召來，因為這囚室就如陰間一般。此日是你生前壽誕之期，將要地下相逢令我深感哀怨。土缶盛裝祭物仍然屬於我朝的食糧，紙錢化塵埃見證了家國的劫難。亡國被俘雖生也如鬼一樣，何時與你一同魂歸故園。

【研　析】世間豪傑未必無情，是真英雄也有「兒女情長」的一面。詩人自己已身陷於絕境，仍然不忘亡妻生辰，且設位為詩以祭祀之，寓亡國的一腔憂憤於其中，顯示了頂天立地大丈夫的光明磊落之情。唐代元稹〈離思五首〉其四：「曾經滄海難為水，除卻巫山不是雲。取次花叢懶回顧，半緣修道半緣君。」向來被視為思念亡婦的巔峰之作而千古傳誦，固然因其首二句的文學性比喻的經典化。瞿式耜這首思念亡婦的詩作，沒有任何警句，卻仍感人至深，原因即在於艱難困苦之中依舊不忘結髮妻子四十年來的恩情。尾聯二句尤為沉痛，所謂魂魄相依同歸故鄉，至今讀之，催人淚下。忠臣義士，情懷無限，對於親人並非鐵石心腸。《明史》卷二八〇〈何騰蛟瞿式耜傳〉後有贊云：「何騰蛟、瞿式耜崎嶇危難之中，介然以艱貞自守。雖其設施經畫，未能一睹厥效，要亦時勢使然。其於鞠躬盡瘁之操，無少虧損，固未可以是為訾議也。夫節義必窮而後見，如二人之竭力致死，靡有二心，所謂百折不回者矣。明代二百七十餘年養士之報，其在斯乎！其在斯乎！」蓋棺定論，彪炳千秋！

空屋

王彥泓

【題　解】這首七律屬於悼亡之作。原題下自注云：「元微之詩，有『朝辭空屋去』。」唐元稹〈空屋題〉：「朝從空屋裡，騎馬入空臺。盡日推閒事，還歸空屋來。月明穿暗隙，燈燼落殘灰。更想咸陽道，魂車昨夜回。」也是悼亡之作。王彥泓的妻子賀氏，萬曆四十三年（西元一六一五年）嫁王彥泓，崇禎元年（西元一六二八年）去世，兩人共有十三年的朝夕相處，伉儷情篤，一人先去，終難白首，未免傷心墜淚。這首七律即由人去屋空發抒思念之情，情感真摯，催人淚下。

【作　者】王彥泓（西元一五九三—一六四二年），字次回，金壇（今屬江蘇）人。崇禎初以歲貢生為華亭訓導，卒於官。詩工豔體，婉轉流暢。著有《疑雲集》、《疑雨集》。清錢謙益《列朝詩集小傳》丁集〈王廣文彥泓〉謂其：「博學好古，與其叔叔聞為同志。詩多豔體，格調似韓致光，他作無聞焉。」清朱彝尊《靜志居詩話》卷一九〈王彥泓〉有云：「風懷之作，段柯古《紅樓集》，不可得見矣。存者，玉谿生最擅場，韓冬郎次之，由其緘情不露，用事豔逸，造語新柔，令讀之者喚奈何，所以擅絕也。後之為豔體者，言之惟恐不盡，詩焉得工？故必琴瑟鐘鼓之樂少，而寤寐反側之情多，然後可以追韓軼李。金沙王次回，結撰深得唐人遺意。」陳田《明詩紀事》辛籤卷三二選王彥泓詩二首，有按語云：「錄詩不廢〈桑中〉，可以為戒也。後之為豔詩者幾於勸矣。」

秋屋凝塵暗簟紋❶，冷風蕭瑟❷動靈裙❸。床頭剩藥求醫賣，篋底遺香任婢分❹。痛定更思貧婦嘆❺，才荒猶缺奠妻文。淒涼欲就魂筵❻醉，把酒相呼淚雨棼❼。

【注釋】❶簟紋 席紋。南朝梁簡文帝蕭綱〈詠內人晝眠〉：「簟文生玉腕，香汗浸紅紗。」❷蕭瑟 冷落；淒涼。《楚辭．九辯》：「悲哉！秋之為氣也。蕭瑟兮，草木搖落而變衰。」❸靈裙 即靈帳，謂靈堂內設置的帳幕。❹篋底遺香任婢分 暗用三國魏曹操臨終前「分香賣履」的掌故。曹操〈遺令〉：「餘香可分與諸夫人，不命祭。諸舍中無所為，可學作組履賣也。」又唐元稹〈遣悲懷三首〉其二：「昔日戲言身後意，今朝皆到眼前來。衣裳已施行看盡，針線猶存未忍開。尚想舊情憐婢僕，也曾因夢送錢財。誠知此恨人人有，貧賤夫妻百事哀。」王彥泓〈記永訣時語四首〉其四：「三年侍疾不辭勤，藥碗爐薰仗阿雲。訣別贈言唯自愛，開箱留賜一拖裙。」❺痛定更思貧婦嘆 王彥泓〈記永訣時語四首〉詩題下自注云：「俱出亡者口中，聊為諧敘成句耳。」其二「愧因買藥金珠盡，浪負人間俠女名」下有注云：「余內家素豪侈，而婦實檢約，居恆布衣，十年不製。病革之日，篋無金珠，唯典券數十紙，皆頻年藥債及女伴戚屬困乏者所移貸耳。內外尊人咸咎其靡費及好施而自窘乏。婦心冤之，於永訣時自白一二語，實不能達意也。」貧婦，貧窮的婦人，這裡作者稱亡妻賀氏。❻魂筵 當謂祭奠亡婦的供品酒席。❼棼 形容淚水眾多錯雜。

【語譯】秋日屋室滿塵埃席紋晦暗，淒涼的冷風吹拂起靈帳。妻未吃完的藥求醫生代賣，箱底遺存的物品任由婢女分享。痛定思痛想起亡妻被誤解的悲歎，文采有限尚未有祭奠妻子的文章。淒涼中姑且在祭祀的供品間一醉，舉酒呼喚妻名任淚水流淌。

【研析】晉潘岳因妻病故，作〈悼亡〉三首，馳名後世，其二有云：「展轉盻枕席，長簟竟床空。

床空委清塵，室虛來悲風。」王彥泓這首〈空屋〉首聯兩句當本於潘岳之作，可謂淵源有自。作者《疑雨集》卷二有〈病婦〉、〈病婦憂絕〉、〈述病婦懷〉、〈九月初八出門日別婦柩作〉、〈燈夕悼感〉諸詩，可知作者於妻子一往情深。清袁枚《隨園詩話》卷五曾讚賞王彥泓〈過婦家感舊〉一詩，認為後世至少有三位詩人效法其作。其詩云：「歸寧去日淚痕濃，鎖卻妝樓第二重。空剩一行遺墨在，丙寅三月十三封。」金性堯選注《明詩三百首》就袁枚之論有云：「丙寅為天啟六年（一六二六），即賀氏逝世前二年。從詩句看，賀氏似是歿於她的娘家。」這一推斷似有誤解。此詩見《疑雨集》卷二，題為〈過婦家有感〉，共二首，袁枚所舉者為第二首，詩後有注云：「婦以丙寅六月歸寧，十月返舍，以望後三日為慈人生日也。所居一閣，外母虛以待其再至，而遘疾日深，荏苒不起，今雙扉宛然，手封猶在，傷哉！」作者妻子這次歸寧只在娘家住了四月有餘即返回夫家。組詩其一云：「謝家重見縞衣郎，群婢相看掩淚光。特送傷心小甥女，繞身啼喚覓姨娘。」細味詩意，當是在作者妻子之前，賀家尚有一姊先亡，故有「重見縞衣郎」云云，看來作者與妻賀氏家的關係於生前死後，一直都是不錯的。至於「貧婦嘆」的原因，本詩中雖未交代，但從其〈記永訣時語四首〉詩注中可以窺測，亡妻因「靡費」的誤解而與自己家中長輩關係不很融洽，受了委屈。但作者對妻子還是抱有相當同情態度的，這也可證全詩的情感真摯，並非虛應故事之作。

寒詞十六首（選其一）

王彥泓

【題解】這組七絕一共十六首，前有小序云：「昔年同社為〈秋詞〉，今成往事。離居多感，歲晏不聊，觸緒生吟，冰霜滿目。凜尖風之透骨，感皎月之映心。多因夢後之思，添出酒邊之句。聊作秋風貂續，以為春詠前驅。命曰〈寒詞〉，得一十六首。」這是其中的第一首。全組詩多用擬人手法，將冬月之景色比喻為冰清玉潔的美女，有時人景同繪，未知側重誰何，反映了香豔詩人的一種意象追求。

從來國色❶玉光寒❷，晝視常疑月下看❸。況復此宵兼雪月，白衣裳憑赤闌干❹。

【注釋】❶國色　古代謂容貌極美的女子，可以冠絕一國，故稱。《公羊傳・僖公十年》：「驪姬者，國色也。」何休注：「其顏色一國之選。」❷玉光寒　以美女肌膚色澤韻致比喻冬天雪後景象。❸月下看　清張潮《幽夢影》：「樓上看山，城頭看雪，燈前看花，舟中看霞，月下看美人，另是一番情境。」反映了古代文人士大夫的一種審美情趣。❹白衣裳憑赤闌干　形容雪落在紅闌干上彷彿月下白衣美女倚憑赤闌一樣美豔。闌干，即欄杆。

【語　譯】玉光凝寒從來是國色的品格，白日景象常懷疑是月下美人翩翩。何況這是有雪有月的夜晚，積雪覆蓋如同白衣女子憑倚赤闌。

【研　析】組詩其四：「雪壓紅樓照坐明，旋添香獸暖銀笙。玉人相顧時時笑，喜聽冰條落砌聲。」其十六：「羅巾書滿歲寒詞，小字紅鈐付所知。冰雪心腸冰雪貌，年年相對插梅時。」顯然作者這一組〈寒詞〉是以寒凝大地為背景，冰霜滿目，在雪與月的襯托下浮想聯翩，串聯起各種美的意象，完成一曲冰清玉潔、玲瓏剔透的交響樂。以美人擬寫寒冷景觀，人與自然若即若離，似是非是，帶有作者相當的理想成分。冰雪天氣令遠近景物皆披銀妝，輪廓較之平常模糊不清，於是就被詩人想像為月下觀賞美人的朦朧感；冰雪天氣萬物籠統，色彩單調，於是詩人就抓住赤闌落雪的這一鮮明的色彩對比，想像為白衣美女斜倚紅色欄杆，婷婷玉立，本無生氣的一切皆有了鮮活的生命感，這就是詩歌的藝術魅力所在。明末清初的藝術家李漁在其《閒情偶寄・聲容部》中有專論女子「態度」一篇，內云：「古云：『尤物足以移人。』尤物維何？媚態是已。世人不知，以為美色，烏知顏色雖美，是一物也，烏足移人？加之以態，則物而尤矣。」王彥泓此詩以美人擬冬景，並非平面刻畫，而是輔之以「態」，無論是月下觀賞美女，還是美女倚欄而立，皆令大地靜物有了動感，所以感人至深，以至於諸多注家逕以此詩為「詠美人」的傑作，也可算是一種解讀方式吧！

早春野眺

吳應箕

【題　解】這首五言古詩為早春郊遊之作，雖未到清明前後的踏青時節，但又是一年新綠，已經足以引來詩人的萬般欣喜之情。

【作　者】吳應箕（西元一五九四—一六四五年），字風之，更字次尾，貴池（今屬安徽）人。崇禎十五年（西元一六四二年）副榜貢生。曾在南京與復社諸生百四十餘人為〈留都防亂公揭〉，聲討閹黨阮大鋮，後大鋮得志，意欲加害，亡去。南都不守，起兵應金聲抗清，被捕，不屈遇害。著有《樓山堂集》二十七卷、《遺文》六卷、《遺詩》一卷。生平詳見劉世珩《吳次尾先生年譜》，《明史》卷二七七有傳，謂其「善今古文，意氣橫厲一世」。清朱彝尊《靜志居詩話》卷二〇〈吳應箕〉有云：「先生羅九經、二十一史於胸中，洞悉古今興亡順逆之跡。當崇禎中，預慮燕都之必不能守，聞者皆笑其迂，而先生持論侃侃不阿也。名雖不登朝籍，而人材之邪正、國事之得失，了如指掌。撰有《熹朝忠節傳》二卷、《兩朝剝復錄》十卷、《留都見聞錄》三卷、《東林本末》六卷、《續觚不觚錄》二卷，其書或傳或不傳，覽者可以當龜鑑矣。」陳田《明詩紀事》辛籤卷六上選吳應箕詩十五首，有按語云：「樓山詩，五言樸老，長於詠史。復社中殉節諸公，義魄鬼雄，如樓山、維斗、日生、存古、武公、公旦輩，雖更僕難數，可以雪結社亡國之恥矣。」

出門喜新霽❶，遙山來婉轉❷。春風生輕煙❸，草色滋新軟。宮柳鳥初啼❹，下抱河流淺。獨步憺❺忘歸，引覽❻恣❼舒展❽。

【注　釋】❶新霽　雨或雪後初晴。戰國楚宋玉〈高唐賦〉：「遇天雨之新霽兮，觀百穀之俱集。」❷婉轉　謂山勢蜿蜒曲折。❸春風生輕煙　唐李百藥〈奉和初春出遊應令〉：「水光浮落照，霞彩淡輕煙。」❹宮柳鳥初啼　唐郎士元〈春宴張舍人宅〉：「鶯啼漢宮柳，花隔杜陵煙。」❺憺　恬淡；清靜。❻引覽　謂伸長脖頸觀覽，形容風景美不勝收。❼恣　滿足；盡情。宋陸游〈冬夜讀書〉：「歸來稽山下，爛漫恣探討。」❽舒展　放鬆自然；舒適。

【語　譯】外出遇天初放晴令人欣喜，可見遠方山勢蜿蜒曲折。春風吹拂起彌漫的輕煙，新生的嫩草青綠細軟。宮中楊柳下始聞鳥鳴，其下環抱一灣河水淺淺。獨自漫步欣然忘歸，盡情觀賞春景輕鬆自然。

【研　析】作者以自然之眼觀物，物物皆帶有欣欣向榮的景象，體現了對「一年之計在於春」的企盼與憧憬。唐人有關早春的詩作很多，皆洋溢著青春的芬芳氣息。如王勃〈早春野望〉：「江曠春潮白，山長曉岫青。他鄉臨睨極，花柳映邊亭。」韋應物〈和晉陵陸丞早春遊望〉：「獨有宦遊人，偏驚物候新。雲霞出海曙，梅柳渡江春。淑氣催黃鳥，晴光照綠蘋。忽聞歌苦調，歸思欲沾巾。」顧況〈洛陽早春〉：「何地避春愁，終年憶舊遊。一家千里外，百舌五更頭。客路偏逢雨，鄉山不入樓。故園桃李月，伊水向東流。」最為膾炙人口的早春詩，當屬韓愈〈早春呈水部張十八員外二首〉其一：「天街小雨潤如酥，草色遙看近卻無。最是一年春好處，絕勝煙柳滿皇都。」這些有關早春的詩作，或欣喜，或思鄉，或以警句傳世，或以意象傳神，皆自然清新，雋永可誦，可見這一題材深受古代詩家的歡迎，因而勝義紛呈，美不勝收。

別意

吳應箕

【題解】這首七絕是一首秋日江上送人後，追寫離別之情的詩。別意，即離情，唐李咸用〈送別〉：「別意說難盡，離杯深莫辭。」作者筆下依依不捨的「別意」被巧妙賦予了豪宕胸襟，詮釋了古人另一種離別的情懷。

無數江楓❶照水紅，離情欲斷碧天空❷。〈渭城〉有曲無人唱❸，早與帆開一夜風。

【注釋】❶江楓　江邊生長的楓樹。唐包佶〈酬于侍郎湖南見寄十四韻〉：「雪花翻海鶴，波影倒江楓。」楓，即楓香樹，以其葉經霜變紅，故有「紅楓」、「丹楓」之稱，在古詩詞中，秋令紅葉植物也多稱「楓」。《楚辭·招魂》：「湛湛江水兮上有楓，目極千里兮傷春心。」❷離情欲斷碧天空　語本唐李白〈黃鶴樓送孟浩然之廣陵〉：「故人西辭黃鶴樓，煙花三月下揚州。孤帆遠影碧空盡，唯見長江天際流。」❸渭城有曲無人唱　謂無人唱送別之曲。渭城，即〈渭城曲〉，樂府曲名，又名〈陽關〉。原本唐王維〈送元二使安西〉：「渭城朝雨浥輕塵，客舍青青柳色新。勸君更盡一杯酒，西出陽關無故人。」此詩譜入樂府，或以〈渭城〉為名。唐劉禹錫〈與歌者何戡〉：「舊人唯有何戡在，更與殷勤唱〈渭城〉。」

【語　譯】江水被無數的楓葉映照成紅色，離別之情彌漫於碧空上。〈渭城〉一曲已無人吟唱，風生昨夜一帆早掛在波浪。

【研　析】唐李白〈金陵酒肆留別〉：「風吹柳花滿店香，吳姬壓酒喚客嘗。金陵子弟來相送，欲行不行各盡觴。請君試問東流水，別意與之誰短長。」離情別意在古人的情感生活中占有相當大的比重，原因即在於古代交通不便，「相見時難別亦難，東風無力百花殘」（唐李商隱〈無題〉），因而送別詩在歷代詩歌中皆占有顯赫的位置。這首送別詩不落前人窠臼之處在於，作者不寫分手之際的離情別緒或殷勤道別，而是將目光集中於別後的情感書寫，避免了「兒女共沾巾」（唐王勃〈杜少府之任蜀州〉）的渲染，突出了「揮手自茲去，蕭蕭班馬鳴」（唐李白〈送友人〉）的豪壯，特別是最後一句「早與帆開一夜風」，是全詩最見精神處，彷彿暗示出友人「乘長風破萬里浪」的前程無限，而這與全詩的基調也是符合的。

馮夫人詠四首（選其一）

談　遷

【題　解】這組七絕詩屬於詠史之作，題下自注云：「漢烏孫公主侍者馮嫽，能史書，嘗持漢節。見《漢書・西域傳》。」馮夫人，即馮嫽，原為西漢解憂公主（楚王劉戊的孫女）和親烏孫國（在今新疆伊犁河流域一帶）的隨行侍者，後嫁給烏孫國右大將為妻，由於她通曉古今，膽略過人，才幹超群，在西域諸國享有相當聲望，故被當地尊稱為「馮夫人」。為鞏固漢朝與烏孫國的關係，馮嫽多次被漢宣帝任命為漢朝使節，奔走於長安與西域，為民族團結作出了傑出貢獻。《漢書》卷九六下〈西域傳〉對於馮夫人的事蹟有所記述，惜過於簡略，難以知其始終。

【作者】談遷（西元一五九四—一六五八年），初名以訓，號射父，明亡後，易名遷，字孺木，一字仲木，號觀若，海寧（今屬浙江）人。明末諸生，入清，以遺民終老。著名史學家，著有《國榷》以及方志《海昌外志》、筆記《棗林雜俎》、《棗林外索》、《北遊錄》、《西遊錄》等，詩文有《棗林詩文集》。今人有整理本《談遷詩文集》。清朱彝尊《靜志居詩話》卷二二〈談遷〉云：「仲木留心國史，考證累朝實錄寶訓，博稽諸家撰述，於萬曆後尤詳，號為《國榷》。」陳田《明詩紀事》辛籤卷一六選其詩七首，有按語云：「孺木博綜舊典，詩亦長於詠古，多哀豔之音。」鄧之誠〈北遊錄跋〉：「遷詩文皆拙，然思慕前朝，以淚和墨，語語淒人肝肺。文字之效，固不當以工拙論。」

萬里魚軒❶自往還，蛾眉❷持節❸度天山❹。功成不比班都護❺，只為封侯入漢關❻。

【注釋】❶魚軒　古代貴族婦女所乘的車，據說以魚皮為飾。《左傳・閔公二年》：「歸夫人魚軒。」杜預注：「魚軒，夫人車，以魚皮為飾。」❷蛾眉　原謂美女，這裡指代馮嫽。❸節　古代使臣所持以作憑證的符節。❹天山　唐時稱伊州、西州以北一帶山脈為天山，也稱白山、折羅漫山。伊州，今新疆哈密；西州，今吐魯番盆地一帶。這裡即指代漢代時的西域一帶。❺班都護　即班超（西元三二—一〇三年），字仲升，班彪少子，班固弟，漢扶風安陵（今陝西咸陽東北）人。曾於漢明帝時率三十六人出使西域，在西域三十一年，為東漢與西域一帶的民族團結作出巨大貢獻，官至西域都護，封定遠侯。《後漢書》卷四七有傳。❻只為封侯入漢關　據《後漢書》本傳：「（班超）家貧，常為官傭書以供養。久勞苦，嘗輟業投筆歎曰：『大丈夫無他志略，猶當效傅介子、張騫立功異域，以取封侯，安能久事筆研間乎？』左右皆笑之。超曰：『小子安知壯士志哉！』」又云：「超自以久在絕域，年老思土。十二年，上疏曰：『……今臣幸得奉節帶金銀護西域，如自以壽終屯部，誠無所恨，然恐後世或名臣為沒西域。臣不敢望到酒泉郡，但願生入玉門關。』」

【語　譯】萬里奔波自有魚軒往來，馮夫人持符節出使西域。功成身退後未如班超一般，不為封侯也不願生入玉門關。

【研　析】這組七絕共四首，其二：「胡沙千里傍昆侖，刁斗聲沉錦帳溫。為語漢家求上策，輪臺占月易黃昏。」其三：「長安幾度問征軺，親奉天顏賜紫貂。自是龍堆可列戍，不愁瀚海久無橋。」其四：「生來關內犯風沙，出塞年年貌似花。鐵騎河西雖十萬，誰知女子慣胡笳。」馮嫽原為隨解憂公主和親烏孫侍者，相當於顧問一類的角色，由於她通書史並且行事幹練公允，又嫁與烏孫國有權勢的右將軍，所以很快就得到當地人民的愛戴與尊敬。為了維護漢朝與西域諸國的良好關係，馮嫽盡心盡力，不辭勞苦，幾次以大漢使者的名義持節出使西域，甚至在解憂公主回到故土以後，馮嫽仍然以六十歲以上的高齡在漢元帝初年到西域排難解紛，鞠躬盡瘁，可謂功勳卓越，彪炳青史。這首七絕後兩句將馮嫽與其後的班超做了比較，認為這位婦女外交家的人生境界要比班都護高，這一評價現在看來也是公允準確的。可惜歷代文人似乎都沒有注意到這位傑出的女外交家，有關吟詠不多。明末清初之際的談遷發現並熱情歌詠馮夫人，給予極高的評價，顯示了這位傑出史學家的如炬目光，同千載以上的馮夫人一樣，也值得後人尊敬。

題畫

楊文驄

【題解】這首七律的〈題畫〉自寫懷抱，體現了詩人傲骨嶙峋的操守，而這與他日後抗擊清人入侵，不屈而死的結局正相符合。

【作者】楊文驄（西元一五九七—一六四五年），字龍友，貴陽（今屬貴州）人。天啟元年（西元一六二一年）舉於鄉，崇禎時官江寧知縣，南明福王時官右僉都御史，唐王授兵部右侍郎，為清兵所執，不屈死。善書畫，著有《山水移》、《洵美堂》兩集。陳田《明詩紀事》辛籤卷六上選楊文驄詩十一首，有按語云：「龍友詩畫均負異才，南游江、浙，畫學得師友而精，遂為吾黔一大宗。詩則與王季重、陳木叔輩游，頗染時習，然俊骨妙趣，猶時露於字裡行間也。大節棱棱，豈徒踞畫苑騷壇一席。」

一抹寒林水一灣，幽人❶情性頗相關。胸中自寫塊礌❷氣，筆底何妨斧鑿❸斑。生卷老雲❹皴❺白石，不將媚骨❻點青山。便如個裡❼幽棲客❽，更要何人相往還？

【注　釋】❶幽人　幽隱者；隱士。《易・履》：「履道坦坦，幽人貞吉。」唐孔穎達疏：「幽人貞吉者，既無險難，故在幽隱之人守正得吉。」❷塊礧　比喻胸中鬱結的愁悶或氣憤。宋劉弇〈莆田雜詩〉其十六：「賴足樽中物，時將塊磊澆。」❸斧鑿　即「斧鑿皴」，或稱「斧劈皴」，又有大、小之分，中國繪畫皴法之一種，筆觸形如木上斧鑿痕，故稱。多用於表現石質山。❹生卷老雲　即「卷雲皴」，或稱「雲頭皴」，是用細密流利、舒卷如雲的線條來勾勒山石的輪廓，由於其運筆的軌跡圓轉如夏日上升的卷雲，故稱。❺皴　中國畫技法名，屬於表現山石、峰巒和樹身表皮的脈絡紋理的畫法。畫時先勾出輪廓，再用淡乾墨側筆而畫。表現山石、峰巒的凹凸紋理，主要有披麻皴、雨點皴、卷雲皴、解索皴、牛毛皴、大斧劈皴、小斧劈皴等；表現樹身表皮的枯老蒼勁，有鱗皴、繩皴、橫皴等。皴法依據組合形式可分為點皴、線皴、面皴。❻媚骨　原意謂奉承阿諛的氣質、品格，這裡喻繪畫筆力柔媚。明顧起元《客座贅語》卷一〇〈書法〉：「卜中立行書師章草，簡勁無媚骨，望之蕭然，類其為人。」❼個裡　此中；其中。❽幽棲客　謂隱居者。《宋書》卷九三〈隱逸傳〉：「南陽宗炳、雁門周續之，並植操幽棲，無悶巾褐，可下辟召，以禮屈之。」

【語　譯】畫中流水一灣繞一抹寒林，與幽隱者情性密切相關。自我抒發胸中鬱結之氣，筆底大斧劈皴何妨渲染。老辣的卷雲皴法凸顯白石的堅貞，不將柔媚的筆觸點染青山。就如這畫中的隱居者，還需要與何人相互往還？

【研　析】楊文驄是明末的著名畫家，這首〈題畫〉詩很可能屬於自題自畫，因而所反映的完全是自我精神的寫照。清初孔尚任以《桃花扇》傳奇名傳海內，劇中楊文驄作為串場人物，不僅借李香君幾點鮮血點染詩扇，妙手丹青，畫成一柄串聯全劇的桃花扇；而且還為閹黨阮大鋮企圖結交、拉攏侯方域穿針引線，文學形象實在不佳。其實歷史上為阮大鋮前後奔走者並非楊文驄，而是「王將軍」，孔尚任將「王將軍」置換為楊文驄，是為了戲劇衝突的集中，剪去枝蔓，無可非議。楊文驄之所以成了戲劇中的奸佞幫襯，還因為他是馬士英的甥婿，人們痛恨馬、阮誤國，於是楊文驄也遭池魚之殃。據余懷《板橋雜記》記述，南京失陷，百姓焚燒馬、阮兩家居第，楊文驄以與馬士英鄉戚有聯，家也被烈焰吞沒，化為灰燼。另據徐鼒《小腆紀年附考》卷一二記述，南明隆武元年（西元一六四六年）七月間，兵部右侍郎兼僉都御史的楊文驄在馳援衢州時，與監紀職方主事孫臨並為清軍所獲，誓死不降，從容就義。徐鼒就此有評云：「文驄裙屐風流，琴樽酬答，累於附熱，損厥清名。向非一死自贖，則與馬、阮同科耳，君子所以尚補過夫。」所論持平。詩為心聲，觀楊文驄這首七律，可見其「白石」、「青山」精神自難磨滅，他最終忠於職守，為國捐軀，其出處大節絲毫無虧，是一位值得表彰的歷史人物。

朱雀航

楊文驄

【題　解】這是一首詠史的七絕。朱雀航，本為橋名，是六朝建康（即今江蘇南京）秦淮河上二十四航（浮橋）中最大的一座，鄰近烏衣巷，因其面對都城正南之朱雀門，故名。據有關考證，東晉時期，朱雀航故址在今南京長樂路以西，南朝梁以後挪建於今鎮淮橋北一帶。

野航月冷草蕭蕭❶，曾照當年劫火❷燒。遺恨至今流不斷，酸風❸昨夜返寒潮❹。

【注　釋】❶蕭蕭　蕭條；稀疏。❷劫火　謂兵火。❸酸風　謂刺骨的寒風。唐李賀〈金銅仙人辭漢歌〉：「魏官牽車指千里，東關酸風射眸子。」❹寒潮　海水受日月引力而定時漲落，處於長江下游的南京因海潮上溯，亦有此現象。漢枚乘〈七發〉：「江水逆流，海水上潮。」唐劉禹錫〈金陵五題・石頭城〉：「山圍故國周遭在，潮打空城寂寞回。」

【語　譯】清冷月光下是野草稀疏的野渡口，當年曾籠罩兵火蒼茫。秦淮水至今流不完千古遺恨，昨夜刺骨冷風又帶來潮水的寒涼。

【研　析】唐劉禹錫〈金陵五題・烏衣巷〉：「朱雀橋邊野草花，烏衣巷口夕陽斜。舊時王謝堂前燕，飛入尋常百姓家。」朱雀橋即朱雀航，可見在唐代尚有遺存，而朱雀橋也因劉禹錫的這首詩而享名後世。宋朱敦儒〈朝中措〉：「登臨何處自銷憂。直北看揚州。朱雀橋邊晚市，石頭城下新秋。　昔人何在，悲涼故國，寂寞潮頭。箇是一場春夢，長江不住東流。」在歷史上，南京作為六朝古都，曾引來文人墨客的幾多感慨，有關懷古、詠史之詩也就不勝枚舉。

這首七絕以「朱雀航」為題，其實也屬於金陵懷古詩的系列，無非是弔古悲今，而且重在悲今，抒發千古興亡之感，這與晚明國力衰微的岌岌可危情勢是分不開的。金陵懷古系列較為著名者，如唐代劉禹錫〈金陵懷古〉：「潮滿冶城渚，日斜征虜亭。蔡洲新草綠，幕府舊煙青。興廢由人事，山川空地形。〈後庭花〉一曲，幽怨不堪聽。」許渾〈金陵懷古〉：「〈玉樹〉歌殘王氣終，景陽兵合戍樓空。松楸遠近千官冢，禾黍高低六代宮。石燕拂雲晴亦雨，江豚吹浪夜還風。英雄一去豪華盡，唯有青山似洛中。」元代薩都剌〈滿江紅‧金陵懷古〉：「六代繁華春去也，更無消息。空悵望、山川形勝，已非疇昔。王謝堂前雙燕子，烏衣巷口曾相識。聽夜深、寂寞打孤城，春潮急。思往事，愁如織。懷故國，空陳跡。但荒煙衰草，亂鴉斜日。〈玉樹〉歌殘秋露冷，胭脂井壞寒螿泣。到如今、惟有蔣山青，秦淮碧。」無論詩或詞，皆是詩人在對歷史的沉思裡，用文學的話語總結天下興亡治亂的軌跡，或慷慨激昂，或冷峻蒼涼，最終總是「蟻封蝸角，畢竟無人悟，六代興亡都是夢，一樣金陵懷古」（元張埜〈念奴嬌‧登石頭城清涼寺翠微亭〉）。至今讀之，仍可發一浩歎！

富陽

張岱

【題　解】這首五律寫於明末清初戰火彌漫大江南北之際，年近半百的詩人為避清兵，一度輾轉浙中，東躲西藏，富陽即其亂中逗留之地。富陽，在今浙江杭州西南，富春江畔。作者題下自注：「曾有薄田，寓居富陽日久。」

【作　者】張岱（西元一五九七—一六八〇年），一名維城，字宗子，又字石公，號陶庵，又號蝶庵，山陰（今浙江紹興）人。出身仕宦之家，藝術興趣廣泛，將近五十歲時，明朝覆亡，曾避兵嵊縣山中，後徙居臥龍山下的快園，貧困不堪，仍發憤著述，以明遺民身分走完生命的最後旅程。著述宏富，約有三十餘種，涉及文學、史學、經學、醫學、地理、飲膳等等。史學方面有《石匱書》二百二十卷，文學方面有《瑯嬛文集》六卷、《陶庵夢憶》八卷、《西湖夢尋》五卷等。今人有整理本《張岱詩文集》，校注本《陶庵夢憶・西湖夢尋》。詩非所長，但憂生念亂，亦有可取。

富陽耕牧❶地，我記亦依稀❷。故國人民改❸，新豐雞犬非❹。探親先問姓，遇故久牽衣❺。二十年前事，茫如丁令❻歸。

【注　釋】❶耕牧　耕種畜牧。❷依稀　不清晰。❸故國人民改　謂清廷取代明人奪得天下。據舊題晉陶潛《搜神後記》卷一，漢遼東人丁令威，曾學道於靈虛山，後成仙化鶴歸來，落於城門華表柱上，有少年舉弓欲射之，鶴乃飛，徘徊空中而言曰：「有鳥有鳥丁令威，去家千年今始歸。城郭如故人民非，何不學仙冢累累。」故國，謂前代王朝。❹新豐雞犬非　謂今非昔比，反用漢高祖劉邦為取悅其父另建新豐事。舊題晉葛洪《西京雜記》卷二：「太上皇徙長安，居深宮。悽愴不樂。高祖竊因左右問其故。以平生所好，皆屠販少年，酤酒賣餅，鬥雞蹴踘，以此為歡，今皆無此，故以不樂。高祖乃作新豐，移諸故人實之。太上皇乃悅。故新豐多無賴。無衣冠子弟故也。高祖少時，常祭枌榆之社。及移新豐，亦還立焉。高帝既作新豐，並移舊社。衢巷棟宇，物色惟舊。士女老幼，相攜路首，各知其室。放犬羊雞鴨於通塗，亦競識其家。」❺探親先問姓二句　語本唐李益〈喜見外弟又言別〉：「十年離亂後，長大一相逢。問姓驚初見，稱名憶舊容。」❻丁令　謂《搜神後記》中遼東人丁令威。

【語　譯】富陽本是耕牧魚米鄉，我的記憶已不清晰。前朝的人民已非舊貌，世事變遷更是今非昔比。探問故舊先要問清姓名，遇到老友牽衣話舊不願分離。想來已經二十年過去，茫然如同丁令威化鶴而歸。

【研析】二十年的睽隔，加上明清鼎革的歷史巨變，曾經的寓居之地已然面貌全非。清軍初下江南，即有「留頭不留髮，留髮不留頭」的所謂「薙髮令」的頒行，這曾經引來廣大漢族人民的激烈反抗，但終歸無濟於事，全國人民只得痛苦地屈服於專制淫威之下。本詩頷聯所謂「人民改」、「雞犬非」，絕非一般意義上的用事使典，而是具有難以言說的苦衷。至於頸聯二句更是久別重逢者的傷心之語，其間恍如隔世的淒涼、人世滄桑的感慨，皆寓於十字之中。張岱自幼生長於富貴之家，明朝覆亡徹底改變了他的人生軌跡，從錦衣玉食到顛沛流離、三餐難以為繼，亡國之悲輔之以世間的人情冷暖，令這位精神內涵異常豐富的文人士大夫痛心疾首、五內俱焚，詩以「茫如丁令歸」結句，是用典，更是實錄。作者晚年寫有〈自題小像〉云：「功名耶落空，富貴耶如夢，忠臣耶怕痛，鋤頭耶怕重。著書二十年耶，而僅堪覆甕。之人耶，有用沒用？」自我調侃中深寓國破家亡的悲痛，而敢於如此自嘲的人，又往往是最為自信的人。張岱以明遺民的身分艱難地走完了他的後半生，努力著述，為後世留下了煌煌巨製《石匱書》等史學著作，以及《陶庵夢憶》、《西湖夢尋》等筆記小品之作，為中國傳統文化的發展貢獻出畢生的精力，值得後人尊敬。

避地日本感賦二首（選其一）

朱之瑜

【題解】這組七絕共兩首，是作者抗清失敗以後避居日本時所作。從第二首「廿年家國今何在」

一語判斷，組詩當作於他在日本定居二十年之際，亦即西元一六七八年左右，時作者年近八旬，已經移居江戶（今東京）居住多年。

【作　者】朱之瑜（西元一六〇〇－一六八二年），字楚嶼，到國外後，復字魯璵，號舜水，餘姚（今屬浙江）人。明諸生，穎悟夙成，精研六法，通毛《詩》，精篆刻。因明廷綱紀廢弛，絕意仕進，僑居舟山。清兵渡江，義不食清粟。清順治十六年（西元一六五九年）曾隨鄭成功沿江攻逼南京，失敗後知復明無望，始定居日本長崎，後移居江戶，教授生徒，傳播中華文化，在中日交流史上產生過重要影響。著有《朱舜水集》二十二卷。其詩傳世無多，略見神采而已。

漢土西看❶白日昏❷，傷心胡虜❸據中原❹。衣冠誰有先朝❺制？東海翻然認故園❻。

【注　釋】❶漢土西看　謂從日本向西看中國。❷白日昏　唐高適〈同李員外賀哥舒大夫破九曲之作〉：「鬼哭黃埃暮，天愁白日昏。」❸胡虜　當時抗清人士對清廷的蔑稱。❹中原　這裡泛指中國。❺先朝　謂已經覆亡的明朝。❻東海翻然認故園　謂與明人服飾相近的日本反而可以當作故鄉。東海，泛指東方的大海，這裡借代日本。《清史稿》卷五〇〇〈遺逸一〉：「日人重之瑜，禮養備至，特於壽日設養老之禮，奉几杖以祝。又為制明室衣冠使服之，並欲為起居第。」

【語　譯】向西看我中華白日昏昏，傷心中原大地已為清人占領。衣冠服飾哪裡還有明人的規制？

反而將這東海之地認作故園。

【研　析】本組詩其二：「廿年家國今何在？又報東胡設偽官。起看漢家天子氣，橫刀大海夜漫漫。」古代儒家認為身體髮膚，受之父母，不能隨便毀棄；至於服飾衣冠也是一個民族的認同標誌，不能隨意改變。《後漢書》卷一上〈光武紀一〉：「及見司隸（謂司隸校尉劉秀）僚屬，皆歡喜不自勝。老吏或垂涕曰：『不圖今日復見漢官威儀！』由是識者皆屬心焉。」可見所謂「漢官威儀」即華夏的禮儀制度對於中原人民的向心作用。

這首七絕即從明人衣冠入手，作為自己堅持民族氣節的依據。清軍南下過程中，薙髮易服政策曾一度受到江南百姓的激烈反抗，從而一度中止，但清廷最終還是強迫全國人民統一執行這一令民族屈辱的政策，一些以明遺民自居者或逃避山林，或乾脆削髮為僧。清初戴名世所撰〈畫網巾先生傳〉就記述了一位誓不降清的明朝義士，他具有堅決保持明人衣冠服制的執著精神。朱之瑜在鄭成功進攻南京失敗後，知大勢已去，索性落腳於異國土地，堅持明人衣冠服飾，受到日人的尊敬，為促進中日文化交流起了巨大作用。朱之瑜有文〈誠二首〉，專講為人誠信的重要，顯然是有感於晚明社會貪汙橫行、政以賄成的現實而發。其一云：「修身處世，一誠之外更無餘事。故曰『君子誠之為貴』。自天子至於庶人，未有舍誠而能行者也；今人奈何欺世盜名自矜得計哉？」他懷揣救世之心踏上異國土地，將禮教帶到了日本。《清史稿》本傳有云：「於是率儒學生，習釋奠禮，改定儀注，詳明禮節，學者皆通其梗概。日人文教，為之彬彬焉。之瑜居日本二十餘年，年八十三卒，葬於日本長崎瑞龍山麓。日人謚曰文恭先生，立祠祀之，並護其墓，至今不衰。」

志士仁人朱之瑜死後受到中日兩國人民的敬仰。

卜築寓山二首

祁彪佳

【題解】這兩首五律書寫詩人在寓山建築別墅一事，當作於崇禎十年（西元一六三七年）左右，具有文人士大夫的雅人深致。卜築，擇地建築住宅或園林，有定居的意思。寓山，作者家鄉山陰（今浙江紹興）梅子真高士里旁側的一座小山名，在今紹興市著名的柯岩附近。

【作者】祁彪佳（西元一六〇二—一六四五年），字幼文，一字弘吉，號世培，又號虎子、遠山主人，著名藏書家祁承㸁之子，山陰（今浙江紹興）人。天啟二年（西元一六二二年）進士，授興化府推官，崇禎四年（西元一六三一年）起御史，出按蘇、松諸府，以侍養歸，家居九年。南明福王立，遷大理寺丞，擢右僉都御史，巡撫江南。南都失守，絕食，端坐其家池中而死。唐王時謚忠敏。嗜藏書，擅長造園，喜戲曲。著有《遠山堂詩集》十卷。生平詳見祁熊佳〈行實〉，《明史》卷二七五有傳。清朱彝尊《靜志居詩話》卷二〇〈祁彪佳〉有云：「祁公美風采，夫人商亦有令儀，閨門唱隨，鄉党有金童玉女之目。」陳田《明詩紀事》辛籤卷六上選祁彪佳詩二首。

卜築山陰道❶，幽懷❷亦暢哉。分花和露種❸，鑿石帶雲開。偶借松為徑❹，常看月貯臺❺。憑欄頻眺望，爽氣自西來❻。

【注　釋】❶山陰道　即今浙江紹興城西南郊外一帶，景色迷人。祁彪佳〈寓山注序〉：「予家梅子真高士里，固山陰道上也。方幹一島，賀監半曲，惟予所恣曲。」南朝宋劉義慶《世說新語・言語》：「王子敬云：『從山陰道上行，山川自相映發，使人應接不暇。若秋冬之際，尤難為懷。』」❷幽懷　隱藏於內心之情感。❸和露種　唐高蟾〈下第後上永崇高侍郎〉：「天上碧桃和露種，日邊紅杏倚雲栽。」❹松為徑　祁彪佳《寓山注・松徑》：「園之中不少矯矯虬枝，然皆偃蹇不受約束，獨此處儼焉成列，如冠劍丈夫鵠立通明殿上，予因之疏開一徑。」唐羅隱〈大梁見喬詡〉：「好寺松為徑，空江桂作橈。」❺月貯臺　祁彪佳寓山別墅有浮影臺，《寓山注・浮影臺》：「每至金蟾蹙浪，丹嶂迴清，此臺乍有乍無，上下於煙波雪浪之間。」❻爽氣自西來　南朝宋劉義慶《世說新語・簡傲》：「王子猷作桓車騎參軍。桓謂王曰：『卿在府久，比當相料理。』初不答，直高視，以手版拄頰云：『西山朝來，致有爽氣。』」爽氣，明朗開豁的自然景象。

【語　譯】在山陰道上擇地建屋，可以暢快抒發內心情感。趁露水未乾種植花草，雲霧未退就鑿擊石山。巧妙沿松列開闢路徑，有臺望月是夜晚的休閒。憑欄向遠方頻頻眺望，明朗開豁的景象來自西面。

【研　析】祁彪佳在故鄉寓山構築了一座精巧的別墅，共精心建造了四十八處取名典雅的景觀，如讀易居、呼紅幌、讓鷗池、踏香堤、聽止橋、沁月泉、小斜川、孤峰玉女臺、妙賞亭、酣漱廊、爛柯山房、豳圃、遠山堂、八求樓等等，皆有寓意，其《寓山注》則一一為之解析。對於明王朝而言，祁彪佳是忠臣，也是烈士，以身殉明時，年僅四十四歲。然而如此一位風雲志士卻偏偏又是一位著名的藝術家，他不但精通戲曲理論，對於園林藝術也是一位行家裡手。在其〈寓山注序〉一文中，祁彪佳道出了園林營造的辯證法，有所謂「虛者實之，實者虛之，聚者散之，散者聚之，險者夷之，夷者險之」數語，深得箇中三昧。這首詩為寓山別墅竣工後所作，因而有一股自我欣賞的陶醉之情。全詩以頷聯、頸聯四句最為傳神，對仗工穩，措語輕巧，花、石、松、月各嵌於句中，自有山間清爽之氣迎面撲來，令讀者彷彿置身其中。尾聯對句巧用典故，渾然不覺中將整座寓山別墅的妙處所在一筆寫出，勝過千言萬語，餘味無窮。

開山誰是主❶，摩詰❷擬前身。為愛林泉好❸，翻令結構新❹。野花能對客，籬竹可窺人。不與千巖競❺，柯峰❻自作鄰。

【注釋】❶誰是主　唐杜牧〈題橫江館〉：「至竟江山誰是主，苔磯空屬釣魚郎。」❷摩詰　即王維（西元七〇〇—七六一年），字摩詰，以官終尚書右丞，世稱王右丞，太原祁（今山西太原）人。唐玄宗開元九年（西元七二一年）進士，歷官太樂丞、右拾遺、殿中侍御史、給事中、尚書右丞。著有《王右丞集》。兩《唐書》有傳。《新唐書》卷二〇二本傳：「兄弟皆篤志奉佛，食不葷，衣不文綵。別墅在輞川，地奇勝，有華子岡、欹湖、竹里館、柳浪、茱萸沜、辛夷塢，與裴迪游其中，賦詩相酬為樂。」❸林泉好　唐李華〈詠史十一首〉其五：「寧知市朝變，但覺林泉好。」❹結構新　五代徐鉉〈和王庶子寄題兄長建州廉使新亭〉：「謝守高齋結構新，一方風景萬家情。」❺千巖競　語本南朝宋劉義慶《世說新語·言語》：「顧長康從會稽還，人問山川之美，顧云：『千巖競秀，萬壑爭流，草木蒙籠其上，若雲興霞蔚。』」❻柯峰　即柯岩，或稱柯山，在今浙江紹興西二十四里處，屬於隋朝以來採石所形成的奇觀，峭壁千尺，危崖聳立，有高達三十尺的石佛、足如立錐、如雲出岫的雲骨等奇觀。祁彪佳《寓山注·通霞臺》：「寓山之右為柯山，萬指鎚鑿，自吳大帝赤烏以迄於今，幾於刊山之半。絕壁竦立，勢若霞褰，秀出層巖，罩絡群山之表。」

【語　譯】構築寓山誰是主人，揣度王維就是我的前身。因為喜愛這裡林泉優美，重加營造令其面貌一新。有野花可供客欣賞，以竹為籬可以看到來人。不與會稽山水競美，自有壯觀的柯岩為鄰。

【研　析】輞川在陝西藍田南嶢山谷口，唐代王維於唐玄宗天寶三載（西元七四四年）即開始營建，以後遂成為他的著名別業。元辛文房《唐才子傳》卷二〈王維〉：「別墅在藍田縣南輞川，亭館相望。嘗自寫其景物奇勝，日與文士丘為、裴迪、崔興宗遊覽賦詩，琴樽自樂。」王維有許多相關輞川的詩篇傳世。如〈輞川閑居贈裴秀才迪〉：「寒山轉蒼翠，秋水日潺湲。倚杖柴門外，臨風聽暮蟬。渡頭餘落日，墟里上孤煙。復值接輿醉，狂歌五柳前。」祁彪佳營構寓山，顯然有效法唐王維的意向，所以此詩首聯有「摩詰擬前身」之語。作者為築此園林，前後奔走兩年有餘，耗費了大量精力與錢財，且全神貫注、樂此不疲，有終老是鄉之志。祁彪佳在其〈寓山注序〉中不無自豪地說：「至於園以外山川之麗，古稱萬壑千巖，園以內花木之繁，不止七松五柳。四時之景，都堪泛月迎風；三徑之中，自可呼雲醉雪。此在韻人縱目，雲客宅心，予亦不暇縷述之矣。」此詩尾聯「不與千巖競，柯峰自作鄰」兩句不也是這種自豪之情的流露嗎？

寓山清明雜興五首（選其一）

祁彪佳

【題　解】這組七絕以其寓山別墅為中心，吟詠清明時節的感觸與情致。清明，中國農曆二十四節氣之一，一般在西元每年的四月五日前後。雜興，古人謂有感而發，隨事吟詠的詩篇。

風雨清明又一春，桃花零落❶野溪濱。窗前惟有青山在，歲歲相看作古人❷。

【注　釋】❶桃花零落　唐李中〈懷舊夜吟寄趙杞〉：「長笛聲中海月飛，桃花零落滿庭墀。」❷窗前惟有青山在二句　謂居處與自然貼近，對青山如對古人，有歸隱之志。祁彪佳〈水龍吟・寓山閒話〉：「山翁問我行藏，一丘一壑吾將老。妻梅子鶴，餐惟桂柏，侶惟魚鳥。還我青山，輸他紫綬，歸來賦早。」宋辛棄疾〈賀新郎〉（甚矣吾衰矣）：「我見青山多嫵媚，料青山、見我應如是。情與貌，略相似。」青山，宋蘇軾〈司馬君實獨樂園〉：「青山在屋上，流水在屋下。中有五畝園，花竹秀而野。」宋阮閱《詩話總龜》前集卷九謂這四句詩「此便可以圖畫」。

【語　譯】風雨中清明又一個春天來到，桃花飄零墜落在野溪之濱。窗前只有青山在望，年年歲歲如同面對古人。

【研　析】這組七絕共有五首，此為第一首。其二：「昨朝有客過山家，村釀無多未可賒。籬筍漸肥堪作供，山僧又送雨前茶。」其三：「麥子青青野菜黃，槿籬短短柳絲長。逢春草木都如此，蜂蝶何緣著意忙？」其四：「曉來峰頂界微雲，俄看空青照夕曛。靜坐蒲團無片語，一聲清磬眾山聞。」其五：「榆柳年前手自栽，而今綠影覆亭臺。虛堂淨敞荷池畔，為待啣泥燕子來。」組詩當為祁彪佳侍養家居期間所作，可見這一時期詩人的心情較為恬靜，儘管斯時明王朝已經風雨飄搖，大廈將傾了。

欲寫好絕句詩，靈性而外，第三四句最為關鍵，或作警語，或意味深長，不可草草結束。這首詩之妙處也全在三四兩句，以窗外青山為古人，年年相看，不以為厭，除有敬畏自然之意外，更有擁抱自然、嘯傲山林的逸趣。唐李白〈獨坐敬亭山〉：「眾鳥高飛盡，孤雲獨去閒。相看兩不厭，只有敬亭山。」「青山」在古人詩詞中具有獨特的意象，常與歸隱林下相聯繫，唐張九齡〈初秋憶金均兩弟〉：「青山西北望，堪作白頭吟。」又姚合〈閒居遣懷十首〉其十：「何言歸去事，著處是青山。」祁彪佳深知明廷腐敗已入腠理，難以救藥，所以有林下之志。無奈形勢急轉直下，不過幾年間即有易代之悲，南都失守，絕食而死，一切全如煙雲之過眼，歸隱青山也成奢望。這一組「雜興」之詩，三復之下，催人淚下。

哭夫詩百首（錄十首中選其四其六）

薄少君

【題　解】這組〈哭夫詩〉七絕共有百首，流露出作者對於亡夫的無限深情與千思百念。清錢謙益《列朝詩集小傳》閏集錄有薄少君〈哭夫詩百首〉中的十首詩，這裡所選者為所錄十首中的第四、第六兩首。

【作　者】薄少君（西元一五九六年前後在世），婁東（今江蘇太倉）人，諸生沈承之妻。《明史》卷九九〈藝文四〉著錄薄少君《嫠泣集》一卷。清錢謙益《列朝詩集小傳》閏集〈薄少君〉有云：

「少君，婁東人。秀才沈承妻也。承字君烈，有雋才而夭。薄為詩百首以弔之。逾年值君烈忌辰，酹酒一慟而絕。」《明史》卷九九〈藝文四〉著錄「薄少君《嫠泣集》一卷」。

碧落黃泉❶兩未知，他生❷寧有晤言❸期。情深欲化山頭石❹，劫❺盡還愁石爛❻時。

【注　釋】❶碧落黃泉　謂天上或陰間。唐白居易〈長恨歌〉：「上窮碧落下黃泉，兩處茫茫皆不見。」❷他生　來生；下一世。唐李商隱〈馬嵬〉詩其一：「海外徒聞更九州，他生未卜此生休。」❸晤言　謂當面談話。❹情深欲化山頭石　謂化為望夫石。唐徐堅《初學記》卷五〈地理上・化女望夫〉引劉義慶《幽明錄》云：「武昌北山上有望夫石，狀若人立。古傳云：昔有貞婦，其夫從役，遠赴國難，攜弱子餞送此山，立望夫而化為立石，因以為名焉。」有關望夫石的民間傳說，中國各地多有流傳，如遼寧興城、寧夏隆德、江西分宜、貴州貴陽北谷頂垻、廣東清遠等地皆有望夫石的傳說。多用來比喻女子懷念丈夫的堅貞。唐李白〈擬古十二首〉其十二：「望夫登高山，化石竟不返。」宋王安石〈望夫石〉：「還似九嶷山上女，千秋長望舜裳衣。」❺劫　佛教名詞，梵文「劫波」（或「劫簸」）音譯的略稱，意為極久遠的時節。古印度傳說世界經歷若干萬年毀滅一次，重新再開始，這樣一個週期叫做一「劫」。❻石爛　即「海枯石爛」，海水枯乾，石頭粉碎。形容人世滄桑巨變。多用於盟誓，反襯意志堅定，永遠不變。

【語　譯】是升天還是在陰間皆不知曉，來世我們難道還有晤言一室的歡聚。與你情深真想化為望大的石頭，又心懷劫後海枯石爛的畏懼。

【研　析】作為一句成語，「海誓山盟」即誓言和盟約如山和海一樣永恆不變，一向為古今熱戀中青年男女所喜使用，表示兩人相愛之深，堅定不渝。漢樂府〈上邪〉：「上邪，我欲與君相知，長命無絕衰。山無陵，江水為竭，冬雷震震夏雨雪，天地合，乃敢與君絕。」以大自然難以出現的五種狀況為喻，表達對於愛情的專一。敦煌詞〈菩薩蠻〉：「枕前發盡千般願，要休且待青山爛，水面上秤錘浮，直待黃河徹底枯。白日參辰現，北斗回南面，休即未能休，且待三更見日頭。」則是以大自然短時間內不可能出現的六種情況為喻，表達對於愛情的堅貞，比〈上邪〉的情感似乎更為熱烈。這首七絕動情處也正在於第三與第四兩句，屬於一種遞進關係，作者心中願如同傳說那樣化為望夫石，做永遠的愛情守望者，卻又懼怕難以天長地久般的屹立，因為劫後海枯石爛的變遷，實在難以預測。如此大膽熱烈地表現愛情，的確不落前人窠臼，讀後有令人耳目一新的感覺。

水次鱗居接葦蕭❶，魚喧米哄晚來潮❷。河梁❸日暮行人少，猶望君歸過板橋❹。

【注　釋】❶水次鱗居接葦蕭　謂臨水而居的百姓民居鱗次櫛比錯落在蘆葦、艾蒿中。葦蕭，蘆葦與艾蒿。❷魚喧米哄晚來潮　謂傍晚潮水上漲時，水邊買賣魚米的商業活動熱鬧喧囂。❸河梁　橋梁。這裡暗喻兩人的分別之地。舊題漢李陵〈與蘇武〉其三：「攜手上河梁，遊子暮何之……行人難久留，各言長相思。」❹板橋　木板架設的橋。

【語　譯】鱗次櫛比的民居錯落在葦蕭間，魚米買賣喧囂在傍晚的漲潮。日暮橋上行人已漸稀少，我仍盼望夫君歸自板橋。

【研　析】這首七絕起首即渲染日常生活場景，似乎與思念亡夫無關痛癢，其實將「當時只道是尋常」的事物呈現於詩中，正是強忍痛苦下的情感宣洩。因為正是這種看似平凡的生活，記錄了兩人攜手同歡的魚水之樂，如今兩個人的世界已星流雲散，只是昔日場景依然，「教人怎能不想他」？詩中第三四兩句「河梁」與「板橋」的情韻義值得讀者重視。南朝齊王融〈別蕭諮議〉：「徘徊將所愛，惜別在河梁。」唐權德輿〈埇橋達奚四于十九陳大三侍御夜宴敘各賦二韻〉：「明朝又與白雲遠，自古河梁多別離。」唐鮑溶〈苦哉遠征人〉：「征人歌古曲，攜手上河梁。」唐李商隱〈曲池〉：「從來此地黃昏散，未信河梁是別離。」唐馬戴〈答太原從軍楊員外送別〉：「河梁人送別，秋漢雁相鳴。」唐黃滔〈河梁〉：「繡戶新夫婦，河梁生別離。」宋葉適〈送宋知錄〉：「與子比鄰計未疏，河梁新駕月明初。」河梁作為橋梁的情韻義就是送別與惜別。至於「板橋」一詞，其情韻義也很明顯，唐司空曙〈板橋〉：「橫遮野水石，前帶荒村道。來往見愁人，清風柳陰好。」唐劉禹錫〈楊柳枝〉：「春江一曲柳千條，二十年前舊板橋。曾與美人橋上別，恨無消息到今朝。」唐白居易〈板橋路〉：「梁苑城西二十里，一渠春水柳千條。若為此路今重過，十五年前舊板橋。曾共玉顏橋上別，不知消息到今朝。」唐李商隱〈板橋曉別〉：「回望高城落曉河，長亭窗戶壓微波。水仙欲上鯉魚去，一夜芙蓉紅淚多。」惆悵與思念兼而有之，正可作為此詩注腳。

村居雜詠十九首（選其一）

閻爾梅

【題　解】這首吟詠村居的五律屬於詩人的晚年作品，其時作者雖早已入清，但仍堅持以明遺民身分度過餘生，顯示了可貴的「威武不能屈」的民族氣節。

【作　者】閻爾梅（西元一六〇三—一六七九年），字用卿，號白耷山人，又號古古，沛縣（今屬江蘇徐州）人。崇禎三年（西元一六三〇年）舉人，為復社中堅人物。易代之際，散盡家財，奔走河南、山東，從事抗清活動，旋即破滅。為逃避清廷追捕，一度削髮為僧，變易姓名，後知大勢已去，並得龔鼎孳援手，晚年獄解始還鄉，寄情於酒，數歲卒。著有《白耷山人詩集》十卷、《白耷山人文集》二卷。生平詳見閻圻《文節公白耷山人家傳》、魯一同《白耷山人年譜》，《清史稿》卷五〇〇〈遺逸一〉有傳。卓爾堪《明遺民詩》卷三選閻爾梅詩九十一首，小傳云：「破產養死士，罹獄幾瀕於死，手刃愛妾亡去。歷齊、楚、蜀、粵、秦、晉、燕塞，被株連者數十百家，時有不及附范孟博之歎。著《蹈東》、《白耷山人》兩集。」沈德潛《明詩別裁集》卷一〇選閻爾梅詩一首，謂其「詩有奇氣，每近粗豪」。徐世昌編《晚晴簃詩匯》卷一三選閻爾梅詩六首，《詩話》云：「古古在明季嘗入史閣部幕，勸以視師淮、徐，號召規復。及明亡，破產養士，坐是亡命，南遊川、粵，北出燕、代，久之事解，還鄉里。詩頗有新意，然淵源仍自七子出，漁洋誦其〈雲中懷古〉一篇，以為可追空同『黃河水繞漢宮牆』之作，古古許為知言。可見其瓣香所在也。」鄧之誠《清詩紀事初編》卷一著錄閻爾梅《白耷山人詩集》十卷、《文集》二卷，略謂：「爾梅有

《白耷山人詩集》十卷、《文集》二卷，刻於康熙十四年乙卯，多所芟削，出於手定。詩才若海，茫無涯涘。說者謂似太白，蓋論其古體若律絕不薄七子，而格律謹嚴，聲調沉雄，純以史事隸之，與靡靡者異。當事無不重之。」

靜悟三生❶理，來空去亦空❷。枌榆荒舊社，雞犬樂新豐❸。世事皆身外❹，人情❺在眼中。嗟予遊子意❻，歲暮感無窮。

【注釋】❶三生　佛教語，謂前生、今生、來生。唐白居易〈贈張處士山人〉：「世說三生如不謬，共疑巢許是前身。」唐牟融〈送僧〉：「三生塵夢醒，一錫衲衣輕。」❷來空去亦空　謂看破名利、世事，持身無牽掛的超脫態度。佛教把一切物質現象（色法）歸納為四種基本要素，即由地、水、火、風之「四大」和合而成，皆屬妄相，即所謂「四大皆空」。❸枌榆荒舊社二句　用漢高祖劉邦從平民到帝王的歷程說明人生無常，難以預料。枌榆，漢高祖劉邦故鄉的里社名。《史記》卷二八〈封禪書〉：「高祖初起，禱豐枌榆社。徇沛，為沛公，則祠蚩尤，釁鼓旗。遂以十月至灞上，與諸侯平咸陽，立為漢王。因以十月為年首，而色上赤。」裴駰集解引張晏曰：「社在豐東北十五里。或曰：枌榆，鄉名，高祖里社也。」新豐，漢高祖在長安附近為其父所建。《西京雜記》卷二云：「太上皇徙長安，居深宮，悽愴不樂。高祖竊因左右問其故，以平生所好，皆屠販少年，酤酒賣餅，鬥雞蹴鞠，以此為歡，今皆無此，故以不樂。高祖乃作新豐，移諸故人實之，太上皇乃悅。」又云：「高帝既作新豐，並移舊社，衢巷棟宇，物色惟舊。士女老幼，相攜路首，各知其室。放犬羊雞鴨於通途，亦競識其家。」❹身外　自身之外。唐杜甫〈絕句漫興九首〉其四：「莫思身外無窮事，且盡生前有限杯。」❺人

情　人之常情，謂世間約定俗成的事理標準。《莊子・逍遙遊》：「大有逕庭，不近人情焉。」漢王粲〈登樓賦〉：「人情同於懷土兮，豈窮達而異心。」❻遊子意　唐孟浩然〈峴山送張去非遊巴東〉：「蹉跎遊子意，眷戀故人心。」遊子，離家遠遊的人。

【語譯】靜中體悟今生來世的道理，生死原本四大皆空。劉邦本是一介平民，成為帝王就為父建造新豐。世事無常皆屬身外之物，惟有人之常情時在眼中。可歎我離家遠走時狼狽之極，年終歲暮更是感慨無窮。

【研析】此組詩其六首聯即云「長辭三徑去，老矣復歸來」，可見所謂「村居」是閻爾梅晚年還鄉之作。此組詩其十五：「意氣能階禍，江湖最忌名。美人愁國色，君子慎鄉評。好爵崇三事，明珠積百城。蓋棺攜不去，何用苦經營。」似乎作者已將世間萬事「看透」了，於是在百無聊賴中不免意緒消極，這與詩人艱難困苦、萬分坎坷的抗清經歷有關。《清史稿》本傳稱閻爾梅堅持抗清，不顧毀家，四方奔走，聯絡四方魁傑，執著不懈；可惜時運不濟：「爾梅久奔走，歷艱險，不少阻。後見大勢已去，知不可為，乃還沛。寄於酒，醉則罵座。常慨然曰：『吾先世未有仕者，國亡，破家為報仇，天下震動。事雖終不成，疾風勁草，布衣之雄足矣！』遂高歌起舞。泣數行下。居數歲卒。年七十有七。」閻爾梅並沒有在明廷為官享祿的經歷，本無守土抗敵之責，然而鼎革之際慷慨悲歌，不惜毀家紓難，與腼顏仕清的明朝眾多降官降將比較，真是難以同日而語。所謂「難能可貴」，正可以之形容閻爾梅驚天地、泣鬼神的一番作為。此詩頷聯用有其同鄉身分的漢高祖劉邦為喻，表明人生的無常與功名之虛妄，也是人生極度失意下無可奈何的哀歎。作為頗有代表性的明遺民詩人，閻爾梅無論人格、詩品皆熠熠閃光，值得後世人景仰禮敬。

陶靖節墓四首（選其一）

閻爾梅

【題解】這一組七絕共四首，借吟詠陶淵明事抒發一己亡國破家之痛，含蓄中不無激憤之情。陶靖節墓，即陶淵明墓，在今江西九江市馬回嶺面陽山，坐北朝南，位於廬山西南，北依漢陽峰，南望黃龍山。靖節，據《南史》卷七五〈陶潛傳〉：「元嘉四年，將復徵命，會卒。世號靖節先生。」陶淵明（西元三六五—四二七年），一名潛，字元亮，世稱靖節先生，晉潯陽柴桑（今江西九江市西南）人。曾為州祭酒，復為鎮軍、建威參軍，後為彭澤令，以「不能為五斗米折腰」，棄官歸隱，詩酒自娛。詩以田園題材著名，散文、辭賦亦佳。《晉書》、《宋書》皆有傳。

廬山❶西麓❷老松楸❸，處士星❹高此一丘。碑碣當頭題晉字❺，其
餘何事不千秋❻。

【注釋】❶廬山　又名匡山，或匡廬，在今江西九江市南，聳立於鄱陽湖、長江之濱，東北—西南走向，雲海彌漫，林木蔥蘢。❷麓　山腳。❸松楸　松樹與楸樹，古代墓地多植，因以代稱墳墓。唐劉禹錫〈酬樂天見寄〉：「若使吾徒還早達，亦應簫鼓入松楸。」❹處士星　即少微星，謂隱士。《晉書》卷九四〈隱逸傳・謝敷〉：

「初，月犯少微，少微一名處士星，占者以隱士當之。」唐杜荀鶴〈寄竇處士〉：「海畔將軍柳，天邊處士星。」❺碑碣當頭題晉字　陶靖節墓今存者是清乾隆元年（西元一七三六年）仲秋重建，墓碑首橫刻「清風高節」，中間直刻「晉徵士陶公靖節先生之墓」。碑碣，石碑方首者稱碑，圓首者稱碣。後多以之為碑刻的統稱。❻千秋　千年，形容歲月長久。唐劉長卿〈經漂母墓〉：「昔賢懷一飯，茲事已千秋。」

【語　譯】廬山西面山腳有一片松楸老樹，一位著名隱士就安眠在這裡。墓碑上「晉徵士」的刻字赫然在目，除此外還有更多千秋傳誦的事蹟。

【研　析】〈陶靖節墓〉組詩一共四首，所選者為第一首。組詩其二：「柴桑橋近谷廉泉，正寢元嘉第四年。仰止高山何處是，一壺村酒滴荒阡。」其三：「一代行藏一代新，遭逢恨不及先民。寄奴猶帶英雄意，容得柴桑舊酒人。」其四：「中原人各有東籬，我有東籬徑去之。寄語北窗高臥者，如今不是宋初時。」細味四詩，作者顯然有以陶淵明自喻的用心。據《宋書》卷九三〈隱逸傳〉載，陶淵明在劉宋代晉之後：「自以曾祖晉世宰輔，恥復屈身後代，自高祖（謂宋武帝劉裕，小名寄奴）王業漸隆，不復肯仕。所著文章，皆題其年月，義熙以前，則書晉氏年號；自永初以來，唯云甲子而已。」陶淵明的退隱不仕，改朝換代是重要因素之一。

做隱士也須吃飯穿衣，陶淵明的物質保障則是家中有別業田園，而且原先做官也有部分積累，所謂「聊欲弦歌（謂當縣令一類的小官），以為三徑之資，可乎」的自白，道出了陶淵明先仕後隱的用心。閻爾梅處於明清易代之時，散家財以從事抗清活動，知狂瀾既倒、事不可為以後，退隱的物質保障已然化為烏有，故有「遭逢恨不及先民」的悲歎。至於「容得柴桑舊酒人」、「如今不是宋初時」的詩句，就是對清統治者的諷刺挖苦了。其實從堅持自我價值信念而論，閻爾梅要高於陶淵明許多，陶做隱士有其退避無奈的一面，閻做明遺民則是反抗新朝統治者獨木難支下的選擇。然而閻爾梅之所以萬分敬仰陶淵明，並以之自喻，就在於陶淵明「碑碣當頭題晉字」的氣節展示，人生能夠堅持出處大節，則「其餘何事不千秋」，這也正是閻爾梅晚年堅守遺民信念、潦倒以終的精神依託。

采石

鄺露

【題解】這首五律屬於懷古之作，吟詠唐代大詩人李白，詩風也有追慕的痕跡。采石，即采石磯，在今安徽馬鞍山市長江東岸，為牛渚山北部突出江中而成，相傳為李白醉酒捉月溺死之處。有太白樓、捉月亭等古跡，為古今遊覽勝地。《李太白全集》卷三五王琦《李太白年譜》有云：「《摭言》曰：李白著宮錦袍，游采石江中，傲然自得，旁若無人，因醉入水中捉月而死。《容齋隨筆》曰：世俗多言李太白在當塗采石，因醉泛舟於江，見月影俯而取之，遂溺死，故其地有捉月臺。」

【作者】鄺露（西元一六〇四—一六五〇年），初名瑞露，字湛若，其讀書之所曰海雪堂，學者或稱鄺海雪，南海（今廣東廣州）人。明末諸生，南明唐王朱聿鍵即位福州，授其中書舍人。永曆四年（西元一六五〇年），廣州為清兵所破，抱琴投水死。著有詩集《嶠雅》。清朱彝尊《靜志居詩話》卷二一〈鄺露〉有云：「湛若工諸體書，學使者試士，以『恭、寬、信、敏、惠』發題，湛若制義五比，用大、小篆、八分、行、草書於卷，學使者大怪之，然不罪也。居恆以才略自負，見海內多事，因學騎射。」清沈德潛《明詩別裁集》卷一一選鄺露詩七首，有云：「湛若詩原本楚騷，五言尤勝。」又云：「五言佳處，全在氣韻，不求工於語言、對偶之間，得此意可與讀湛若詩。」陳田《明詩紀事》辛籤卷七選鄺露詩十三首，有按語云：「謝山謂湛若為阮大鋮門人，余檢《詠懷堂集》，良然。《嶠雅》中所稱石巢先生，即謂阮也。湛若大節，自光天壤，不得以此為累。集中五言律，具有謫仙意境，如蘇門清嘯，彷彿鸞鳳之音。」

牛渚青天月❶，長縣❷供奉祠❸。如何今夕酒，不共昔人持❹。高詠❺
誰能似，扁舟❻從所之。溯洄❼殊未已，言❽折楚江蘺❾。

【注　釋】❶牛渚青天月　語本唐李白〈夜泊牛渚懷古〉：「牛渚西江夜，青天無片雲。」牛渚，即牛渚山，在今安徽馬鞍山市當塗西北，山北突入長江中者即采石磯，或稱牛渚磯。❷縣　通「懸」。❸供奉祠　即太白樓，又稱謫仙樓、太白祠、青蓮祠，故址在今馬鞍山市采石磯，始建於唐元和間，歷宋元明，多次毀於兵火。今存者為清光緒間所建。供奉，李白曾官翰林供奉，故稱。❹如何今夕酒二句　唐李白〈對酒〉：「君若不飲酒，昔人安在哉。」❺高詠　語本李白〈夜泊牛渚懷古〉：「余亦能高詠，斯人不可聞。」❻扁舟　小船。李白〈宣州謝朓樓餞別校書叔雲〉：「人生在世不稱意，明朝散髮弄扁舟。」❼溯洄　即「泝洄」，謂逆流而上追尋意中人。《詩經·秦風·蒹葭》：「所謂伊人，在水一方。溯洄從之，道阻且長。」後世即以「溯洄」為追念思慕之典。❽言　助詞，無義。《詩經·周南·葛覃》：「言告師氏，言告言歸。」朱熹《集傳》：「言，辭也。」唐王維〈青溪〉：「言入黃花川，每逐青溪水。」❾楚江蘺　謂楚地的香草。戰國楚屈原〈離騷〉：「扈江離與辟芷兮，紉秋蘭以為佩。」江離，通「江蘺」。

【語　譯】牛渚山青天裡的月輪，懸掛在太白樓的上方。為何今夜的杯酒，卻不能與昔人共享。李白高歌吟唱何人能及，願駕一葉扁舟隨詩人行於波浪。溯流而上永不止息，更要將楚地屈原採摘的香草獻上。

【研　析】清王士禛〈戲仿元遺山論詩絕句三十二首〉其二十八有云：「海雪畸人死抱琴，朱弦疏越有遺音。九疑淚竹娥皇廟，字字〈離騷〉屈宋心。」其中第三四兩句謂鄺露有古代能鼓瑟的娥皇、女英從一而終的節烈，其心猶如戰國楚屈原與宋玉一樣憂國懷君，其詩可與〈離騷〉媲美。所選一詩在高歌詩人追隨李白的足跡後，又在尾聯「溯洄殊未已，言折楚江蘺」兩句發出思慕屈原的吟唱，似乎是其於鼎革之際投水而死以殉明報國的讖語。清屈大均《廣東新語》卷一二〈鄺湛若詩〉：「為人好詼諧大言，汪洋自恣，以寫其牢騷不平之志。或時清談緩態，效東晉人風旨，所至輒傾一座。至為詩，則憂天憫人，主文譎諫，若〈七哀〉、〈述征〉之篇。雖〈小雅〉之怨誹，〈離騷〉之忠愛，無以尚之。」詩如其人，鄺露以其驚天動地之忠義舉動實踐了他自己的價值觀，令今人尊敬。

　　這首五律的頷聯與頸聯對仗並不工穩，似未經雕琢的渾金璞玉，又似一氣呵成下的流水對，總之，汪洋恣肆頗有李白詩風。清王士禛《池北偶談》卷一一〈鄺露〉有云：「其詩名《嶠雅》，〈過賈誼宅三閭廟〉云：『浮湘七澤下靈渠，牢落殘雲伴索居。庚子日斜聞鵩鳥，重陽沙淈見江魚。天高未敢重相問，年少何勞更上書。此去樊城望京國，定從王粲賦歸與。』露少客金陵，游阮大鋮之門，嘗為阮序其集。」鄺露雖與南明奸佞阮大鋮有過一段交往，但清者自清，無論其人其詩，皆有頂天立地的氣概。

小車行

陳子龍

【題　解】陳子龍生前所刻《湘真閣稿》於此詩題下有按語云：「《通鑑輯覽》：崇禎十年六月，兩畿大旱。山東蝗。是時先生銓選出都，目擊飢民流離之狀，故有此作。」這首七言歌行被施蟄存、馬祖熙所標校之《陳子龍詩集》歸入「新樂府」一類。與此詩作於同時的還有〈賣兒行〉一首，內有「十錢買一男，百錢買一女」之句，顯示當年嚴重災荒之實錄。這一年離明朝覆亡已不足七年了。行，古詩的一種體裁。宋王灼《碧雞漫志》卷一：「古詩或名曰樂府，謂詩之可歌也。故樂府中有歌有謠，有吟有引，有行有曲。」

【作　者】陳子龍（西元一六〇八—一六四七年），初名介，字人中，更字臥子，號大樽、軼符，松江華亭（今屬上海市）人。崇禎十年（西元一六三七年）進士，歷官紹興推官、兵科給事中。明亡，輔南明福王於南京，辭歸。又仕魯監國，兵敗歸隱。後因清將吳勝兆反叛案牽連被捕，於南明魯監國二年五月十三日乘間投河自盡，終年四十歲。子龍工舉子業，兼治詩賦古文，取法魏、晉，駢體尤精妙。清乾隆間賜諡忠裕。著有《陳忠裕公全集》二十卷、《安雅堂稿》十八卷，今人有整理本《陳子龍詩集》。生平詳見《陳子龍自撰年譜》、王澐續《陳子龍年譜》，《明史》卷二七七有傳。夏允彝〈岳起堂稿序〉：「臥子年弱冠，而才高天下。其學自經史百家，無言不窺；其才自騷賦詩歌、古文詞以下，迨博士業，無不精造而橫出。天下之士，亦不得不震而尊之矣。」宋徵璧〈陳李倡和集序〉：「陳臥子子龍，其源出於太白，文多超逸之風；若其涼壯明秀，則龍標、右丞之流亞也。」沈德潛《明詩別裁集》卷一〇選陳子龍詩十九首，有云：「詩教之衰，至於鍾、譚，剝極將復之候也。黃門力辟榛蕪，上追先哲，厥功甚偉。而責備無已者，謂仍不離七子面目，將蜩螗齊鳴，不必有鈞韶之響耶？」陳田《明詩紀事》辛籤卷一選陳子龍詩三十八首，有按語云：「忠裕雖續何、李、李、王之緒，自為一格，有齊、梁之麗藻，兼盛唐之格調。早歲少過浮豔，中年骨幹老成，殿殘明一代詩，當首屈一指。」

小車班班❶黃塵晚，夫為推，婦為輓❷。出門茫然何所之❸？青青者榆❹療我飢❺，願得樂土❻共哺糜❼。風吹黃蒿❽，望見垣堵❾，中有主人當飼汝。叩門無人室無釜❿，躑躅⓫空巷淚如雨。

【注　釋】❶班班　絡繹不絕的樣子。唐杜甫〈憶昔〉其二：「齊紈魯縞車班班，男耕女桑不相失。」仇兆鰲注：「言商賈不絕於道。」❷輓　拉；牽引。《左傳．襄公十四年》：「夫二子者，或輓之，或推之，欲無入，得乎？」楊伯峻注：「在前牽引曰輓。」❸何所之　唐岑參〈江上春嘆〉：「終日不如意，出門何所之。」❹榆　即榆樹，其葉、榆錢兒可食，樹皮在災荒時期也可充飢。❺療我飢　為我解餓，充飢。❻樂土　安樂的地方。《詩經．魏風．碩鼠》：「逝將去女，適彼樂土。」唐杜甫〈垂老別〉：「何鄉為樂土，安敢尚盤桓。」❼共哺糜　一同喝粥。漢樂府〈東門行〉：「他家但願富貴。賤妾與君共餔糜。」餔，這裡通「哺」。糜，粥。❽黃

蒿 枯黃了的蒿草，這裡泛指枯草。唐王昌齡〈長歌行〉：「曠野饒悲風，颼颼黃蒿草。」❾垣堵 牆。❿釜 古代炊器，這裡泛指鍋。⓫躑躅 徘徊不前的樣子。

【語譯】小車絡繹在黃塵彌漫的傍晚，丈夫推車妻子幫助拉車忙。茫然逃荒不知何處去，榆樹青青權且充飢腸，但願找到同有粥喝的安樂天堂。風吹枯草望前有屋牆，屋中主人必定捨食給你嘗。敲門不應室內無炊具，淚下如雨徘徊在空巷。

【研析】這是災荒之年一幅慘絕人寰的流民圖卷，今日讀之，猶覺怵目驚心。詩人用寫實的藝術手法將逃荒災民的悲慘情景實錄而出，雖尚未言及死亡，但餓殍遍野的景況彷彿已經呈現在眼前，這就是作者形象思維的魅力。清沈德潛《明詩別裁集》卷一〇評此詩云：「寫流人情事，恐鄭監門亦不能繪。」鄭監門，即北宋鄭俠，宋魏泰《東軒筆錄》卷五：「熙寧六七年，河東、河北、陝西大飢，百姓流移於京西就食者，無慮數萬……流連襁負，取道於京師者，日有千數。選人鄭俠監安上門，遂畫『流民圖』，及疏言時政之失。」後世即以「流民圖」借指反映社會黑暗現實的作品。

明末官吏貪汙成風，農民，特別是北方的農民日益陷入於絕對貧困化的境地，全國貧富兩極分化日甚一日，矛盾衝突不可避免。晚明日益嚴重的流民問題，若遇自然災害，就更具有爆炸性的危險了。《明史》卷三〇九〈流賊傳〉：「莊烈之繼統也，臣僚之黨局已成，草野之物力已耗，國家之法令已壞，邊疆之搶攘已甚。」接下又說：「加以天災流行，飢饉洊臻，政繁賦重，外訌內叛。譬一人之身，元氣羸然，疽毒並發，厥症固已甚危，而醫則良否錯進，劑則寒熱互投，病入膏肓，而無可救，不亡何待哉？是故明之亡，亡於流賊，而其致亡之本，不在於流賊也。」這一分析是中肯的。清計六奇《明季北略》卷五載馬懋才於崇禎二年四月的上疏，內言其家鄉延安一帶饑荒的悲慘狀況以及揭竿而起的民眾心態，很有認識價值。民之所以為「盜」反抗政府，原因即是：「死於飢，與死於盜等耳，與其坐而飢死，何不為盜而死，猶得為飽死鬼也。」這不禁令人想起秦末陳勝、吳廣起義前的一段名言：「今亡亦死，舉大計亦死，等死，死國可乎？」（《史記》卷四八〈陳涉世家〉）先秦的老子說：「民不畏死，奈何以死懼之！」從歷史上看，人民只要還有一口稀粥喝，就不會輕易造反，所謂「官逼民反」，實在是千古不易的真理。

除夕有懷亡女

陳子龍

【題解】這首五律為作者悼念長女陳頎而作。據陳子龍〈瘞二女銘〉，陳頎生於崇禎三年（西元一六三〇年）二月，為張孺人所出；崇禎八年秋七月，陳頎因病痢早夭，年方六齡。次女陳穎亦為張孺人所出，生於崇禎四年八月，同年十月即病疥夭亡。故此詩所懷者當為長女無疑。除夕，一年最後一天的夜晚，即農曆臘月三十夜晚。舊歲至此夕而除，次日即新歲，故稱。據〈瘞二女銘〉：「今以乙亥之冬十二月，同瘞於祖塋之東偏隙地。」則可知此詩當作於崇禎八年十二月三十日（西元一六三六年二月六日）。

渺渺❶非人境❷，何年見汝歸？常時當令節❸，猶自整新衣。小像幽蘭❹側，孤墳暮鳥飛❺。豔陽❻芳草發，何處托❼春暉❽。

【注釋】❶渺渺　幽遠的樣子。❷人境　人所居止的地方。❸令節　猶謂佳節。❹幽蘭　即蘭花。《楚辭·離騷》：「戶服艾以盈要兮，謂幽蘭其不可佩。」❺暮鳥飛　唐岑參〈草堂村尋羅生不遇〉：「數株谿柳色依依，深巷斜陽暮鳥飛。」❻豔陽　豔麗明媚，多謂春天。南朝宋鮑照〈學劉公幹體〉：「豔陽桃李節，皎潔不成妍。」❼托　憑藉；依賴。❽春暉　比喻慈母之恩。語本唐孟郊〈遊子吟〉：「誰言寸草心，報得三春暉？」

【語譯】那裡幽遠絕非人境，你何時能再回歸？想平時每當佳節來到，你自己整理身上新衣。如今你的小像懸於蘭花側，傍晚孤墳上卻只有鳥在盤飛。明媚天氣下芳草萌生，你到何處去尋覓慈母的春暉。

【研析】作者另有〈悼女頎詩〉七首，如其一：「青蔥玉立小神清，六載悠悠夢裡情。卻恨轉多聰慧事，累人相憶太分明。」其五：「春來花裡解尋詩，嘗乞魚箋記小詞。最是難忘偏憶汝，病中猶問建安詩。」陳頎聰明好學，善解人意，父母視為掌上明珠，也是情理之中的事情。作者〈瘞二女銘〉有云：「頎生而婉秀潔皙，歲餘即解言，識屏障間字。陳子母王太安人絕憐愛之，挾以寢處。頎亦能察太安人意，時時為娛弄。三四歲時，外家姻黨見者，多相稱譽。頎亦竊自負，求讀書。予以其幼，不許。六歲之春，令師授以曹、王、顏、謝詩百餘首，及班、張辭賦，皆成誦，且求解大意。予為述古人姓名及星宿河樂卦象之數，皆不忘。」文中無限愛長女之情意，躍然紙上。

南朝宋劉義慶《世說新語・傷逝》：「王戎喪兒萬子，山簡往省之，王悲不自勝。簡曰：『孩抱中物，何至於此？』王曰：『聖人忘情，最下不及情。情之所鍾，正在我輩。』簡服其言，更為之慟。」唐白居易〈初喪崔兒報微之晦叔〉：「書報微之晦叔知，欲題崔字淚先垂。世間此恨偏敦我，天下何人不哭兒。」喪子之痛，千古同慨。所選詩頷聯自然生動，為流水對；頸聯以跨越時空的場景為對，憂傷之情，溢於言表。尾聯聯想到泉下小女失去慈母之愛的孤獨無依，將人天永隔的悲慟推向最高潮。陳子龍為明朝之忠臣烈士，屬於英雄人物，自有俠肝義膽，其性格有壯懷激烈的一面，也不乏兒女柔情的一面，從此詩可見一斑。

經王粲墓

陳子龍

【題解】這首七律為詠史懷古之作，當作於秋日。《陳忠裕公全集》於詩題下有「考證」云：「《濟寧州志》：『漢關內侯王仲宣墓葬城南五十三里。』《明一統志》卷二三：「王粲墓，在濟寧州南五十二里。」濟寧州，治所即今山東濟寧。王粲（西元一七七—二一七年），字仲宣，三國魏山陽高平（今山東鄒縣西南）人。年幼時即受蔡邕器重，為避戰亂往荊州依劉表十五年，後歸曹操，歷官至侍中。建安二十二年從征吳，途中病卒。王粲文思敏捷，博學多識，與孔融、陳琳、徐幹、阮瑀、應瑒、劉楨等稱建安七子，他們的詩文創作風格剛健，詞情慷慨，被後世尊為建安體，或稱建安風骨。三國魏曹丕《典論・論文》：「斯七子者，於學無所遺，於辭無所假，咸以自騁驥縣於千里，仰齊足而並馳。」著有《王侍中集》一卷。《三國志》卷二一〈魏書〉有傳。

斷風吹草雜寒流❶，一代才華在古丘。鄴下文人❷誰強記❸，秦川公子獨多愁❹。從軍神武終依魏❺，作賦悲涼且事劉❻。當日英雄俱寂寞，漢南漳北❼暮雲秋。

【注釋】❶寒流　王粲〈大暑賦〉：「潛廣室之邃宇，激寒流於下堂。」❷鄴下文人　謂建安七子，又稱「鄴中七子」，當時皆與魏王之子曹丕友善。鄴，古都邑名，故址在今河北臨漳西南。建安十八年（西元二一三年），曹操為魏王，定都於此。曹丕代漢，定都洛陽，鄴仍與洛陽、長安、譙、許昌合稱五都。❸強記　謂王粲有過人的記憶力。《三國志》卷二一〈魏書·王粲傳〉：「初，粲與人共行，讀道邊碑，人問曰：『卿能闇誦乎？』曰：『能。』因使背而誦之，不失一字。觀人圍棋，局壞，粲為覆之。棋者不信，以帊蓋局，使更以他局為之。用相比校，不誤一道。其彊記默識如此。」❹秦川公子獨多愁　語本南朝宋謝靈運〈擬魏太子鄴中集詩八首·王粲〉：「家本秦川，貴公子孫，遭亂流寓，自傷情多。」秦川，約當今陝西、甘肅兩省之地，處於渭河南北岸，原為秦地，故稱。王粲祖籍山陽高平，漢獻帝初平元年（西元一九〇年），董卓挾獻帝西遷長安，王粲一家亦隨之前往，時年十四歲。王粲曾祖父龔為漢順帝時太尉，祖父暢為漢靈帝時司空，故稱「秦川公子」。❺從軍神武終依魏　謂王粲在荊州劉表死後，勸其子劉琮一同投降了曹操。《三國志》本傳：「表卒，粲勸表子琮，令歸太祖。太祖辟為丞相掾，賜爵關內侯……後遷軍謀祭酒。」神武，謂英明威武，多用以稱頌帝王將相，這裡指曹操。《三國志》卷二〈魏書·文帝紀〉載漢獻帝禪位詔書有云：「漢道陵遲，世失其序，降及朕躬，大亂茲昏，群兇肆逆，宇內顛覆。賴武王神武，拯茲難於四方，惟清區夏，以保綏我宗廟，豈予一人獲乂，俾九服實受其賜。」❻作賦悲涼且事劉　謂王粲投曹前曾至荊州投靠劉表，事劉十五年，不受重用，因作〈登樓賦〉以自哀。《三國志》本傳：「年十七，司徒辟，詔除黃門侍郎，以西京擾亂，皆不就。乃之荊州依劉表。表以粲貌寢而體弱通侻，不甚重也。」〈登樓賦〉有云：「登茲樓以四望兮，聊暇日以銷憂……心悽愴以感發兮，意忉怛而憯惻。」樓，謂當陽城樓。❼漢南漳北　謂漢末長安與魏鄴下，皆為王粲或建安七子曾經活動並名聲大振的地方。《三國志》本傳：「獻帝西遷，粲徙長安，左中郎將蔡邕見而奇之。時邕才學顯著，貴重朝廷，常車騎填巷，賓客盈坐。聞粲在門，倒屣迎之。粲至，年既幼弱，容狀短小，一坐盡驚。邕曰：『此王公孫也，有異才，吾不如也。吾家書籍文章，盡當與之。』」又：「魏國既建，拜侍中。博物多識，問無不對。時舊儀廢弛，興造制度，粲恆典之。」

【語　譯】陣風吹草夾雜著寒意，一代才俊長眠在古荒丘。鄴下文人數他博聞強識，秦川公子的名聲善感多愁。投靠神武的曹操輔佐魏王，此前悲涼作賦也曾依劉。當時的英雄已全歸寂寞，長安鄴下惟剩秋日暮雲悠悠。

【研　析】王粲之墓，曾因曹操的兒子曹丕率領眾人學驢叫而名傳千古。南朝宋劉義慶《世說新語．傷逝》：「王仲宣好驢鳴，既葬，文帝臨其喪，顧語同遊曰：『王好驢鳴，可各作一聲以送之。』赴客皆一作驢鳴。」死人墓前頓時一片驢鳴聲大作，堪稱空前絕後、匪夷所思的送葬儀式。這首七律以千載之下惺惺相惜的態度，頌美建安七子之一的王粲，嚮往昔時鄴下文士人才濟濟的會聚，反映了作者對於文學事業的由衷喜愛之情。如果不是明末清初天翻地覆的滄桑巨變，也許陳子龍就不會在將近不惑之年殺身成仁，而以更加光輝燦爛的文學創作名垂千古。全詩頷聯、頸聯四句以超強的概括手法，將王粲一生經歷與才學和盤托出，言簡意賅，堪稱精警。尾聯二句追慕建安文學的輝煌成就，有弔古傷今的成分在內。唐李白〈將進酒〉中「古來聖賢皆寂寞，惟有飲者留其名」，是一種玩世不恭的調侃之語；此則為認真思索下的內心展示，暗含有作者振興文學捨我其誰的壯懷。古人詠史懷古之作，絕非僅僅為「發思古之幽情」，而具有改變當下之意圖在，不過或明或隱而已。

題虎丘石上

陳子龍

【題解】這首七律，當作於清順治三年（西元一六四六年）秋七月間。《陳忠裕公全集》於詩題下有「考證」云：「《蓴鄉贅筆》：『海虞錢蒙叟為一代文人，然其大節，或多可議。本朝罷官歸，有無名氏題詩虎丘以誚之云云。錢見之，不懌者數日。』」又有「案語」云：「此詩徐雲將、紐玉樵俱云是黃門（謂陳子龍）作，但細玩詩意，語涉輕薄，絕不類黃門手筆，姑存之，以俟博雅審定。」錢謙益降清後，於清順治三年六月間乞回籍養病，七月間過蘇州。據陳寅恪《柳如是別傳》第五章考證云：「然則錢陳二人，確有於順治三年丙戌秋間同在蘇州之事，而臥子又於此時曾遊虎丘，故『題虎丘石上』詩，其作者之為臥子，實有可能。」虎丘，又名海湧山，在今江蘇蘇州閶門外山塘街。據傳春秋時吳王夫差葬其父闔閭於此，三日後有白虎踞其上，故名虎丘。

入洛❶紛紛興太濃，蓴鱸❷此日又相逢。黑頭早已羞江總❸，青史何曾用蔡邕❹。昔去幸寬沉白馬❺，今歸應愧賣盧龍❻。最憐攀折章臺柳，憔悴西風問阿儂❼。

【注　釋】❶入洛　謂投降新朝。三國吳大司馬陸抗之子陸機，於晉滅吳後，與其弟陸雲退居舊里，閉門讀書九年，於太康十年（西元二八九年）與陸雲同到晉都城洛陽，受到張華賞識。《晉書》卷五四〈陸機傳〉：「至太康末，與弟雲俱入洛，造太常張華。華素重其名，如舊相識，曰：『伐吳之役，利獲二俊。』」陸機有〈赴洛道中作二首〉詩，其一有云：「總轡登長路，嗚咽辭密親。借問子何之，世網嬰我身。」這裡諷刺南明弘光政權覆亡後，錢謙益、王鐸等南明舊臣紛紛腼顏仕清，隨例北遷。❷蓴鱸　謂因思鄉而辭歸故里。蓴鱸即蓴菜與鱸魚。蓴菜，又名鳧葵，多年生水草，葉片橢圓形，浮水面，莖上和葉的背面有粘液。花暗紅色，嫩葉可做湯菜。鱸魚，鱸魚膾，細切鱸魚製成的美味。據《晉書》卷九二〈張翰傳〉，吳人張翰與會稽賀循同入洛，張翰：「齊王冏辟為大司馬東曹掾。冏時執權，翰謂同郡顧榮曰：『天下紛紛，禍難未已。夫有四海之名者，求退良難。吾本山林間人，無望於時。子善以明防前，以智慮後。』榮執其手，愴然曰：『吾亦與子採南山蕨，飲三江水耳。』翰因見秋風起，乃思吳中菰菜、蓴羹、鱸魚膾，曰：『人生貴得適志，何能羈宦數千里以要名爵乎！』遂命駕而歸。」這裡諷刺錢謙益首鼠兩端，錢迎降清軍後，於順治三年正月被任命禮部侍郎管秘書院事，充明史副總裁，六月即以疾乞假回籍。❸黑頭早已羞江總　語本唐杜甫〈晚行口號〉：「遠愧梁江總，還家尚黑頭。」清仇兆鰲《杜詩詳注》卷五引顧炎武：「考〈江總傳〉，梁太清三年，臺城陷，總年三十一。自此流離於外十四五年，至陳天嘉四年還朝，總年四十五。所謂『還家尚黑頭』也。」江總（西元五一九—五九四年），字總持，祖籍濟陽考城（今河南蘭考）。早年以文學才能為梁武帝賞識，侯景之亂後，曾避難會稽，又轉徙廣州，至陳文帝天嘉四年（西元五六三年）才被徵召回建康，任中書侍郎。日與陳後主遊宴後庭，綱紀不立，官至尚書令。後隋滅陳，入隋為上開府，後方歸江南，卒於江都（今江蘇揚州）。今傳《江令君集》一卷。《陳書》卷二七有傳。這裡諷刺錢謙益於順治三年六十五歲始歸鄉，不如江總黑頭還家。❹青史何曾用蔡邕　東漢末王允誅殺董卓後，一代儒宗蔡邕同情對之有知遇之恩的董卓，被下廷尉治罪，蔡邕欲以續成漢史免死，王允未見許，認為：「昔武帝不殺司馬遷，使作謗書，流於後世。方今國祚中衰，神器不固，不可令佞臣執筆在幼主左右。既無益聖德，復使吾黨蒙其訕議。」蔡邕終死於獄中。事見《後漢書》卷六〇下〈蔡邕傳〉。這裡諷刺錢謙益雖有才學但無資格撰修明史。清談遷《國榷》卷一百四於弘光元年乙酉二月壬申記云：「南京禮部尚書錢謙益求退居修國史，即家開局，不許。」蔡邕（西元一三二—一九二年），字伯喈，東漢陳留（今河南杞縣南）人。漢靈帝時官郎中，奏定六經文字，以事免官。董卓徵召為祭酒，遷中郎將，後以卓黨死於獄中。著有《蔡中郎集》。❺昔去幸寬沉白馬　謂錢謙益自命清流，在明末卻僥倖逃過閹黨或權奸的迫害。白馬，即白馬驛，《舊五代史》卷一八〈李振傳〉：「天祐中，唐宰相柳璨希太祖旨，譖殺大臣裴樞、陸扆等七人於滑州白馬驛。時振自以咸通、乾符中嘗應進士舉，累上不第，尤憤憤，乃謂太祖曰：『此輩自謂清流，宜投於黃河，永為濁流。』太祖笑而從之。」錢謙益〈吳門送福清公還閩〉其五：「恩牛怨李誰家事，白馬清流異代悲。」陳寅恪《柳如是別傳》第五章記述錢謙益在明末三次倖免於難：「第壹次在天啟五年乙丑，以忤閹黨還家，時年四十四。第貳次在崇禎二年己巳，以閣訟終結歸里，時年四十八。第叁次在崇禎十一年戊寅，因張漢儒誣告案昭雪，被釋放還，時年五十七。」❻今歸應愧賣盧龍　謂錢謙益此次歸鄉當愧悔當初開城降清一事。賣盧龍，據《三國志》卷一一〈魏書·田疇傳〉，建安十二年，曹操北征烏丸，田疇獻計佯退軍，從盧龍出其不意攻伐之，大勝後，曹操欲封疇亭侯，田疇固讓，並對前來試探的夏侯惇說：「疇，負義逃竄之人耳，蒙恩全活，為幸多矣。豈可賣盧龍之塞，以易賞祿哉？縱國私疇，疇獨不愧於心乎？」盧龍，即三國魏盧龍郡，故治在今河北唐山承德一帶。❼最

憐攀折章臺柳二句　影射錢謙益以「匹嫡」之禮迎娶的柳如是在錢謙益隨例北上後留居南京，與人有私通曖昧事。據《太平廣記》卷四八五載許堯佐〈柳氏傳〉，唐韓翃有姬柳，形貌豔麗。韓獲選上第歸家省親，柳留居長安，適安史之亂起，柳出家為尼。後韓翃為平盧節度使侯希逸書記，使人寄柳詩曰：「章臺柳，章臺柳，昔日青青今在否？縱使長條似舊垂，亦應攀折他人手。」柳答之曰：「楊柳枝，芳菲節，所恨年年贈離別。一葉隨風忽報秋，縱使君來豈堪折。」後柳為蕃將沙吒利所劫，侯希逸部將許俊以計奪還歸韓。阿儂，原為古代吳人的自稱，這裡指稱對方。有關柳如是在留南京期間與他人或有曖昧一事，陳寅恪《柳如是別傳》第五章考證甚詳，有云：「七八兩句之今典，即前述牧齋隨例北遷，河東君獨留南都時，其仇人怨家，以孫愛名義鳴其私夫鄭某或陳某於官，而杖殺之之事。此事當時必已遍傳，故林藺庵謂江南有老王八之謠，作虎丘詩者因得舉以相嘲也。」又舉清李清《三垣筆記》有關記述云：「若錢宗伯謙益所納妓柳隱，則一狎邪耳。聞謙益從上降北，隱留南都，與一私夫亂。謙益子鳴其私夫於官，杖殺之。謙益怒，屏其子不見。語人曰：『當此之時，士大夫尚不能堅節義，況一婦人乎？』聞者莫不掩口而笑。」

【語　譯】高興地投奔新朝的人未曾間斷，思鄉歸里又在這裡相逢。未如江總壯年歸家實在羞愧，青史自不能讓蔡邕一類人撰評。明末自稱清流幸未遭遇不測，今日歸來當悔恨曾出賣魂靈。最可憐遭人攀折的章臺柳，西風憔悴中的問候難以為情。

【研　析】錢謙益身處明清鼎革之際，其學識與文學創作在當時都是屬於第一流的，這一執文壇牛耳的地位，也令史家及後人對他有了更高的要求，有關負面評價也就更僕難數了。特別是他與小於他三十六歲的名妓柳如是的婚姻，招致封建衛道人士的攻擊不說，就連喜談風月者也有將所謂「錢柳因緣」妖魔化或滑稽化的趨勢。錢謙益（西元一五八二—一六六四年），字受之，號尚湖，又號牧齋，晚號蒙叟，又號東澗遺老，常熟（今屬江蘇）人。萬曆三十八年（西元一六一〇年）以一甲三名進士及第，歷官翰林院編修、少詹事、禮部右侍郎。他用世心切，官場中跌過跟頭，丁丑獄案險些讓他丟了性命。明覆亡後，錢謙益在南明弘光政權中任禮部尚書，清軍南下，錢謙益又與趙之龍率先迎降，這成了他一生難以洗刷的汙跡。清廷對應他在崇禎朝的官秩，命以禮部侍郎管秘書院事，充修《明史》副總裁，不到半年，錢謙益又乞假南歸。在家鄉常熟不久，即被牽涉到一件有關抗清復明的重案中，鋃鐺就道，命懸一線。幸虧有柳如是從旁護持，四處奔走，終於化險為夷並留下一段佳話。

錢謙益對於迎降一事頗為後悔，故中道委蛇，聯絡鄭成功與南明永曆政權共議抗清，希圖晚蓋，以致年近耄耋，仍為復明積極奔走，其中受柳如是的影響不言而喻。錢謙益平生所最得意之事，就是娶了當時最有才華的奇女子柳如是，其〈病榻消寒雜詠〉云：「買回世上千金笑，送盡平生百歲憂。」可見此老心滿意足之態。這首諷刺錢謙益的〈題虎丘石上〉七律，文采飛揚，使事用典，以「古典」影射「今典」，純熟貼切，天衣無縫。陳寅恪《柳如是別傳》第五章經詳細考辨，認為：「虎丘詩縱非臥子本身所作，恐亦是王勝時（即王澐）輩所為，而經臥子修改，遂成如此之佳作歟？」本書將如此佳作列於陳子龍名下，也意在傳達明末清初民間的一種政治態度，至於該作著作權是否確為陳子龍所有，亦當俟諸高明。

寒食三首（選其一）

陳子龍

【題　解】這組七絕作於崇禎八年（西元一六三五年）春。寒食，漢族傳統節日，一名「禁煙節」、「冷節」、「一百五」，時在清明節前一或二、三日（西元四月初）。梁宗懍《荊楚歲時記》：「去冬節一百五日，即有疾風甚雨，謂之寒食。禁火三日，造餳、大麥粥。」其起源據說與春秋時晉國的介子推被焚山中一事有關，實則與古人的星宿崇拜有關。唐以前，寒食節還有祭祖掃墓的習俗，唐以後漸與清明節合於一起，並有踏青（即郊野遊覽）的傳統。

今年春早試羅衣❶，二月未盡❷桃花飛。應有江南寒食路❸，美人芳草一行歸。

【注　釋】❶羅衣　輕軟絲織品製成的衣服。唐梁鍠〈豔女詞〉：「美人姿態裡，春色上羅衣。」❷二月未盡　崇禎八年的寒食節在農曆二月十六七日前後。❸寒食路　五代馮延巳〈蝶戀花〉：「百草千花寒食路，香車繫在誰家樹。」

【語　譯】今年春早，軟絲羅衣已上身，二月未盡桃花已芳菲。寒食節的江南路上，美人踏芳草一同回歸。

【研　析】組詩其二：「垂楊小院倚花開，鈴閣沉沉人未來。不及城東年少子，春風齊上鬥雞臺。」其三：「愁見鴛鴦滿碧池，又將幽恨度芳時。去年楊柳滹沱上，此日東風正別離。」陳子龍與柳如是相識於崇禎五年（西元一六三二年），三年以後，兩人「情感密摯，達於極點，當已同居矣」（陳寅恪《柳如是別傳》第三章）。陳子龍懷著無比興奮的心情，為熱戀中的柳如是寫下這三首七絕，可謂一往情深。四年以後，陳柳兩人雖已睽隔，但柳如是對這位昔日情人仍然難以忘懷，寫有〈西湖八絕句〉，其一云：「垂楊小院繡簾東，鶯歌殘枝未思逢。大抵西泠寒食路，桃花得氣美人中。」與所選詩對照，顯然柳詩完全脫胎於陳作。

柳如是（西元一六一八—一六六四年），早年以楊為姓，先後用過楊愛、朝雲、雲娟等名，並有以「影憐」為字的說法；後又以柳為姓，初名隱，字蘼蕪，後又改名是，字如是，號河東君，另有「美人」別稱。其幼養於故相周道登家，為小妾，後又被趕出賣與娼家，流落松江，此後即高張豔幟，先後與當時名士勝流張溥、宋徵輿、李待問等皆有交往，然而在最終與錢謙益共結百年之好以前，令柳如是更加刻骨銘心之愛，正是與陳子龍的這一段因緣。錢謙益非常賞識柳如是「桃花得氣美人中」之詠，崇禎十三年寫有〈姚叔祥過明發堂共論近代詞人戲作絕句十六首〉，其十二云：「草衣家住斷橋東，好句清如湖上風。今日西陵誇柳隱，桃花得氣美人中。」當時錢與柳尚未謀面，即推崇若此，可見靈犀先通，紅豆早拋。錢謙益極有可能不知柳如是此詩與陳子龍三絕句的淵源關係，否則就不會那樣推崇備至了。男女情篤，固難容第三者染指，古今一揆，無足深論。在古代詩人心目中，桃花意象有時與「輕薄」相聯，也有時伴隨「豔遇」。最明顯的例子莫過於唐代崔護那首著名的〈題都城南莊〉：「去年今日此門中，人面桃花相映紅。人面不知何處在，桃花依舊笑春風。」桃花與人面的關合，令桃花從此有了美人的影子。理解所選詩中「桃花飛」與柳詩中「桃花得氣美人中」，當作如是觀。

渡易水

陳子龍

【題解】這首七絕具有詠史的意味，當作於崇禎十三年（西元一六四〇年），時陳子龍丁母憂服闋，入都就選，途經易水而作。易水，在今河北省西部，大清河上源支流，有北、中、南三支，皆源出易縣，匯合入南拒馬河。易水即戰國時荊軻刺秦的出發地。

并刀❶昨夜匣中鳴❷，燕趙悲歌❸最不平。易水潺湲❹雲草碧，可憐❺
無處送荊卿❻。

【注釋】❶并刀　即并州刀，古代并州（今山西太原一帶）所產的剪刀，以鋒利著稱。唐杜甫〈戲題畫山水圖歌〉：「焉得并州快剪刀，剪取吳松半江水。」宋陸游〈秋思〉：「詩情也似并刀快，剪得秋光入卷來。」
❷匣中鳴　謂對古代節烈之士的懷念。據說楚王命莫邪鑄雙劍，劍成，莫邪留其雄，而以雌獻楚王。雌劍在匣中常悲鳴。南朝宋鮑照〈贈故人馬子喬六首〉其六：「雙劍將離別，先在匣中鳴。煙雨交將夕，從此忽分形。雌沉吳江裡，雄飛入楚城。」後以「孤劍鳴」比喻思念之切。唐錢起〈適楚次徐城〉：「感激念知己，匣中孤

劍鳴。」參閱《太平御覽》卷三四三引〈列士傳〉。❸燕趙悲歌　語本唐韓愈〈送董邵南序〉：「燕趙古稱多感慨悲歌之士。」燕趙，謂戰國時燕趙二國，這裡泛指其所在地區，即今河北北部及山西西部一帶。❹潺湲　水流緩慢的樣子。《楚辭・九歌・湘夫人》：「慌忽兮遠望，觀流水兮潺湲。」❺可憐　可惜。唐盧綸〈早春歸盩厔別業卻寄耿拾遺〉：「可憐芳歲青山裡，惟有松枝好寄君。」❻荊卿　即荊軻（西元前？—前二二七年），戰國間著名刺客。《史記》卷八六〈刺客列傳〉：「荊軻者，衛人也。其先乃齊人，徙於衛，衛人謂之慶卿。而之燕，燕人謂之荊卿……荊軻雖游於酒人乎，然其為人沉深好書；其所游諸侯，盡與其賢豪長者相結。其之燕，燕之處士田光先生亦善待之，知其非庸人也。」後為燕太子丹客，因行刺秦王政未獲成功，被殺。

【語　譯】昨夜并刀在刀匣中鳴泣，令人想到燕趙一帶的悲歌。易水依舊流淌在碧天綠草間，可惜這裡已沒有荊軻可以相送。

【研　析】據陳子龍自撰《年譜》卷上，崇禎十年（西元一六三七年）陳子龍考中進士後不久，即遭母唐宜人之喪，當丁憂回家。崇禎十三年春，服闋：「予堅意不出，而前輩如許霞城、孫魯山諸公，力為敦趣，以為天下尚可為。而太安人亦見責以『汝家世受國恩，無以我老人故，廢報稱大義』，遂以三月黽勉北發，然意殊戀戀，無日不回顧也。徘徊淮、泗之間者累日。渡黃河，遇李映碧給諫謫還，語時事，復慨然思歸。」又云：「抵任丘，聞石齋師（黃道周）得嚴譴，逮治益深，悔此出矣。」這一年距離明朝大廈傾覆已經不足四年了，國家形勢已如江河日下，氣息奄奄。朝中有的是貪官汙吏與尸位素餐的昏庸大僚，缺的是明君賢相與能挽狂瀾於既倒的棟梁之材。

夏允彝〈陳李倡和集序〉曾謂陳子龍「少好奇負氣，邁激豪上，意不可一世」。寫此詩時，陳子龍年不足三十三歲，又是前科新中的進士，正當年輕有為、報效國家之日，反而有此消極無奈的心態，與其少年豪邁之氣迥不相同，可見當時局勢岌岌可危，已非三言兩語所能概括。作者行經昔日多慷慨悲歌之士的燕趙之地，只見易水在藍天碧草間依舊流淌，卻不見昔日荊軻那樣有俠肝義膽的志節之士出現，其內心悲傷可想而知。這是本詩不同於以往有關易水悲歌的詩篇的一個最為顯著的特徵。有關荊軻的詩篇，另可參見本書所選何景明〈易水行〉、李贄〈詠史〉二詩及其「研析」。七年以後，陳子龍以身殉國，自己成了荊軻一樣的壯士。對照其一生行實再讀此詩，更覺凜然大義，虎虎有生氣，感人至深！作者另有〈歲暮懷舒章〉八首，其二有云：「悲歌一曲棄繻生，灩灩龍文匣裡鳴。燕市樓臺三十萬，不知何處有荊卿。」正可與所選詩對照閱讀。

柳麻子說書歌行

魏　耕

【題解】這篇七言歌行以寫明清之際一位著名的說書藝人為主，深寓時代滄桑，可與當時眾多有關柳敬亭的詩或文媲美。柳麻子，即柳敬亭（西元一五八七—一六七〇年），本姓曹，生於泰州（今屬江蘇），一說生於通州（今江蘇南通）。《續本事詩》卷八記顧開雍〈柳生歌序〉謂：「揚之泰州柳生，名遇春，號敬亭。」據說他十五歲時因犯事當死，避仇逃亡在外，流落江湖，一次在一棵大柳樹下休息，就指柳為姓了。他其貌不揚，是一位麻子，兼之面色暗黑又有疤瘤，所以人送綽號柳麻子。其說書藝術在十八歲即有名市井間，後又得松江儒者莫後光指教，已臻爐火純青。他先後曾在左良玉、馬進寶幕中為僚，有聲士大夫間，足跡遍大江南北，年逾古稀，窮困潦倒以終。歌行，古代樂府詩的一體，後發展為古詩的一體，音節、格律一般比較自由；採用五言、七言、雜言，形式也多變化。明徐師曾《文體明辨序說・樂府》：「放情長言，雜而無方者曰歌；步驟馳騁，疏而不滯者曰行；兼之曰歌行。」

【作　者】魏耕（西元一六一四—一六六二年），初名時珩，又名璧，入清，更名耕，字楚白，又字白衣，號雪竇，慈溪（今屬浙江）人。明諸生，明亡棄去，追隨張煌言佐魯監國抗清，以氣節相尚，事敗不屈就義。著有《息賢堂前後集》，今人有整理本《雪翁詩集》。生平詳見魏霞〈明處士雪竇先生傳〉、全祖望〈雪竇山人墳版文〉。清朱彝尊《靜志居詩話》卷二二〈魏璧〉有云：「白衣僑居吳興別鮮山，為晉沈禎、沈聘避地所居，有渡曰『息賢』，遂以名其堂……中年專學子美，末年專學太白，惜乎未見其止也。」陳田《明詩紀事》辛籤卷六上選魏耕詩五首。

　　昨歲客游江都城❶，說書共推柳敬亭。抵掌❷談天縱修辯❸，馳驟❹不必皆有經❺。出門人呼柳麻子，往往攔街不得行。何家相國❻酣高宴，桃李青軒❼嘗引見。堂上遮留❽麒麟車❾，簾裡徘徊孔雀扇❿。風雨颯沓⓫動鬼神，片言落地咸稱善。崇禎⓬之際左將軍⓭，意氣如山天下聞。開筵日招柳麻子，牙門⓮羽騎⓯羅紛紛。齊聽柳麻說漢祖⓰，胸襟豁達⓱龍顏君⓲，貌出英雄天人際⓳，烏騅⓴叱咤㉑非其群。將軍大笑遺雙璧，還贈雕鞍龍八尺㉒。居常喜著火浣布㉓，醉後頻敧㉔綠絲幘㉕。同時湯鼐㉖擅琵琶，寵愛豪華難與匹。詞源㉗屈㉘注天河㉙傾，後來無人奪其席㉚。十載飄颻旌旗紅㉛，柳麻柳麻老成翁。有眼日睹尋常人㉜，東西南北道路窮。君不見，唐時工部杜少陵㉝，翰林供奉李太白㉞。彩筆㉟光芒干㊱雲霄，人間萬古稱詩伯㊲。落魄風塵逐馬蹄㊳，腹中無飯常唧唧㊴。

【注釋】❶江都城　治所即今江蘇揚州。❷抵掌　擊掌，謂人在談話中的高興神情。《戰國策・秦策一》：「（蘇秦）見說趙王於華屋之下，抵掌而談。」❸縱侈辯　謂放任無所顧忌地說書，言辭華美、巧妙。❹馳騁　謂施展說書技藝。❺經　準則；常規。❻何家相國　謂何如寵（西元一五六五？—一六四一年），字康侯，安慶桐城（今屬安徽）人。萬曆二十六年（西元一五九八年）進士，歷官國子監祭酒、禮部侍郎，天啟間為魏忠賢所忌，被削職歸。崇禎元年（西元一六二八年）召為禮部尚書，翌年兼東閣大學士，預機務。袁崇煥獄，曾申救其族中三百餘人。四年致仕。《明史》卷二五一有傳。相國，古代宰相的尊稱，明代也以之尊稱閣臣。❼桃李青軒　謂豪華的居室。語本唐李白〈前有樽酒行〉其一：「青軒桃李能幾何，流光欺人忽蹉跎。」❽遮留　挽留。❾麒麟車　飾有麒麟形的華貴車子。語本唐李頎〈王母歌〉：「霓旌照耀麒麟車，羽蓋淋漓孔雀扇。」❿孔雀扇　用孔雀尾製作的長柄大扇。橢圓形，徑約三尺，柄長丈餘，為宮廷儀仗用品。⓫颯沓　迅疾貌。唐李白〈俠客行〉：「銀鞍照白馬，颯沓如流星。」⓬崇禎　明思宗朱由檢的年號（西元一六二八—一六四四年）。⓭左將軍　即左良玉（西元一五九九—一六四五年），字昆山，臨清（今屬山東）人。行伍出身，以戰功由副將封寧南伯，擁兵自重。福王進為侯，鎮武昌，弘光元年（西元一六四五年）以「清君側」為名引兵東下討伐擅權亂政的馬士英、阮大鋮，至九江病卒。《明史》卷二七三有傳，有評云：「左良玉以驍勇之材，頻殲劇寇，遂擁強兵，驕亢自恣，緩則養寇以貽憂，急則棄甲以致潰。當時以不用命罪諸將者屢矣，而良玉偃蹇僨事，未正刑章，姑息釀患，是以卒至稱兵犯闕而不顧也。」⓮牙門　古時駐軍，主帥或主將帳前樹牙旗以為軍門，稱牙門。⓯羽騎　羽林軍（禁衛軍名）的騎兵。⓰漢祖　漢高祖劉邦（西元前二五六－前一九五年），字季，秦末沛縣豐邑（今屬江蘇徐州）人，初為泗水亭長，秦二世元年（西元前二〇九年）起兵於沛，號沛公，與項羽分兵入關破秦，為漢中王，最終打敗項羽，即帝位於氾水之陽，國號漢，在位十二年。⓱豁達　胸襟開闊，豪爽大方。⓲龍顏君　謂劉邦。《史記》卷八〈高祖本紀〉：「高祖為人，隆準而龍顏，美須髯，左股有七十二黑子。」龍顏，謂眉骨圓起。⓳天人際　即「天人之際」，謂天道與人事相互之間的關係。《漢書》卷六二〈司馬遷傳〉：「亦欲以究天人之際，通古今之變，成一家之言。」⓴烏騅　項羽所騎戰馬名騅，後人稱作烏騅，這裡即指代項羽。《史記》卷七〈項羽本紀〉：「駿馬名騅，常騎之。」㉑叱咤　怒喝，謂項羽。《史記》卷九二〈淮陰侯列傳〉：「項王喑噁叱咤，千人皆廢。」㉒龍八尺　謂高大的馬，駿馬。《儀禮・覲禮》：「天子乘龍，載大旂。」漢鄭玄注：「馬八尺以上為龍。」㉓火浣布　即石棉布。《列子・湯問》：「火浣之布，浣之必投於火。」《太平御覽》卷六九一引《傅子》曰：「梁冀作火浣布衣，會客賓，行酒失杯而汙之。偽怒，解衣而燒之，垢盡火滅，粲然潔白。」㉔攲　歪斜。㉕幘　古代包紮髮髻的巾。㉖湯鬍　當指湯應曾（生卒年不詳），邳州（今屬江蘇）人，明末清初著名琵琶演奏家，有「湯琵琶」之稱。據王猷定《四照堂集・湯琵琶傳》載，他幼好音律，家境貧苦。曾師事琵琶演奏家蔣山人習藝，在大梁（今河南開封）周王府中供職，聲名漸著。後應召隨征西王將軍至嘉峪關、張掖、酒泉一帶，常為將帥士兵彈奏樂曲，鼓舞士氣。離軍府後在襄王府中供職，居楚地三年。明末時回歸故里，窮困潦倒，六十餘歲流落今江蘇漣水一帶，不知所終。湯應曾能彈〈胡笳十八拍〉、〈塞上〉、〈洞庭秋思〉等百十餘曲，尤擅〈楚漢〉。一般認為〈楚漢〉即琵琶大曲〈十面埋伏〉或〈霸王卸甲〉之前身。㉗詞

源　比喻滔滔不絕的文詞。唐杜甫〈醉歌行〉：「詞源倒流三峽水，筆陣獨掃千人軍。」㉘屈　竭盡；窮盡。㉙天河　即銀河。㉚奪其席　即「奪席」，謂成就超過他人。《後漢書》卷七九上〈儒林列傳上〉：「正旦朝賀，百僚畢會，帝令群臣能說經者更相難詰，義有不通，輒奪其席以益通者，（戴）憑遂重坐五十餘席。故京師為之語曰：『解經不窮戴侍中。』」㉛十載飄颻旌旗紅　謂明清易代。飄颻，形容動盪、起伏。旌旗，這裡借指軍隊。㉜尋常人　謂普通人。唐李白〈梁甫吟〉：「大賢虎變愚不測，當年頗似尋常人。」㉝工部杜少陵　即杜甫（西元七一二—七七〇年），字子美，鞏縣（今屬河南）人，自稱「杜陵布衣」，是其郡望。因一度曾居長安城南少陵附近，自稱「少陵野老」，世稱杜少陵。天寶十載（西元七五一年）以獻〈三大禮賦〉，待制集賢院，授河西尉，旋改右衛率府兵曹參軍，歷左拾遺、檢校工部員外郎。傳世詩歌一千四百四十餘首，後世有「詩史」之譽，著有《杜工部集》二十卷。兩《唐書》有傳。㉞翰林供奉李太白　謂李白（西元七〇一—七六二年），字太白，號青蓮居士，隴西成紀（今甘肅秦安西北）人，其出生地頗多異說，此不贅言。曾官翰林供奉，故有「李翰林」之稱。安史之亂，因王室內訌，受牽累流放夜郎，旋遇赦還。後因病卒於當塗。著有《李太白全集》，兩《唐書》有傳。賀知章曾稱李白為「謫仙」，即被貶謫下凡的仙人。㉟彩筆　文筆詞藻富麗。㊱干　衝犯。㊲詩伯　詩壇領袖。唐杜甫〈石硯〉：「平公今詩伯，秀發吾所羨。」㊳落魄風塵逐馬蹄　語本唐杜甫〈奉贈韋左丞丈二十二韻〉：「朝扣富兒門，暮隨肥馬塵。殘杯與冷炙，到處潛悲辛。」㊴唧唧　謂歎息聲。

【語　譯】去年作客遊覽揚州城，聽說書當推柳敬亭。情感豐富、生動地暢談天下事，施展技藝不必皆有所傳承。一出門就有人呼柳麻子，常常被攔住路難行。何大學士家酒宴常高張，豪華的居室中也多見蹤影。堂上挽留住華貴的車子，孔雀扇影在簾裡輕搖。只聽見迅疾風雨驚鬼神，一句話出口就博一片喝彩聲。崇禎時期的左將軍，意氣慷慨名聲天下聞。天天開宴召來柳麻子，軍門外羽林軍列隊鬧紛紛。一起來聽柳麻說書漢高祖，活脫一個豪爽大方的龍顏君。刻畫出英雄本與天意相關聯，跨烏騅的霸王項羽難同論。左將軍大笑贈送雙玉璧，又贈配雕鞍的駿馬廣施恩。平居喜穿火浣布的白衣服，大醉後常歪戴綠絲巾。當時有擅彈琵琶的湯應曾，待遇豪華難與柳麻比。柳敬亭滔滔不絕如銀河狂瀉下，後來說書難以奪其席。十年動盪戰旗遍南北，柳麻柳麻成了老翁。人們看見的只是一普通人，謀生的道路壅塞皆不通。君不見唐代詩人有杜甫，翰林供奉李太白。文筆光彩直沖青雲霄，人間萬世尊崇稱詩伯。落魄時也曾到處含悲辛，無奈飢腸轆轆難過活。

【研　析】明張岱《陶庵夢憶》卷五〈柳敬亭說書〉一則形容這位說書大家的說書技藝：「余聽其說〈景陽岡武松打虎〉白文，與本傳大異。其描寫刻畫，微入毫髮，然又找截乾淨，並不嘮叨。𡃶夬聲如巨鐘，說至筋節處，叱咤叫喊，洶洶崩屋。武松到店沽酒，店內無人，謈地一吼，店中空缸空甓皆甕甕有聲。閑中著色，細微至此。」清吳偉業〈柳敬亭傳〉則以莫後光教誨柳敬亭的話，說明欲使說書技藝臻於爐火純青的關鍵：「夫演義雖小技，其以辨性情，考方俗，形容萬類，不與儒者異道。故取之欲其肆，中之欲其微，促而赴之欲其迅，舒而繹之欲其安，進而止之欲其留，整而歸之欲其潔，非天下至精者，其孰與於斯矣！」

明清之際文人士大夫多以詩詞或文章寫贈這位飽經風霜的老藝人，其中清曹貞吉〈賀新涼〉二詞較為有名，其第二首概括柳敬亭一生形跡最為得體：「咄汝青山叟。閱浮生、繁華蕭瑟，白衣蒼狗。六代風流歸抵掌，舌下濤飛山走。似易水、歌聲聽久。試問於今真姓名，但回頭、笑指蕪城柳。休暫住，談天口。　當年處仲東來後，斷江流、樓船鐵鎖，落星如斗。七十九年塵土夢，才向青門沽酒。更誰是、嘉榮舊友。天寶琵琶宮監在，訴江潭、憔悴人知否。今昔恨，一搔首。」這首詞可與魏耕此詩對照閱讀。至於湯應曾的琵琶技藝，清王猷定〈湯琵琶傳〉堪稱實錄：「所彈古調百十餘曲，大而風雨雷霆，與夫愁人思婦，百蟲之號，一草一木之吟，靡不於其聲中傳之。而尤得意於〈楚漢〉一曲，當其兩軍決戰時，聲動天地，瓦屋若飛墜，徐而察之，有金聲、鼓聲、劍弩聲、人馬辟易聲，俄而無聲。久之，有怨而難明者，為楚歌聲；淒而壯者，為項王悲歌慷慨之聲、別姬聲；陷大澤，有追騎聲；至烏江，有項王自刎聲，餘騎蹂踐爭項王聲。使聞者始而奮，既而恐，終而涕淚之無從也。其感人如此。」然而這樣一位琵琶大家卻不像柳敬亭有廣大的聽眾，享受的榮譽、待遇皆不如柳麻子，同是藝人，遭際也有幸與不幸，悲夫！

晚登天門山望石頭城

魏耕

【題解】這首七絕屬於行旅詩，詩人欲去湖南岳陽，中途經過安徽，登天門山回望金陵，諸多感慨皆在不言之中。天門山，在今安徽當塗與和縣之間的長江兩岸，為東梁山與西梁山的合稱。因東、西梁山如門闕，故統稱天門山；又如列眉橫黛，故亦統稱蛾眉山。石頭城，又名石首城，故址在今南京市清涼山。本楚金陵城，漢末孫權重築改名，城負山面江，當交通要衝。唐以後，城廢。這裡即指金陵（今江蘇南京）。

孤帆遙指岳陽樓❶，還到天門頂上頭。遙望金陵❷秋色裡❸，橫江日落起沙鷗❹。

【注釋】❶岳陽樓　中國江南三大名樓之一，在今湖南北部洞庭湖畔，建築於岳陽市西門城牆上。唐代張說創建，宋慶曆五年（西元一〇四五年），謫守巴陵的滕宗諒重修，范仲淹為撰〈岳陽樓記〉，樓閣借此文而馳名後世。❷金陵　本古邑名，後常用作今江蘇南京的別稱。❸秋色裡　唐朱慶餘〈自蕭關望臨洮〉：「日暮獨吟秋色裡，平原一望戍樓高。」❹沙鷗　棲息於沙灘、沙洲上的鷗鳥。唐孟浩然〈夜泊宣城界〉：「離家復水宿，相伴賴沙鷗。」

【語　譯】孤舟一葉向遙遠的岳陽樓進發，中途到天門山登覽。遙望秋色中的南京城，夕陽下大江橫亙有鷗鳥飛離沙灘。

【研　析】《雪翁詩集》卷一六附錄〈詩評〉引周青士云：「白衣銳意學杜，晚一變而神游於謫仙之門，遂升其堂奧。」作者旅途的目的地是岳陽樓，很可能是從南京出發，沿江溯流而上，行經當塗小住，登上天門山回望來路，乘興寫下此詩。唐李白〈望天門山〉：「天門中斷楚江開，碧水東流至此回。兩岸青山相對出，孤帆一片日邊來。」李詩是從江上西望天門而抒情，魏詩則從天門山上東望江水而寫意，雖立足點不同，但其中亦可見魏詩借鑑李詩的地方，首句「孤帆遙指岳陽樓」當從李白「孤帆一片日邊來」脫化而出。

全詩四句，關鍵在於結句的若有所思與餘意未盡。所謂「落日」情結在古人詩歌中屢見不鮮：李白〈擬古十二首〉其十二：「日落知天昏，夢長覺道遠。」是一種前行中的迷茫。唐孟浩然〈登萬歲樓〉：「天寒雁度堪垂淚，日落猿啼欲斷腸。」是一種羈旅中的哀情。唐劉方平〈春怨〉：「紗窗日落漸黃昏，金屋無人見淚痕。」是一種相思中的悲情。唐崔峒〈江上抒懷〉：「骨肉天涯別，江山日落時。」是一種親情的傷感。唐王維〈輞川閑居贈裴秀才迪〉：「渡頭餘落日，墟里上孤煙。」是一種閒適的情懷。至於杜甫〈後出塞五首〉其二：「落日照大旗，馬鳴風蕭蕭。」則是一種報國的壯懷。落日在古人詩歌中可以傳達無比豐富的意蘊，那麼這首七絕中的落日又是何種情懷呢？是傷感家國的衰敗，還是感歎個人的遭際，作者沒有明白指出，也許依靠讀者想像，更能增加尋繹的趣味。

溪行二首（選其一）

張煌言

【題解】這組七絕共兩首，所傳達的是一種愉悅的心情。「溪行」即沿溪水而行，飽覽山水風光。張煌言《奇零草》錄此詩，其前為〈丁亥留節滃城同諸公行長至禮〉一詩，其後為〈元旦步張太傅韻戊子〉一詩，則此詩當作於丁亥夏間，即南明魯監國二年、永曆元年、清順治四年（西元一六四七年），地點當在今舟山群島一帶。

【作者】張煌言（西元一六二〇—一六六四年），字玄箸，別號蒼水，鄞縣（今浙江寧波）人。崇禎十五年（西元一六四二年）舉人，明亡，擁立魯王監國，官至權兵部尚書，曾與鄭成功連兵抗清，後被俘不屈死。著有《冰槎集》、《奇零草》、《采薇吟》等，今人有整理本《張蒼水集》，較為完備。全祖望《鮚埼亭集》卷九〈明故權兵部尚書兼翰林院侍講學士鄞張公神道碑銘〉：「甲辰……九月初七日，公赴市，遙望鳳凰山一帶，曰『好山色』，賦絕命詞，挺立受刑，子木等三人殉焉。」朱彝尊《靜志居詩話》卷二一〈張煌言〉：「聞公就執，制府趙清獻公待之以禮，慰勸再三，卒以不屈，含笑受刑，斂而葬之雷峰之右，至今有包麥飯而祭者。清獻之寬仁，足以頌矣。」陳田《明詩紀事》辛籤卷八上選張煌言詩五首，有按語云：「明社之屋久矣，公猶以殘兵支撐於天涯海角之間訖二十年，艱阻崎嶇，百折而不悔，嗚呼烈矣！史不立傳，蓋有待也。至乾隆四十一年，得與獎忠之典，通謚忠烈，仁矣哉！」

扶笻❶到處見山晴，峰色溪光次第❷迎。滿徑莓苔❸人語靜，畫眉❹

宛轉兩三聲❺。

【注　釋】❶扶笻　扶杖。宋朱熹〈又和秀野〉之二：「覓句休教長閉戶，出門聊得試扶笻。」❷次第　依次。唐劉禹錫〈秋江晚泊〉：「暮霞千萬狀，賓鴻次第飛。」❸莓苔　青苔。晉孫綽〈游天台山賦〉：「踐莓苔之滑石，搏壁立之翠屏。」❹畫眉　鳥名。眼圈白色，向後延伸呈蛾眉狀。故名。鳴聲婉轉悅耳。宋范成大〈山徑〉：「行到竹深啼鳥鬧，鵓鴣老怨畫眉嬌。」❺兩三聲　唐元稹〈過襄陽樓呈上府主嚴司空樓在江陵節度使宅北隅〉：「拂水柳花千萬點，隔林鶯舌兩三聲。」

【語　譯】在晴天下扶杖遊覽山景，峰巒映溪光依次相迎。青苔長滿小徑聽不見人語，時而傳來畫眉宛轉三兩聲。

【研　析】組詩其二：「小立寒林意獨醒，清泉石竇自泠泠。撥雲更望前溪去，樹底飛來一片青。」

從兩詩來看，意態瀟灑，閒遠澹泊，很有唐人王維的詩境，似乎是作者隱居林下的作品。其實這一時刻，張煌言輔佐魯監國，正與清軍轉戰東南沿海與舟山群島一帶，處境險惡，誠如其〈奇零草自序〉所言「余於丙戌始浮海」，又言：「乃丁亥春，余舟覆於江。」大難不死，實為幸事。這一年張煌言以右僉都御史監定西侯張名振軍，舟行至崇明，颶風大作，舟覆，可謂九死一生。而這一年的夏間正是張煌言寫此組詩的時刻，堪稱驚魂甫定，詩竟如此從容淡定，從人格而論，從詩品而言，皆屬難能可貴，令人佩服！詩人能於神州鼎沸之際，保持內心一方淨土，對於山光水色、畫眉啼鳴仍抱有萬分欣賞之情，孔夫子所謂「君子坦蕩蕩，小人長戚戚」（《論語・述而》），正可從張煌言身上體會一二。臨危赴難，從容就死，觀其被逮以後將生死置之度外的慷慨激昂，洵非常人可比。

甲辰八月辭故里二首（選其二）

張煌言

【題解】這組七律寫於甲辰（清康熙三年，西元一六六四年）的八月，此前一月的七月十七日，張煌言在南田懸嶴島（今浙江象山縣南）為清軍所捕獲，經故里鄞縣，押往杭州。作者於慷慨就道時，寫下此詩明志。

國亡家破欲何之❶，西子湖❷頭有我師。日月雙懸于氏墓❸，乾坤半壁岳家祠❹。慚將素手❺分三席❻，擬為丹心借一枝❼。他日素車❽東浙路，怒濤豈必屬鴟夷❾。

【注釋】❶欲何之　唐白居易〈登龍昌上寺望江南山懷錢舍人〉：「騎馬出西郭，悠悠欲何之。」❷西子湖　即浙江杭州西湖，又稱西子湖。語本宋蘇軾〈飲湖上初晴後雨〉：「欲把西湖比西子，淡妝濃抹總相宜。」❸于氏墓　即于謙墓，在今杭州西山公園以西的三臺山。于謙（西元一三九八—一四五七年），字廷益，號節庵，錢塘（今浙江杭州）人。永樂十九年（西元一四二一年）進士，歷官山西道御史、兵部左侍郎，土木之變，明英宗被也先所俘，于謙力排南遷之議，擁立景泰帝，守衛京師，遷兵部尚書。迫也先議和，英宗得歸。英宗復辟後，以謀逆罪被冤殺。明憲宗成化二年（西元一四六六年）始得昭雪，有旨在杭州營墓，明孝宗弘治間贈太傅，諡肅愍，並於墓前建祠，萬曆中，改諡忠肅。❹岳家祠　即岳王廟，或稱岳廟，在今浙江杭州西湖邊棲霞嶺下與西湖相對。岳飛（西元一一〇三—一一四二年），字鵬舉，宋相州湯陰（今屬河南安陽）人，農家出身，弱冠從軍，在抗金鬥爭中屢立戰功。歷官都統制，授承宣使。所部軍紀嚴明，驍勇善戰，被稱為「岳家軍」，後任清遠軍節度使。宋高宗紹興十年（西元一一四〇年），岳飛率軍大舉北伐，連克蔡州、鄭州、洛陽等失地，並取得郾城大捷。因宋高宗與秦檜主和，連下十二道金牌令岳飛退兵。翌年夏，受召赴臨安，被解除兵權，任樞密副使。旋被誣下獄，並於是年十二月二十九日（西元一一四二年一月二十七日）以「莫須有」之罪名被殺害於臨安大理寺風波亭獄中，有獄卒隗順潛負其屍葬於九曲叢祠旁。宋孝宗隆興元年（西元一一六三年），詔復岳飛官，追諡「武穆」，以禮改葬棲霞嶺，岳雲墓祔葬於側，宋寧宗時又追封鄂王。❺素手　猶言徒手、空手。❻分三席　謂作者自己的墳墓與岳飛、于謙的墳墓鼎足而三。❼借一枝　反用唐李義府〈詠烏〉：「上林如許樹，不借一枝棲。」謂憑藉為國的赤膽忠心仍可與岳飛、于謙一同長眠於西湖。據清趙之謙《年譜》：「九月初七日公赴市，口占絕命詞曰：『我年適五九，乃逢九月七。大廈已不支，成仁萬事畢。』遂受刑。子木等從死。夫人董氏、子萬祺，先公三日戮於鎮江。鄞故御史紀五昌捐金，令公甥朱相玉購公首，僧超直暨杭人張文嘉、沈横書、朱錫九、錫蘭、錫旗、錫昌兄弟、鄞萬斯大收瘞於杭州南屏山荔子峰下昌化伯邵林墳西，胡湞以端溪石研背刻公姓名，納壙以志。」❽素車　古代凶、喪事所用之車，以白土塗刷。❾鴟夷　革囊，代指伍子胥。《史記》卷八六〈伍子胥列傳〉：「（伍子胥）乃自剄死。吳王聞之大怒，乃取子胥尸盛以鴟夷革，浮之江中。」據傳伍子胥死後化為乘白馬素車的濤神。宋魯應龍《閑窗括異志》：「伍子胥逃楚仕吳，吳王賜以屬鏤之劍，自殺，浮其屍於江，遂為濤神，謂之胥濤。」宋祝穆《古今事文類聚》前集卷一五〈子胥揚濤〉引《臨安志》：「吳王既賜子胥死，乃取其屍盛以鴟夷之革，浮之江中。子胥因流揚波，依潮來往，蕩激堤岸，勢不可禦。或有見其乘白馬素車在潮頭者，因為之立廟，每歲仲秋既望，潮水極大，杭人以旗鼓迓之，弄潮之戲，蓋始於此。然或有沉溺者。」

【語譯】國亡家破不知還有何處可去，西子湖畔有我敬佩的老師。日月輪番懸掛在于氏墓上，祠堂中岳飛曾支撐南宋的江山半壁。慚愧自己徒手與岳飛于謙同享西湖之美，憑藉赤膽忠心不過聊借一枝棲息。他日我的喪車經行浙東路，白馬揚波就不僅是伍子胥的怒氣。

【研析】組詩其一：「義幟縱橫二十年，豈知閏位在于闐。桐江空繫嚴光釣，震澤難回范蠡船。生比鴻毛猶負國，死留碧血欲支天。忠貞自是孤臣事，敢望千秋信史傳。」觀兩詩皆聲情悲壯，視死如歸，幾百年後仍覺威武不屈、氣貫長虹。作者另有七絕〈憶西湖〉一首云：「夢裡相逢西子湖，誰知夢醒卻模糊。高墳武穆連忠肅，添得新墳一座無？」作者於夢中也想與岳飛、于謙的墓葬鼎足而三，忠義之心，可鑑天日。〈憶西湖〉未與〈甲辰八月辭故里〉一詩同錄於《采薇吟》，而錄於此前之《奇零草》，似乎非一時之作；但據清趙之謙所作張煌言《年譜》，此詩作於「公被執後」，若然，則與所選此詩相先後，正可互相印證。全詩以三位著名的古人為榜樣，特別是結句「怒濤豈必屬鴟夷」，是英雄未死報仇之心，魂靈也要化為胥濤宣示一腔亡國之恨，氣沖霄漢，大義凜然，令人欽佩。這樣一位足以彪炳千秋的節烈英雄，可惜清人所修《明史》僅以不足七十字的篇幅簡述之，實在費解。沈冰壺〈張公蒼水傳〉有論云：「夫公之才遠不及武侯，望亦遜於信國，而時之艱、境之奇，則更甚於武侯、信國。自丙辰航海，甲辰就執，三度閩關，四入長江，兩遭覆溺，首尾十有九年，其經營為倍蹇矣。己亥之役，功在漏刻，而復收之，天也。然而談其事者，迄今猶懍懍有生氣，何耶？」這一番議論，可謂的評，蒼水地下有知，亦當含笑九泉了！

宿官亭

張煌言

【題解】這首七絕作於張煌言被捕後押往杭州的途中，求仁得仁，無怨無悔，因而從容不迫，義無反顧。官亭，古代供過往官吏食宿的處所。

漫道詩書債未償❶，滿身枷鎖夢魂❷香。可憐❸今夜官亭月，無數清光❹委路傍。

【注　釋】❶漫道詩書債未償　謂他人索詩或要求和作，未及酬答，如同負債未償。張煌言〈奇零草自序〉：「余自舞象，輒好為詩歌。先大夫慮廢經史，屢以為戒，遂輟筆不談，然猶時時竊為之。及登第後，與四方賢豪交益廣，往來贈答，歲久盈篋。會國難頻仍，余倡大義於江東……凡從前雕蟲之技，散亡幾盡矣。」❷夢魂　古人認為靈魂在睡夢中會離開肉體，故稱。唐劉希夷〈巫山懷古〉：「頹想臥瑤席，夢魂何翩翩。」❸可憐　可愛。❹清光　謂月亮清亮的光輝。明劉基〈雪中〉其二：「移床漫向明窗下，圖得清光好照書。」

【語　譯】不要說詩書之債未及償還，儘管披枷戴鎖夢魂仍然香甜。今宵官亭的月色真是可愛，難以欣賞只能任清輝空灑路旁。

【研　析】作為一個傳統教育下的文人士大夫，張煌言喜好詩歌創作，常與友朋唱和酬對。但時值天崩地解的艱難歲月，戎馬舟船倥傯，餘暇無多，卻不廢吟哦；甚至在異常艱難、度日如年的羈押之中，仍能從容應對，照常吟詩為樂，不是有海涵地負之量，的確難以行其萬一。張煌言生處末世，其軍事才能與政治才能皆難得以正常發揮，且乾坤一隅，蒼黃反覆，魯王政權，顛沛流離，狂瀾既倒，人心已散，回天無術，實在不能責怪一介書生。他在抗清鬥爭中堅持不懈，知大勢已去，事已難為，最終選擇以死報國，在漫長的中國歷史上留下了一個屈指可數的光輝形象。這首詩通過事物或情勢之兩相對照，抒發情感，如「枷鎖」與「夢魂香」的對照，可愛的月色與無欣賞人的對照，都恰如其分、委婉細膩地表現了作者當時的處境與心境，恬淡中也暗含幾許悲憤與無奈。清鈕琇《觚賸》有云：「張玄箸先生於康熙甲辰被執不屈，與愛僕楊冠玉、幕友羅自牧同死於杭。所著詩詞，貯一布囊，悉為邏卒所焚，有遺在僧寺及民家者僅數篇。」可見張煌言勤奮吟詩之一斑，惟今天遺存有限，難見全豹，實在令人遺憾。

精衛

夏完淳

【題解】這首五言古詩屬於詠物言志之作。精衛，古代神話中鳥名，多用以比喻有仇恨而志在必報，或不畏艱難、奮鬥不止者。《山海經・北山經》：「發鳩之山，其上多柘木。有鳥焉，其狀如烏，文首、白喙、赤足，名曰精衛，其鳴自詨。是炎帝之少女名曰女娃，女娃游於東海，溺而不返，故為精衛，常銜西山之木石，以堙於東海。」南朝梁任昉《述異記》卷上：「昔炎帝女溺死東海中，化為精衛。其名自呼，每銜西山木石填東海。偶海燕而生子，生雌狀如精衛，生雄如海燕。今東海精衛誓水處，曾溺於此川，誓不飲其水。一名鳥誓，一名冤禽，又名志鳥，俗呼帝女雀。」

【作　者】夏完淳（西元一六三一—一六四七年），初名復，字存古，號玉樊，小名瑞哥，明亡改名完淳，松江華亭（今屬上海市）人。曾隨父夏允彝宦遊京師、福建，順治二年（西元一六四五年）從父及師陳子龍起兵抗清，失敗歸隱，終因吳勝兆反叛案牽連下獄，不屈死，年十七歲。著有《夏節愍全集》十卷、《補遺》一卷，今人有整理本《夏完淳集》。生平詳見屈大均《皇明四朝成仁錄》卷六〈吳江起義傳〉、王弘撰《夏孝子傳》。朱彝尊《靜志居詩話》卷二一〈夏完淳〉有云：「存古，南陽知二，江夏無雙，束髮從軍，死為毅魄。其〈大哀〉一賦，足敵蘭成。昔終童未聞善賦，汪踦不見能文，方之古人，殆難其匹。」清沈德潛《明詩別裁集》卷一一選夏完淳詩四首，內有云：「存古十五從軍，十七授命，生為才人，死為鬼雄，汪踦不足多也。詩格亦高古罕匹。」清況周頤《蕙風詞話》卷五：「明夏節愍完淳，年十七殉國難，詞人中未之有也。其〈大哀〉、〈九哀〉諸作，庶幾跐美楚騷。夫以靈均辭筆為長短句，烏有不工者乎。」陳田《明詩紀事》辛籤卷五選夏完淳詩十一首，有按語云：「存古詩，趨步陳黃門，年僅十七，當其合作，與黃門並難高下。赴義之時，語氣縱橫淋漓，讀之令人悲歌起舞。」

北風蕩天地❶，有鳥鳴空林。志長羽翼短，銜石隨浮沉。崇山❷日以高，滄海❸日以深。愧非補天❹匹，延頸振哀音。辛苦徒自力❺，慷慨誰為心❻。滔滔東逝波❼，勞勞成古今❽。

【注釋】❶蕩天地　語本唐孟郊〈殺氣不在邊〉：「涼風蕩天地，日夕聲颼飀。」❷崇山　高山。❸滄海　中國古代對東海的別稱。三國魏曹操〈步出夏門行〉：「東臨碣石，以觀滄海。」❹補天　神話有女媧煉石補天的傳說。《淮南子．覽冥》：「往古之時，四極廢，九州裂，天不兼覆，地不周載……於是女媧煉五色石以補蒼天，斷鼇足以立四極。」後世常用來比喻挽回世運。❺自力　盡自己的力量。唐韓愈〈自爽〉：「才短難自力，懼終莫洗湔。」❻誰為心　晉陸機〈贈從兄車騎詩〉：「翩翩遊宦子，辛苦誰為心。」❼東逝波　唐杜甫〈少年行二首〉其二：「黃衫年少來宜數，不見堂前東逝波。」❽勞勞成古今　語本唐元稹〈送東川馬逢侍御使回十韻〉：「流年等頭過，人世各勞勞。」勞勞，辛勞；忙碌。

【語譯】北風迴盪在天地間，有一隻鳥在空林中長鳴。羽翼雖短志向卻高遠，銜石填海隨波浪浮動。高山愈來愈高大，東海愈來愈深沉。慚愧難以比肩補天的女媧，引頸長鳴發音更哀慟。白白辛苦無非盡自己的力量，誰能有意志慷慨的心胸。你看那滔滔東逝的波濤，忙碌中成就了歷史的進程。

【研 析】清沈德潛《明詩別裁集》卷一一評此詩有云：「此淵明〈詠荊軻〉作也。」按晉陶淵明〈詠荊軻〉：「燕丹善養士，志在報強嬴。招集百夫良，歲暮得荊卿。君子死知己，提劍出燕京。素驥鳴廣陌，慷慨送我行。雄髮指危冠，猛氣衝長纓。飲餞易水上，四座列群英。漸離擊悲筑，宋意唱高聲。蕭蕭哀風逝，淡淡寒波生。商音更流涕，羽奏壯士驚。心知去不歸，且有後世名。登車何時顧，飛蓋入秦庭。凌厲越萬里，逶迤過千城。圖窮事自至，豪主正怔營。惜哉劍術疏，奇功遂不成。其人雖已沒，千載有餘情。」〈詠荊軻〉詩何謂？沈德潛《說詩晬語》卷上有云：「陶公以名臣之後，際易代之時，欲言難言，時時寄託，不獨〈詠荊軻〉一章也。六朝第一流人物，其詩自能曠世獨立。」有心殺敵，無力回天，是千古烈士仁人在時局危機中的同一感慨。明清易代已成定局，大勢已去，英雄已無用武之地。夏完淳作為一位早熟的少年英雄，蒿目時艱，憂思難忘，但仍然知其不可而為之，將反清復明的目標作為自己不懈努力的動因。這種「精衛」精神就是詩中所渲染的「辛苦徒自力，慷慨誰為心」夏完淳〈大哀賦〉：「蜀市子規，千山俱哭；吳江精衛，一水群飛。」顯然以精衛自喻。正是這種執著精神，鑄就了中華民族面對艱難險阻不屈不撓的堅強性格。

細林夜哭

夏完淳

【題解】這首七古作於南明魯監國二年（清順治四年，西元一六四七年）七月間，當時夏完淳為清軍俘虜，在押解經過細林山時，思念哀悼因抗清被捕躍水而死的老師陳子龍而作。細林，即細林山，舊名神山，又名辰山，為松江九峰之一，在今上海市青浦南。

細林山上夜烏啼❶，細林山下秋草齊。有客扁舟不繫纜❷，乘風直下松江❸西。卻憶當年細林客，孟公❹四海文章伯❺。昔日曾來訪白雲❻，落葉滿山尋不得❼。始知孟公湖海人❽，荒臺古月❾水粼粼❿。相逢對哭天下事，酒酣睥睨⓫意氣⓬親。去歲平陵鼓聲死⓭，與公同渡吳江⓮水。今年夢斷九峰雲⓯，旌旗⓰猶映暮山紫⓱。瀟灑秦庭淚已揮⓲，彷彿聊城矢更飛⓳。黃鵠欲舉六翮折⓴，茫茫四海將安歸㉑。天地局蹐日月促㉒，氣如長虹葬魚腹㉓。腸斷當年國士恩㉔，剪紙招魂㉕為公哭。烈皇乘雲御六龍㉖，攀髯控馭先文忠㉗。君臣地下會相見，淚灑閶闔㉘生悲風。我欲歸來振羽翼，誰知一舉入羅弋㉙。家世堪憐趙氏孤㉚，到今竟作田橫客㉛。嗚呼，撫膺㉜一聲江雲開，身在羅網且莫哀。公乎公乎為我築室㉝傍夜臺㉞，霜寒月苦行當㉟來。

【注　釋】❶夜烏啼　唐李嘉祐〈和袁郎中破賊後經剡縣山水上太尉〉：「地閑春草綠，城靜夜烏啼。」❷不繫纜　即「不繫舟」，原喻自由而無所牽掛，這裡暗示自己在故鄉華亭被清軍所捕舟行押往南京。《莊子・列禦寇》：「巧者勞而知者憂，無能者無所求，飽食而敖遊，泛若不繫之舟，虛而敖遊者也。」唐李白〈寄崔侍御〉：「宛溪霜夜聽猿愁，去國長為不繫舟。」❸松江　這裡謂吳淞江，古稱松江，亦稱蘇州河，黃浦江支流，在今上海市西部與江蘇省南部。❹孟公　謂陳子龍，晚年嘗自號於陵孟公。又西漢名士陳遵，字孟公，這裡也有以其姓氏雙關陳子龍的意思。❺文章伯　對文章大家的尊稱。唐杜甫〈戲贈閿鄉秦少公短歌〉：「同心不減骨肉親，每語見許文章伯。」❻訪白雲　謂探訪當時為避清軍追捕而隱遁細林、佘山間的陳子龍。白雲，喻歸隱。晉左思〈招隱詩〉其一：「白雲停陰岡，丹葩曜陽林。」南朝梁陶弘景〈詔問山中何所有賦詩以答〉：「山中何所有？嶺上多白雲。只可自怡悅，不堪持寄君。」❼尋不得　唐劉得仁〈憶鶴〉：「白雲尋不得，紫府去無因。」❽湖海人　謂有豪俠之氣的人。語本《三國志》卷七〈魏書・陳登傳〉：「陳元龍湖海之士，豪氣不除。」❾荒臺古月　唐岑參〈司馬相如琴臺〉：「荒臺漢時月，色與舊時同。」❿粼粼　水流清澈貌或水石閃映貌。《詩經・唐風・揚之水》：「揚之水，白石粼粼。」毛傳：「粼粼，清澈也。」⓫睥睨　斜視，這裡是傲然的意思。⓬意氣　志向與氣概。南朝宋袁淑〈效曹子建白馬篇〉：「意氣深自負，肯事郡邑權？」⓭去歲平陵鼓

聲死　以西漢翟義起兵反王莽篡漢比喻上一年吳易在蘇州起兵抗清，陳子龍與夏完淳皆曾參與，後失敗。夏完淳〈大哀賦〉：「哭海島之田橫，尚無其地；葬平陵之翟義，未有其人。」又：「軌亡秦之陳勝，效安劉之翟義。」又：「平陵東而黃犢可賣，大澤左而烏騅不逝。」夏完淳〈吳江夜哭〉：「春風吹落吳江月，平陵一曲聲杳然。」平陵，宋郭茂倩《樂府詩集》卷二八〈相和歌辭三・平陵東〉引崔豹《古今注》云：「〈平陵東〉，漢翟義門人所作也。」又引《樂府解題》曰：「義，丞相方進之少子，字文仲，為東郡太守。以王莽方篡漢，舉兵誅之，不克，見害。門人作歌以怨之也。」〈平陵東〉：「平陵東，松柏桐，不知何人劫義公。劫義公，在高堂下，交錢百萬兩走馬。兩走馬，亦誠難，顧見追吏心中惻。心中惻，血出漉，歸告我家賣黃犢。」翟義舉兵反王莽事，見《漢書》卷八四〈翟方進傳〉。⑭吳江　謂吳淞江。⑮今年夢斷九峰雲　謂陳子龍投水殉國，自身也遭清軍逮捕，故曰「夢斷」。九峰，即松郡九峰，在今上海市松江區西北，為一群小山丘，依次為：小昆山、橫山、機山、天馬山、辰山（細林山）、佘山、薛山、厙公山、鳳凰山。⑯旌旗　旗幟的總稱，這裡謂抗清的各路軍馬。⑰暮山紫　唐王勃〈滕王閣序〉：「潦水盡而寒潭清，煙光凝而暮山紫。」⑱瀟灑秦庭淚已揮　春秋時申包胥為乞師在秦庭哭七日七夜，終於感動秦哀公，發兵救楚擊吳。事見《史記》卷六六〈伍子胥列傳〉。這裡比喻聯絡舟山的明將黃斌卿商議出師以配合沿海抗清事，事見王澐所續《陳子龍年譜》卷下「順治四年丁亥」下記。瀟灑，雨落貌，唐韋應物〈夏夜憶盧嵩〉：「不知湘雨來，瀟灑在幽林。」這裡比喻淚落如雨的樣子。⑲彷彿聊城矢更飛　據《史記》卷八三〈魯仲連鄒陽列傳〉，戰國時齊田單攻甚聊城久未下，魯仲連附書箭上射入城中，勸喻燕將，燕將「乃自殺，聊城亂，田單遂屠聊城」。這裡比喻抗清勢力策劃清松江提督吳勝兆反正歸明，因事不密，被執，獄詞涉及陳子龍，子龍出逃。事見王澐所續《陳子龍年譜》卷下「順治四年丁亥」下記。⑳黃鵠欲舉六翮折　謂抗清復明事業失敗。黃鵠，鳥名，《商君書・畫策》：「黃鵠之飛，一舉千里。」六翮，謂鳥類雙翅中的正羽，即用以指鳥的兩翼。《戰國策・楚策四》：「奮其六翮而凌清風，飄搖乎高翔。」㉑茫茫四海將安歸　陳子龍於明亡後的迷茫之語。據王澐所續《陳子龍年譜》卷下「順治三年丙戌」下記，陳子龍曾在武塘大勝寺對王澐說：「茫茫天地，將安之乎？惟有營葬大母，歸死先壟耳。」㉒天地局蹐日月促　謂光陰似箭，天地間竟難以容身。天地局蹐，語本《詩經・小雅・正月》：「謂天蓋高，不敢不局。謂地蓋厚，不敢不蹐。」原意形容戒慎、畏懼之貌，這裡用為狹窄局促的樣子。㉓氣如長虹葬魚腹　謂陳子龍投水殉國一事。氣如長虹，即「氣貫長虹」，形容氣勢壯盛，可以上貫長虹。㉔腸斷當年國士恩　謂為陳子龍當年對我的知遇之恩而傷感不已。國士，一國中才能最優秀的人物。《戰國策・趙策一》：「知伯以國士遇臣，臣故國士報之。」㉕剪紙招魂　舊俗，把紙剪成錢狀，懸旐以招魂或迎神。唐杜甫〈彭衙行〉：「暖湯濯我足，剪紙招我魂。」㉖烈皇乘雲御六龍　謂明思宗崇禎帝以死殉國事。烈皇，南明弘光朝諡明思宗朱由檢為「烈皇帝」。御六龍，婉言死，語本《易・乾》：「大明終始，六位時成，時乘六龍以御天。」㉗攀髯控馭先文忠　謂作者的父親夏允彝追隨崇禎帝也自殺殉國。攀髯，傳說黃帝鑄鼎於荊山下，鼎成，有龍下迎，黃帝乘之升天，群臣後宮從上者七十餘人。餘小臣不得上龍身，乃持龍髯。事見《史記》卷二八〈封禪書〉。這裡謂追隨明思宗升天而去。控馭，駕馬使就範。引申指控制，駕馭。謂夏允彝為先帝駕馭六龍。先文忠，謂作者已故父親夏允彝（西元？—一六四五年），曾與陳子龍等組織幾社，後參加抗清活動。松江淪陷後，夏氏父子一度避地曹溪，知大勢已去，預先寫好絕命詞，於唐王隆武元年（清順治二年，西元一六四五年）九月十七日自沉於松塘，隆武政權賜諡文忠。先，對已故的尊長之稱。㉘閶闔　傳說中的天門。《楚辭・離騷》：「吾令帝閽開關兮，倚閶闔而望予。」㉙羅弋　捕鳥的工具。唐白居易〈犬鳶〉：「上無羅弋憂，下無羈鎖牽。」㉚家世堪憐趙氏孤　謂自己如趙氏孤兒一樣為夏氏之單傳。據《史記》卷四三〈趙世家〉，春秋晉景公時，大夫屠岸賈迫害趙朔一家，族滅趙氏，趙朔的妻子為成公之姊，身有孕而入宮避難，遺腹生下一男即趙武，為躲避屠岸賈的追殺，公孫杵臼與程嬰設計護送孤兒趙武出宮，長大後終於攻殺屠岸賈，報仇雪恨。㉛田橫客　據《史記》卷九四〈田儋列傳〉，劉邦滅項羽後，派使者招降居於海島的田橫，田橫恥於為漢臣，中途自剄而亡，海島中其徒眾五百人聞訊皆自剄。這裡即以田橫比喻陳子龍，以其客自喻。㉜撫膺　撫摩或捶拍胸口，表示惋惜、悲憤。㉝室　墓室。《詩經・唐風・葛生》：「百歲之後，歸于其室。」鄭玄箋：「室，猶冢壙。」㉞夜臺　謂墳墓，這裡當指陳子龍的墳墓。唐儲光羲〈陸著作挽歌〉：「生涯一朝盡，寂寞夜臺幽。」㉟行當　將要。

【語　譯】夜晚烏鴉在細林山上哀鳴，細林山下秋草一望無際。被囚者的小船毫無牽掛，乘風直到松江以西。回憶當年活動於細林的客人，孟公是四海之內文章的鉅子。從前我曾來訪先生隱遁之處，滿山的落葉竟難尋覓先生的蹤跡。方知先生乃是豪俠之人，如古月照臨荒臺臺下波水漣漪。會面為天下淪亡相對大哭，酒酣中傲然激蕩書生意氣。去年抗清義旅的敗亡，與先生一同渡過吳淞江水。今日見九峰飄雲已如夢境人天相隔，但抗清的志士仍然高舉義旗。如申包胥慟哭秦庭乞求支援，似魯仲連射書勸降尋求變機。無奈一舉千里的黃鵠折了雙翅，茫茫四海何處是先生依歸。光陰似箭天地竟難容身，氣貫長虹葬身在江水裡。悲傷當年先生以國士待我，剪紙招魂我今天為先生哭泣。烈皇殉國已在天上乘上六龍之車，先父文忠公隨去是先皇的駕馭。君臣在那裡相見之時，悲風迴旋天門將一同灑淚。我本欲回來重新揮動羽翼，不料一舉落入羅網裡。可憐我如趙氏孤兒是夏氏一脈單傳，至今仍要像田橫的徒眾以自盡明志。嗚呼，捶胸歎息一聲江雲也為之散開，我雖身為囚徒也不垂頭喪氣。先生啊先生，請為我在您的墳旁築好墓室，我們將要會聚在月色淒涼的霜寒之際。

【研　析】「千古文章未盡才」，一位年僅十七歲的翩翩少年，文學才能如此之高，志向如此深遠，並能於國破家亡之際，慷慨赴死，義無反顧，如此決絕，如此果敢，數百年後讀之仍能令人肅然起敬，為之動容。在夏完淳的短暫一生中，父親夏允彝的影響而外，其老師陳子龍對他更是身傳言教，具有榜樣的無窮力量。在抗清復明的鬥爭中，夏完淳與陳子龍既是師生，又是戰友，亦師亦友，親密無間。南明魯監國元年（西元一六四六年）春，夏完淳與其岳父錢栴、老師陳子龍歃血為盟，共倡義舉，密謀恢復，並上書魯王，夏完淳被任命為中書舍人。孰料一年有餘，陳子龍即以身殉國，兩個月以後，自己也成清廷的階下之囚，思前想後，能不淚下潸然？詩題〈細林夜哭〉，與作者另幾首以「哭」為題的詩篇，如〈野哭〉、〈吳江夜哭〉、〈哭吳都督〉等同一思致，正所謂百感交集，憂患叢生，長歌當哭，一言難盡！

全詩可分為三大部分，第一部分為開頭四句，從眼前景入手，雖身陷逆境，卻詩風豪宕，並不悲觀。第二部分從第五句到第二十二句，轉入對昔日的痛苦追憶，陳子龍意氣慷慨的形象躍然紙上，詩人以飽蘸血淚之筆謳歌了這位頂天立地的民族英雄。第三部分從第二十三句到第三十六句結束，融入對先帝、先父、先師以及自身的哀悼，盪氣迴腸卻不悲觀，其中「家世堪憐趙氏孤，到今竟作田橫客」兩句言簡意賅地概括自己的身世與最後歸宿，語調鏗鏘，擲地有聲。結二句「公乎公乎為我築室傍夜臺，霜寒月苦行當來」，如此閱盡滄桑之語竟出自一位不足十七歲的年輕人之口，艱難時世的玉成而外，神童的精神境界也值得今人研究。在南京獄中，夏完淳〈獄中上母書〉後有韻語云：「惡夢十七年，報仇在來世。神遊天地間，可以無愧矣！」其胸懷之坦蕩，也非常人可比。如果不明白什麼是崇高，不明白什麼是慷慨，讀完這首大氣磅礴的詩作，你也許會若有所悟。

登樓

夏完淳

【題解】這首五律屬於登臨眺望之作，當作於明王朝風雨飄搖尚未覆亡之際。白堅《夏完淳集箋校》有「箋」云：「乙酉國難後作，玩詩意甚明。」亦可參考。忘懷自我的憂國憂民之情沛然充溢全詩，顯示了這位年輕詩人的寬廣胸懷。

極目兵戈❶際，登樓暮轉哀。月明揚子渡❷，江鎖越王臺❸。歸鳥❹

沖林起，輕煙❺隔岸開。五雲❻飛不盡，知是帝鄉❼來。

【注釋】❶兵戈　謂戰爭，《後漢書》卷八一〈獨行傳·譙玄〉：「時兵戈累年，莫能修尚學業。」❷揚子渡　即揚子津，又稱揚子橋，故址今揚州城南十五里。❸越王臺　故址在今紹興市府山南麓，為南宋嘉定十五年（西元一二二二年）知府汪綱所重建，後毀於戰火。今存者為一九八〇年所重修，旁有宋人所植古柏尚存。❹歸鳥　謂日暮群鳥還巢。唐岑參〈漢上題韋氏莊〉：「日落數歸鳥，夜深聞扣舷。」❺輕煙　輕淡的煙霧。南朝梁蕭繹〈詠霧〉：「乍若輕煙散，時如佳氣新。」唐李世民〈初夏〉：「陰陽深淺葉，曉夕重輕煙。」❻五雲　五色瑞雲，多作吉祥的徵兆。❼帝鄉　皇帝居住的地方，這裡謂明京師（今北京市）。

【語譯】在爭戰紛紜中極目遠望，日暮登樓心思轉悲哀。明月籠罩著揚子渡，大江環繞過越王臺。

群鳥晚歸向林中飛起，輕淡煙霧在兩岸散開。五色瑞雲緩緩飛不盡，知道那是從京師而來。

【研 析】登樓望遠，抒發感慨，唐人詩中屢見不鮮。張九齡〈登郡城南樓〉：「閉閣幸無事，登樓聊永日。雲霞千里開，洲渚萬形出。」屬於閒適中的眺望。盧僎〈南望樓〉：「去國三巴遠，登樓萬里春。傷心江上客，不是故鄉人。」屬於羈旅鄉思的眺望。李白〈夕霽杜陵登樓寄韋繇〉：「登樓送遠目，伏檻觀群峰。」屬於思念友人的眺望。韋應物〈登樓〉：「茲樓日登眺，流歲暗蹉跎。坐厭淮南守，秋山紅樹多。」屬於感歎歲月的眺望。王之渙〈登鸛雀樓〉：「白日依山盡，黃河入海流。欲窮千里目，更上一層樓。」屬於壯懷無限的眺望，享譽後世。杜甫〈登樓〉：「花近高樓傷客心，萬方多難此登臨。錦江春色來天地，玉壘浮雲變古今。北極朝廷終不改，西山寇盜莫相侵。可憐後主還祠廟，日暮聊為梁甫吟。」屬於國家動亂中的眺望，與所選詩意緒略近。

明社將屋，徵兆早見，素稱有「先天下之憂而憂」懷抱的文人士大夫，重重殷憂實難釋懷，然而他們又往往常向好的一面設想，亟切盼望時局好轉，從亂世逐漸回歸到天下太平的盛世。這首五律所展示的就是這樣一種複雜的情懷。頷聯兩句書寫遠景，未必為作者望中所見，儘管古代空氣汙染程度低，能見度高，但樓層低矮，視野不廣，所以很可能是想像之景。頸聯兩句書寫眼前景，則屬於寫實之筆，景中寓情。尾聯兩句純屬想像，是一種企盼與希望的交織。白堅《夏完淳集箋校》於「五雲二句」有「箋」云：「謂五色彩雲自帝京而來，暗示嚮往南明抗清政府。」但狂瀾既倒，江河日下，國運隆昌的願景終將化為泡影，這就屬於時代的悲哀了，遠非年輕的詩人所能預料。

別雲間

夏完淳

【題解】這首五律作於南明魯監國二年（清順治四年，西元一六四七年）七月間，先於前選〈細林夜哭〉，是夏完淳被清廷捕獲後即將押往南京時，告別故鄉之作。雲間，今上海市松江區的別稱，語本南朝宋劉義慶《世說新語・排調》：「荀鳴鶴、陸士龍二人未相識，俱會張茂先坐。張令共語。以其並有大才，可勿作常語。陸舉手曰：『雲間陸士龍。』荀答曰：『日下荀鳴鶴。』」

三年羈旅客❶，今日又南冠❷。無限河山淚❸，誰言天地寬❹。已知
泉路❺近，欲別故鄉難。毅魄❻歸來日，靈旗❼空際看。

【注釋】❶三年羈旅客　夏完淳從十四歲與父親夏允彝、老師陳子龍參加反清復明的鬥爭，至此時被捕，前後達三年之久，其間曾轉徙江、浙、閩、贛廣大地區。羈旅客，謂客居異鄉者。❷南冠　借指囚犯，用春秋楚鍾儀事。《左傳・成公九年》：「晉侯觀于軍府，見鍾儀，問之曰：『南冠而縶者，誰也？』有司對曰：『鄭人所獻楚囚也。』」❸河山淚　語本唐杜甫〈春望〉：「國破山河在，城春草木深。感時花濺淚，恨別鳥驚心。」❹誰言天地寬　語本唐孟郊〈贈別崔純亮〉：「食薺腸亦苦，強歌聲無歡。出門即有礙，誰謂天地寬。」❺泉路　泉下或地下，謂陰間。唐戎昱〈漢陰弔崔員外墳〉：「所痛泉路人，一去無還期。」❻毅魄　猶英靈，語本《楚辭・九歌・國殤》：「身既死兮神以靈，魂魄毅兮為鬼雄！」❼靈旗　戰旗，出征前必祭禱之，以求旗

開得勝，故稱。《漢書》卷二二〈禮樂志〉：「招搖靈旗，九夷賓將。」唐顏師古注：「畫招搖於旗以征伐，故稱靈旗。」

【語譯】三年中漂泊異鄉轉戰抗敵，今日終成階下之囚。淚水無限是為山河破碎而灑，有誰說天地寬廣無盡頭。已經知曉死期將至，永別故鄉難免萬千憂愁。當我英靈歸來的日子，空中當現復仇的戰旗甲冑。

【研析】這是一首眷戀故土又心懷復仇之雄心的詩篇，與此詩作於同時的〈拜辭家恭人〉有云：「循陔猶有夢，負米竟誰人。忠孝家門事，何須問此身。」另有三詩，或寫於押往南京途中，〈寄內〉有云：「問寢譚忠孝，同袍學唱隨。九原應待汝，珍重腹中兒。」〈寄荊隱女兄兼武功侯甥〉有云：「愧負文姬孝，深為宅相憐。大仇俱未報，仗爾後生賢。」〈東半邨先生〉：「月白勞人唱，霜空毅魄悲。英雄生死路，卻似壯游時。」無論倉促就道之際，還是桎梏在路之時，方寸不亂，思維清晰，出口成章，大義凜然，神童之喻，信非虛傳。

這首〈別雲間〉毫無兒女情長的纏綿與刺刺不休的家長里短，有的只是關於天下興亡的思索與神州陸沉的悲涼，特別是尾聯兩句，豪氣沖天，大有宋李清照〈烏江〉「生當作人傑，死亦為鬼雄」的氣魄，復仇之心感天動地，讀來反而催人淚下，令人唏噓不已。這就是文學的魅力所在。

遇盜自解

夏完淳

【題　解】這首七律，白堅《夏完淳集箋校》有箋云：「乙酉國難後作，觀詩意甚明。」可參考。全詩講述在戰火遍地的動亂中一次遭遇盜者的歷險，因作者的智慧而自行化解，終於有驚無險。

浪跡❶烽煙❷獨此身，天涯❸孤客❹淚沾巾。綠林❺滿地知豪客❻，寶劍窮途贈故人❼。無復青氈王氏舊❽，自憐犢鼻阮家貧❾。逢人莫訴流離❿事，何處桃源可避秦⓫。

【注　釋】❶浪跡　到處漫遊，行蹤不定。❷烽煙　烽火臺報警之煙，這裡謂戰爭。❸天涯　猶天邊，謂極遠的地方。語本〈古詩十九首．行行重行行〉：「相去萬餘里，各在天一涯。」❹孤客　當謂自己與抗清義軍失散。❺綠林　原謂新莽末年的綠林軍，後指聚集山林間的反抗官府或搶劫財物的武裝集團。前蜀韋莊〈自孟津舟西上雨中作〉：「百口寄安滄海上，一身逃難綠林中。」❻豪客　俠客；勇士。唐李遠〈讀田光傳〉：「秦滅燕丹怨正深，古來豪客盡沾襟。」❼故人　舊交；老友。《莊子．山木》：「夫子出於山，舍於故人之家。」❽無復青氈王氏舊　用晉王獻之嚇退偷兒事。《太平御覽》卷七〇八引《語林》：「王子敬在齋中臥，偷人取物，一室之內略盡。子敬臥而不動，偷遂登榻，欲有所覓。子敬因呼曰：『偷兒，石染青氈是我家舊物，可特置否？』於是群偷置物驚走。」青氈，青色毛毯。❾自憐犢鼻阮家貧　謂家境況貧窮。白堅《夏完淳集箋校》於「無復二句」有「箋」云：「完淳自謂家境衰落。」南朝宋劉義慶《世說新語．任誕》：「阮仲容、步兵居道南，諸阮居道北。北阮皆富，南阮貧。七月七日，北阮盛曬衣，皆紗羅錦綺。仲容以竿掛大布犢鼻褌於中庭。人或怪之，答曰：『未能免俗，聊復爾耳。』」犢鼻，即犢鼻褌，短褲，一說圍裙，形如犢鼻，故稱。❿流離　因災荒戰亂流轉離散。⓫何處桃源可避秦　謂天地間已無處可避戰亂。晉陶淵明作〈桃花源記〉，謂有漁人從桃花源入一山洞，見秦時避亂者的後裔居其間，「土地平曠，屋舍儼然。有良田、美池、桑竹之屬。阡陌交通，雞犬相聞。其中往來種作，男女衣著悉如外人。黃髮垂髫，並怡然自樂。」漁人出洞歸，後再往尋找，遂迷不復得路。後遂用「桃源」謂避世隱居的地方，亦指理想的境地。明張煌言〈贈盧牧舟大司馬〉：「并州正有來蘇望，忍說桃源可避秦。」

【語　譯】獨自漫逃於烽火連天之中，身處天涯的失散者淚下沾巾。綠林中人皆俠義人物，窮途末路將寶劍贈與故人。我已沒有王氏家族的青氈舊物，自憐如南阮掛犢鼻褌一樣家貧。逢人不要講述流轉離散的悲傷，天地間已經沒有桃源可以避秦。

【研　析】常言道「盜亦有道」。《後漢書》卷五三〈周黃徐姜申屠列傳〉：「(姜)肱嘗與(弟)季江謁郡，夜於道遇盜，欲殺之。肱兄弟更相爭死，賊遂兩釋焉，但掠奪衣資而已。既至郡中，見肱無衣服，怪問其故，肱託以他辭，終不言盜。盜聞而感悔，後乃就精廬，求見徵君。肱與相見，皆叩頭謝罪，而還所略物。肱不受，勞以酒食而遣之。」唐李涉〈井欄砂宿遇夜客〉：「暮雨瀟瀟江上村，綠林豪客夜知聞。他時不用逃名姓，世上如今半是君。」戰亂中，夏完淳與抗清義軍失散，孤獨無依中又遇到一夥盜賊，從頷聯加以分析，很有可能也是割據一方的地方武裝或被清軍擊潰的散兵游勇，於是就有了作者「自解」的機會。作者身無長物，大約可與盜者達成同病相憐的默契，於是才可以各走各路，一場劫難終於避免。尾聯暗含有對全國動亂詛咒的蘊涵，雖不「怨天」，卻有「尤人」之意，所謂「人」，無非是清兵的肆虐與橫行，致使神州大地連一處避秦的洞天福地都找不到了，意在言外地反映出作者抗清復明的志向與決心。

後記

詩之為道，言志緣情。〈擊壤〉之樂，帝力何有；〈康衢〉之謠，立我蒸民。卿雲爛兮，南風薰兮。民之為本，莫之與京。是以其思無邪，《三百篇》之旨；其意多感，〈十九首〉之音。梗概多氣而趨風華，曹魏直下六朝；情韻遙深而轉理趣，趙宋遞變四唐。所謂「時運交移，質文代變」，前人之述備矣！

有明立國於蒙元馳騁中原之後，故老不圖復見漢官威儀。明祖未有尺土之封而獲秦鹿，其功蓋與漢高同輝。而貫索犯文昌，致一代文人有厄，亦如桀紂，當可入獨夫民賊之列。朱家帝胤，或嗜血如命，擅作威福；或剛愎自用，夥頤荒唐。加之廠衛弄權，天昏地暗；黨爭僨事，雨驟風狂。花開花謝，人去人來。雖時易代更，風會各別，自下難問狐狸，當路原有豺狼。方正學殞身滅族，一身正氣；于忠肅忘己圖國，兩袖清風；言忠義則椒山自有膽；說紕陋則王祐本無鬚。用修之逍遙滇海，對山之放浪關中，狀元遭際，亦多憾焉。譽傳「長齋御史」，朱裳清峻；名高「埋羹太守」，王璡廉潔。蓋原憲雖貧，於道則富；猗頓雖富，於道則貧。澄水鑑形，纖毫無遁。「天下有殊理之事，無非情之音」，李空同之嘆琴操，總因伉儷尤篤；「官府酒易，故人酒不易」，吳匏庵之歸林下，概以朋舊為先。楊慎見李生如臨水月，謝客夢惠連忽現池塘。高致雄懷，原本真心誠意；淒風苦雨，亦是荊玉靈蛇。酒酣耳熱之際，眉飛色舞之間，捻管四顧，沛然千里。爛爛成章，行藝相副；熠熠生輝，忠孝互標。未若後世士風之斲喪殆盡，寡廉鮮恥，僅知歌功頌聖，不屑為民請命。故有明政雖闒茸，而千古儒脈尚在；士或不堪，而萬般風義猶存。陳臥子得中進士有言：「一第不足喜，所喜者出黃石齋先生門下。」諒哉斯言，當可見晚明士風之一斑。三百年於歷史不過一瞬，然其間文章、小說、戲曲亦頗可觀。發為詩歌，倡言復古者有之，獨標性靈者有之。或如秋鶴引吭，宛轉天際；或如空谷傳音，馳響雲外。金戈鐵馬之吼，遊子思婦之悲，叱吒則千人皆廢，吟哦或萬古長留。質言之，有明一代詩風固難方駕唐宋，而佳構時出，亦堪稱大呂黃鍾。此《新譯明詩三百首》之所由作也。

承蒙臺北三民書局諸同仁不棄，責予從事《古籍今注新譯叢書》之一種，黽勉以求，年餘殺青。雖非條入葉貫，亦擬竊窺百家。責編郢斧屢揮，匡正尤多，是當所銘心者。雖既竭吾才，終究綆短汲深，今不揣冒昧，獻醜於方家，諸君子幸有以教我！

是為記。

趙伯陶
謹識於京北天通樓

新譯近思錄　張京華注譯
新譯傳習錄　李生龍注譯
新譯呻吟語摘　鄧子勉注譯
新譯明夷待訪錄　李廣柏注譯

【文學類】

新譯詩經讀本　滕志賢注譯
新譯楚辭讀本　林家驪注譯
新譯楚辭讀本　傅錫壬注譯
新譯文心雕龍　羅立乾注譯
新譯六朝文絜　蔣遠橋注譯
新譯世說新語　劉正浩等注譯
新譯昭明文選　周啟成等注譯
新譯古文觀止　謝冰瑩等注譯
新譯古文辭類纂　黃　鈞等注譯
新譯樂府詩選　溫洪隆注譯
新譯古詩源　馮保善注譯
新譯千家詩　邱燮友等注譯
新譯詩品讀本　成　林等注譯
新譯花間集　朱恒夫注譯
新譯南唐詞　劉慶雲注譯
新譯唐詩三百首　邱燮友注譯
新譯宋詩三百首　陶文鵬注譯

新譯宋詞三百首　汪　中注譯
新譯宋詞三百首　劉慶雲注譯
新譯元曲三百首　賴橋本等注譯
新譯明詩三百首　趙伯陶注譯
新譯清詩三百首　王英志注譯
新譯清詞三百首　陳水雲等注譯
新譯唐人絕句選　卞孝萱等注譯
新譯唐才子傳　戴揚本注譯
新譯拾遺記　石　磊注譯
新譯搜神記　黃　鈞注譯
新譯唐傳奇選　束　忱等注譯
新譯宋傳奇小說選　束　忱注譯
新譯明傳奇小說選　陳美林等注譯
新譯容齋隨筆選　朱永嘉等注譯
新譯明散文選　周明初注譯
新譯人間詞話　馬自毅注譯
新譯白香詞譜　劉慶雲注譯
新譯幽夢影　馮保善注譯
新譯菜根譚　吳家駒注譯
新譯小窗幽記　馬美信注譯
新譯圍爐夜話　馬美信注譯
新譯郁離子　吳家駒注譯
新譯歷代寓言選　黃瑞雲注譯

新譯賈長沙集　林家驪注譯
新譯揚子雲集　葉幼明注譯
新譯曹子建集　曹海東注譯
新譯建安七子詩文集　韓格平注譯
新譯阮籍詩文集　林家驪注譯
新譯嵇中散集　崔富章注譯
新譯陸機詩文集　王德華注譯
新譯陶淵明集　溫洪隆注譯
新譯江淹集　羅立乾等注譯
新譯庾信詩文選　歸　青注譯
新譯初唐四傑詩集　李福標注譯
新譯駱賓王文集　黃清泉注譯
新譯王維詩文集　陳鐵民注譯
新譯孟浩然詩集　楊　軍注譯
新譯李白詩全集　郁賢皓注譯
新譯李白文集　郁賢皓注譯
新譯杜甫詩選　張忠綱等注譯
新譯杜詩菁華　林繼中注譯
新譯高適岑參詩選　孫欽善等注譯
新譯昌黎先生文集　周啟成等注譯
新譯劉禹錫詩文選　卞孝萱等注譯
新譯柳宗元文選　閻　琦注譯
新譯白居易詩文選　陶　敏等注譯

新譯元稹詩文選　郭自虎注譯
新譯李賀詩集　彭國忠注譯
新譯杜牧詩文集　張松輝注譯
新譯李商隱詩選　朱恒夫等注譯
新譯范文正公選集　王興華等注譯
新譯蘇洵文選　羅立剛注譯
新譯蘇軾文選　滕志賢注譯
新譯蘇軾詞選　鄧子勉注譯
新譯蘇轍文選　朱　剛注譯
新譯曾鞏文選　高克勤注譯
新譯王安石文選　沈松勤注譯
新譯唐宋八大家文選　鄧子勉注譯
新譯柳永詞集　侯孝瓊注譯
新譯李清照集　姜漢椿等注譯
新譯陸游詩文集　韓立平注譯
新譯辛棄疾詞選　聶安福注譯
新譯歸有光文選　鄔國平注譯
新譯唐順之詩文選　馬美信注譯
新譯徐渭詩文選　周　群等注譯
新譯薑齋文集　平慧善注譯
新譯顧亭林文集　劉九洲注譯
新譯方苞文選　鄔國平等注譯
新譯袁枚詩文選　王英志注譯

新譯李慈銘詩文選　潘靜如注譯
新譯聊齋誌異全集　袁世碩等注譯
新譯聊齋誌異選　任篤行等注譯
新譯閱微草堂筆記　嚴文儒注譯
新譯浮生六記　馬美信注譯
新譯弘一大師詩詞全編　徐正綸編著

歷史類

新譯史記　韓兆琦注譯
新譯漢書　吳榮曾等注譯
新譯後漢書　魏連科等注譯
新譯三國志　吳樹平等注譯
新譯資治通鑑　張大可等注譯
新譯史記—名篇精選　韓兆琦注譯
新譯尚書讀本　吳　璵注譯
新譯尚書讀本　郭建勳注譯
新譯周禮讀本　賀友齡注譯
新譯逸周書　牛鴻恩注譯
新譯左傳讀本　郁賢皓等注譯
新譯公羊傳　雪　克注譯
新譯穀梁傳　顧寶田注譯
新譯春秋穀梁傳　周　何注譯
新譯戰國策　溫洪隆注譯

新譯國語讀本　易中天注譯
新譯說苑讀本　左松超注譯
新譯說苑讀本　羅少卿注譯
新譯新序讀本　葉幼明注譯
新譯吳越春秋　黃仁生注譯
新譯西京雜記　曹海東注譯
新譯列女傳　黃清泉注譯
新譯越絕書　劉建國注譯
新譯燕丹子　曹海東注譯
新譯東萊博議　李振興等注譯
新譯唐六典　朱永嘉等注譯
新譯唐摭言　姜漢椿注譯

宗教類

新譯金剛經　徐興無注譯
新譯高僧傳　朱恒夫等注譯
新譯碧巖集　吳　平注譯
新譯百喻經　顧寶田注譯
新譯楞嚴經　賴永海等注譯
新譯梵網經　王建光注譯
新譯法句經　劉學軍注譯
新譯六祖壇經　李中華注譯
新譯禪林寶訓　李中華注譯

新譯維摩詰經　陳引馳等注譯
新譯經律異相　顏洽茂注譯
新譯阿彌陀經　蘇樹華注譯
新譯無量壽經　邱高興注譯
新譯無量壽經　蘇樹華注譯
新譯妙法蓮華經　張松輝注譯
新譯景德傳燈錄　顧宏義注譯
新譯大乘起信論　韓廷傑注譯
新譯釋禪波羅蜜　蘇樹華注譯
新譯八識規矩頌　倪梁康注譯
新譯永嘉大師證道歌　蔣九愚注譯
新譯華嚴經入法界品　楊維中注譯
新譯地藏菩薩本願經　李承貴注譯
新譯悟真篇　劉國樑等注譯
新譯无能子　張松輝注譯
新譯坐忘論　張松輝注譯
新譯列仙傳　張金嶺注譯
新譯抱朴子　李中華注譯
新譯神仙傳　周啟成注譯
新譯性命圭旨　傅鳳英注譯
新譯老子想爾注　顧寶田等注譯
新譯周易參同契　劉國樑注譯
新譯道門觀心經　王　卡注譯

新譯養性延命錄　曾召南注譯
新譯樂育堂語錄　戈國龍注譯
新譯冲虛至德真經　張松輝注譯
新譯長春真人西遊記　顧寶田等注譯
新譯黃庭經・陰符經　劉連朋等注譯

【軍事類】

新譯司馬法　王雲路注譯
新譯尉繚子　張金泉注譯
新譯三略讀本　傅　傑注譯
新譯六韜讀本　鄔錫非注譯
新譯吳子讀本　王雲路注譯
新譯孫子讀本　吳仁傑注譯
新譯李衛公問對　鄔錫非注譯

【教育類】

新譯爾雅讀本　陳建初等注譯
新譯顏氏家訓　李振興等注譯
新譯聰訓齋語　馮保善注譯
新譯曾文正公家書　湯孝純注譯
新譯三字經　黃沛榮注譯
新譯百家姓　馬自毅等注譯
新譯幼學瓊林　馬自毅注譯

新譯增廣賢文・千字文　馬自毅注譯
新譯格言聯璧　馬自毅注譯

【政事類】

新譯商君書　貝遠辰注譯
新譯鹽鐵論　盧烈紅注譯
新譯貞觀政要　許道勳注譯

【地志類】

新譯山海經　楊錫彭注譯
新譯水經注　陳橋驛等注譯
新譯佛國記　楊維中注譯
新譯大唐西域記　陳　飛等注譯
新譯洛陽伽藍記　劉九洲注譯
新譯徐霞客遊記　黃　珅注譯
新譯東京夢華錄　嚴文儒注譯